마이 레이디

My Lady

마이 레이디

초판 1쇄 찍은 날 | 2017년 2월 22일
초판 1쇄 펴낸 날 | 2017년 2월 28일

지은이 | 두사람
펴낸이 | 예경원

편집 | 유경화

펴낸곳 | 예원북스
등록번호 | 제396-2012-000132호
등록일자 | 2012. 7. 25
YRN | 제1-0181호

주소 | 경기도 고양시 일산동구 호수로 646-24 위너스21 Ⅱ 206A호 (우) 10401
전화 | 031-819-9431 팩스 | 031-817-9432
http://cate.naver.com/yewonromance
E-mail | yewonbooks@naver.com

ISBN 979-11-6098-092-9 03810

My Lady

마이 레이디

YEWONBOOKS ROMANCE STORY

두 사람 장편 소설

My Lady
마이레이디

C·O·N·T·E·N·T·S

※ 참고

* "한국어"

* 『영어』

* [중국어]

아름다운 여자였다. 긴 흑발로 눈을 감은 여자는.

자리를 지키는 것으로 체면치레를 하고 일어서려던 그를 꼼짝 못하게 붙잡아둘 정도로.

단순히 아름다운 여자는 많이 봐왔다. 그래서 얼굴 생김만으로 아름답다 정의를 내릴 여자들에 대해선 그의 관심이 오래 가진 않았다. 하지만 지금, 어두운 객석에서 느끼는 무대 위 여자에 대한 아름다움은 단순한 외적인 미의 기준을 넘어선 어떤 것이었다.

눈이 밝아지는 것이 아니라 머릿속이 투과된 빛으로 투명해지는 느낌. 그래서 눈을 뗄 수도 없었고 다른 생각을 할 수도 없었다. 지금 그가 할 수 있는 것이라곤 오직 그녀를 눈에 담고, 그도 모르게 새겨지는 그녀를 그대로 받아들이는 것뿐. 할 수 있는 것은 그것뿐이라 그는 지탱힐 수 없는 무기력힘에 알지 못히는 무엇에 대한 전의를 상실해 버렸다.

얇은 현의 음률에 올려진 깊은 목소리가 휘어잡듯 그를 감아댔다. 눈으로, 머리로 그녀가 들어오는 것도 모자라 온몸의 감각으로 그녀가 그에게 들어오고 있었다.

폭풍처럼 휘몰아치는 감각의 요동 그 가운데에 있는 여자.

그녀에게로 쏟아지는 빛이 눈을 시리게 했다. 그래서일까, 그 빛 속의 여자도 시려 보였다. 춥고, 어둡게 침잠된 듯 그녀가 쏟아내는 모든 것들이 그를 아릿하게 만들어 그의 평생 처음으로 안아주고 싶다는 생각을 들게 했다.

단 한 번도 본 적 없는 여자에게 단 한순간 느끼는 이런 생각, 이런 감정. 이 모두가 그에겐 생경한 것들이었다. 그래서 머리를 흔들어 털어버린 기이한 감정.

여자의 목소리가 작아졌다. 끊어질 듯 가늘었던 현의 선이 마지막 음을 잡으며 무대는 정적에 잠겼다. 사람들의 박수 소리가 들리고 고집스레 눈을 감았던 여자의 시선이 객석에 닿았다. 그녀의 시선이 그를 스치는 순간, 그는 깨달았다. 그를 이런 기이함에 빠지게 한 여자는 그저 머리 한번 흔듦으로 털어버릴 수 없다는 것을. 그의 눈 속에서 여자가 사라지는 순간 내려앉는 심장이 그를 선득하게 했다.

잡아야 한다.

그 순간 그에게 든 생각은 오직 그것뿐이었다.

Feel the Destiny.

믿을 수 없는 일이 그에게 일어나 버렸다.

숙소의 테라스에서 전화를 받고 온 지현의 표정이 좋지 않았다. 화가 난 듯 씩씩대는 숨도 거칠고, 머리카락을 넘기는 손길에도 짜증이 묻어 있었다.

"왜 그래?"

응접실 소파에 앉아 편집된 악보를 살펴보던 휘진이 악보를 내려놓았다. 지현의 저렇게 화가 난 모습은 한국에 있을 때 대표와 실랑이를 할 때뿐이었다.

"대표님 전화야?"

"대표 전화면 받지도 않았지. 받아봐야 경연 때려치우고 당장 한국으로 오라고 할 거 뻔한데 짜증나게 그 인간 전화를 왜 받니?"

"그럼 뭔데? 뭔데 이렇게 열폭이야?"

휘진의 물음에 지현이 8 겹실이 끼져리 흰숨을 쉬있디.

"묻지 마. 말하기 싫어."

괜히 말을 해봐야 휘진의 기분만 상할 일이라 지현은 입을 다물었다. 사람이 너무 예뻐도 탈이고, 너무 눈에 띄어도 탈이란 말은 휘진을 두고 하는 말이었다. 어떻게 이 이역만리 하와이까지 와서 사람을 홀려 버리는지.

"언니."

휘진의 부름에 지현이 다시 한숨을 쉬었다. 그녀의 기분이 나쁜 이유를 어서 말하라는 압박이었다. 저렇게 빤히 쳐다보는 건 말해 줄 때까지 끝까지 쳐다보겠다는 뜻이라 지현은 한숨을 쉬다 결국 입을 열었다.

"내추럴 힐링 리조트 대표가 너 좀 만나게 해달래."

말하기 싫었던 지현의 대답에 휘진의 얼굴이 굳어졌다. 내추럴 힐링 리조트의 대표라면 현재 그녀가 참가 중인 국제 뮤지션 페스티벌의 후원사였다. 그리고 지금 그녀가 묵고 있는 리조트이기도 했고.

"거 봐. 너도 기분 나쁘지? 나도 기분 나빴어. 그런데 왜 물어. 나 입 다물고 있으면 그냥 그럴 만한 일인가 보다 할 것이지."

"한국 아니라서 이런 일은 아닐 줄 알았지."

"여기나 한국이나. 돈 주체 못하는 인간들이 넘쳐 나나 보지. 하여간 세상만사 남자들이 문제다. 돈 많은 남자들. 아니, 네가 문제야."

지현의 눈초리에 휘진이 뜻을 알지 못해 눈가를 구겼다.

"누가 이렇게 사람 뻑 가게 이쁘게 생기라니? 내 눈에도 네가 이뻐 보이는데 엄한 남자들 눈엔 네가 얼마나 예뻐 보이겠어? 너한테 수작 걸려는 남자들을 탓하지 말고 그렇게 생긴 널 탓해."

"이게 왜 내 탓이야?"

"네 탓이지 그럼. 너 이쁜 게 내 탓이니?"

생긴 걸로 이런 시비를 건다면 휘진은 할 말이 없었다. 그리고 이런 시비는 휘진에게 이런 제의가 들어올 때마다 지현과 늘 하던 시비였다.

"연습할 거야?"

지현의 물음에 휘진이 고개를 저었다. 이런 기분으로 연습은 무슨. 할 생각도 달아났고 의욕도 꺾여 버렸다. 아무리 노래를 잘하면 뭘 하나. 어떤 부류의 사람들에겐 휘진은 그저 남들보다 우월한 얼굴과 몸뚱이로만 평가를 받는데.

"언니, 나 성형 수술 할까?"

"……"

"눈도 좀 찢고. 입술도 좀 찌우고. 지방 이식 같은 거. 뭐. 그런 거. 그런 거 좀 해서 살 좀 찌우면……."

"진짜 할래?"

"……"

"당장 병원 알아봐?"

지현의 시선에 휘진이 눈을 내리깔았다. 말도 안 되는 말이란 건 휘진도 안다. 하지만 이렇게라도 해서 이런 거지같은 상황을 벗어나고 싶었다. 한국에서 소속사 대표에게 스폰서를 만나라는 강요를 당하는 것도 모자라 가수로 실력을 인정받기 위해 온 외국에서까지 이런 만남을 제의 받으니 전생에 그녀가 무슨 죄를 지었나 싶은 생각이 들었다.

"내가 잘못이지."

휘진이 무겁게 중얼거렸다.

"내가 멍청했던 걸 누구를 탓해."

"휘진아."

어느새 눈물이 글썽한 휘진의 아픈 눈동자.

"진짜 싫다."

그리고 흘려 버린 눈물. 상처를 받지 않으려 해도 이미 상처투성이인 휘진이 견뎌내기엔 그녀를 둘러싼 세상은 너무 가혹했다. 첫사랑에게 배신당하고, 믿었던 사람에게 배신당하고. 새로운 소속사 대표는 휘진을 돈 많은 투자자에게 팔아대려 안달이고. 대표의 보복으로 제대로 된 무대에 서보지 못한 것도 벌써 4년이 넘었는데 이제는 어렵게 기회를 얻은 무대마저도 잃을 위기에 처했다. 이 제안을 거절하고 경연에 어떤 불이익이 있을지는 생각조차 하기 싫었다.

"진짜 거지같다."

휘진은 멈추지 못하는 눈물을 지현에게 보이기 싫어 손을 들어 눈을 가렸다. 세상이라는 것이 싫어지는 순간이었다.

『죄송합니다. 최대한 정중히 초대를 했지만 그쪽에서 거절을 했습니다.』

닉의 보고에 긍정적인 답을 기다리던 이든의 얼굴이 굳어졌다.

『거절?』

『네.』

『누가?』

『석휘진 씨의 매니저인 이지현 씨에게 연락을 했고, 그 매니저가 거절을 했습니다.』

『그러니까, 왜?』

이든의 목소리엔 당황이 묻어 있었다. 이런 만남을 청할 필요가 없어 누구에게도 청해본 적은 없지만 단박에 거절을 당하니 이든은 믿을 수가 없었다.

『나라고 얘기했어?』

닉이 고개를 끄덕였다.

『그런데 거절을 했다고?』

닉은 다시 한 번 고개를 끄덕였다.

『내가 누군지도 얘기는…… 했겠지?』

설마 하는, 그가 누구인지 알면서도 거절을 했을 리는 없다는, 그런 마음으로 이든은 닉에게 다시 물었다. 보스의 저런 물음, 저런 표정이 당연할 수 있다는 생각에 닉이 그를 안쓰럽게 쳐다보았다. 여태껏 그의 이름으로 누군가에게 거절을 당해본 적이 없는 그였으니 이 거절이 얼마나 충격적일까.

『석휘진 씨가 참가한 국제 뮤지션 페스티벌 경연에 후원을 하는, 세계적으로 유명한 내추럴 힐링 리조트사의 CEO라고 잘못 들을 수 없을 정도로 또박또박 친절하고 정중하게 말해줬습니다.』

『그런데 거절을 해?』

이든의 망연한 모습에 닉은 그를 향한 한숨을 숨기지 않았다. 무려 일주일을 고민에 고민을 거듭하다 그로선 어려운 결정을 한 것인데. 그의 자존심에 있을 수 없는 일의 결과가 이것이었다.

『대체, 왜?』

망연했던 얼굴에 어이없는 웃음이 올라왔다. 아무리 생각을 해도 이건 있을 수 없는 일이었다. 내추럴 힐링 리조트를 빼고라도 그는 어지간한 여자에게 거절을 당하기 힘든 남자였다. 스스로에게 과도한 자신감일 수도 있지만 주관적인 점수를 빼고 객관적인 점수로도 그는 100점 만점에 최소 120점은 되는 남자였다.

『그러게요. 대체 왜, 그쪽에선 거절을 했을까요?』

일말의 망설임도 없는 'NO'에 닉도 너무 당황해 이유를 묻지 못했다. 그래서 그도 그게 의문이었다. 대체 왜?

『아!』

닉의 짧은 외침에 이든이 그를 쳐다보았다.

『보스를 몰라서……..』

『누군지 말해줬다며.』

『그러니까 보스의 얼굴이요.』

닉이 이든의 얼굴을 손짓하며 그가 생각하는 이유를 말했다.

『보스가 유명하긴 하지만 그래도 연예인처럼 얼굴이 알려지거나 하진 않았잖아요. 특히나 저쪽은 외국인이니 보스의 리조트는 알아도 보스의 얼굴은 모를 수도 있어요.』

일리가 있는 말이기는 했다. 실제로 그가 내추럴 힐링 리조트의 CEO란 걸 알게 되는 사람들은 대부분 그들이 생각지도 못한 준수한 외모와 젊은 나이에 모두 놀라했으니까.

『제이슨, 자네 생각은 어때? 일단 내 생각은 닉의 말이 맞는 것 같은데.』

이든이 그의 곁에 선 채 조용히 입 다물고 있는 제이슨을 돌아보았다. 돌아본 제이슨의 얼굴에 살짝 한심함이 묻어 있었지만 이든은 신경 쓰지 않았다. 이런 믿을 수 없는 일이 벌어진 현재, 이든이 신뢰할 수 있는 것은 비록 그를 한심하게 쳐다볼지언정 냉철한 이성을 가진 제이슨의 판단이었다.

『보스의 과도한 자신감이 마음에 걸리기는 하지만, 그럴 가능성이 높긴 하죠.』

이든의 얼굴에 미소가 올라왔다. 곧 죽어도 아닌 것을 맞다고 하지 않는 제이슨이니 그가 한 말이라면 믿을 수 있었다.

『그럼, 내가 가야겠군.』

『보스가요?』

예상치 못한 이든의 말에 닉은 놀라 물었고 제이슨은 눈썹을 구겼다.

『닉, 그녀가 어디에 있는지 알아봐.』

『경연장에 있습니다. 오늘이 경연 녹화일이거든요.』

『그럼 그리로…….』

『대기 중인 결재 서류가 총 4건입니다.』

제이슨이 의자에서 엉덩이를 떼는 이든은 붙잡았다. 하지만 그의 붙잡음도 이미 휘진을 만나러 가기로 마음먹은 그를 막을 수는 없었다.

『가면서 하면 되잖아.』

『보스.』

『제이슨. 이건 내게 무척 중요한 일이야.』

『여자를 만나는 일은 늘 중요한 일이죠. 하지만 근무 시간에는 일만 해주셨으면 하는 바람이 있네요. 보스!』

제이슨이 힘주어 그를 불렀다. 하지만 이든은 그의 그런 부름은 가볍게 흘려 넘기고 재킷을 입었다.

『무려 운명이야.』

『하아.』

제이슨이 한숨을 쉬었다. 벌써 일주일 동안 제이슨은 닉과 함께 저 '운명'이라는 단어를 수도 없이 들었다.

『정말 믿을 수 없게도 내게 나타난 운명의 여자야.』

저 말 역시 수도 없이 들었다. 첫눈에 반한 여자와 결혼을 한 이든의 조부님 얘기와 함께. 그리고 이든은 전에는 믿지 않았던 조부의 말을 이제는 믿는다고도 했다. 조부에게 일어났던 일이 그에게도 일어났고, 그것은 곧 운명이라고.

『보스의 운명의 여자라면 저녁 초대에 응했겠죠.』

『그러니까 가려는 거야. 그녀가 날 보지 못해서 거절했을 거니까.』

이든이 제이슨의 양어깨를 잡으며 말했다.

『날 보면 그녀도 내게 운명을 느낄 거야. 나처럼.』

『보스.』

제이슨은 눈동자마저 빛나는 이든을 보며 마음이 답답했다. 세상 누구보다도 현실적인 그가 운명론자도 아니면서 잡지 못하는 뜬구름 같은 운명을 운운하고 있으니. 아무 여자에게나 쉽게 빠지는 남자가 아닌데 겨우 한 번 본, 그것도 무대에서 노래하는 모습만을 본 여자에게 이든은 너무 깊이 빠져 있었다. 일과 후에 TV에 방영된 그녀의 모습을 수도 없이 돌려보는 것은 이해를 했지만 근무 도중 일까지 내팽개치며 그녀를 만나러 가겠다는 대목에선 제이슨은 결국 머리를 저었다.

『제이슨.』

닉이 제이슨을 부르고 고개를 저어 보였다. 지금 그들이 하는 말은 이든에게 들리지 않을 것을 아는 탓이었다. 운명까지는 모르겠지만 확실히 이든은 휘진에게 빠져 있는 것이 맞았다. 그의 눈을 가린 여자를 직접 만나기 전까지는, 그로써 그가 주장하는 운명이라는 것을 확인하기 전까지는 그답지 않은 이런 행동들을 멈추지 않을 것이었다.

『나가시죠. 일은 차 안에서 하시고.』

제이슨의 일그러지는 표정을 보며 닉이 사무실 문을 열었다. 그리고 걷는 걸음마저 들뜸이 묻은 이든의 모습을 보고 제이슨은 나오는 한숨을 숨기지 않았다.

『그런데 이대로 괜찮을까?』

『뭐가요?』

『머리 손질을 좀 해야 하지 않겠어? 옷도 너무 딱딱해 보이는데. 갈아입을까?』

엘리베이터에 비친 모습이 마음에 안 드는 듯 이든은 자꾸만 머리를 만지고 옷을 만지작거렸다.

『후우.』

이든의 이런 낯선 모습에 제이슨이 한숨을 쉬자 닉이 그의 어깨를 살짝 쳤다.

『충분히 멋있습니다.』

『면도를 다시 할까? 수염이 좀 올라온 거 같은데. 지저분해 보이시 않아?』

『거의 안 보입니다.』

『타이도 좀 별로인 거 같은데…….』

『잘 어울립니다.』

닉이 인내심을 가지고 대답했다.

『그래도…….』

『그냥 사무실로 다시 올라가시죠.』

닉과 달리 이든의 이런 설렘 가득한 모습이 적응 안 되는 제이슨의 말에 이든은 입을 다물었다. 이든은 제이슨의 눈치를 보며 경연장으로 가는 차 안에서 그가 건네주는 서류들을 꼼꼼하게 확인했다.

『닉.』

『네.』

『진짜 이상하진 않지?』

닉을 향한 이든의 물음에 기어이 제이슨의 인내심이 끊어졌다.

『닐슨. 10분 안에 경연장에 도착하지 않으면 내가 보스를 차 밖으로 던져 버릴지 몰라.』

제이슨이 운전석과 연결된 인터폰을 눌러 말하자 이든은 다시 입을 다물었고 차의 속도는 높아졌다.

『내리세요. 도착했네요.』

『제이슨.』

이든이 그를 불렀지만 이미 정신이 피곤해진 제이슨은 그가 보는 앞에서 눈을 감아버렸다.

『닐슨이 운전을 잘했으니까 보너스는 따로 챙겨주세요. 그리고 닉. 난 저 안까지는 따라가고 싶지 않으니까 나머지는 네가 해.』

절대 차에서 내리지 않겠다는 제이슨의 의지 표명에 이든이 어깨를 으쓱하고 닉과 함께 차에서 내렸다.

관계자 외 출입이 통제되는 국제 뮤지션 경연장도 그의 이름 앞에선 그 문을 쉽게 열었다. 본격적으로 경연이 시작되기 전이라 출연자들은 각자 그들의 대기실에 있었다. 이든은 휘진의 이름이 붙어진 대기실 앞에서 숨을 멈췄다. 문 하나를 사이에 두고 있을 뿐인데도 이렇게 떨리는 마음. 문고리를 잡지 못하는 손도 그의 심장처럼 떨리고 있었고 이내 배어나는 식은땀에 이든은 자조적인 웃음을 흘렸다. 그의 인생에 이런 적이 있었을까 생각을 해봐도 떠오르지 않는 낯선 순간. 떨림과 설렘, 초조함과 두려움. 그리고 기대되는 한 사람과의 운명적인 순간. 이든은 용기를 내 대기실의 문을 열었고 곧 그를 향한 목소리를 들었다.

『누구시죠?』

휘진의 시선이 그에게 닿았다. 객석으로 향해 의미 없이 그를 스쳤던 시선이 아닌 오롯이 그를 향한 시선에 이든은 마음이 떨렸다.

『이든…… 레넌스입니다.』

『경연 관계자인가요?』

휘진이 물었다. 한 달이 넘는 경연에 대부분의 스태프들은 알지만 눈앞에 금발의 남자는 본 적이 없기 때문이었다.

『아뇨. 나는…….』

경연 관계자가 아니라는 말에 휘진이 미간을 구겼다.

『미안하지만 관계자가 아니면 나가주시겠어요?』

『내추럴 힐링 리조트의 대표예요. 오늘 아침에 당신을 저녁 식사에 초대했다 거절당한.』

이든을 향해 있던 검은 눈동자에 경멸이 스며들었다. 그녀의 표정에서 이든은 휘진이 그의 초대를 오해했음을 알 수 있었다.

『오해하게 했다면 미안해요. 그런 가벼운 뜻으로 당신을 초대한 건 아니에요. 그냥 순수한 의미로 당신을 만나고 싶었어요. 지난번 경연 때 초대를 받아서 객석에서 당신을 봤거든요.』

이든이 해명을 하며 그녀에게 다가갔다. 하지만 휘진은 얼굴을 찌푸리며 의자에서 일어났다.

『멈춰요.』

『미안해요. 당신을 놀라게 할 생각은 없었어요. 나는 그러니까…….』

『나가요.』

『휘진.』

『경비를 부를 거예요.』

휘진이 의자 뒤로 몸을 숨기며 불안하게 대기실의 문을 쳐다봤다. 당장이라도 소리를 지를 것 같은 휘진을 보며 이든은 마음이 다급해졌다. 경비가 와도 그를 상대로 어쩌지는 못하겠지만 어지간하면 그의 사적인 일을 외부로 알리고 싶지는 않았다.

『결혼합시다.』

무슨 말이든 해 그녀를 붙잡아야 한다는 생각에 뜬금없이 튀어나간 말. 스스로 뱉어 그에게도 들린 말에 이든은 놀라 버렸다.

그녀에게 운명이란 감정을 느끼긴 했지만 그 구체적 결말이 청혼일 거라곤 생각해 보지 않았다. 하지만 그 놀람이 실수라고 느껴지진 않았다. 스스로도 당황스러운 이 말 끝에 든 생각은 그녀에게 한 '결혼합시다' 라는 말을 취소하는 것이 아니라 그 말을 '현실로 만들자' 였다. 그 즉흥적이면서도, 당황스러우면서도 뭔가 모르게 아주 잘했다는 뿌듯한 생각. 그런 희한한 감정의 변화에 이든은 웃음이 나왔다.

무슨 일이든 이렇게 충동적으로 결정한 적이 없는데 그는 다른 사람이 보면 이상하다 생각을 할 정도로 충동적이었다. 그녀를 만나러 이곳으로 온 것도, 그녀를 만남에 이렇게 청혼을 해버린 것도.

『그렇게 웃는 것을 보니 스스로 말을 하고 어이가 없는 모양이네요. 그 말을 들은 나처럼.』

부정적인 반응이 분명한 휘진의 말에 이든이 한쪽 눈썹을 올리며 좀 전과는 다른 미소를 지었다.

『어이가 없는 게 아니라 놀라서요. 내가.』

이든은 한 발자국 휘진의 앞으로 몸을 옮겼다.

『멈춰요.』

다시 차갑게 제지하는 휘진은 그에게 틈을 주지 않았다. 이든은 그런 휘진에게서 두려움이 섞인 다가섬을 허락지 않는 단단한 벽을 느꼈다.

『이상한 사람 아니에요.』

『충분히 이상한 사람이에요. 처음 본 사람에게 청혼을 하는 사람은.』

『처음이 아니에요. 난 오늘로 당신을 두 번 봤으니까. 지난 주 무대에서. 그리고 오늘. 그리고 지난 일주일 동안 당신에 대해서 수도 없이 알아봤어요. 그래서 당신이 누군지 알아요.』

그의 말에 휘진의 얼굴이 굳어졌다. 이런 식으로 접근을 하는 사람들의 유형을 알았다. 그리고 이 남자와 비슷한 유형의 사람들은 대부분이 그녀의 팬임을 자청한 다른 목적을 가진 사람들이었다. 아주 진절머리가 나는.

『난 당신을 지금 처음 봤어요. 앞으로 더 볼 생각도 없고. 그러니 이만 나가주시겠어요?』

그녀의 비켜달라는 재요청에 이든이 아무런 움직임도 보이지 않자 휘진이 짜증스런 한숨을 쉬었다. 그리고 강한 눈빛으로 그를 노려보았다. 이렇게 질척대는 남자에겐 절대 약한 모습을 보여선 안 된다는 걸 지난 수년간 질리도록 겪어 알고 있었다.

『경비를 부를까요?』

『불러도 그들은 날 쫓아내지 못해요.』

이든은 여유 있는 모습으로 휘진을 향해 웃었다. 이 상황에서 그의 마음을 뺀다면 유리한 것은 그였다. 단순한 경연에 참가한 한국의 일개 가수보다는 그의 유명세가 이곳에선 더 먹혀들었으니까.

『답할 시간 얼마나 줄까요?』

이제는 단순히 그를 흔든 여자가 아닌 그가 필히 붙들어야 할 여자가 된 휘진을 보고 이든은 문에 몸을 기대었다. 그녀가 재빠르게 움직이더라도 그를 피해 도망갈 수 없도록. 그의 다분한 의도가 있는 행동에 휘진의 얼굴이 일그러졌다.

『이봐요.』

『이든. 그게 내 이름이에요.』

이든이 다시 한 번 친절히 그의 이름을 알려주었다. 그의 친절함에 그녀가 그 이름을 불러주길 바라면서.

『당신 이름은 궁금하지 않아요. 다시 볼 일 없는 사람이니까.』

하지만 휘진은 만만하지 않았다. 비킬 생각 없는 그를 노려보며 그와는 반대로 휘진은 의자 뒤 벽에 몸을 기대 그와의 거리를 떨어뜨렸다.

『현명하네요. 낯선 남자를 상대로 거리를 띄우는 일.』

스스로의 행동과 어울리지 않는 이든의 말에 휘진이 미간을 구겼다. 휘진은 문을 막아선 그가 겁이 났지만 태연하게 겁먹은 자신을 숨겼다.

『당신 같은 사람 많이 겪어봤어요.』

그녀의 말에 이든의 얼굴이 일그러졌다. 감히 어떤 정신 나간 놈이 그녀에게 수작을 부렸을까? 생각만으로도 치미는 가슴속의 뜨끈한 무엇이 그를 당황스럽게 했다.

『그리고 미안하지만 당신이 하는 어떤 생각, 어떤 관계에 대해 일말의 관심도 없어요. 그러니 좋게 얘기할 때 비켜주면 고맙겠군요.』

『당신의 그 생각. 재고해 달라고 부탁을 하고 싶군요. 나도 이런 일은 처음이라 솔직히 당황스럽거든요.』

이든이 현재의 그의 마음을 솔직하게 말했다.

『당신 때문에 일주일 동안 잠을 제대로 못 잤어요. 일도 제대로 못 했고. 시도 때도 없이 떠오른 당신 때문에. 오늘도 당신이 내 저녁 초대를 거절해서 직접 온 거예요. 그런데 당신은 날 이상한 사람으로 보고 있으니…….』

저녁 초대를 운운하는 말에 휘진은 미간을 구겼다. 그녀가 원하지 않는 초대를 해달라 청하지도 않았는데 왜 그 거절이 그녀의 탓이 된 건지. 휘진은 답답한 한숨을 쉬고 그에게서 고개를 돌렸다. 처음 본 이든과의 신경전이 피곤해졌다. 잠을 못 잔 것은 그녀도 마찬가지였다. 단지 다른 것은 그는 그녀로 인해 잠을 못 잤고 그녀는 경연으로 인한 스트레스로 잠을 못 잤다는 것뿐.

이 신경전에 먼저 지친 것은 휘진이었다. 십수 년을 연예인으로 살면서 사람들의 시선이 익숙한 그녀도 무시하지 못할 만큼 그녀에게 닿아 있는 그의 시선은 흐트러짐이 없었다.

『사람을 참 당황하게 하시네요.』

『안타깝네요. 내 진심이 당신을 당황스럽게만 했다니.』

그가 원한 답은 아니었지만 기다림의 보람은 있었다. 피곤한 기색 역력한 지친 답이라도 휘진은 그에게 눈길을 주었으니까. 그 시선의 닿음이 이렇게나 심장을 떨리게 할 줄은, 생전 처음 겪는 유치한 기쁨에 이든이 기분 좋게 웃었다.

『뭘 바라셨나요?』

휘진의 지친 목소리가 그에게 물었다.

농담처럼 가볍게 말을 할까, 달싹이는 입을 막아버릴 만큼 무거운, 그에게도 생소한 진심을 말할까 고민이 되는 순간 이든은 자신에게 다가온 그녀의 건조한 시선을 느꼈다. 그 눈동자에 담긴 지친 기색. 그녀에게서 느껴지는 이유 모를 힘듦이 그의 마음을 무겁게 눌렀다.

이 여자는 지쳐 있구나. 단순하게 이 상황이 아닌 버거운 무언가에 힘들게 버티고 있구나. 그런 생각이 들었고 그래서 이든은 알았다. 그가 느꼈던 어떤 것을 그녀는 느끼지 못했고, 그의 무엇도 그녀에겐 닿지 않는다는 것을.

『운명 같은 거? 난 그랬어요. 당신에게. 내가 느낀 운명이 정말 맞다면? 당신도 날 보고 같은 걸 느끼지 않았을까 하는 그런 바람.』

　그래서 어찌할 수 없이 찾아온 횡한 마음을 그녀에게 숨기지 않았다.

　처음 시작도 없이 끝나 버린 짝사랑의 결말이랄까, 어쩌면 원망일지도 모를 그녀를 향한 서운함이었다.

　『미안하군요.』

　전혀 미안함의 감정이 느껴지지 않는 말에 이든은 그저 씁쓸한 미소를 지을 수밖에 없었다.

　『괜찮아요. 첫눈에 반했다는 것 따위의 가벼운 운명을 바라진 않았으니까.』

　실제로 첫눈에 반했다라는 상황이 너무도 잘 맞는 그가 하기에는 모순이 있는 말이지만 이든은 휘진에게 지금 당장 그와 같은 것을 느껴달라 강요할 수 없었다. 그러기엔 그녀에게서 느껴지는 것들이 무척 무거웠기 때문이었다. 다른 사람들에게선 한 번도 느껴보지 못한 그런 생소한 감정들. 그래서 슬펐다. 이런 것들을 단 한순간에 느낄 만큼 그에겐 운명인데 그 운명을 그녀는 알아보지 못하는 것이.

　『만나서 반가웠어요.』

　불현듯 왔던 운명처럼 불현듯 깨달은 기다림의 시간에 이든은 문에서 몸을 일으켰다. 이제 그가 할 것은 몸을 돌려 이 문을 열고 나가는 것인데 손잡이를 잡아야 할 손을 미련이 붙잡았다. 이대로 나가면 다시 그녀를 볼 수 있을까. 아니, 다시 이렇게 그녀에게 다가갈 기회가 있을까. 그래서 간절해졌다. 그가 느낀 이 운명을 부디 언제라도 그녀가 느껴주기를.

『후에라도 당신이 느끼는 무언가가 있다면…… 언제라도 좋아요. 당장의 십 분 후라도, 언제가 될지 모를 어느 날에라도.』

나는 이 자리에 있을 것 같으니까. 이든은 마지막 그의 말은 가슴에 담고 휘진의 대기실을 나왔다.

주마다 진행되는 몇 번의 경연에서 휘진은 실력을 인정받아 준결승까지 진출을 했다. 그녀의 준결승 진출이 한국에 전해지며 그녀는 다시 한국 언론에 주목을 받기 시작했다. 십대 아이돌 가수로 시작해서 아시아를 제패했던 그녀가 몇 년간의 슬럼프를 극복하고 이제는 전 세계를 사로잡을 준비가 되었다는 기사가 연일 쏟아져 내렸다.

연습을 끝내고 기분 좋게 숙소로 돌아온 휘진에게 지현이 다가와 꽃 한 송이를 건넸다.

"오늘도 왔어. 이 꽃."

휘진은 꽃잎이 화려한 라넌큘러스를 받고 생각에 잠겼다. 지난주 대기실에서 청혼을 했던 이상한 남자를 만난 다음 날부터 하루도 거르지 않고 배달이 된 꽃. 휘진은 매혹이라는 꽃말을 가진 이 꽃을 그가 보낸 것이라 생각하고 있었다. 그래서 이 꽃을 받을 때마다 마음이 심란했다.

차라리 팔에 품지 못할 아름드리였다면 그때의 어이없는 청혼처럼 그녀의 환심을 사기 위함이라 치부하고 쓰레기통으로 던져 버렸겠지만 매일매일 그녀에게 도착하는 꽃은 귀하디귀한 특이한 꽃도 아닌, 그저 투명한 물병에 잠긴 오직 한 송이였다. 아무 메모도 없이 그저 싱그러운 꽃잎만 아름다운 한 송이. 그래서 오늘도 휘진은 어쩔 수 없이 이든을 떠올렸다.

『후에라도 당신이 느끼는 무언가가 있다면…… 언제라도 좋아요. 당장의 십 분 후라도, 언제가 될지 모를 어느 날에라도.』

기다리겠다는 말을 숨긴 슬퍼 보였던 눈빛이 자꾸 떠올라 마음이 불편해졌다.

"휘진아, 꽃."

지현의 외침에 급하게 손으로 옮겨진 그녀의 시선. 하늘거리던 분홍 꽃잎이 그녀의 손안에 구겨져 있었다.

"누가 보냈는지 모르는 꽃이지만 좀 소중히 다루지? 그래도 백만 년 만에 받아보는 꽃인데."

지현의 타박에 휘진이 어색하게 웃으며 구겨진 꽃을 테이블에 올려놓았다. 지현은 휘진에게 등을 돌려 이미 구겨져 펴지지 않을 꽃잎을 만졌다. 무언가 할 말이 있는 듯 휘진에게 감춘 그녀의 얼굴이 어두웠다.

"휘진아, 우리 경연 끝나면 여행 갈까?"

"그럴 시간 어디 있어? 한국 바로 가야지. 나 여기 경연 준결승까지 올라간 걸로 반응 좋다며. 스케줄도 잡아났으면서 놀 궁리야?"

휘진의 기대에 찬 목소리에 지현은 마음이 무거웠다. 다시 활동하길 바라는 휘진의 꿈이 또다시 꺾인 걸 어떻게 알려주어야 할까. 지현은 차마 입이 떨어지지 않았다.

"기대돼. 싱글이지만 내 노래로 다시 무대 서는 거. 너무 오래 못 했잖아. 컨셉 어떤 걸로 할까? 자작곡으로 하는 건 무리겠지?"

번번이 그녀의 활동을 방해하는 대표로 인해 벌써 몇 년째 앨범 제작은커녕 이렇다 할 스케줄도 없었던 그녀였다. 그래도 이번엔 국제적인 이목을 받고 있으니 대표의 방해도 이겨낼 구실이 생겨 싱글 앨범을 내기로 했다.

"싱글이라도 내는 게 어디야? 자작곡은 나중에 소속사 옮겨서 정규앨범 내면 그때 쓰지 뭐."

"휘진아, 그게……."

지현은 꽃을 만지던 손을 멈추고 그녀를 돌아보았다. 전에 없이 생기가 가득한 눈빛이 있었다. 이렇게 노래를 좋아하고 무대를 갈 망하는 휘진을 또다시 절망으로 밀기는 싫은데. 지현이 얼굴에 휘진을 향한 안쓰러움이 묻었다.

"……언니."

휘진의 작은 부름에 지현은 다시 그녀를 덮치는 절망의 그림자를 보았다. 반짝이던 눈동자가, 그 눈동자의 생기가 눈물로 가려지는 것이 보였다. 이제는 말하지 않아도 알아버릴 수밖에 없을 정도로 익숙한 상황들.

"미안해. 한국에 잡아놓은 스케줄 다 취소됐어."

"……."

"네 싱글…… 작업도."

지현은 대표의 횡포를 또다시 막지 못했다는 미안함에 고개를 숙였다. 다시 받은 상처에 눈물 흘릴 휘진을 차마 볼 수가 없었다. 노래만 하고 싶은 휘진의 날개를 자꾸만 꺾으려 하는 대표를 용서

할 수 없지만 휘진에게 치명적인 약점을 잡고 있는 대표를 막을 수가 없었다. 그녀가 할 수 있는 것은 이렇게 휘진을 숨겨 그녀를 스폰서에게 보내려는 대표의 계획을 어그러뜨리는 것뿐이었다. 그럴 때마다 휘진의 꿈은 산산이 부서졌지만 휘진이 망가지는 것보다는 그녀의 꿈이 망가지는 것이 나았다.

"조금만 참자. 이번 경연만 잘 치르자. 결승도 가고, 우승도 하고……"

지현이 힘겹게 얼굴을 들어 휘진을 보았다. 하지만 차라리 보지 말 것을. 이렇게 아프게 소리 내지 못하고 눈물 흘리는 휘진의 얼굴을. 이 얼굴을 다시 보는 것이 지현은 마음 아팠다. 지현은 위로조차 이제는 상처가 되는 것을 알아 조용히 휘진을 안아주었다. 그녀의 품에서도 소리 내지 못하는 휘진의 울음이 가슴을 적셨다. 어떻게 해야 이 아픈 눈물을 멈추게 할 수 있을까. 지현은 몇 년을 고심해도 멈춰주지 못한 휘진의 눈물에 함께 울어주는 것도 미안해 억지로 눈물을 참았다. 울지 말라고 쓸어주는 등이 떨리고 있었다.

희망이 절망이 되어버린 밤은 너무도 길었다. 휘진도 지현도 잠들지 못한 밤. 어김없이 날은 밝았고 지현은 휘진을 깨우려 그녀의 방문을 열었다. 하지만 깨울 필요도 없이 침대에 우두커니 앉은 그녀를 보았다. 아마도 잠을 자지 않는 듯했다.

"휘진아."

지현의 부름에 휘진은 그녀를 보지 않았다. 그저 조용히 몸을 일으켜 경연장으로 갈 준비를 했다. 경연장으로 가는 차는 두 사람의 기분을 말해주는 듯 무거운 침묵으로 가득했다.

"경연만 생각해. 나머지는…… 그냥, 나중으로 미루자."

우울하게 생각해 봐야 당장은 해결책이 없음을 알기에 휘진은 고개를 끄덕였다. 경연장에 준비된 그녀의 대기실에서 휘진은 복잡한 마음을 비우려 심호흡을 했다. 이제는 정말 무거움을 떨쳐야 할 시간. 절망이 그녀를 삼켰지만 지금은 그 절망을 이겨내야 할 때였다. 휘진은 반드시 이 경연에 우승을 하겠다고 마음먹었다. 다시는 대표가 그녀의 무대를 빼앗지 못하도록, 대표의 횡포를 막아낼 정도로 사람들이 그녀의 무대를 원하도록.

마음을 단단히 먹은 휘진은 물로 목을 축이고 짧은 발성을 했다. 하지만 목소리가 나오지 않았다. 목이 너무 잠겼나 싶어 다시 한 번 힘을 주지만 좀처럼 트이지 않는 목은 꺼끌꺼끌한 짧은 신음성만 흘려보냈다.

"휘진아, 왜 그래?"

지현의 놀란 물음에 휘진이 목을 잡고 다시 힘을 주었다. 하지만 나오는 것은 별반 달라지지 않는 잠긴 신음성뿐.

"아. 음! 흠!"

"휘진아, 말해봐. 발성하지 말고 말을 해봐. 아무 말이나."

다급한 지현의 말에 휘진은 발성 대신 말을 하려고 입을 열었지만 뜻대로 목소리가 나오지 않았다.

"안 나와? 천천히. 심호흡하고. 다시 해봐. 말. 아무 말이나."

곁으로 다가온 지현이 조급함을 누르며 휘진의 눈을 마주했다. 휘진은 두려움을 느끼며 천천히 입을 벌렸고 목소리를 내보내려 배에 힘을 주었다. 하지만 성대의 떨림은 느껴지지 않은 채 빈 공기만 입을 통해 뱉어지고 있었다.

"어떻게…… 어떻…… 왜……."

어찌할 바를 모르는 지현의 목소리에 휘진의 눈동자가 불안하게 떨렸다. 무대에 서야 하는데, 우승을 해야 하는데…… 준결승 무대를 앞에 두고 목소리를 잃어버리다니. 너무 큰 충격에 휘진은 다리에 힘이 풀렸다.

"휘진아!"

어떻게 이런 일이. 어떻게…… 어떻게…….

지현이 주저앉은 휘진을 부축해 일으켰다.

"휘진아. 괜찮아. 아무것도 아닐 거야. 긴장해서 그래. 긴장해서. 잠시만, 잠시만 있어봐."

지현이 휘진을 소파에 앉히고 물을 가져다주었다.

"물 마셔. 물 마시고 호흡 좀 가다듬어 봐."

휘진은 혹시나 하는 희망으로 지현이 시키는 대로 물을 마시고 호흡을 가다듬었다. 그리고 조금의 시간이 지나 다시 입을 열었지만 목소리는 나오지 않았다.

"일단, 일단 병원부터 가자. 아직 경연까지 시간 있어. 충분해. 휘진아. 병원부터 가보자."

휘진을 끌고 다급하게 경연장을 나온 지현은 경연 관계자에게 부탁해 근처의 병원으로 향했다. 병원에 도착해 의사의 진료를 기다리면서도 자꾸만 목으로 손이 가는 휘진은 두려움에 떨고 있었다. 이대로 목소리가 나오지 않으면 어떻게 해야 하는지. 그려지지 않는 미래가 끔찍했다.

"괜찮아. 괜찮을 거야. 그냥. 긴장해서 그럴 거야. 걱정하지 마."

지현이 휘진의 어깨를 끌어안으며 아무 일 아닐 것이라고 그녀를 다독였다. 하지만 의사의 진료가 끝난 후 지현은 더 이상 휘진을 위로할 수가 없었다.

『함묵증은 자발적인 언어 거부이기 때문에 중요한 치료법은 원인을 해소하고 심리적인 거부를 없애는 것입니다. 환자의 경우 아무래도 경연 준비 과정에 극도의 스트레스를 받은 것이 원인이 된 것 같습니다.』

의사의 말이었다. 경연 준비 과정의 극도의 스트레스. 휘진은 경연 준비에는 어떤 스트레스도 받지 않았다. 오히려 너무도 오랜만에 마음껏 노래할 수 있다는 것에 한없이 들뜨기만 했을 뿐. 휘진이 힘들었던 순간은 어제뿐이었다. 희망이 꺾였던 어제. 지현은 억장이 무너졌다. 결국 대표는 휘진의 무대를 빼앗고 여자의 자존감을 무너뜨린 것도 모자라 목소리까지 잃게 만들었다.

『그럼 어떻게 해야 하죠?』

『일단 시간을 두고……..』

『죄송합니다만. 오늘 저녁에 무대에 서야 해요. 그때까지는 방법이 없을까요?』

지현의 다급한 물음에 의사는 곤란하다는 듯 고개를 저었다.

『환자의 심리에 따라 치료 기간은 다르겠지만 이런 경우 하루이틀로는 치료가 불가합니다.』

당장은 방법이 없다는 말에 지현의 눈앞이 깜깜해졌다. 휘진이 어떤 표정을 짓고 있을지 그녀의 얼굴을 보는 것이 두려웠다.

"휘진아."

두려움이 담긴 부름에 휘진은 반응을 보이지 않았다.

"휘진아."

혼이 빠져나가 버린 것처럼 멍한 휘진을 지현이 끌어안았다. 어제도, 오늘도 휘진이 상처받는 순간엔 그저 안아줄 수밖에 없는 자신의 무능함이 너무도 싫었다.

지현은 너무 큰 충격에 눈조차 깜빡거리지 못하는 휘진을 데리고 숙소로 돌아왔다. 이지를 잃은 것처럼 움직이지도 못하고 멍한 눈동자에 아무것도 담지 못하는 휘진을 침대에 눕혀주었다.

"휘진아. 지금은…… 아무 생각 하지 마."

지현의 걱정 어린 말에 휘진은 눈을 감아버렸다. 할 수만 있다면 지현의 말처럼 아무것도 생각하지 않고 머리를 비워 버리고 싶은데 그것은 말처럼 쉬운 것이 아니었다. 소속사 대표의 반대에도 고집스레 밀어붙인 일이 이렇게 허망하게 끝이 나버렸으니 한국으로 돌아가면 어떤 일이 휘진을 기다리고 있을지 굳이 알려 하지 않아도 뻔했다. 대표의 횡포에 속수무책으로 끌려 다닐 것을 생각하니 벌써부터 끔찍해졌다. 이번 경연에서 좋은 결과를 얻어 자력으로 대표와 맞서 무대를 찾고 싶었는데. 그 희망이 이렇게 허망하게 무너져 버렸다.

휘진은 답답함에 숨이 막히는 가슴을 두드렸다. 하지만 가슴에 피멍이 들도록 쳐대도 가슴은 시원해지지 않았다. 할 수만 있다면 이 순간에서 휘진은 도망을 치고 싶었다. 아무도 그녀를 모르는 곳으로. 그녀를 찾을 수 없는 곳으로 가 숨고만 싶었다. 이런 세상이, 이런 세상을 버텨야 하는 것이 이젠 힘에 부쳤다.

휘진은 그 참을 수 없는 절망에 지현이 그녀의 방에 없는 틈을 타 모자를 눌러쓰고 숙소를 나왔다. 아무도 그녀를 알아보지 못하도록 모자를 눌러쓰고 한참을 걷기만 했다. 이렇게 걷다 보면 길 어딘가의 끝에 닿아 사라서 버릴 수 있을 것만 같은 희망을 가지고. 하지만 아무리 다리가 아프도록 걸어도 길은 끝나지 않았다. 걷는 도중 밝아버린 세상이 그녀를 맞았고 휘진은 결국 걸음을 멈추고 말았다.

자신의 삶은 이렇게 모자의 챙이 만드는 그늘처럼 어둡기만 한데. 자신만 빼고 다 밝은 세상을 보며 휘진은 세상에 대한 배신감을 느꼈다.

모든 것이 원망스러웠다. 이렇게 서러운데, 이렇게 억울한데. 소리라도 지르며 울고 싶은데 목소리가 안 나왔다. 그래서 비참해졌다. 맘껏 울어 이 서러움을 토해내지도 못하는 자신이.

"의! 으읍. 으으으."

목을 부여잡고 아무리 입을 벌려도 나오는 것은 소리가 되지 못하는 신음성뿐이었다. 모든 걸 다 잃고 고작 남은 것이 이 하나였는데. 이마저도 잃고 이제는 어떻게 해야 하나. 휘진은 흐려진 눈앞에 아무것도 보이지 않았다.

가수로서 목소리를 잃었으니 이제는 돌아갈 곳이 없었다. 이럴줄 알았으면 대표의 말을 들었을 것을. 이딴 몸뚱이 하나 뭐가 아까워 아낀다고 싫다고 버텼는지. 그냥 눈 한번 감고 스폰서를 두었으면 이렇게 무대가 목말라 버둥대지는 않았을 텐데. 고집스레 버텼던 끝의 결과가 이럴 줄 알았으면…… 이럴 줄 알았으면…….

어리석은 후회가 들었다. 그럼에도 이 후회를 끊지 못하는 것은 이제는 꿈꿀 수 없다는 참담한 현실 때문이었다. 그리고 그 후회를 끊지 못하는 스스로가 비참해 휘진은 결국 무너져 버렸다.

오가는 사람들이 길거리에 우두커니 선 채 우는 그녀를 쳐다보았다. 그들의 시선이 그녀를 스쳤다. 분명 어제까지만 해도 아무렇지 않았던 사람들의 시선이 지금은 너무도 아팠다. 이제는 그 시선이 버거워 휘진은 그림자 짙은 골목으로 숨어버렸다.

휘진은 어두운 그늘 속에 몸을 숨기고 멈추지 않는 눈물을 흘렸다. 이대로 세상이 끝나 버렸으면 좋겠다. 눈물에 끝에 휘진이 한 생각은 이것이었다. 그녀만 빼고 모두가 밝은 이 세상에 그녀의 자리는 없으니 이대로 사라져 버리면…….

울음을 멈춘 휘진이 숨을 몰아쉬며 벽에 기대었다. 그리고 불안한 눈동자로 골목 안을 두리번거렸다. 그녀가 버리고 싶은 세상의 마지막이 이런 어두운 골목이라는 게 묘하게 위안이 되었다.

『레이디?』

무서운 생각으로 좀먹히고 있던 그녀에게 낯선 목소리가 들렸다. 이전이라면 두려웠을 낯선 곳에서 들리는 낯선 남자의 목소리가 이젠 두렵지 않았다.

『Mr. 레넌스가 보냈습니다.』

낯선 목소리가 낯설지 않는 이름을 말했다. 그 이름 하나에 휘진은 빛이 스며드는 골목 끝으로 고개를 돌렸다. 낯선 목소리처럼 낯선 남자들이 서 있었다. 아무 경계도 보이지 않는 휘진의 모습에 당황한 것은 그녀를 보는 남자들이었다. 최대한 휘진이 놀라지 않게 그녀를 보호하라 했던 이든의 말이 떠올랐지만 그런 염려는 할 필요가 없었던 듯했다. 두 남자 중 안경을 쓴 남자가 어디론가 전화를 했고 곧 전화를 끊었다. 그리고 그녀의 전화가 울렸다.

『받으세요. Mr. 레넌스입니다.』

하지만 휘진은 그들의 말을 듣지 않았다. 끈질기게 울리는 전화가 끊겼다. 하지만 전화는 이내 다시 울렸고 안경을 낀 남자는 그녀에게 말을 걸었다.

『받을 때까지 전화를 할 겁니다. 그리고 우리는 레이디가 전화를 받지 않더라도 레이디를 보호할 거고요.』

안경을 쓴 남자의 말처럼 휘진이 고집스레 받지 않은 전화는 몇 번을 끊겼다 계속 울렸다.

『계속 받지 않으면 보스가 이리로 올 수도 있어요. 우리를 보낼 정도로 레이디에 대한 걱정이 무척 크거든요.』

안경을 쓴 남자와 다르게 부드러운 인상을 한 남자가 옅게 웃으며 말을 했다.

『일단 받으세요. 그래야 보스가 우리에게 다음 지시를 내릴 수 있으니까요.』

이든의 지시가 아니면 언제까지라도 이렇게 그녀를 지키고 있을 것이란 말이었다. 휘진은 어리석은 그녀의 생각을 방해한 그들이 마뜩찮았다. 하지만 한눈에 보기에도 건장한 두 남자를 그녀가 이길 승산은 없었다. 휘진은 이든의 전화를 받았다.

—휘진? 나예요. 이든. 괜찮아요?

단 한 번 들었던 목소리가 들렸다. 그 목소리가 그녀를 불렀고 그녀를 걱정했다.

—걱정했어요. 많이.

진심이 담긴 목소리가 그녀에겐 무감하게 들렸다.

—사실은, 당신을 지켜보고 있었어요. 그래서 지금의 당신 상황을 알아요. 당신이 힘들 것도.

자신의 상황을 안다는 이든의 말에 모자 그늘 아래 휘진의 눈동자가 흔들렸다.

―당신을 도와주고 싶어요.

무엇을 도와주고 싶다는 것인지, 왜 자신을 도와주겠다는 것인지. 도움 따윈 필요 없다 말을 해주고 싶은데 당장에 휘진은 할 수 있는 것이 없었다.

―난 당신에게 아직도 호감을 가지고 있어요. 하지만 당신이 힘든 이 상황을 이용할 생각은 없어요. 그저, 난 당신이 너무 걱정될 뿐이에요.

비록 첫 만남이 유쾌하지 않았던 남자였지만 혼자서 감당하기 힘들 그녀를 걱정하는 마음은 진심 같아 휘진은 굳게 닫은 입안으로 여린 살을 깨물었다. 그의 진심을 느끼는 마음조차 휘진은 힘들기만 했다.

―혼자 있을 곳이 필요하다면…….

이든이 말을 망설였다.

―제이슨과 닉을 따라가요. 내가 가장 신뢰하는 친구들이에요. 당신을 지켜줄 거예요.

그의 부탁이었다. 하지만 휘진은 아무 대답도 할 수가 없었다. 목소리가 나오지 않는 것이 이유였고, 그의 말이 진심이라 해도 그녀가 그의 도움을 받아들일 이유가 없는 것이 이유였다. 휘진의 망설임을 아는 듯 이든의 낮은 한숨이 휴대폰 너머로 들렸다.

―내 마음은 몰라줘도 괜찮아요. 다만, 이것만은 알아줘요. 당신은 그들을 보내야 할 만큼 내게 의미 있는 사람이고 소중한 사람이라는 걸. 당신이 원하지 않더라도 나는, 내게 소중한 당신을 꼭 지켜야 한다는 걸. 이건 당신을 위한 게 아니라 나를 위한 거예요.

이미 있는 사람. 소중한 사람. 그의 말이 휘진을 흔들었다. 이제는 다 잃었다 생각한 순간 그녀에게 다가온 이든의 말은 그녀를 울게 했다.

그리웠다. 사랑이. 너는 소중하다 그녀를 안아주는 한마디가. 이렇게 외로운 곳에서 이렇게 버려졌다 원망이 드는 순간 그의 한마디는 그녀에게 구원처럼 다가왔다. 지쳐 버린 마음. 망가져 버린 몸. 세상에 숨을 곳이 있다면 그의 손이라도 잡고 싶었다.

—내 진심을 의심하지 말고, 이 상황을 불안해하지 말고, 아무 생각도 하지 말고 그들을 따라가요. 내가 준비한 곳이 당신에겐 많은 도움이 될 거예요.

휘진은 다시 젖은 얼굴로 그녀에게 다가오지 않는 두 남자를 바라보았다. 그녀가 원하지 않는다면 그들은 온종일이라도 저리 서서 그녀를 지킬 것 같다는 생각이 들었다. 하지만 과연 그들을 따라가도 될까. 그녀에 대한 것이 아직은 모호한 이든의 호의를 받아들여도 될까. 비록 그에게 청혼을 받았지만 그것이 그의 어떤 진심인지는 알 수 없었다. 그래서 기댈 곳을 바라는 마음에도 휘진은 망설였다. 하지만 지금의 이 망설임이 우스웠다. 방금 전까진 이런 원망스런 세상 버려주겠노라 했으면서 그 마음이 언제였냐고 다시 삶을 바라고 세속에 찌든 걱정을 했다.

—당신은 내게 너무 갑작스러운 사람이에요. 그래서 사실, 나도 당혹스러워요. 이렇게 한순간 나에게 와버린 당신이.

당당하게 그녀에게 청혼하던 그때와 달리 지금 하는 그의 말에선 혼란이 느껴졌다.

—하지만 그래도 운명이라면, 운명이기 때문이라면 이런 갑작스러움도 어쩌면 당연한 것일지 몰라요. 운명은 예고를 하지 않으

니까.

예고 없는 운명. 예고 없는 불행. 내일을 알 수 없는 미래. 그의 말이 휘진에게 닿아 짧은 순간 그녀는 많은 생각을 했다. 이든이 그녀에게 그처럼 운명은 아닐지 몰라도 갑작스럽게 찾아온 그녀의 불행에 구원자일 수는 있다는 생각. 지친 그녀가 쉴 수 있도록 때마침 나타난 운명 같은 나무 밑둥.

ㅡ당신이 원하지 않을 테니까 나는 당신에게 가지 않을 거예요.

아직도 망설이는 휘진을 아는지 이든이 그녀를 안심시키는 말을 했다.

ㅡMy Lady. 그 사실이 지금, 나는 무척 슬퍼요.

사람의 진심은 그 진심이 닿기 원하는 이에겐 닿기 마련. 이것은 그의 진심이었다. 그리고 그의 진심은 휘진에게 닿았다.

목소리가 없기에 답을 해주지 못한 휘진은 그녀에게서 시선을 떼지 않는 남자들에게 휴대폰을 내밀었다. 그것이 무엇을 뜻하는지 아는 듯 부드러운 인상을 가진 남자가 다가와 휴대폰을 건네받았다.

『곧 모시고 가겠습니다.』

그 한마디로 전화를 끊고 남자는 휘진에게 휴대폰을 돌려주었다.

『닉입니다. 저기 성격 안 좋아 보이는 안경 쓴 친구는 제이슨이고요. 우리 둘 다 보스의 비서 겸 보디가드죠. 따라오세요. 지금 레이디가 가장 편하게 쉴 수 있는 곳으로 모셔다 드리죠. 아주 멋진 곳이에요. 레이디의 마음에도 꼭 들 겁니다.』

닉이 부드럽게 웃으며 그녀가 갈 수 있도록 길을 비켰다. 휘진의 불안함을 배려해 최대한 떨어져서, 하지만 언제든 그녀에게 다가올 수 있는 거리를 유지하면서 그녀를 차에 태웠다. 널찍한 리무진 안에서 휘진은 닉과 제이슨에 대한 경계를 풀지 않았다. 이든의 호의를 받아들여 그들을 따라가기는 하지만 오늘 처음 본 남자들을 완전히 믿는 것은 힘든 일이었다.

『조금 있으면 비행장에 도착합니다.』

휘진의 경계를 지켜보던 제이슨이 목적지를 알려주었다.

『비행기를 보면 놀라실 것 같아 미리 알려 드리는 겁니다.』

휘진이 놀라지 않도록 미리 말을 해주는 것이라지만 이미 그녀는 제이슨의 말을 듣고 놀라 버렸다.

『제이슨!』

휘진의 표정을 본 닉이 제이슨을 나무라듯 불렀다.

『그렇게 딱딱하게 말하면 레이디가 불편하시지.』

『불편하셨다면 죄송합니다. 제 말투가 원래 이래서.』

사과는 사과이되 제이슨의 사과는 절대 사과 같지가 않았다.

『쯧. 그래서 넌 안 돼. 레이디, 신경 쓰지 마세요. 제이슨이 말한 것처럼 저 친구의 말투가 원래 저러니까. 20분쯤 가면 비행장이 있어요. 거기서 헬기를 타고 30분쯤 가면 목적지가 나오죠. 목적지까지 편안하게 모실 테니 그렇게 긴장하지 마세요. 우리는 레이디의 친구 겸 보디가드니까.』

닉이 장난스런 표정을 지으며 휘진에게 윙크를 했고 불편했던 차 안의 분위기 조금은 풀어졌다. 그래서 비행장에 도착해서 헬기를 갈아탈 때도 휘진은 놀라지 않았다. 하지만 헬기가 착륙한 곳에서는 휘진은 이상하다는 생각을 했다. 그 이상한 의문에 걸음을 옮겨 착륙장의 끝으로 갔을 때 눈앞에 보이는 풍광을 보고 휘진은 헬기 옆에 서 있는 닉과 제이슨을 돌아보았다. 그들을 향한 휘진의 눈동자엔 설마 하는 의문이 담겨 있었고 제이슨은 아무렇지 않게 고개를 끄덕이며 그녀의 설마라는 의문에 답을 해주었다.

『보스 소유의 개인 섬입니다.』

섬이란 말에 휘진의 눈동자가 커졌다.

『이 섬엔 보스가 한번씩 와서 묵는 저택 외에 아무것도 없습니다.』

그리고 이어진 기가 막힌 말.

『무인도죠.』

생각지도 못했던 곳에 왔다는 놀란 마음을 가다듬지 못하고 휘진은 그녀의 뒤로 펼쳐진 망망대해를 바라보았다.

섬?

헬기를 타고 잠시 보았던 밖이 망망대해였던 것은 기억이 났다. 하지만 하와이 자체가 바다를 접한 곳이니 단순히 바다 위를 지나가는 것이라고만 생각을 했는데 그 지나가는 곳이 바다를 건넌 어떤 곳이 아니라 바다 한가운데 뜬 섬이라니.

그녀에게 가혹한 일들에 세상이 싫어지긴 했지만 이든이 이런 곳으로 그녀를 보내 버릴 줄은. 휘진은 당황함 뒤로 이든의 의도가 의심스러워졌다.

『저택으로 안내해 드리죠.』

그녀를 향한 제이슨의 외침이 들렸지만 휘진은 쉽사리 움직일 수 없었다. 이대로 이곳에 머무는 것이 과연 현명한 일일까 싶은 고민이 들었다. 그리고 다시 그들을 향해 경계심을 보이는 휘진에게로 닉이 다가왔다.

『놀라셨네요.』

『…….』

『걱정 마세요. 우린 레이디를 지키는 사람이지 해치는 사람이 아니니까. 그리고 저흰 레이디를 저택으로 모셔다 드리고 갈 겁니다.』

닉의 말에 휘진이 그를 보는 눈을 깜빡였다. 왜 가는지에 대해서 묻는 것 같아 닉이 대답을 했다.

『여긴 제이슨과 제가 없어도 안전한 곳이니까요. 그리고 우리가 있으면 레이디가 편하게 쉴 수 없을 거라고 모셔다만 드리고 바로 돌아오라고 하셨죠. 보스가.』

이든의 의도를 의심한 것이 미안하게 그는 그가 보지 못한 휘진의 마음까지 헤아리고 있었다.

『따라오세요. 아주 멋진 곳을 보여 드릴게요.』

닉은 휘진에게 손을 대지 않고 가자는 손짓을 했다. 그의 안내로 착륙장 한쪽에 난 길을 따라가자 무성한 나무들 사이로 하얀 건물이 보였다. 살짝 경사진 길을 조금 더 내려갔을 때 온전히 제모습을 보인 저택은 무인도에 동떨어져 있는 집이라고 생각하기엔 무리가 있는 모습을 하고 있었다. 아니, 어쩌면 그래서 너무 잘 어울리는 것일지 모른다는 생각이 들었다.

저택의 정면은 투명한 유리로 되어 있었고 그 유리에 하얀 물빛 바다가 비쳐 보였다. 휘진은 홀린 듯 고개를 돌려 잔잔한 포말이 이는 바다를 보았다. 눈에 닿는 곳마다 색이 다른 물빛이 너무 고와 눈을 뗄 수가 없었다. 일렁이는 물결에 내리는 빛마저 눈이 부셔 아름다운 곳. 이곳은 섬이 아닌 빛이 머물다 가는 곳이란 느낌이 들었다. 그런 아름다운 곳에 빛을 잃어버린 그녀가 있어도 괜찮은지. 바다를 보며 잠시 반짝였던 휘진의 눈동자가 다시 어두워졌다.

『들어가시죠. 햇볕이 너무 뜨거워요.』

닉의 부름이 무거움 속으로 침잠하려는 그녀를 붙잡았다. 그를 따라 안으로 들어가니 밖에선 보이지 않았던 사람들이 그녀를 맞아주었다.

『반가워요. 레이디. 전 피아예요. 이쪽은 제 남편 글래이더고요.』

『저택을 관리하시는 분들입니다. 계시는 동안 불편이 없도록 레이디를 돌봐주실 분들이기도 하죠.』

제이슨이 중년 부부에 대한 설명을 하고 헬기에서 들고 온 캐리어를 글래이더에게 건네주었다.

『저흰 이만 가보겠습니다.』

그들의 일은 정말로 휘진을 이 섬으로 데려다주는 것이었다는 걸 증명하듯 제이슨이 간단하게 인사를 건넸다. 오늘 만나, 그것도 세 시간이 채 안 되는 시간을 함께했을 뿐인데 휘진은 그들이 떠나는 것에 왜인지 모를 서운함을 느꼈다. 그것은 아마도 너무도 갑작스레 세상의 모든 것을 원망하고 있을 때 타의에 의해서라도 그녀를 어리석은 생각으로부터 끄집어내 준 것에 대한 일종의 의지 때문인 것 같았다.

『여기서 즐거운 시간을 보내세요.』

닉이 부드럽게 웃으며 인사를 하고 제이슨과 저택을 떠났다.

닉과 제이슨이 떠난 응접실에서 휘진은 멀뚱히 서 있었다. 이 아름답지만 낯선 곳에서 그녀는 무엇을 해야 할까. 혼자서는 아무 것도 못하는 어린아이가 된 것 같았다. 지현이라도 있었으면 이런 낯선 곳에서 휘진이 할 일을 알려줄 텐데. 휘진은 잊고 있던 지현을 떠올리며 아차 싶었다.

'걱정할 텐데.'

휘진은 지현을 생각하지 못했다는 것에 미안한 마음이 들었다.

『레이디가 지낼 곳은 이층이에요. 이 저택에서 해가 가장 많이, 그리고 가장 오래 드는 곳이죠. 달과 별도 가장 많이 보이는 곳이기도 하고요.』

피아가 말을 걸자 휘진은 지현에 대한 미안함을 잠시 미뤘다.

피아는 따뜻한 미소와 함께 휘진을 데리고 그녀가 지낼 방으로 올라갔다. 방으로 들어온 피아는 글래이더가 올려둔 가방을 풀어 안의 짐을 정리했다. 가방 안에서 나와 차곡차곡 쌓이는 옷가지와 여자에게 필요한 물품들. 모두가 새것이었다.

『식사를 하지 않으셨다고 들었어요. 식사를 하시겠어요?』

휘진은 고개를 저었다.

『그럼 차를 드시겠어요?』

그에 다시 고개를 흔드는 휘진. 피아는 그녀가 혼자 있고 싶어 한다는 걸 눈치챘다.

『글래이더와 전 뒤쪽 별채에서 지내고 있어요. 필요한 게 있다면 이걸 눌러주세요.』

피아가 주머니에서 작은 물건을 꺼내 휘진에게 내밀었다.

『호출기예요.』

그녀의 상태에 대해 알고 있다는 뜻이었다.

『전 내려가서 간단한 음식을 준비해서 냉장고에 넣어둘게요. 나중에 생각나면 드세요.』

피아가 호출기를 받아 들고 멍하게 만지작거리는 휘진의 손을 잡아주었다.

『낮에는 해를 보고, 밤에는 달과 별을 보세요. 아무것도 생각하지 말고. 그냥 이곳에서 보이는 것들만 눈에 담고 마음에 담으세요. 자연이란 건 참으로 신기하게도 어떤 어려움도, 힘듦도 이겨낼 힘을 준답니다.』

진심이 담긴 말과 손길로 피아는 휘진의 손을 토닥여 주었다. 그 손길이 무척이나 따뜻해 휘진은 눈물이 나려 했다.

『그럼 쉬세요.』

피아가 나가자 휘진은 습해진 눈가를 말리려 앞으로 그녀가 지내게 될 방을 둘러보았다. 두 개의 면이 유리로 되어 있고 한 면은 오롯이 바다가, 한 면은 정면에선 나무와 하늘이, 측면에선 다시 바다가 보이는 시원한 구조의 방이었다. 밝음과 따뜻함이 함께하는 방.

휘진은 방을 둘러보고 지현을 떠올렸다. 그녀에 대한 걱정으로 안절부절못할 것을 알기에 미안한 마음이 들었다. 하지만 차마 연락을 하지 못하고 휴대폰만 만지작거리기를 한참. 휘진의 휴대폰이 울렸다. 얼핏 기억하는 번호 몇 자리. 이든일 것 같은 생각이 들었다. 받아야 할까, 말아야 할까. 잠시 고민을 하다 휘진은 통화 버튼을 눌렀다.

—휘진?

그녀를 부르는 목소리가 들렸다.

—어때요? 내 비밀 장소. 마음에 드나요?

그의 목소리에 웃음이 묻어 있는 듯했다.

—한번씩 답답하거나, 방해 받지 않고 쉬고 싶을 때 가는 곳이에요. 거기 있을 땐 아무도 날 찾지 않죠. 아니, 못 찾는 건가. 아무튼 그런 곳이에요. 편하게 쉴 수 있는 곳.

　편하게 쉴 수 있는 곳이란 말엔 휘진도 어느 정도 동의를 했다. 섬과 어울리는 저택도, 섬을 둘러싼 여러 색을 가진 바다도, 지금 그녀의 눈앞에 보이는 푸른 잎 무성한 나무도 모두 마음을 편하게 해주는 것들이었다.

　—쉬다가 지겨우면 해변 끝 선착장을 가봐요. 바다를 구경하기 좋은 원두막이 있어요. 바다 구경하다가 지겨워지면 낮잠을 자도 좋고. 책을 읽어도 좋고. 난 낮잠을 추천해요. 따뜻하고 시원하고 잠이 아주 잘 오거든요.

　이미 해봤기에 아는 듯 이든은 그녀에게 오두막의 휴식을 추천했다.

　—참, 당신한테 알려줄 게 있어요. 저택엔 전화기가 없어요. 인터넷도 없고, 시계도 없고.

　이든의 말에 휘진이 급하게 그녀가 선 곳을 둘러봤다. 이것저것 사람 사는 곳처럼 있을 건 다 있었지만 그의 말대로 전화기와 시계는 보이지 않았다. 살면서 한순간도 떼놓은 적 없는 3가지를 한꺼번에 빼앗긴 채 지내야 한다는 사실에 거부감에 휘진이 눈가를 구겼다.

　—기본적인 통신망은 다 되어 있는 곳이에요. 다만 내가 쉬려고 저택 안에 그것들을 두지 않은 것뿐이니까 불안해할 건 없어요.

　그의 이어진 말에 휘진은 이곳이 완벽하게 외부와 차단된 무인도가 아니라는 것에 안도를 했다.

―……그리고 어딘가로 가고 싶다면 언제든지 얘기해요. 당신은 언제라도, 어디라도 갈 수 있으니까.

그의 말에 답해줄 말이 없었다. 비록 그의 호의를 받아 이곳에 오긴 했지만 그것은 단지 그의 호의일 뿐 그가 바라는 그녀의 마음은 아니었다.

―다른 건 걱정하지 말아요. 아무것도. 말했잖아요. 당신의 마음과 상관없이 난 그 자리에 있을 것 같다고.

그의 말이 무거웠다. 답해줄 말이 없기에 말을 할 수 없다는 것이 다행이란 생각이 들었다.

―내가 필요하다면…… 언제든지 나를 불러요. My Lady.

그 말을 끝으로 이든은 전화를 끊었다. 휘진은 한동안 휴대폰을 들고 멍하게 있다 지현에게 걱정하지 말라는 문자를 보내고 휴대폰의 전원을 껐다.

마음이 무거운 듯도 그렇지 않은 듯도. 스스로의 상태가 어떤지도 모르겠다는 생각이 들었다. 세상에서 숨을 수 있는 곳으로 왔으니 이곳에서 무언가는 해야 할 것은 같은데 무엇을 먼저 해야 할지 알 수가 없었다.

최악의 상황에, 급격한 심경의 변화에, 달라져 버린 환경에. 무언가를 하겠다는 의지도 의욕도, 목적도 잃어버렸다. 이젠 무얼 해야 할까. 어떻게 해야 할까.

멍하니 잡을 수 없는 뿌연 생각을 하다 휘진은 유리문 너머 밖을 보았다. 내리쬐는 태양 볕에 눈이 부셨다. 휘진은 밖으로 나갔고 건물의 끝에 세워진 난간에 몸을 기대 쨍하게 밝은 볕을 온몸으로 받았다. 이렇게 쨍한 볕이 눅눅하고 침체된 그녀를 까슬까슬하게 말려주었으면 좋겠다는 생각이 들었다. 그렇게 바짝 말라 뽀송하게 따뜻한 햇볕 내음을 풍기면 얼마나 좋을까.

'뜨겁다.'

간간이 바람이 불어 열기를 식혀주었지만 한낮의 뙤약볕을 이길 수는 없는 듯 휘진의 정수리 끝이 따끔거리기 시작했다. 하지만 이유 없이 드는 오기에 휘진은 난간에 기댄 몸을 움직이지 않았다.

'이렇게 있으면 익어서 죽을까, 말라서 죽을까?'

지현이 알았다면 놀라서 뛰어올 무시무시한 생각을 하며 버티고 서 있길 또다시 한참. 정수리도 뜨겁고 볕이 바로 닿는 손도 뜨겁고, 발등도 뜨거웠다.

"훗."

난간에 걸쳤던 손을 보니 벌겋게 달아올라 있었다.

현실은 무겁고, 방법은 없다. 머리는 생각을 원치 않고 마음은 복잡하다.

'하아.'

한숨이 나왔다. 이렇게 자학을 하듯 땡볕에 몸을 익혀도 현실은 달라지지 않는데. 휘진은 바람이 만지는 머리카락을 넘기며 반짝거리는 바다를 돌아보았다.

'스포트라이트 같다. 나도 저런 곳에 있었는데.'

그게 언제인지도 모를 정도로 이제는 희미해진 빛 속이 그리웠다. 무대 위에서 내쉬던 가쁜 숨이 그리웠고 흘리던 땀이 그리웠다. 사람들의 환호가 그리웠고 그 속에 한없이 밝게 웃던 자신도 그리웠다. 언제부터 웃지 않게 됐는지. 지난 것들에 대한 이런저런 생각이 몰려와 갑자기 머리가 복잡해졌다.

'후우. 이러다 정말 익겠네.'

휘진은 막막한 순간에도 드는 이런 생각에 쓴웃음을 지어주고 방으로 들어왔다. 열 오른 피부를 식힐 겸 샤워를 하고 피아가 정리한 옷을 꺼냈다.

"……."

라벨이 떼어지지 않은 새 옷들. 즐겨 입는 브랜드와 착오 없는 사이즈. 지켜보고 있었다더니 이런 것까지 그것에 포함이 되었나 싶어 살짝 기분이 언짢아졌다. 하지만 기분이 그렇다고 따질 수도 없는 일. 휘진은 짜증 섞인 한숨으로 언짢음을 털어버리고 사각거리는 새 옷을 입었다.

샤워를 하니 목이 말랐고 물을 마시러 아래층으로 내려갔다가 분주히 움직이고 있는 피아를 보았다.

『필요한 게 있으세요?』

그녀를 보자마자 다가와 묻는 모습이 다정했다.

『아…… 어…….』

습관적으로 대답을 하려다 나오지 않는 목소리에 휘진이 손으로 목을 잡았다. 필요한 것을 말 하고 싶어도 전할 수가 없으니 어찌해야 하나 당황스러웠다. 휘진의 얼굴에 떠오른 표정에 피아가 그녀의 손을 잡았다.

『놀랐군요.』

휘진의 상황을 들어 아는 탓에 지금 그녀가 느끼는 당황스러움이 짐작이 가는 피아였다.

피아가 휘진을 끌어 의자에 앉혀주었다.

『너무 급작스러운 일이라 아식 레이디도 적용이 안 돼서 그래요.』

피아가 그녀를 다독이고 휘진에게 물을 가져다주었다. 목이 말라 아래층으로 내려왔지만 휘진은 갑자기 맞닥뜨리게 된 그녀의 상태에 놀라 물을 마실 생각이 달아나 버렸다. 아침에 받았던 충격이 가셨나 했더니 그건 아닌 모양이었다. 말을 할 필요가 없어서 말을 하지 않은 것과 말이 필요한데 말이 나오지 않는 것은 역시나 다른 것이었나 보다. 휘진은 그 사실을 깨달으며 불안하게 물 잔을 만지작거렸다.

『참, 레이디에게 팩스가 왔어요.』

피아가 생각난 듯 말하고 그녀에게 왔다는 팩스를 가져다주었다.

─휴대폰이 꺼져 있네요. 기분이 좀 어떤지 궁금해서 전화를 했는데…… 아직 머리가 복잡한 모양이네요. 머리가 복잡하면 그냥 자는 것도 도움이 돼요. 오늘 당신은 많이 힘들었을 테니. 아직은 낮이지만 그만 자도록 해요. 자고 나면 기분이 한결 나아질 거예요.

그녀에 대한 걱정이 담긴 내용이었다.

『레이디가 서재를 이용할 수 있겠다 싶어 정리를 하다가 팩스가 온 걸 봤어요. 내용도. 훔쳐보려던 건 아닌데…… 내 생각도 Mr. 레넌스와 같아요.』

휘진이 종이에 머물던 시선을 피아에게 옮겼다.

『너무 힘들면 잠시 잠으로 도망을 치는 것도 방법이에요. 우유를 데워줄게요. 한 잔 마시면 잠이 잘 올 거예요.』

피아의 권유에 휘진은 망설이다 고개를 끄덕였다. 몸과 마음이 몹시도 피로했다. 이든과 피아의 말대로 잠이 조금은 도움이 될 것 같았다.

피아의 조언대로 우유를 마시고 방으로 온 휘진은 침대에 누워 눈을 감았다. 잠이 올 것 같지는 않았는데 휘진은 잠이 들었고 눈을 떴을 땐 이미 날이 밝은 다음 날 아침이었다.

따뜻한 우유가 도움이 된 숙면 때문인지, 바다 내음 섞인 공기가 깨끗하기 때문인지 잠을 깬 휘진의 정신은 맑았다. 이런 맑은 정신이라면 어떤 불행이 오더라도 일단은 이성을 먼저 챙겨 어제처럼 어리석어지진 않을 것이란 생각이 들었다.

침대에서 일어나니 바다 쪽 유리창에 보이는 풍광이 너무도 따뜻해 보였다. 보는 것만으로도 옅은 미소가 떠올라지는 편안함.

『자연이란 건 참으로 신기하게도 어떤 어려움도, 힘듦도 이겨낼 힘을 준답니다.』

피아의 위로가 떠올랐다. 휘진은 문득 밖으로 보이는 바다가 자신을 부른다는 느낌이 들었다. 말도 못 하는 바다가 사람을 부른다니.

'아…… 나도 말을 못…… 하는구나.'

어쩐지 동병상련의 느낌이랄까. 휘진은 우습지도 않은 말 못하는 것들에 대한 동지애를 바다에 느꼈다. 그래서 외롭게 느껴지는 바다. 그래서 위로해 주고 싶다는 우습지도 않은 생각. 휘진은 그 우스운 생각에 바다로 나갔다.

모래사장을 지날 때 하나씩 벗어 던진 신발. 맨발이 된 발에 모래의 뜨거움이 전해지고 한 발 한 발 모래사장을 지날 때 발가락 사이로 떨어지는 가는 모래가 간지러웠다. 그리고 곧 느껴지는 건 발가락 사이로 떨어지는 뜨거운 모래가 아니라 차가움을 주는 바다를 품은 단단한 모래였다.

밀려오는 바닷물이 그녀의 발을 담고 하얀 포말을 만들어 뒤로 물러나자 휘진은 어린아이가 장난을 치듯 밀려나는 포말을 잡으려 발을 들었다. 철썩, 바닷물이 밀려들어 발을 감으면 철퍼덕, 발을 들어 포말을 밟고 도망가는 포말을 따라 한걸음 앞으로 내딛고. 그러다 그녀를 지나 다시 모래를 찾아 달려가는 포말을 보면 뒤를 돌아 다시 쫓아가고. 그러기를 한참. 내리쬐는 햇볕에 정수리가 뜨거워질 즈음 휘진은 물색없는 스스로의 행동에 몸을 멈췄다. 이건 아닌데 싶은 생각이 들었고, 한편으론 이러는 게 어때서라는 생각이 들었다. 고민을 해도 답이 나오지 않는 상황이라면 이렇게 세상에서 숨어 아무것도 모른다는 듯이 물색없는 이 물장난을 치는 것도 괜찮은 거라는 생각.

휘진의 얼굴에 엷었던 미소가 사라졌다. 갑자기 이 단순한 물놀이가 재미없어졌다.

벗어 던진 신발을 양손에 들고, 물기 묻은 발에 가는 모래를 잔뜩 묻히고 휘진은 저택으로 돌아왔다. 조용한 저택 안은 빨갛게 익은 그녀를 식혀줄 만큼 냉기가 돌고 있었고 보는 것으로도 예쁜 색색 얼음이 들어간 음료가 테이블에 놓여 있었다.

그녀를 위한 음료 같기는 한데 둘러보는 응접실 안은 사람이 없었다. 휘진은 잠시 망설이다 음료를 마셨다. 그녀가 즐겨 마시는 달지 않은 레몬 음료였다. 휘진은 문득 그녀가 즐기는 음료와 같은 이 음료가 준비인 것인지 우연인 것인지 궁금해졌다. 이든은 휘진을 지켜보고 있었다 했고 그가 준비한 이곳에서 필요한 그녀의 물건들이 모두 그녀에게 익숙한 것들이었다면 피아가 준비한 이 음료 또한 우연보다는 준비일 가능성이 컸다.

'대체 왜⋯⋯?'

이렇게까지 그녀에게 손을 내미는 건지. 그 저의가 무엇일지.

『운명 같은 거? 난 그랬어요. 당신에게.』

운명⋯⋯ 휘진은 고개를 흔들었다. 이 세상에 그런 것이 어디 있을라고. 운명 같은 일은 많고 분명 운명 같은 순간도 있을 것이지만 그 운명이라는 것이 그녀에게 왔을 거라고는 생각지 않았다. 그리고 흐린 바다 빛을 닮은 눈동자를 가진 그 남자는 그녀에 대한 어떤 느낌을 운명이라 착각하고 있다는 생각이 들었다. 누군가의 감정에 책임을 질 준비는 되어 있지 않았다. 그리고 그 감정을 받아들일 생각도 없었다. 타인을 향한 감정이 얼마나 위험하고 헛된 것인지를, 그로 인해 잃어야 했던 많은 것이 얼마나 가슴 아프고 고통스러웠는지. 휘진의 가슴은 아직도 그 고통의 흔적에 일그러져 있었다.

"후우."

휘진은 아직도 치유되지 않은 옛 상처에 마음이 쓰렸다. 그로 인해 움츠러든 스스로가 한심하기도 했지만 아직도 그 상처의 흔적은 현재진행형으로 그녀를 괴롭히고 있었으니 겁이 나는 것은 당연했고 경계를 하는 것 또한 당연했다.

『모래가 부드럽죠?』

음료를 든 채 혼자의 생각에 잠겨 있던 휘진에게 피아의 다정한 목소리가 들렸다.

『욕실에 물을 받아놨어요. 피부의 열기를 좀 식히세요. 안 그럼 피부가 상할 거예요. 전 식사를 준비할게요.』

피아가 휘진의 손에 든 음료 잔을 빼앗고 주방으로 보이는 곳으로 사라졌다. 배려인 듯, 엄마의 지시 같기도 한 피아의 말을 휘진은 다른 생각을 하지 않고 그대로 따랐다. 적당히 시원한 욕조에 몸을 담그고 식는 피부를 느끼며 휘진은 그제야 피아의 말에 고분고분했던 자신의 행동을 깨달았다.

"훗."

웃음이 나왔지만 괜찮았다. 겨우 하루지만, 겨우 어제와 오늘 두 번 본 것이 다였지만 피아에게서 느껴지는 편안함은 싫지 않았으니까.

똑똑. 노크 소리가 들리고 욕실 문이 열렸다.

『레이디에게 팩스가 왔어요. 이번엔 내용을 보지 않았어요.』

장난스럽게 눈을 빛내며 피아가 욕조 안에 몸을 담그고 있는 휘진에게 종이를 가져다주었다.

『생선 좋아하세요?』

피아의 물음에 휘진이 고개를 끄덕였다.

『다행이네요. 지금 지중해식 생선찜을 하고 있거든요. 맛이 아주 좋을 거예요. 이건 제가 잘하는 음식 중 하나거든요. Mr. 레넌스도 이 요리를 좋아하죠.』

묻지 않은 사실까지 말해주고 피아는 푸근한 웃음을 흘리고 식사 준비를 마저 하려 욕실을 나갔다. 휘진은 종이를 손에 들고 의미가 없을지도 모를 피아의 말을 곱씹었다. 이든의 식성 따위 그녀가 관심 가질 이유가 없는데. 짧게 머리를 흔들어 생각을 지우고 휘진은 피아가 건네준 몇 장의 종이를 느리게 넘겼다.

—날씨가 무척 좋아요. 사무실에 앉아 있는 게 억울할 만큼.

첫 번째 장의 내용이었다.

─출근해서 커피 한 잔을 마셨고 30분 후에 미팅이 있어요. 상당히 짜증나는. 그래서 당신 노래를 찾았어요. 미리부터 짜증나는 미팅에 기분 좀 좋게 만들어서 가려고요.

두 번째 장의 내용이었다.

─지금 듣는 노래의 당신 목소리. 무척 사랑스러워요. 미팅 끝나면 이 노래를 부를 때의 당신을 찾아볼 거예요. 이 노래만큼 사랑스러운 당신 모습이 기대되네요.

세 번째 장의 내용이었고 휘진은 그가 보겠다는 그녀의 모습이 갑자기 신경 쓰였다. 대체 언제 적의 노래를 듣는 건지. 신곡 발표를 하지 못한 것이 벌써 4년이 넘었는데. 노래 제목이라도 써놨다면 이 궁금증을 빨리 풀 수 있으련만. 이든이 보낸 팩스는 그 세 장이 다였기에 휘진은 결국 궁금증을 풀지 못했다. 그러다 문득 또다시 한심한 생각이 들었다. 그가 보는 그녀의 모습이 뭐가 중요하다고 그걸 궁금해하는지.

휘진은 그녀가 의미를 둘 필요 없는 종이를 내려놓고 아래층으로 내려갔다. 그녀를 위해 준비한 피아의 생선찜은 맛있었고 휘진은 섬에서의 생활을 시작했다.

섬에서의 그녀의 일상은 별다른 것이 없었다.

생각이 깊은 날이면 생각이 싫어 늘어지게 잠을 잤고, 마음에 구름이 낀 날이면 모래가 뜨거운 바다로 가 부러 아이 같은 장난을 쳤다. 그러다 어느 날엔 이든이 말해주었던 선착장으로 가 바다를 보기도 했고 부는 바람이 시원할 땐 그곳에서 잠을 자기도 했다. 그렇게 시간을 잊은 곳에서 시내버 휘진은 섬 밖의 일들을 잊었다.

섬에 온 지 며칠이 지났는지는 해가 뜨고 달이 지는 것으로만 알 수 있었다. 어느 순간 뜨는 해를 세지 않으면, 뜨는 달을 세지 않으면 그녀가 보낸 하루가 사라지는, 간간이 피아가 가져다주는 이든의 팩스만이 그녀의 시간이 흘러가고 있음을 알게 해주는 유일한 것이었다.

—비가 와요. 그래서 우울합니다.

어떤 날은 메모처럼 짧은 글이 다일 때도 있었다.

—바람이 시원하죠? 테라스에서 바람을 맞고, 바람에 나부끼는 나뭇잎을 바라봐요. 마음이 편안해질 거예요.

—내 요트는 타봤어요? 그거 타고 항해를 하면 아주 멋진 기분인데. 바다로 나가봐요. 아주 근사할 거예요.

어떤 날은 섬에서의 단조로운 그녀에게 할 일을 주기도 했다. 그의 짧은 메모에 고개를 끄덕이고, 그가 주는 할 일을 숙제처럼 하기도 하고. 그렇게 지나간 하루하루.

이제는 커튼을 걷어 마주하는 섬의 맑은 해가 자극이지 않았고 혼자 걷는 모래사장의 모래가 뜨겁지 않은 익숙함이 편안해질 무렵. 휘진은 아무렇지 않은 일상 속에 아무렇지 않게 스며드는 그를 깨달아 버렸다.

이렇게 소리 없이 그녀에게 건네지고 있는 것은 이든의 마음. 언제 이렇게 앞에 없는 그가 익숙해져 버렸을까. 익숙해진 이곳의 일상은 그녀의 것이 아님을. 잠시 머물다 갈 이곳을 보금자리라 착각을 해버렸다. 그리고 잊고 있던 섬 밖의 모든 것이 밀물처럼 떠올랐다. 이렇게 시간이 멈춘 것 같은 곳에 숨어 있어도 달라지는 것은 없는데. 어리석게 이곳이 주는 평온함에 길들어져 버렸다.

—하늘에 별 하나가 보이는데, 왜 그게 당신 같을까요?

—보고 싶다면 안 믿을 거죠?

—참고 있어요. 당신에게 가고 싶은 걸.

종이에 새겨진 이든의 마음이 무거웠다. 휘진은 종이를 내려놓고 한숨을 쉬었다. 희망이 주는 절망이 얼마나 비참한 것인지 그녀는 안다. 행복의 끝이 얼마나 깊은 나락의 수렁인지도. 이든에겐 그녀가 아팠던 절망을 주고 싶지 않았다. 하지만 이곳에 계속 머물러 그녀의 마음만을 지키려 한다면 휘진은 결국 그에게 절망을 주게 될 것이었다. 그래서 떠나야 한다는 생각이 들었다. 돌려주지 못할 그의 마음이 더 깊어지기 전에. 이곳에서의 평온으로 지침이 치유된 마음이 다른 무엇을 욕심내기 전에.

휘진은 아래층으로 내려가 피아를 찾았다.

『레이디?』

휘진은 피아에게 이곳을 떠나고 싶다는 뜻을 쓴 종이를 건넸다. 피아는 어떤 이유에서인지도, 어디로 가고 싶은지도 쓰지 않고 그저 떠나고 싶다는 말만을 적힌 휘진이 내민 종이를 보고 고개를 끄덕였다.

『알겠습니다. 곧 준비를 해드릴게요.』

이유를 묻지 않는 피아의 답에 당황한 것은 휘진이었다.

『레이디는 언제라도, 어디라도 원한다면 갈 수 있어요. Mr. 레넌스는 레이디가 이곳에 있는 동안 편안할 수 있도록 레이디를 보살펴 달라 부탁을 했고, 언젠가 당신이 가겠다고 할 때, 아무것도 묻지 말고 원하는 대로 해주라고 했어요.』

피아의 말은 휘진의 마음을 더 무겁게 만들어 버렸다. 지금껏 휘진에게 했던 이든의 모든 것은 거짓 없는 그의 진심이었다. 오롯이 그녀만을 위했고, 최우선을 그녀로 했으며 마음을 강요하지 않고 기다림을 택했다. 그녀를 운명이라고 했던 그의 말을 진실로 만드는 그의 노력. 그 마음 때문에 휘진은 이곳이 편해도, 이곳에 더 머물러선 안 된다는 생각을 다시 한 번 더 하게 되었다.

피아가 휘진의 손을 잡았다.

『그래도 다행이에요. 이곳을 떠나겠다고 하는 레이디가 나아진 것 같아서. 걱정, 안 해도 되겠죠?』

피아의 따뜻한 걱정에 휘진은 고개를 끄덕였다. 아직 목소리를 되찾진 못했지만, 이곳에서 지내며 휘진은 다시 그녀의 세상과 부딪칠 여유를 되찾았다. 그녀의 세상으로 가겠다는 그녀의 용기가 비록 이든에겐 이별이고, 그녀와의 인연의 끝이겠지만. 이든이 원하는 마음을 줄 수 없다면 그와의 인연은 이것으로 끝내는 것이 옳았다. 그것이 그녀가 받아들인 이든의 호의에 대한 그녀가 할 수 있는 배려였다.

2. Swing heart

『레이디가 한국에 무사히 도착을 했다는군요.』

섬을 떠난 휘진의 목적지는 한국이었다. 이든은 닉과 제이슨을 그녀와 동행시키려 했지만 휘진이 그의 호의를 거절했다.

『아직, 말을 하지 못하던데…….』

닉이 걱정스레 말을 흐렸다. 아무 말 없이 휘진을 보낸 이든의 마음을 대신한 말이었다.

『보스?』

그의 말을 들었음에도 답이 없는 이든을 닉이 불렀다.

『괜찮겠지.』

『아직 말을 못 하던데요.』

『피아가, 처음보다 많이 나아졌다고 했어.』

휘신이 섬에 있는 동안 이든은 피아를 통해 그녀의 상대를 메일

매일 확인하고 있었다. 그녀의 기분은 어떤지, 그녀가 얼마만큼 자주 웃었는지. 하루하루 나아지는 것 같은 휘진의 상태에 이든이 얼마나 안심하고 기뻐했는지 그녀는 모를 테지만.

『그래서 보스는 레이디를 이대로 둘 겁니까?』

늘 진취적이던 이든답지 않은 행동에 조급증이 난 것은 그를 지켜보는 닉과 제이슨이었다. 천하의 이든이 고작 한 여자의 마음을 얻지 못해 풀 죽은 모습을 하고 있는 것이 생소했다. 그리고 전에 없이 심각해 보이는 이든을 보고 이제는 걱정이 되기까지 했다. 함께 술을 마시면 술주정처럼 휘진을 걱정하고, 술주정처럼 그녀가 보고 싶다 하고. 그렇게 휘진을 향한 이든의 마음을 다 아는데 이대로 그녀를 보내고 마는 것인지.

『휘진이 원하지 않으니까.』

『원하지 않는다고 포기하는 겁니까? 제대로 대시도 안 해보고?』

『거절하던데.』

『뭘요?』

『청혼을.』

이든의 답에 놀란 것은 닉이었다.

『청혼을 했습니까? 언제요?』

『처음 만난 날.』

『거절당할 만했네요.』

제이슨이 빈정거렸다.

『남자 대 남자로 보스가 괜찮은 남자라는 것엔 이의가 없지만 자신감이 너무 과했어요. 어떻게 보스를 처음 본 여자에게 청혼을. 그리고 보스도 레이디를 처음 본 거나 마찬가지잖아요. 그런데 청혼을요?』

제이슨이 이든을 한심하게 쳐다보며 고개를 저었다.

『완전 미쳤네요.』

제이슨의 말을 닉이 받았다. 운명 운운하던 이든이 조금은 우습기도 했지만 살다 보면 한번쯤은 겪을 수도 있는 일일 것 같아, 또 한편으론 이든의 이런 행동이 우습기도 해서 지켜봤지만 이건 좀 과했다.

『레이디가 떠날 만도 했어요.』

제이슨의 말에 이든이 그를 돌아보았다. 눈매가 찌푸려진 것을 보니 제이슨의 말이 마음에 들지 않는 것 같았다.

『나 같아도 도망갑니다. 처음 본 남자가 다짜고짜 결혼합시다. 이러면.』

제이슨이 휘진의 편을 들어 이든을 나무랐다.

『……휘진도 나와 같을 줄 알았어.』

이든의 어리석은 생각이 한심하다 못해 불쌍해질 지경. 닉과 제이슨은 다시 어깨가 처진 이든을 보며 각자 고개를 흔들었다.

『뭘 하고 있을까? 아직 말도 하지 못하는데.』

그리고 그 풀 죽은 어깨의 끝은 다시 시작된 휘진에 대한 걱정이었다.

『……스케줄 정리하겠습니다.』

제이슨의 말에 이든이 그를 쳐다보았다. 진심을 묻는 뜻이 있었다.

『한국으로 갈 작정 아닙니까?』

이든을 향한 제이슨의 시선이 날카로웠다. 말이 스케줄을 정리하는 것이지 그 정리라는 것이 결코 만만치는 않았다. 그리고 그 만만치 않은 일은 전적으로 제이슨의 몫이었고. 그래서 이든의 마음을 헤아린 말을 한 제이슨은 그 말을 한 자신의 혀를 깨물고 싶어졌다.

『이래서 보스와는 일정선 이상 친해지면 안 되는 거야. 야근은 필수가 되어버리거든.』

닉이 제이슨을 불쌍하게 쳐다보며 위로 아닌 위로를 건넸다.

『시끄러. 넌 보스가 한국에서 지낼 곳부터 준비를 해. 보스가 여자에게 미쳐 일도 팽개치고 한국으로 갔다는 소문이 나서 좋은 건 없으니까. 회사 주식을 위해서라도 보스의 이런 얼빠진 모습은 잘 숨기자고.』

『말이 좀 심하잖아. 얼이 빠지다니.』

듣다 듣다 이제는 자신을 아예 멍청이 취급하는 제이슨의 말에 이든이 언짢은 심기를 드러냈다. 하지만 언짢은 심기는 언짢은 심기고 준비할 건 준비를 해야 했다.

『일단, 한국에 가기 전에 휘진에 대한 것부터 알아봐. 집. 회사. 일 등등. 이왕이면 휘진과 가까이 이것저것 얽혀놓는 것도 좋겠지.』

이든에 대한 안쓰러운 마음에 한국행에 대해 너무 쉽게 동의를 했더니 새로운 일이 추가되어 버렸다.

『닉. 이건 자네가 해.』

『제가요?』

『제이슨은 바쁘잖아. 여기 일 정리하는 것만 해도 몸이 열 개라도 부족해. 그러니 한국 쪽은 자네가 알아서.』

상큼하다 못해 끔찍할 정도로 밝은 이든의 얼굴이었다. 이미 그의 마음은 한국에, 휘진의 옆에 있는 듯 들떠 보였다.

『네, 네. 우리 중 보스라도 솔로 탈출을 해야죠. 네, 네. 적극 협조하겠습니다.』

닉이 영혼 없는 대꾸를 하며 이든이 지시한 일을 처리하기 위해 사무실을 나갔다.

한국에 돌아온 휘진은 지현에게 한국에 돌아왔다는 연락만 한 채 곧장 제주도로 갔다. 오랫동안 비워놓은 별장이라 들어가는 순간 한기가 들었지만 휘진은 그 한기에 개의치 않았다. 그저 익숙한 곳에서 혼자 시간을 보내며 전쟁터 같은 그녀의 삶으로 돌아가기 전에 좀 더 자신을 추스르고 싶었다.

오랫동안 열지 않아 끼이익거리는 소리를 내며 열리는 창문. 문이 열리고 비릿한 바다 내음이 집 안으로 들어왔다. 그리고 물빛 고왔던 아름다운 섬의 바다를 닮은 제주도의 바다를 바라보았다.

바다를 보는 것만으로도 편안해지는 마음. 휘진은 한참을 창틀에 기대 잔잔하게 일렁이는 바다를 바라보았다. 이렇게 바다를 보고 있노라면 파도가 일렁이는 소리에 마음이 차분해지는 것을 느꼈다. 복잡했던 머리도 비워지고, 뜨끈거려 따가운 심장도 식고.

'좋다.'

휘진은 창틀에 기댄 몸을 돌려 사람이 있던 흔적 없는 집 안을 둘러보았다. 며칠이 될지는 모르지만 그래도 이곳에서 사람답게 기내려면 청소 정도는 헤아 할 것 같았다. 휘진은 머리를 질끈 뮤고 집 안을 쓸고 닦고. 청소가 끝날 무렵엔 오랜 비행의 피로와, 집안일의 노동으로 그대로 뻗어버렸다.

꿈도 꾸지 않고 잔 깊은 잠. 눈을 떠서 마주하는 제주도 바다의 푸른 내음. 그렇게 오롯이 그녀의 공간에서 비워지고 채워지는 마음.

아침의 햇살이 밝았다. 상큼한 레몬향이 날 것만 같은 그런 날. 그래서 떠올린 색색의 얼음이 싱그러웠던 피아의 레몬 음료수.

"……."

기억 속으로 밀어두려 해도 이렇게 한 번씩은 섬에서의 생활이 떠올랐다. 어떤 날은 그립게도, 어떤 날은 오래전 본 무성영화의 한 장면처럼 낯설게.

휘진은 옅은 미소로 그 잠깐의 기억을 밀어내고 외출을 했다. 기억은 밀어냈지만 그 기억이 남긴 상큼함은 그녀를 목마르게 했기 때문이었다.

모자와 마스크로 얼굴을 꽁꽁 숨기고 별장 근처의 카페로 갔다. 나오지 않는 목소리를 대신해 휴대폰의 문자로 차가운 레몬티를 주문했다. 이렇게 고개를 숙이고 사람들을 외면하고 있으면 아무도 그녀를 몰라본다는 사실이 좋기도, 서운하기도 한 아리송한 마음.

'전에는 이렇게 있어도 다 알아봤었는데…….'

그래도 역시나 아리송한 마음의 큰 비중은 서운함이었다. 레몬티를 계산한 카드를 받아 들고 잠시 후 나온 레몬티. 카페의 직원이 레몬티를 내밀기에 아무 생각 없이 손을 뻗었다.

"저……."

레몬티를 받으려 할 때 들리는 카페 직원의 목소리가 들렸다.

"석휘진 씨……."

카페 직원의 입에서 그녀의 이름이 나왔다. 어떻게 알았을까 드는 궁금증보다는 낯선 이의 입에서 나오는 그녀의 이름이 반가웠다. 마스크로 가린 얼굴에 보이지 않을 웃음을 머금을 만큼. 휘진은 살짝 고개를 끄덕여 주는 것으로 답을 하고 레몬티를 받아 들었다.

"저기, 저 언니 팬이에요. 사인 좀 해주시면 안 될까요?"

숨이 가쁜 것을 보니 그녀의 팬이라는 말이 사실임이 틀림없었다. 카페 직원의 생각보다 컸던 목소리가 가게 안 사람들의 이목을 그녀에게로 집중시켰다. 조용했던 카페가 사람들의 웅성거림으로 들뜨기 시작했다. 그리고 오랫동안 가라앉았던 그녀의 마음도 덩달아 들뜨기 시작했다. 기분이 좋아졌다. 그녀로 인해 들뜨는 사람들의 웅성거림과 그들의 기대를 담은 시선이.

"저기, 언니. 사인 좀……."

카페 직원이 울 듯이 부탁하며 종이와 펜을 내밀었다. 휘진은 모자 아래 숨긴 눈으로 카페 직원을 보고 사인을 해주었다. 목소리가 나오면 원하는 사인 문구를 물어보기라도 할 텐데 그러지 못하는 것이 아쉬운 순간이었다.

"저기, 저도……."

카페 직원의 사인이 끝나니 두 명의 여자가 다가와 수첩을 내밀었다. 모자 때문에 얼굴은 보지 못했지만 그들이 어떤 표정을 하고 있을지는 망설임과 들뜸이 담긴 목소리로 알 수가 있었다. 휘진은 거절하지 않고 사인을 해주었다.

"신곡 언제 나와요?"

다른 수첩을 받아 들던 휘진의 손이 멈추었다. 신곡. 팬들은 모르는 그녀의 사정으론 그 질문은 참으로 가슴 아픈 것이었다. 열심히 만들었던 노래들은 누군가에게 들려주지 못하고 그녀의 컴퓨터 작업 폴더에서 잠만 자고 있었으니까.

"언니. 빨리 신곡 내세요. 언니 노래 기다린단 말이에요. 방송 출연도 좀 하시고요. 언니 얼굴 까먹겠어요."

그녀를 기다린다는 목소리가 가슴에 큰 울림으로 다가왔다. 그녀에게 어쩌면 세상의 어떤 말보다 더 의미 있고 가치가 있는 말. 그리고 너무도 기다렸던 말. 대답을 해주고 싶었다. 보이지 않는 마스크 속 입을 열어 소리 없는 답이라도 해고 싶을 만큼. 그녀에게 이런 의미 있는 말을 해주는 사람들에게.

"나도……."

목소리가 나왔다.

어떻게 이렇게 갑자기, 이렇게 한순간에.

"휘진 언니?"

아주 작게 들리다 멈춘 그녀의 목소리에 다음은 묻는 부름이 들렸다. 휘진은 모자를 쓰고도 고개 숙여 가렸던 얼굴을 들었다. 그리고 마스크를 벗었다. 움츠렸던 어깨가 같이 펴지며 휘진은 미소를 지었다.

"나도 빨리 방송 하고 싶어요."

오랫동안 잃었던 목소리기에 어딘가에 긁힌 듯 잠겨 들렸지만 휘진은 그런 목소리라도 낼 수 있는 지금이 너무도 감사했다. 그녀를 기다리는 사람들에게 나도 기다림에 보답하고 싶다고 그녀의 마음을 전해주고 싶었는데. 목소리를 잃기 전에는 그녀의 암담한 상황에 위축되어 숨기만 했다. 그래서 몰랐던 것들의 소중함이 이제야 보였다.

"기다려 줘서 고마워요."

휘진은 진심을 다해 그녀의 팬들에게 인사를 하고 카페를 나왔다. 상큼할 것 같았던 날은 역시나 상큼했다. 밝게 보이는 거리는 따뜻했고 초록빛 싱그러운 나뭇잎을 날리는 바람도 따뜻했다. 휘진은 청량감이 도는 레몬티를 한 모금 마시며 미소를 지었다. 그리고 오랜만에 느끼는 즐거운 마음으로 지현에게 전화를 걸었다.

"안녕. 매니저. 오늘 날씨가 너무 좋아."

―휘진아? 너! 너! 목소리.

"응. 오랜만이지. 내 목소리?"

―휘진아.

전화기 너머 지현의 목소리에 숨길 수 없는 기쁨이 있었다.

―휘진…… 휘진아.

그녀의 이름을 부르며 말을 잇지 못하는 것이 지현은 지금 휘진이 목소리를 찾은 것에 그녀만큼이나 기뻐하고 있었다.

"울지 마. 좋은 일인데 왜 울어?"

―좋아서 울지. 좋아서.

지현은 정말로, 진심으로 휘진이 목소리를 찾은 것을 기뻐하고 있었다.

―어디야? 서울이니?

"제주도."

―제주도? 한국 와서 계속 거기 있었어?

"응. 내가 갈 곳이 어디 있겠어? 서울 아니면 여기지."

―그럴 것 같긴 했어. 인제 올 거야? 할 얘기 있는네.

"가야지. 그런데 무슨 얘기?"

—네 앞으로 현재 광고 계약이 3건이 들어왔어.

"광고? 무슨 소리야? 나 활동 못 한 지가 몇 년인데."

—국제 뮤지션 페스티벌. 준결승까지 갔잖아. 비록 불참하긴 했지만.

지현의 말에 일리는 있었지만 그것만으로 끊겼던 광고가 3건이나 들어왔다는 것은 휘진의 기준에서 이해가 가지 않았다. 일반적인 음악 관련 프로그램 섭외라면 모를까.

—그러게. 그래서 알아보니 대표가 어떤 외국 사업가한테 투자를 받았더라.

무언가 걸리는 키워드에 휘진의 미간이 구겨졌다.

"나 뭔가, 감이 잡히는 것 같은데."

—맞아. 이든 레넌스. 내추럴 힐링 리조트사에서 투자 받았다고 입이 귀에 걸렸더라. 미친 인간.

휘진은 어이가 없어 웃음도 나오지 않았다. 아니, 어이가 없다기보다는 충격이었다. 첫 만남이 황당하긴 했지만 그래도 그녀가 힘들 때 쉴 곳을 마련해 준 사람이라 그의 마음이 적어도 다른 사람들처럼 추잡하다고는 생각지 않았는데. 결국은 그도 그런 사람들과 같은 부류라니. 믿기는 싫었지만 휘진은 이 상황에 다른 생각을 할 수가 없었다.

이런 식의 전개. 상투적이다 못해 이젠 신물이 날 정도로 많이 겪었다. 좋은 사람인 척, 진심인 척 다가와 거절을 하면 이런 식으로 본색을 드러내는. 그렇게 드러낸 그들의 본색에 휘진은 사람이 아닌 욕망의 대상일 뿐이었다. 시선으로 발가벗겨져 값이 매겨지고 흥정당하는.

눈이 시렸다. 코끝도 시큰했다. 그래도 이든은 믿고 싶었는데. 그녀의 거절이 상처일까 더 머물지 못하고 섬을 떠나올 만큼 그의 마음이 그녀로 인해 아프지 않길 바랐는데. 그는 아닌 것 같아 그녀의 기억 속에 아름다웠던 섬이 색을 잃었다.

―눈 가리고 아웅 하는 것도 아니고. 지겹지도 않나 보다. 대표는.

곁에서 보는 지현도 이렇게 질리는데 직접 겪는 휘진은 얼마나 더 징그럽고 질릴까. 지현의 답답한 마음이 담긴 한숨 소리가 전화기 너머로 들렸다.

―일단, 올라와. 피한다고 능사는 아니니까.

"……알았어. 지금 갈게."

싱그러웠던 날의 기분 좋음도, 목소리를 되찾음에 기뻤던 마음도 간데없이 사라져 버렸다.

여유를 찾고 돌아온 그녀의 세상은 첫 시작부터가 만만치 않았다. 휘진은 그것이 슬펐다.

휘진이 제주도에 있는 사이 하와이의 급한 일을 정리하고 한국으로 온 이든은 그녀를 만날 날을 손꼽아 기다렸다. 그녀가 제주도에 머무는 것을 알고 바로 제주도로 가 먼발치에서나마 그녀를 보기는 했지만 그 희끗한 잠깐으로는 그의 그리움을 채울 수가 없었다. 그래서 그리움을 누를 겸, 그녀를 다시 만날 구실을 만들 겸 겸사겸사 그녀의 소속사에 투자를 하며 그녀에게 접수도 맡 일을 만들었다.

『레이디가 광고 섭외를 모두 거절했습니다.』

하지만 결과는 이것이었다. 연예인인 그녀를 생각해 그녀에게 도움이 되면서, 그에 대해서도 어필할 수 있는 일을 고심 끝에 생각해 낸 것이었는데. 그 일은 그녀를 만날 구실로도, 점수를 따지도 못한 그냥 쓸모없는 일이 되어버렸다.

『대체 일을 어떻게 처리를 했기에 휘진이 거절했다는 거지?』

이든의 불똥은 실질적으로 일 처리를 한 제이슨에게 튀었다.

『제 일 처리 능력을 의심하는 것에 심히 불쾌감이 드는군요. 광고 건도 레이디의 이미지를 고려하여 선정했고, 개런티도 한국 쪽 업계의 최고 수준으로 할 것을 지시했습니다.』

『그런데 왜? 휘진은 왜 거절을 한 거지?』

이든의 물음에 제이슨이 인상을 구겼고 닉은 긴장을 했다.

『거절할 이유가 없잖아.』

『레이디는 보스도 거절했습니다.』

이든의 아픈 상처였다. 그리고 제이슨은 그 아픈 상처를 건듦에 한 치의 망설임도 없었다. 제이슨은 그를 노려보는 이든의 시선을 느끼면서도 태연했다.

『닉.』

이든의 심기 불편한 부름에 닉은 드디어 올 것이 왔다는 생각을 하며 뒤로 숨기고 있던 자료를 그에게 내밀었다. 하필이면 이 서류가 지금 그의 손에 들어올 게 뭔지.

『소속사 내부적인 일이라 알아내는 데 시간이 걸렸습니다.』

『이게, 휘진이 광고 건을 거절한 것과 상관이 있는 거야?』

닉은 조용히 고개를 끄덕이고 그의 시선을 피했다. 이든은 어지간해선 그의 시선을 저렇게 피하지 않는 닉을 이상하게 여기며 그가 건넨 서류를 읽었다. 그리고 그 서류를 읽는 동안 이든의 얼굴은 분노로 일그러졌다.

닉이 건넨 서류엔 소속사 대표가 휘진에게 행한 일들이 상세히 적혀 있었다. 소속사 연예인들을 어떻게 취급하고 있는지, 그로 인해 어떤 이익을 챙기고 있는지. 그 이익 안엔 휘진도 포함이 되어 있었다. 아주 고가로 몸값이 매겨진 채로.

『위로가 되지 않을 건 알지만, 흔한 일입니다. 그쪽 계통에선.』

이든도 알고 있었다. 휘진이 몸담고 있는 곳이 어떻게 돌아가는지를. 그 자신도 그것을 원하는 이들의 많은 관심을 받지 않았던가. 하지만 자신이 속한 곳과도 밀접한 연관이 있다고 해서, 그 자신도 잘 알고 있다고 해서 휘진에게 일어났던 일들이 아무렇지 않은 것은 아니었다.

『빌어먹을!』

참을 수 없는 욕지기가 밀려왔다.

『일단, 진정을 하세요. 중요한 건 레이디이지 않습니까? 지금 상황으론 레이디는 보스를…….』

『오해하고 있겠지. 나도 그들과 같은 더러운 족속이라고.』

정황상 틀린 말은 아니기에 제이슨은 긍정도, 부정도 하지 못하고 입을 다물었다.

휘진에게 도움과, 점수를 따려 했던 일은 실상은 그녀가 아주 경멸하는 방법이었다. 그녀를 원했던 남자들이 흔하게 썼던 수법. 휘진이 거절을 하는 것이 아주 당연한 노골적인 기재. 휘진이 깡고 건을 받아들인다는 것은 곧 그녀를 그들에게 판다는 대답이 되는 것이었다.

이든은 대표에 대한 분노와, 이런 멍청한 실수로 휘진을 상처 입혔다는 생각에 머리가 부글거렸다. 그리고 이렇게 늦게 그녀를 만나게 한 운명에 원망을 했다. 이왕 만나게 할 거라면 조금만 더 일찍 그녀를 만나게 할 것이지. 그녀의 상처가 그의 잘못은 아니지만 이든은 휘진을 몰랐기에 그녀를 지켜주지 못한 과거가 안타까워졌다. 조금만 더 일찍 그녀를 만났다면 이렇게 상처 입게 하지는 않았을 텐데.

이든은 늦어도 한참 늦은 운명에 터질 것 같은 머리를 눌렀다. 이제 무엇을 어떻게 해야 할지. 어떻게 휘진의 상처를 보듬어주어야 할지. 그렇게 할 수나 있을지.

『휘진의 매니저부터 데려와.』

당장 휘진에게 다가갈 수 없다면 우선은 그녀의 곁에 있는 사람을 통해서라도 그녀를 지켜야 했다.

『그리고 대표에 대해서 알아봐.』

『알겠습니다.』

상황이 상황인만큼 이든의 지시를 수행하는 닉의 행동은 빨랐다. 하지만 정중하게 청한 만남은 이미 이든을 오해한 지현으로 인해 또 한 번 보기 좋게 거절을 당했다.

『한국에서 이런 방법은 쓰고 싶지 않지만……..』

『어쩔 수 없잖아. 지금 보스의 상태를 보면 방법의 정당성을 구분할 여유는 없어. 닉.』

이든의 지시대로 지현을 데리고 오지 못한 닉은 제이슨의 조언에 마음을 정하고 지현을 납치했다. 차 안에서 발버둥을 치는 지현을 보며 닉은 깊은 한숨을 쉬었다. 정말 이렇게까지는 하고 싶지 않았지만 다른 방법이 없었다.

닉은 이든이 머무는 숙소의 주차장에서 지현의 입을 막은 테이프를 떼 주었다.

"당신들 누구야!"

지현의 두려움과 분노가 담긴 고함이 들렸다.

『당신을 해치지 않아요. 그럴 의도가 없으니까. 난 닉 해밀입니다.』

"닉…… 해밀?"

분명 들어본 적 있는 이름에 지현이 미간을 좁혔다.

『내추럴 힐링 리조트 대표인 이든 레넌스 씨의 비서입니다. 보디가드이기도 하고. 하와이에서 당신과 통화도 한 적이 있죠.』

『……..』

『이렇게 거칠게 모셔온 거 사과합니다.』

『날, 왜 납치한 거죠?』

납치라는 말에 닉은 낮은 한숨을 쉬었다. 방법이 없긴 했지만 이 방법이 결코 옳은 것은 아니라는 걸 그도 아는 탓이 있다.

『용건은 낮에 전화를 했던 것과 같습니다.』

『그거라면 난 분명 거절했어요. 그 사람을 만날 이유가 없어요.』

『당신은 없지만 Mr. 레넌스는 있어요. 석휘진 씨와 관련한 일입니다.』

『하! 뭐예요? 하와이에서 거절당하고, 소속사를 통해서 부린 수작도 안 통하니 이젠 무력행사인가요? 납치가 불법인 건 알고 있겠죠? 당신들 신고할 거예요.』

『좋을 대로 하십시오. 하지만 그건 Mr. 레넌스를 만난 후에 결정하세요. 내리시죠. 모시겠습니다.』

닉이 차에서 내리고 지현이 있는 뒷좌석의 문을 열었다. 하지만 지현은 닉을 경계하며 차에서 내리지 않았다.

『걱정 말아요. 당신을 해칠 생각은 조금도 없으니까. 내려요.』

닉의 미안해하는 표정에 의아함을 느낀 지현이 그를 보다 차에서 내렸다.

『후우. 고맙습니다.』

닉이 무겁게 웃으며 지현에게서 몸을 돌렸다. 지현은 이왕 이렇게 된 거 그 빌어먹을 남자를 직접 만나 다시는 휘진에게 집적대지 못하도록 단판을 지어야겠다 마음먹고 닉의 뒤를 따라갔다.

『어서 오세요.』

닉의 안내를 받아 들어간 건물의 응접실에서 처음 보는 금발 머리의 남자가 그녀를 맞았다.

『이든 레넌스입니다.』

『당신이 그 빌어먹을 사람이네요.』

지현의 적의 가득한 빈정거림에 이든은 마음이 무거웠다. 6년 동안 휘진의 매니저로 있으면서 그녀에게 일어났던 일을 누구보다 잘 알고 있는 그녀였다. 그런 지현이 보이는 적의가 이 정도인데 휘진은 오죽할까.

『날 왜 보자고 한 거죠? 납치까지 하면서?』

이든은 한숨을 쉬며 그녀에게 그의 명함을 내밀었다.

『뭐예요? 설마 고작 이 명함 한 장 주려고 날 납치한 건가요?』

『내가 무슨 말을 해도 당신은 내 진심을 진심으로 들어줄 것 같지 않아서요.』

이든의 정곡을 찌른 말에 지현이 입을 다물고 그를 노려보았다.

『미안하지만 나도 딱히 기분이 좋은 상태는 아니에요. 오늘, 당신 소속사의 내부적인 일들에 대해 보고를 받았거든요. 그래서 내가 호의를 가지고 한 일이 휘진에게 어떻게 받아들여졌는지 알고 충격을 받았어요.』

『호의요? 그깟 광고 몇 개 몰아주고 흑심 보이는 걸 그쪽은 호의라고 하는가 보죠?』

이든을 보는 지현의 눈길이 매서웠다.

『휘진에게 그런 일들이 상시적으로 있었고, 그 일로 많은 고통을 받았다는 걸 알았다면 절대, 그렇게는 하지 않았어요. 다른 방법을 찾았을 겁니다. 휘진의 마음을 얻을 수 있는. 내가 어리석었어요. 그 어리석음으로 난 지금 충분히 후회하고 있어요. 그러니 당신도 날 자극하지 말아줬으면 좋겠어요. 말했다시피 현재 나도 그다지 기분이 좋은 상태는 아니라서.』

이든이 사나운 기운을 숨기지 않은 채 그에게 적대적인 지현을 마주 보았다. 그 시선에 지현은 그녀도 모르게 움츠러들었다.

『당신이 그동안 대표로부터 휘진을 보호하려 노력한 걸 알고 있어요, 휘진을 지켜줘서 고마워요. 그리고 앞으로도 지금처럼 휘진의 곁을 지켜달라 부탁을 하고 싶어서 당신을 보자고 했어요.』

예상치 못한 인사에 지현은 당황했다.

『내 연락처를 당신에게 주는 이유는 당신도 감당하지 못하는 일이 휘진에게 발생할 때 내게 도움을 청하라는 뜻이에요. 어떤 일이든 상관없어요. 휘진의 개인적인 일이든, 공적인 일이든. 대표와…… 맞서야 하는 일이든. 휘진을 힘들지 않게 하는 일이라면 뭐든지. 내가 도울 일이 많을 것 같은 게 마음엔 안 들지만.』

지현은 이든의 말을 듣고 그의 명함을 쳐다보았다. 대표와는 비교도 안 되는 거물급 인사가 왜 이렇게까지 하는지 지현은 이해가 되지 않았다. 단순히 흥미를 느낀 여자에 대한 집착이라기엔 그 정도가 지나친 것 같기도 하고, 어딘가 핀트가 맞지 않는 것 같기도 했다.

『난 휘진에게 진심이에요. 그래서 휘진의 마음을 얻고 싶어 한국으로 왔죠.』

생각도 못한 말이었다. 휘진에 대한 마음이 진심이라는 것까진 이해를 해도 휘진을 따라 한국까지 왔다니. 이런 보통 사람 아닌 사람이.

『그리고 휘진을 포기할 생각도 없어요. 그래서 내 바람은 당신이 날 믿고 날 도와줬으면 하는 거예요.』

『그건…….』

『알아요. 당장에 당신도 결정을 내리지 못하는 걸. 하지만 생각은 해봐요. 내가 믿을 만한 사람인지 아닌지에 대해. 그리고 광고 건은 철회를 할 겁니다. 휘진의 오해를 사긴 싫으니까.』

이든은 지현에게 그가 하고픈 부탁을 하고 몸을 일으켰다.

『참, 휘진은 좀 어떤가요? 말을 하지 못했는데…….』

휘진의 함묵증을 묻는 말에 지현은 놀란 얼굴을 숨기지 못했다. 소속사 대표에게도 숨겼던 일을 어떻게 그가 아는 건지.

『……한국으로 오기 전 한동안 내 섬에 있었어요.』

『섬…… 이요? 당신의?』

이든이 고개를 끄덕였다.

『걱정 말아요. 거기에 난 없었으니까. 난 단지 휘진이 걱정이 되었고 그녀가 쉴 곳이 필요할 것 같아 있을 곳을 마련해 주었을 뿐이에요.』

이든의 말에 지현을 대꾸 대신 눈을 깜빡였다. 휘진의 성격으로 아무나 베푸는 호의를, 그것도 이든과 같은 남자가 베푸는 호의를 받아들였을 리는 없었다.

『혹시, 납치한 건 아니죠? 나처럼.』

지현의 불신에 이든이 당황한 웃음을 보였다.

『휘진이 모르는 남자를 따라, 아니. 모르는 남자의 호의를 받아들였을 리 없어요.』

『모르지는 않아요. 청혼했다 거절당한 이력이 있으니까.』

『……!』

『그런 표정은 삼가줬으면 하네요. 그때의 거절이 아직도 나는 상처니까.』

『진짜…… 거짓말이죠?』

지현은 도저히 이든의 말을 믿을 수가 없었다. 제대로 만난 적도 없는 사람을, 대체 뭘 보고.

『사실인지 아닌지는 휘진에게 물어봐요. 그나저나 내가 물어본 거 아직 답 안 해줬는데.』

『아! 그건. 괜찮아요. 이제 말해요.』

『정말인가요? 언제, 언제 다시 목소리를 찾은 거죠? 제주도에 있을 때도 말은 못 했던 것 같은데.』

『제주도도 갔었어요?』

『…….』

지현의 놀란 물음에 이든이 아차 싶어 입을 다물었다.

『이봐요.』

『걱정돼서요. 보고 싶기도 했고. 그냥, 먼발치에서…… 잠깐…….』

진심으로 당황한 듯 눈동자를 굴리는 그의 모습을 보고 지현은 입을 다물었다. 그가 한 행동들을 보면 그의 진심이 거짓이라도 보기도 힘들었다. 청혼에, 휘진이 쉴 곳을 마련해 주고, 한국까지 따라오고, 싫어할까 먼발치에서 바라만 보고. 그녀를 불러 휘진을 걱정하고.

『닉이 모셔다 드릴 겁니다. 이렇게 무례하게 초대를 해서 미안합니다.』

당황함에 더는 할 말이 없는지 이든이 말을 했고 닉이 지현에게 다가왔다.

『가시죠.』

지현은 아무 말 없이 닉을 따라 응접실을 나갔다. 지현이 닉과 함께 나가는 것을 지켜본 이든은 잠시 생각에 잠겼다 제이슨을 불렀다.

『대표라는 인간, 만나봐야겠어.』

『알겠습니다.』

제이슨이 순순히 대답을 했다. 일단, 휘진의 매니저를 만나는 일을 처리했으니 다음 일도 처리를 하는 것이 순서였다.

『이왕이면 빠른 것이 좋으실 테니 내일 당장 약속을 잡도록 하겠습니다. 장소는 어디로 할까요?』

『이리로 데려와. 그런 인간을 만나러 굳이 멀리 나가고 싶지도 않으니까.』

이든의 심기 불편한 말에 제이슨이 고개를 숙이고 대표와 약속을 잡았다.

『내일 11시. 이곳 골프장으로 오라고 했습니다.』

제이슨의 보고에 간단하게 고개를 끄덕인 이든은 한숨을 쉬며 눈을 감았다. 지끈거리는 두통을 참으며 이든은 지현을 데려다주러 간 닉이 오기를 기다렸다.

『다녀왔습니다.』

『수고했어. 어때?』

놀랐을 일과, 이든이 전한 말에 대한 지현의 반응을 묻는 것이었다.

『놀란 건 진정이 돼 보였고, 고민을 하는지 심각해 보였습니다. 하지만 나쁜 쪽은 아닌 것 같았습니다. 인사는 하더라고요.』

『훗. 다행이군.』

이든이 씁쓸하게 웃고 방으로 들어갔다. 하지만 풀리지 않는 답답함과 화 때문에 이든은 쉽게 잠을 이루지 못했다. 한참을 뒤척이다 자는 것을 포기한 이든은 뜬눈으로 밤을 새웠고 아침도 먹는 둥 마는 둥. 시계만 노려보며 11시를 기다렸다.

아침부터 풍기는 기운이 예사롭지 못한 이든을 보며 닉과 제이슨이 그의 눈치를 보며 행동을 조심했다.

『보스. 대표가 도착했답니다.』

닉의 보고에 이든은 기다렸다는 듯이 몸을 일으켰다. 이제 드디어 어떤 인간인지 궁금했던 대표를 만나게 되었다.

『일단, 진정하세요. 표정도 좀 푸시고.』

프라이빗 숙소에서 멀지 않은 골프클럽으로 가는 중 살벌한 얼굴을 한 이든을 제이슨이 붙잡았다.

『사람 하나 죽이러 가는 표정입니다. 지금 보스 얼굴.』

『그럴지도 몰라.』

이든의 담담한 말에 제이슨 표정을 굳혔다. 남자가 사랑에 빠지면 못할 것이 없고, 지금 이든은 사랑에 빠진 것도 모자라 분노에 차 있으니 눈에 보이는 게 없는 상태였다. 제이슨은 닉과 눈을 마주치며 고개를 저었고 닉은 절대 이든의 곁에서 1m 이상 떨어지지 않겠다고 결심을 했다. 닉과 제이슨이 마음을 단단히 먹고 이든을 따라 로비로 갔다. 하지만 로비를 서성이고 있는 지현을 발견했을 땐 둘은 머릿속에 켜지는 경고등에 정신이 아찔해졌다. 이든의 이성이 뚝! 하고 끊기는 소리를 들은 것만 같은 착각이 들었다.

『보, 보스.』

『휘진이 온 모양이군.』

『확인을……』

『이지현 씨.』

닉의 말을 자른 이든이 지현을 불렀다. 그의 부름에 지현이 돌아보았다. 처음엔 놀람이, 그다음엔 불안함이, 그리고 분노가. 지현의 바뀌는 표정에 이든은 속이 뒤틀렸다. 그저 보고로만 들었고 그녀에게 '있었던' 일이라는 것을 실제 그가 직접 확인하게 되는 순간이었다. 게다가 그런 자리에 그녀를 끌려나오게 한 것이 다름 아닌 자신이라는 아이러니한 상황. 이든은 이 어이없는 상황에 웃음도 나오지 않았다.

『대표님이 여기서 만나기로 한 사람이 그쪽이에요? 그쪽에서 휘진이를 데려오라 한 거예요?』

지현의 목소리가 떨리고 있었다. 불과 어제는 납치까지 하면서 설득을 한 주제에 그다음 날은 이런 뒤통수를 쳤으니. 그녀가 느끼는 감정이 어떨지는 충분히 짐작이 되었다. 이든 역시 지금 그녀처럼 감당하기 힘든 분노가 치솟고 있었으니까.

『아마도, 내게 잘 보이고 싶은 대표가 알아서 일을 꾸민 모양이네요. 웃기게도.』

『웃긴가요? 이게?』

그의 말을 믿지 않는 듯한 지현의 분노 어린 말에 이든은 골프 장갑을 끼며 마음을 다스렸다.

『오해하지 말아요. 그리고 날 향한 그 시선을 좀 치워줬으면 좋겠군요. 지금 내 기분도 당신 못지않아서 당신의 감정을 받아줄 여유가 없으니까.』

이든의 목소리가 낮았다. 그리고 그 목소리에 담긴 분노가 지현에게 온전히 전해졌다.

『그리고 잘 들어요. 난 오늘 그 대표라는 사람을 처음 만납니다. 대체 어떤 인간인지 궁금해서 얼굴 한번 봐주려고 했는데, 일이 또 이런 식으로 흘러가네요.』

대표가 궁금하다는 이든의 목소리는 전혀 호의적으로 들리지 않았다. 무언가 악에 받친 듯 목소리에선 냉기가 뚝뚝 흘렀다.

『기다려요. 곧 내보낼 테니.』

이든이 선글라스를 쓰고 대표가 먼저 와 기다리는 그라운드로 나갔다.

『어서 오십시오. 처음 뵙겠습니다. Mr. 레넌스. 전 JnU 대표 이창환이라고 합니다. 이렇게 만나뵙게 되니 무척 영광입니다.』

대표가 과도하게 웃는 얼굴로 이든을 맞으며 그에게 손을 내밀었다. 하지만 이미 그에 대한 감정이 좋지 못한 이든은 그의 손을 무시하고 대표의 뒤로 선 휘진을 보았다. 그를 보고 놀란 듯 휘진의 얼굴은 하얗게 질려 있었다.

이든의 무시에 당황한 대표가 어색하게 웃으며 이든의 시선이 닿을 곳으로 고개를 돌렸다.

『참, Mr. 레넌스. 오늘 제가 특별히 누굴 좀 데려왔습니다.』

『석휘진 씨네요.』

『아! 역시 아시는군요. 대리인분께 여쭈니 하와이 경연에서 석휘진 씨를 보고 저희 회사에 투자를 하기로 결정하셨다기에…….』

이든이 그녀를 아는 척하자 소속사 대표는 그의 환심을 살 기회를 잡을 듯 장승처럼 서 있는 휘진의 팔을 잡아끌었다.

『역시. 기억을 하시는군요. 그래서 제가 특별히 이 자리에 석휘진 씨를 불렀습니다. 휘진 씨 어서 인사해. 이든 레넌스 씨. 얼마 전에 우리 회사에 투자를 하셨어.』

인사를 하라는 대표의 말에도 휘진이 입을 다물고 있자 그녀의 팔을 잡고 있던 대표의 손에 힘이 들어갔다. 팔에 느껴지는 아픔에 휘진이 얼굴을 찌푸렸고 이를 지켜보고 있던 이든의 눈에 순간적인 분노가 치밀어 올랐다.

『어서 인사해야지. 앞으로도 휘진 씨에게 많은 도움을 주실 분인데.』

대표는 휘진의 팔을 아프게 잡은 채 재차 이든에게 인사를 하라

재촉을 했다. 이든은 휘진을 함부로 대하는 대표를 골프채로 갈겨 버리려다 한 걸음 다가온 닉을 느끼고 바지 주머니에 손을 넣는 것으로 치밀었던 분노를 눌렀다.

『됐습니다. 투자를 한 건 회사지 석휘진 씨 개인에게 한 게 아니니 딱히 인사를 받을 이유는 없을 것 같네요.』

이든이 휘진에게서 시선을 걷고 대표를 쳐다보았다.

『그리고 오늘은 가볍게 골프나 치려고 했는데 복장을 보니 석휘진 씨는 골프를 칠 생각이 없어 보이네요.』

기껏 그의 비위를 맞추려 불렀던 휘진을 보고 좋아하기는커녕, 언짢은 듯 복장을 트집 잡는 이든을 보고 대표는 표정을 굳혔다.

『닉. 레이디를 로비까지 모셔다 드리도록 해. 길 잘못 찾아 헤매지 않게. 그럼. 안녕히.』

이든이 휘진에게 살짝 고개를 숙이고 그녀에게서 몸을 돌렸다. 그 모습 어디에도 휘진에 대한 호감이나 아쉬움 같은 건 없었다.

『가시죠. 레이디.』

닉이 그녀에게 다가왔다. 닉을 보는 휘진의 눈동자가 흔들렸다. 지금 이 상황을 어떻게 받아들여야 할지 가늠이 되지 않는 듯했다.

『레이디.』

혼란스러워하는 휘진을 닉이 불렀다. 닉의 목소리는 다정했고 그녀를 향한 얼굴에 처음 그를 보았을 때처럼 편안한 미소가 지어져 있었다.

『모시겠습니다.』

그리고 정중하게, 그때처럼 소중하게 그녀를 로비로 데리고 나갔다.

"휘진아."

걱정되는 마음으로 로비를 지키던 지현은 닉과 함께 나오는 휘진을 보고 그녀에게로 달려갔다.

"괜찮아?"

혹시나 그사이 무슨 일이라도 있었을까 휘진을 붙잡고 그녀의 상태를 살피는 지현의 눈길이 바빴다. 하지만 휘진은 지현의 부산한 확인에도 다른 반응을 보이지 않았다. 그녀는 어느 쪽으로 판단을 해야 할지 모를 이든의 행동을 생각하고 있었다.

그녀에게 호감을 보이고 이런 식으로 그녀를 만나려던 남자들이 했던 행동과는 너무도 달랐다. 그녀에게 흑심을 가졌던 사람들은 휘진이 꼼짝 못하는 대표를 내세워 그들의 시간이 끝날 때까지 휘진을 놓아주지 않았었다. 온몸으로 불편함을 표하고, 고집스레 입을 다물고 있어도 비싼 인형을 즐기는 것처럼 눈으로 그녀를 즐겼다. 그 끈적이고 징그러웠던 눈길에 소름이 끼쳤던 순간들.

로비의 문을 열고 나오는 이든을 보는 순간 들었던 놀람과 비참함. 그래도 한자락 이든을 믿고 싶은 마음이 무너졌던 순간이었다. 그도 결국 그렇고 그런 남자였다는 생각을 하는 순간 이든은 그녀를 보내주었다. 그녀가 경멸하는 이 자리가 그가 원한 것이 아니었다는 듯. 대표에게 휘진에 대한 아무런 사심이 없다는 듯. 오히려 그녀가 있음에 조금은 언짢아하는 모습으로.

"휘진아."

멍한 듯한 휘진의 모습에 지현이 불안하게 그녀를 불렀다. 휘진은 지현에게 답을 하는 대신 그녀의 곁에 아직 서 있는 닉을 바라보았다. 무언가 물을 것이 있는데 쉽게 입이 열리지 않아 그를 보며 눈만 깜빡거렸다.

『그만 가십시오. 레이디가 안전하게 가시는 걸 보고 보스에게 갈 겁니다.』

이든에게로 다시 갈 것이라는 닉의 말에 휘진의 눈동자가 흔들렸다.

『닉. 왜, 왜……..』

하와이에 있을 그가 왜 여기에 있는지 묻고 싶었지만 차마 묻지 못했다.

『레이디.』

그런 휘진을 아는 듯 닉은 다정하게 그녀를 불렀다.

『제가 해드릴 말은 없습니다. 전 보스가 아니니까요. 하지만 하나는 말씀드릴게요. 보스는 나쁜 사람이 아니에요.』

『……..』

『그것만 알아주세요.』

그 말을 한 닉은 지현에게 그만 휘진을 데려가라는 뜻으로 고갯짓을 했다.

"휘진아. 가자."

하지만 무언가 많은 것이 복잡해 보이는 휘진은 지현의 말에도 움직이지 않고 닉을 바라보기만 했다. 어떤 무엇을 더 말해주길 기다리는 듯했지만 닉은 그것이 무엇인지 정확히 알지 못했고, 또 답을 해줄 당사자가 아닌 탓에 입을 다물었다.

『레이디가 어서 이곳을 나가셔야 제가 보스를 모시러 갑니다. 늦으면 대피기 죽을지도 몰라요.』

살짝 장난이 담긴 말이었지만 휘진에겐 그 말이 진심처럼 들렸다.

『제이슨이 보스를 말리기는 하겠지만, 보스가 정말 화가 나면 말릴 사람이 없습니다. 그러니 이만 가주세요. 제가 보스에게 갈 수 있도록.』

닉이 말한 이든은 지금 다른 누군가가 말려야 할 정도로 화가 나 있다는 것이었다. 그가 왜 그렇게 화가 났는지 알 수는 없었지만 휘진은 왜인지 이든이 화가 난 이유가 자신 때문일 것 같다는 생각이 들었다. 어쩌면 착각일지 모르는 그 생각에 휘진은 고개를 끄덕이고 지현과 함께 골프 클럽을 나갔다. 로비의 유리문을 통해 휘진이 차를 타고 가는 것을 확인한 닉이 필드로 가자 그를 본 이든이 캐디에게 채를 넘기고 장갑을 벗었다.

『오늘은 별로 흥이 안 돋는군요.』

그 한마디에 이든의 비위를 맞추기 여념이 없던 대표가 당황한 표정을 지었다.

『아니, 저. Mr. 레넌스…….』

『만나서 반가웠습니다. 어떤 분인지 무척 궁금했었는데…….』

그를 붙잡고 싶어 하는 대표를 향해 이든이 묘한 미소를 지었다.

『다음에 기회가 있다면, 다시 보도록 하죠.』

이든이 벗은 장갑을 제이슨에게 건네고 필드를 나왔다.

『휘진은?』

로비로 들어서는 문을 열고서야 이든은 닉에게 휘진을 물었다. 창백했던 그녀의 얼굴이 아른거려 마음이 쓰렸다.

『이지현 씨랑 가는 걸 확인했습니다.』

『후우.』

답답함에 한숨이 나왔다. 필드에서 치밀어 올랐던 화는 아직도 가라앉지 않아 그를 짜증스럽게 하고 있었다.

『그냥 아이언으로 갈겨 버릴 걸 그랬어.』

이든은 대표에게 잡힌 팔에 아파하던 휘진을 떠올렸다. 힘 한번 주면 부러질 것 같은 그 가녀리만 하던 팔을 어떻게 그렇게 우악스레 잡을 수 있는지.

『그 개새끼 손모가지를 잘라 버릴 방법 좀 찾아봐.』

『합법적으론 차 한 대 수배해서 박아버리면 되고, 비합법적으론 어디 끌고 가서 찍어버리면 되고. 뭐로 할까요?』

닉이 이든의 격한 감정에 동조했다.

『합법적인 건 완전히 보내 버릴 가능성도 있고, 비합법적인 건 뒤처리가 귀찮습니다. 그냥 좀 참으세요. 혹시라도 레이디가 알게 되면 경기하실 수도 있습니다.』

제이슨이 닉을 노려보며 이든에게 이성을 찾을 것을 조언했다.

『그래도 오늘은 레이디를 가까이서 보셨으니 마음 푸세요.』

제이슨이 이든의 날 선 성정을 달랬다. 제이슨의 말대로 한국으로 와 처음으로 휘진을 가까이서 본 것은 기뻤지만 제대로 된 말 한마디 나누지 못하고 그녀를 보내야만 했던 것은 무척이나 아쉬움이 남았다.

『오늘 일로 날 또 오해하지나 말아줬으면 좋겠는데.』

가뜩이나 잔뜩 오해받고 있는 상황에 대표가 꾸민 일로 다시 오해를 받게 생겼으니 이든으로선 괜히 대표를 만났나 싶은 마음이 들었다. 굳이 대표를 만나지 않아도 그를 혼내줄 방법은 많은데.

『이지훤 씨가 내 편을 좀 들어줬으면 좋겠군.』

이든의 바람이었다. 하지만 바람은 끝이 나는 것이 원칙인지 지현으로부턴 아무 연락도 없었다. 분명 그 자리를 그가 만든 것이 아니라고 했고, 휘진은 안전하게 바로 보내줬으니 오해였다 사과를 할 법도 하련만. 다가갈 구실이 없으니 휘진을 만날 방법은 요원했다. 잠깐 스치는 모습으로도 그녀를 보려 휘진의 집 앞에서 기다려도 나오지를 않으니 먼발치에서라도 볼 방법이 없었다. 휘진을 만날 방법을 강구하려 해도 딱히 떠오르는 방법을 찾지 못한 이든의 기분은 매우 저조했고 그의 날카로운 신경에 매시간 긴장으로 스트레스를 받는 것은 제이슨과 닉이었다.

『제이슨. 제발, 방법 좀 생각해 봐.』

『내가 하고 싶은 말이야. 방법 없어?』

『납치?』

제이슨은 그를 한심하게 쳐다봤고 닉은 한숨을 내쉬었다.

『식사 초대.』

『하와이에서 이미 거절했어.』

『레이디의 소속사 방문. 보스는 소속사 투자자니까.』

『레이디는 소속사로 출근 안 해. 그리고 소속사 대표와도 사이가 안 좋고. 현재 활동도 전무하고.』

『길거리에서 마주치는 거.』

『레이디가 집에서 나와야 그 방법도 먹히지. 지금까지 일주일을 빠짐없이 레이디 집 앞에서 기다렸어.』

『그럼 뭘 어떻게 하라고?』

생각해 내는 방법들마다 죄다 태클을 거는 제이슨의 대꾸에 짜증이 난 닉의 음성이 커졌고 그의 목소리는 2시간째 러닝머신 위

에서 뛰기만 하던 이든의 귀에 들려 그의 시선을 끌어오는 일을
저질러 버렸다.

『죄송합니다.』

러닝머신을 멈추고 그를 노려보는 이든의 시선에 닉이 급하게
고개를 숙여 그의 시선을 피했다.

『수면제 처방이나 받아 와.』

며칠 간 그를 괴롭히는 두통과 불면증으로 지친 이든이 말하자
샤워실로 들어가려는 그를 제이슨이 붙잡았다.

『처방은 진료를 하신 다음 가능합니다.』

제이슨의 원칙적인 말에 이든의 날카로운 시선이 그를 향했다.
하지만 제이슨은 그의 시선에 굴복하지 않았다.

『죄송합니다. 약에 관해서만큼은 원칙을 지켜주세요.』

『비서가 참 말이 많아.』

『단순하게 비서가 필요하시다면 지금이라도 비서 바꾸세요. 기
쁘게 사표를 내죠.』

지지 않고 받아치는 제이슨을 보며 이든은 짜증스럽게 한숨을
쉬고 샤워실로 들어가 버렸다.

『며칠 되셨지?』

『레이디를 못 본 건 일주일. 잠 못 주무신 건 오늘로 나흘째.』

닉의 답에 제이슨이 고개를 저었다. 이든의 지금 저 심정이 충
분히 이해가 됐다. 운명을 느낀 여자를 만나러 열 일 제치고 한국
에 왔는데 그 여자는 코빼기도 보지 못하고 아까운 시간만 흐르고
있으니.

『일단 잠이라도 주무시게 해야 해.』

닉의 걱정에 제이슨이 동의를 했다. 저러다 진짜 몸이라도 제대로 상하면 그것이야말로 큰일이었다. 제이슨은 이든에 대한 걱정으로 즉시 한국에서 실력 있고, 보안 유지가 잘되는 병원을 찾았다.

『병원 예약했습니다.』

샤워를 하고 나오자마자 기다렸다는 듯이 병원 예약을 보고하는 말에 이든이 미간을 찌푸렸다. 신경이 예민해질 대로 예민해진 탓에 그를 위한 제이슨의 말도 곱게 들리지 않는 탓이었다.

『후우.』

이든은 이런 그의 감정에 한숨을 쉬었다. 그의 짜증이 닿은 상대는 제이슨과 닉이 아님을 알고 있었다. 그저 그의 비서인 탓에, 그가 믿는 사람들인 탓에 한국까지 와 고생을 하고 있는데 이런 개인적인 기분까지 일일이 신경 쓰고 눈치 보게 만드는 것이 미안했다.

『미안.』

이든은 둘에게 미안한 표정을 보이며 사과를 했다.

『어쩔 수 없죠. 짝사랑은 할 것이 못 되는 일 중 하나니까.』

제이슨이 위로하며 닉이 들고 있던 이든의 재킷을 받아 그에게 건네주었다.

『하지만, 그렇다고 포기하실 건 아니잖아요.』

이든의 진심을 진심으로 받아들여 제이슨이 그를 위로했다.

『아직은 시간이 있어요. 그 시간만큼은 보스가 어떤 얼빠진 행동도, 예민한 신경도 다 받아드리죠.』

정말로 위로가 되는 말이었다. 하루에도 몇 번씩 휘진을 보고 싶어 하는 마음과 왜 한국에서 이러고 있나 하는 스스로에게 드는 자괴감을 오가며 비관적인 생각을 하는 중이었다. 방금도 샤워를 하면서 당장 하와이로 돌아가 버릴까, 휘진은 그만 포기해 버릴까. 그 생각을 하다 다시 비참해지는 마음을 다스리지 못하고 나온 터였다.

『연말 보너스는 기대해.』

이든이 멋쩍게 고마운 마음을 전하며 제이슨이 예약한 병원으로 갔다. 그리고 진료 대기실로 가던 중 휘진인 듯 보이는 여자를 보고 걸음을 멈추었다.

『닉. 내 상태가 심각해? 헛것을 볼 정도로?』

『그 정도는 아닙니다.』

닉이 이든이 뚫어지게 쳐다보고 있는 여자를 함께 쳐다보며 답해주었다.

『제이슨, 혹시 알고 이 병원으로 예약을 한 거야?』

『우연입니다.』

제이슨이 웃으며 답을 해주었다. 이든은 이 믿기지 않는 우연에 휘진에게서 눈을 뗄 수가 없었다. 이렇게 기대도 하지 않는 순간에 만나게 되는 우연이라니. 이든의 떨어질 줄 모르는 눈길에 휘진이 그에게로 고개를 돌렸다. 이든을 발견한 그녀의 얼굴에 놀라움이 스쳤다.

『우연이에요. 절대적으로 우연이에요.』

멈춰 선 자리에서 한 발자국도 움직이지 않고 이든은 자신의 결백을 증명하기 위해 제이슨을 쳐다봤다.

『11시에 진료 예약을 했습니다. 요즘 보스의 신경이 좀 예민하셔서요.』

『제이슨.』

굳이 할 필요 없는, 그의 예민해진 신경 얘기를 꺼낸 제이슨을 이든이 노려보았다.

『들었죠? 이렇게 만난 건 절대 고의가 아니에요.』

이든의 말에 휘진이 작게 고개를 끄덕였다.

『우리 오랜만인데, 잘 지냈어요?』

그녀와 이렇게 마주 서 얼굴을 본다는 것만으로도, 그녀에게 안부를 물을 수 있다는 것만으로도 이든은 언제 예민했었냐는 듯 만면에 웃음을 띠었다.

『여긴 왜 왔어요? 아! 이런 건 물어보면 안 되는 거죠? 미안해요. 걱정돼서 그만.』

이든이 자신의 무례함을 사과했다.

『음, 난 불면증이에요. 스트레스가 좀 심해서.』

『이든 레넌스 씨. 진료실로 들어오세요.』

간호사가 이든을 부르자 휘진은 그에게 짧게 고개를 숙여 보이고 진료대기실을 벗어났다.

『미안합니다. 오늘 진료는 취소하죠.』

이든은 진료를 취소하고 엘리베이터를 기다리는 휘진에게 다가갔다. 하지만 그의 다가섬에 휘진은 그만큼 뒤로 물러섰고 이든은 걸음을 멈출 수밖에 없었다.

『팔은 괜찮아요?』

난데없는 질문을 이해하지 못한 휘진이 이든을 쳐다보았다.

『지난번 골프장에서…….』

그녀에겐 유쾌하지 않았을 그때를 입에 올리는 이든의 물음에 휘진의 얼굴이 굳어졌다.

『아파했잖아요.』

하지만 뒤 이은 그의 말에 휘진은 굳었던 표정을 풀 수밖에 없었다. 말속에 담긴 걱정을 느낀 때문이었다.

『괜찮아요.』

휘진이 답을 하자 이든의 표정이 밝아졌다. 휘진은 자신을 보는 이든의 눈빛에 담긴 기쁨을 보았다. 고작 그녀의 대답 하나에 짓는 그녀를 향한 밝은 미소도, 기쁨에 찬 눈빛도 거짓이라 하기엔 너무 순수해 보였다. 첫 만남이 당황스러웠을 정도로 호감을 표했을 뿐 이든은 나쁜 남자는 아니었다. 의심이 했던 순간도 있었지만 그 의심도 그의 행동으로 그녀의 오해일 가능성이 더 컸고 아직은 그로 인해 그녀가 해를 입은 일은 없었으니까. 그것만으로도 그는 아직은 착한 남자였다.

『진료, 안 하세요? 지금 11신데.』

『진료보단 당신을 보는 게 더 중요해서요.』

『……..』

『이렇게 마주치고, 이렇게 가버리면 난 또 언제 당신을 볼지 모르잖아요.』

조용한 그의 목소리가 들렸다.

『오늘 같은 우연이 언제 또 날 도와줄지 난 모르는데.』

그래서 이 잠깐의 순간을 잡고 싶었다는 말, 마음, 눈빛. 그래서 또 휘진은 그가 착한 남자인 쪽으로 마음이 기울었다.

『내가 고의로 당신에게 다가가려 한다면 당신은 날 오해할 테니, 나는 이런 우연을 잡을 수밖에 없어요.』

노른 셸 나 가신 이든으로선 인성하기 쉽지 않은 날이었지만 그

대상이 휘진인 이상 그는 그가 가진 것으로 할 수 있는 것이 없었다. 그저 오롯이 마음 하나로, 운명에 빠져든 티 없는 순수함으로 그녀에게 다가가는 것 말고는.

『오해, 하지 않아요.』

이렇게 우연처럼 그녀를 만난 것에 다가오지도 못하고 멈춘 걸음으로 말을 걸 만큼 이든은 그녀를 배려하고 있었다. 그것만으로도 그녀를 향한 마음이 거짓이 아닌 걸 다시 한 번 느낄 수 있었다. 그 마음이 고마웠지만 아직은 자신 하나로도 벅찬 그녀였다. 그녀의 현실에 그는 너무 버거운 사람이었다.

『하지만……』

입을 떼는 것이 어려웠다. 그녀가 하려는 말에 왜 이렇게 미안한 마음이 드는지. 그리고 입을 떼기 어려우면 어려운 대로 그냥 아무 말 없이 돌아서 버릴까 하는 흔들리는 마음이 휘진은 더 곤란했다. 그래서 그런 그녀의 마음이 망설임을 잡을까 마음을 다잡았다.

『고의로든, 우연으로든 만나는 일은 없었으면 해요.』

망설이지 않고 그의 마음을 거절했다.

『나는 누군가의 마음을 받을 준비도, 생각도 없어요.』

『휘진.』

『미안하지만…… 여기까지. 멈춰주세요. 당신 마음.』

그 말은 거절이라기보다는 부탁이었다. 휘진은 그녀의 말에 입을 다문 이든을 보는 것이 미안해 그에게서 몸을 돌렸다. 돌아선 그녀의 얼굴에 후회인지 모를 어떤 감정이 묻어 휘진을 혼란스럽게 했지만 그녀는 그를 돌아선 걸음을 멈추지는 않았다.

『보스.』

『수면제가 필요하겠어.』

짧은 순간 휘진을 만난 기쁨과, 뒤를 이은 그녀의 거절에 이든의 기분은 다시 바닥으로 곤두박질쳤다. 처진 그의 어깨가 보기 안쓰러울 지경이라 닉과 제이슨은 뱉지 못한 한숨을 속으로 눌렀다. 겨우 수면제만을 처방받고 숙소로 돌아온 이든을 보는 것이 닉과 제이슨에겐 고역이었다.

『보스.』

『피곤해.』

닉의 부름에 이든은 힘없이 답을 하고 방으로 들어가 버렸다.

휘진이 한 또 한 번의 거절은 확실히 이든에게 충격이었다. 첫 거절은 너무 급작스러웠으니 거절이 당연하다 생각되어져 한발 물러났다. 하지만 그녀의 두 번째 거절은 처음과 같은 상황이 아니었다. 충분히 그의 마음을 알렸고 그녀가 알 수 있을 만큼의 시간이 지났다 생각했는데, 그건 그의 착각이었다.

그깟 여자 하나가 무어라고, 석휘진이 무어라고 늦은 밤 잠들지도 못하고 이렇게 전전긍긍 뜬눈을 하고 있는지, 이젠 어떻게 해야 하나 머리를 싸매고 고민을 하는지. 이 상황을 그대로 받아들이기엔 이든은 자존심이 강한 남자였다.

병원에서 나오는 길엔 내내 자존심이 상했고 숙소로 돌아와선 그녀의 거절이 괘씸했다. 어스름한 저녁이 될 때 그의 마음이 억울했고 밤이 깊어갈수록 그녀에게 닿지 못한 마음이 아파왔다. 그만큼 조심했고, 그만큼 기다렸으면 알 법도 할 그의 진심을 그녀는 여전히 모른다는 사실. 그래서 거부당한 마음. 이든은 그 마음이 자존심 상했고, 억울했고, 또 아팠다. 그대서 휘진이 더 보고 싶었다.

이든에게 휘진은 운명이었다. 어떤 이유도 없었다. 아직도 이유는 몰랐다. 무대 위의 그녀를 보고 그녀의 눈빛이 그를 스치는 순간. 그것이 모든 것이었고 그 순간이 시작이었을 뿐.

『보스.』

새벽으로 넘어가는 시간에도 이든의 방에 불이 꺼지지 않자 닉이 조심스레 그의 방문을 열었다.

『주무십시오.』

걱정스런 말에도 이든은 반응이 없었다.

『보스.』

그럴 수밖에 없을 이든의 마음을 알았지만 닉은 그를 챙겨야 할 의무가 있었다.

『수면제입니다. 드시고 오늘은 주무세요.』

『휘진은 집에 잘 들어갔겠지?』

틈 없이 거절을 당하고서도, 그래서 이렇게 하루 종일 마음이 왔다 갔다 아무것도 하지 못하면서도 휘진을 묻는 이든이 닉은 안쓰러웠다. 여자가 없었던 남자도 아니고, 사랑을 해보지 않았던 남자도 아니었다. 다만, 숱했던 여자들이 의미가 없었고 그에게 머물렀던 사랑이 깊지 않았을 뿐.

『내가 생각을 해봤는데.』

『어떤 생각이요?』

『아무래도 이대론 안 되겠어.』

『그래서 어쩌시려고요?』

『이런 소극적인 방법으론 안 될 거 같아.』

『그래서요?』

『부딪히는 거지. 휘진도 날 더는 오해하지 않는 듯하니.』

과연 그것이 제대로 통할까 싶은 마음에 닉은 고개를 갸웃거렸다.

『휘진의 매니저를 구워삶아 봐.』

『네?』

『수단 방법 가리지 말고.』

이든이 닉의 눈을 똑바로 쳐다보고 말했다.

『구슬리든, 협박을 하든, 아니면 미남계를 쓰든. 휘진의 일정을 알아와.』

미남계를 운운하는 순간에 닉은 할 말을 잃었다.

『왜, 왜 제가 보스의 사랑 때문에 미남계를 씁니까?』

『자신 없으면 제이슨한테 넘기던지.』

『보스!』

그건 또 닉의 자존심이 상하는 일이라 그의 표정이 일그러졌다.

『일단 휘진의 매니저와는 제이슨보다는 자네가 더 나아. 통화도 몇 번 했고, 직접 납치도 했고.』

『그건······!』

닉의 보디가드 역사에 길이 남을 흑역사를 누구 때문에 만들었는데.

『납치까지 한 저한테, 지금 뭘 더 하라고요?』

『납치까지 했으니까 미남계까지 해보라고. 먹힐 거야. 야성적인 남자. 딱! 멋지잖아.』

이든이 닉의 남자다운 얼굴과 건장한 몸을 보며 엄지를 치켜들었다.

『보스. 그냥 하와이로 가시는 게……』

닉의 답에 이든이 그를 향해 온화한 미소를 지어 보였다.

『사표를 쓰는 것보다는 휘진의 매니저에게 미남계를 쓰는 게 더 이득일 텐데』

『……』

『사표 쓰고 다른 곳에 취직할 때 추천서는 당연히 없을 거야. 물론, 다른 곳 면접도 힘들 거야. 내가 소문 낼 거거든. 취직시키면 나랑 한판 뜨자는 걸로 간주하겠다고.』

『젠장!』

닉이 뱉어낸 진심 어린 말에 이든이 그를 보며 웃었다.

『좋은 답을 기다리지. 잘 자. 닉.』

이든은 만족스런 얼굴로 침대에 누워 눈을 감았고 닉은 그런 그를 있는 힘껏 노려보다 그의 방을 나왔다.

『제이슨.』

응접실로 온 닉이 제이슨을 불렀지만 그는 심각한 얼굴로 통화를 하느라 닉의 부름에 답을 해주지 못했다. 닉은 답답한 숨을 내쉬며 제이슨의 통화가 끝나길 기다렸다.

『보스가 레이디의 매니저를 구워삶으래.』

『응.』

『미남계를 써서라도 레이디의 일정을 알아오래.』

『그래. 열심히 해.』

『제이슨!』

『나 방금 통화한 거 옆에서 안 들었어?』

제이슨이 심히 좋지 않은 표정으로 다시 울리는 휴대폰을 닉에게 보여주었다.

『남부 유럽 담당자의 전화야. 리조트 그랜드오픈 문제로 당장
에 보스와 통화를 하고 싶다고. 이 전화 이대로 보스에게 연결을
할까? 아니면 네가 받을래?』

제이슨도 현재 공식적인 휴가 상태에 있는 이든을 대신해 급한
일을 처리하느라 무척 바쁜 상태였다. 그런 그에게 휘진의 매니저
를 구워삶는 일까지 맡긴다면…….

『일해.』

닉은 조용히 말하고 어깨를 늘어뜨렸다. 만만치 않았던 지현을
담당하는 것은 꼼짝없이 그가 되었다.

닉은 아침이 되자마자 방에 틀어박혀 지현에게 전화를 걸었다.
아침임에도 불구하고 한두 번 통화를 했다고 인사를 건네는 지현
이 목소리가 차갑지는 않았다. 하지만 차갑지 않았던 그 목소리는
이내 어이없는 코웃음으로 바뀌었다.

─그러니까, 지금. 뭐라고요?

지현의 감정이 고스란히 실린 물음에 닉은 어깨를 늘어뜨렸다.

『역시. 티 나죠?』

─지금 나랑 장난해요?

『후우. 그만큼 절박해서 그럽니다. 레이디의 일정을 알아내지
못하면 제 목이 간당해서요.』

─그건 그쪽 사정이고요.

『지금 잘리면 평생 백수 신세 못 면합니다. 면해봐야 갱단이죠.』

─지금, 저 협박하시는 거예요?

『부탁을 하는 거죠. 갱단이 될 수밖에 없는 세 인생을 구해달

라고.』

─이봐요.

『살려주십시오.』

─…….

『생명의 은인으로 알겠습니다.』

─…….

『제가, 무릎이라도 꿇을까요?』

닉은 정말 절실했다. 이든은 웃으면서 말했지만 그 웃음이 더무서웠다. 그간 보아온 정이 있는데 잘리지는 않겠지만 두고두고 이 일을 빌미로 괴롭힐 것은 뻔했다.

『저…….』

─오후 2시. 청담 D미용실. 이거 하나로 만족해요. 그리고 제발 오는 건 아니길 바라요.

무릎까지 꿇겠다는 닉의 말에 지현은 결국 휘진의 일정을 말해주고 전화를 끊었다. 닉은 해냈다는 기쁨에 이든에게 달려가 당당하게 휘진의 일정을 보고했다.

『오후 2시?』

『네.』

『지금 몇 시지?』

『오전 9시입니다.』

『시간이 빠듯하군.』

이든이 중얼거리며 제이슨이 내민 커피를 마셨다.

빠듯? 무슨 빠듯? 이든의 중얼거림을 듣고도 이해를 하지 못한 닉은 고개를 갸웃거렸다.

『머리 손질은 그곳에서 하더라도 네일 케어도 좀 하고. 마사지도 좀 받아야 될 것 같은데. 휘진 때문에 마음고생을 해서 그런지 피부가 영 거칠어졌어.』

이든이 한 손으로 그의 얼굴을 만지며 피부 상태가 마음에 안 드는 듯 고개를 저었다.

『2시라고 했으니까 늦어도 1시까지는 미용실에 도착할 수 있도록 준비해. 휘진이 오기 전에 내 머리 손질은 끝나 있어야 하니까.』

남자가 사랑에 빠지면 저렇게 되는 걸까? 이든을 향한 닉의 복잡한 시선을 본 제이슨이 그의 어깨를 쳤다.

『걱정 마. 보스가 유별난 거니까.』

『확실해?』

『확실해. 난 작년 휴가 때 만난 여자를 따라 체코로는 안 갔거든.』

제이슨의 위로를 받으며 닉은 힘없이 고개를 끄덕였다.

닉의 사정에 못 이겨 휘진의 일정을 알려준 지현은 마음이 불편했다.

"휘진아. 우리 미용실 그냥 다른 곳으로 갈까?"

"언니. 여기 미용실 주차장이야."

"……알아."

"왜 그래? 무슨 일 있어?"

아침부터 무엇 때문인지 싱숭생숭해 보였던 지현이었다.

"없어. 무슨 일이 있겠어."

"그럼. 내려. 우리 십 분 늦었어. 원장님 기다리시겠다."

휘진이 차에서 내리고 미용실로 들어갔다. 오랜만이라 그녀를 반기는 원장에게 웃어주고 휘진은 원장이 안내한 자리에 앉았다.

"뭐 할 거야?"

『유명한 분이시네요.』

하지만 원장의 물음에 답하기 전 들린 목소리에 휘진은 그곳으로 고개를 돌렸다.

『팬인데 사인 좀 해주실래요?』

이든은 태연하게 재킷에서 수첩을 꺼내 휘진에게 내밀었다. 이든을 보고 놀란 휘진은 당황스러워 지현을 돌아봤지만 그녀의 시선에 고개를 돌리는 것을 보고 미간을 찌푸렸다. 오늘 아침부터 유난히 싱숭생숭해했고, 미용실 주차장에선 이상한 소리를 했던 것이 모두 이것 때문이었다. 휘진은 지현에게 배신감이 들었다.

"언니."

"패, 팬이시라네. 휘진아. 사인 해드려."

지현이 난감한 표정을 숨기려 애쓰며 이든이 내민 수첩을 낚아채 휘진의 손에 쥐어주었다.

"우리 휘진이가 국제적으로 아주 인기가 많아요. 그죠. 원장님? 휘진이가 지난번 하와이에서 한 경연 참가한 후로 외국인 팬이 막, 막 늘었어요."

지현이 휘진의 시선을 피하며 원장에게 주절거렸다.

『이든 레넌스예요. 내 이름 모르실 거 같아서.』

이든은 부러 그의 이름을 말하며 휘진에게 사인을 해줄 것을 종용했다. 많은 사람이 있지는 않았지만 그래도 입소문이 빨리 나는 미용실이라 휘진은 대충 사인을 하고 수첩을 그에게 돌려주었다.

『고마워요. 사인이 멋지네요.』

이든이 수첩을 품에 넣으며 기분 좋은 웃음을 보였다. 이렇게 휘진을 만나고, 바로 옆에서 그녀를 보고 사인까지 받았으니 기분이 좋지 않을 수가 없었다. 대체 이런 기분을 얼마 만에 느껴본 건지.

『난 여기서 머리 손질을 했어요. 이곳 디자이너가 실력이 좋네요.』

굳이 할 필요 없는 얘기까지 하며 이든은 시간을 끌었다. 이렇게 휘진의 옆에서 가슴이 두근거리는 시간을 빨리 끝내는 것이 안타까웠기 때문이었다. 할 수만 있으면 할 것이 없더라도 휘진이 머리 손질을 하는 것을 지켜보고 싶을 정도로 이 시간을 잡고 싶었다.

『케이크 좋아해요?』

『아뇨.』

『그럼, 커피는……?』

『아뇨.』

『아…….』

단호하게 아니라고만 하는 휘진의 냉대에 이든은 더는 붙일 말이 없었다.

『보스. 케이크와 커피입니다.』

때를 맞춰 미용실로 들어온 닉의 손에 들린 케이크 상자과 테이크아웃 커피. 제이슨은 소리 없이 한숨을 쉬고 지현도 눈가를 구겼다. 닉 또한 그의 등장으로 어색해진 분위기와 아침에 그의 인생을 구해달라 부탁을 했던 지현을 보고 표정을 굳혔다. 어색해진

이 분위기를 어찌해야 할지 몰라 닉이 불안하게 눈동자를 굴렸다.

『디자이너 솜씨가 마음에 들어서 케이크를 주문했어요. 좋아하시면 같이 드시라 권하고 싶었는데…… 싫어하신다니.』

이든은 아주 자연스럽게 이 어색한 분위기를 끝냈다.

『닉.』

『네.』

『드려.』

휘진에게 주고 싶어 부러 유명한 파티쉐에게 주문까지 한 케이크는 한순간 주인이 바뀌어 버렸다.

『맛있게 드세요.』

울며 겨자 먹기로 헤어디자이너에게 케이크를 전하고 이든은 미용실을 나왔다.

『보스.』

휘진을 볼 생각에 아침부터 들떠 피부 마사지까지 받으며 만반의 준비를 하고 왔는데 휘진을 본 것은 좋았으나 그거 하나를 빼곤 좋은 것이 없었다. 기껏 아침부터 몇 시간을 준비한 것이 고작 10분도 안 되는 이 시간을 위해서였다는 것이 허무했다.

『휘진은 내가 정말 별로인 걸까?』

의기소침하게 차에 올라 중얼거린 이든의 첫마디였다.

『그래도 레이디한테 사인 받으셨잖아요.』

닉이 위로했지만 아무 대꾸 없는 것을 보니 딱히 그 위로가 이든에겐 먹혀들지 않는 것 같았다.

『이후 일정도 있는 것 같던데, 필요하시면 이지현 씨에게 다시 연락을 해볼까요?』

『됐어.』

이든이 한숨과 함께 닉의 제안을 거절했다. 이렇게까지 하는 것이 또다시 자존심이 상했다. 여자 하나가 뭐라고 이렇게까지 꽃단장을 하고 이렇게까지 매달리고 그의 인생에 다시 없을 한심한 짓을 하다니.

『피곤해. 그냥 숙소로 가.』

짜증이 실린 말에 닉과 제이슨은 숨소리도 조용히 한 채 숙소로 향했다. 이든은 숙소로 돌아오자마자 스트레스를 풀기 위해 러닝머신을 뛰었다. 술을 마시는 것보다는 나았지만 문제는 기분이 풀릴 때까지 저 러닝머신 위에서 내려오지 않을 것이라는 게 문제였다. 운동이 건강과 체력에 도움이 되기는 하지만 그 운동도 한 번에 4시간을 주구장창 입 다물고 하면 지켜보는 사람은 진이 빠지고 걱정이 되기 마련이다. 제이슨은 러닝머신 위의 이든을 보며 지끈거리는 머리를 눌렀고 닉은 조용히 그의 숙소로 나와 지현에게 전화를 걸었다.

—또 뭐죠?

이제는 닉의 전화번호가 익숙한 것인지 여보세요라는 말도 생략한 말이 들렸다.

『죄송합니다.』

—죄송하면 전화를 하지 말아요. 아까도 뭐예요? 오지 말라고 했는데.

『그게, 어쩔 수 없이…… 죄송합니다.』

—됐어요. 그런 말 듣기 싫으니까 끊어요. 그리고 다시 전화하지 말고요.

『이지현 씨.』

―끊으라는데 왜 자꾸 불러요?

『그 케이크 말입니다.』

―케이크? 무슨…… 아, 아까 그거요? 그게 왜요?

『레이디를 위해서 준비한 겁니다. 아주 유명한 파티쉐에게 특별히 주문한.』

―……어쩐지.

지현의 중얼거리는 소리가 들렸다.

―뭐. 많이는 아니지만 휘진이도 먹긴 했어요.

『아! 정말입니까?』

―먹어보라고 권하는데 거절하긴 그러니까. 다 아는 사람들이라.

『그랬군요. 드셨군요.』

―네. 그랬어요. 그러니까 전화 이만 끊죠. 휘진이 샴푸 끝나서 머리 말리러 나오니까.

지현이 전화를 끊자 닉은 웃는 얼굴로 열심히 달리고 있는 이든에게로 갔다.

『보스. 그만 뛰십시오.』

닉이 말했지만 이든은 듣는 척도 하지 않았다.

『안 멈추시면 레이디 소식 안…….』

『뭐야?』

휘진을 언급했더니 말이 끝나기도 전에 이든이 뛰기를 멈추고 닉을 돌아보았다.

『휴우. 정말 못 봐주겠습니다.』

『닉!』

『케이크 드셨습니다.』

『먹었어? 그 케이크를? 어떻게? 안 좋아한다고 했는데.』

『이리 먹든 저리 먹든 일단 먹었다는 것만 들었습니다. 그리고 지금 샴푸 끝나서 머리카락을 말리는 중이고요.』

『그래? 그런데 그걸 어떻게 알았어?』

『보스를 위해 이 한 몸 바쳤죠. 이지현 씨한테 미남계가 먹혀서요.』

닉이 얼굴에 미소를 띠며 손으로 턱을 쓸었다.

『오! 그래?』

『네. 그러니 그만 뛰세요. 대체 한국 와서 몇 시간을 뛰신 줄 아세요?』

닉이 가져온 별것 아닌 휘진의 소식에도 금세 기분이 좋아진 이든은 러닝머신을 멈추고 바닥으로 내려왔다.

『그럼 그 미남계로 오늘 저녁엔 휘진이 뭘 하는지 알아봐.』

『보스.』

『닉. 제발. 날 위해 그 한 몸 바친 김에 좀 더. OK?』

이든이 들뜬 모습을 숨기지 않고 닉의 어깨를 두드렸다.

『한 몸 바친 대가는 어머어마한 보너스야.』

확실한 동기부여를 해주고 이든은 샤워실로 들어갔다.

『먹었단 말이지. 봤으면 더 좋았을 텐데.』

단순히 케이크를 먹는 그 아무것도 아닌 모습마저 궁금해 그 모습을 보지 못했다는 것이 아쉬워졌다. 하지만 그녀를 위해 주문한 케이크를 휘진이 먹었다는 것만으로도 기쁘니 다른 아쉬움은 잠시 접어두기로 했다.

이든은 차가운 물로 샤워를 하고 허리 아래만 수건으로 가린 채 거울 앞에 섰다. 잔 근육이 잘 잡힌 몸이 보기 좋게 탄탄했고 젖은 머리카락이 얼굴에 달라붙어 그를 섹시해 보이게 했다.

『내가 봐도 잘났는데 왜 휘진은 그걸 모르는 거지? 취향이 아닌가?』

거울 앞에서 이리저리 얼굴과 몸을 돌려보며 이든은 한참 고민을 했다. 하지만 스타일을 바꿔보려고 해도 휘진의 취향을 모른 채 바꿀 수도 없는 현실.

『후우. 어렵다. 석휘진.』

이든은 간단히 가운만 걸치고 샤워실을 나갔다. 시원한 맥주 한 잔을 하고 싶어 바로 가려니 닉과 제이슨의 표정이 굳어진 것이 보였다. 그가 알아야 하는 것이면 누가 입을 열더라도 입을 열 텐데. 닉과 제이슨은 이든의 눈치만 보며 입을 다물고 있었다.

『표정 보니 좋은 소식은 아닌 것 같고. 뭐야?』

이든이 냉장고에서 맥주를 꺼내며 물었다. 하지만 닉과 제이슨은 이든이 맥주 한 캔을 다 비울 때까지 말을 하지 않았다.

『더 기다려야 되나?』

이든이 빈 맥주 캔을 찌그러트리며 닉과 제이슨에게 시선을 주었다. 입을 연 것은 닉이었다.

『이지현 씨에게 연락이 왔습니다. 보스의 휴대폰으로.』

휘진과 관련된 일이었고 그의 도움이 필요하다는 뜻이었다.

『오늘 7시에 브랜드 런칭 행사가 있습니다. 레이디는 그곳에 참석하기 위해 오늘 준비를 하신 거고요. 그런데 그 자리에 소속사 대표도 참석을 합니다.』

『그런데?』

『이지현 씨 말로는 대표가 그곳으로 누군가를 부른 것 같답니다.』

이미 찌그러진 맥주 캔이 귀에 거슬리는 소리를 내며 다시 찌그러졌다.

『소속사의 직원이 대표가 통화하는 걸 듣고 이지현 씨에게 알려줬답니다. 조심하라고.』

이든은 웃음이 나왔다. 무어라 말을 해줘야 할지. 스스로도 지금 어떤 생각을 하는지 머릿속이 정리가 안 되는 탓에 그저 실없는 듯 작은 웃음을 흘릴 뿐이었다.

『그곳에서 인터뷰 일정도 잡힌 상태라 가지 않을 수도 없답니다.』

이든은 찌그러진 맥주 캔을 놓으며 아직 물기가 있는 머리카락을 헝클었다. 아직도 머리가 복잡했다. 하지만 하나는 정리가 되었다. 지금은 휘진을 지켜줘야 한다는 것과, 대표라는 작자를 그가 죽여 버릴지도 모른다는 생각.

『혹시 몰라 일단 레이디 쪽으로 경호원을 보냈습니다.』

제이슨의 말에 이든이 고개를 끄덕였다.

『가지 않을 수 없다면, 안 갈 수밖에 없는 이유를 만들어야겠지.』

이든은 마음을 정한 듯 작게 말하고 지현에게 전화를 걸었다.

―네. 이지현입니다.

『이든 레넌스입니다. 듣기만 해요.』

―네.

『안전벨트 단단히 메요. 가는 길에 접속사고가 있을 거니까.』

―네?

『걱정 말아요. 내 경호원들이니까. 접촉사고 핑계로 병원에 입원하도록 해요.』

―하지만…….

『병원도, 의사도, 대표도 내가 알아서 할 거니까 당신은 그저 사고가 나면 교통사고로 휘진이 다쳤고 오늘 일정은 취소할 수밖에 없다고 대표에게 전하면 됩니다.』

―…….

『걱정 말아요. 접촉사고는 아주 경미할 거고, 휘진과 당신은 절대 다치지 않을 거니까.』

―……알겠어요.

이든이 전화를 끊자 곁에서 그의 이야기를 듣고 있던 닉은 휘진에게 보낸 경호원들에게 연락을 했고 제이슨은 휘진이 입원할 병원을 준비했다. 그리고 초조한 시간이 지나고 경호원으로부터 연락이 왔다.

『뒤 범퍼만 교체할 정도로 접촉사고를 냈고 레이디는 바로 병원으로 갔답니다.』

『다친 건 아니겠지?』

비록 휘진을 지키기 위해 지시를 한 일이지만 혹여나 하는 걱정에 그의 얼굴은 어두웠다.

『타박상은 없습니다만 아무래도 교통사고이다 보니 놀라신 것과 근육통 정도는 생각을 하십시오.』

『그 정도면 됐어.』

말은 됐다고 하지만 그래도 이든의 표정은 밝아지지 않았다. 어쩔 수 없는 상황의 근육통과 놀랐을 마음마저도 이든은 안쓰럽기만 했다.

『휘진의 병실 옆에 내 병실도 준비해.』

도무지 예측 불가인 이든의 생각에 제이슨이 미간을 구겼다. 대체 아픈 곳 하나 없는 사람이 왜 병원에 입원을 하겠다는 건지.

『나는 그냥 건강검진 정도로만 해. 어디 아파 보이거나, 문제 있어 보이는 건 싫으니까.』

하지만 제이슨과 달리 닉은 이든의 말을 이해한다는 듯 고개를 끄덕였다.

『좋은 기회죠. 의사의 허락 없이는 환자는 퇴원할 수 없으니까.』

『그거야?』

『그거야. 그거 말곤 이유가 없잖아.』

닉이 깨달음이 늦은 제이슨을 쳐다보고 우쭐한 듯 웃음을 보였다.

『입원은 내일 할 거니까 그렇게 알고 준비해.』

『내일요? 지금 안 가시고요?』

당장에라도 병원으로 달려갈 것만 같은 이든이 내일이라고 하자 이번엔 그의 뜻을 헤아리지 못한 듯 닉이 물었다.

『레이디도 쉴 시간은 필요하지. 다치진 않았지만 그래도 사고는 사고니까.』

『아! 그거야?』

『그거야.』

제이슨이 닉의 어깨를 두드리고 우쭐한 미소를 지었다.

『보스는 이만 주무세요. 내일부턴 레이디의 옆 병실에서 설레는 마음 때문에 잠 못 드실 테니까.』

제이슨의 놀림성 다분한 말을 들은 이든은 밉지 않게 그를 흘겨
보며 방으로 들어갔다.

아침이 되어 계획한 대로 입원을 한 이든은 환자복을 입고 휘진
의 병실 앞에 섰다. 설레는 마음으로 문을 두드리고 문이 열리길
기다리는 시간. 이든은 두근대는 심장을 진정시키려 숨을 크게 들
이마셨다.

『누구…… 여기 어쩐 일이세요?』

문을 연 건 지현이었다.

『나도 입원을 했거든요.』

그의 말에 지현이 이든의 옷차림을 살폈고 확실한 이 병원 환자
복에 궁금증을 보였다.

『건강 검진 좀 받으려고요. 한국 의료 기술이 좋다고 소문이 나
서. 한국 온 김에.』

그 말인즉.

『휘진 씨 때문에 입원을 했다는 거예요?』

『휘진 씨 얼굴을 보는 게 하늘의 별 따기라서요. 휘진 씨는요?
괜찮아요? 옆 병실 입원 기념으로 인사하러 왔는데.』

참으로 천진난만, 순진무구한 듯한 표정과 말에 지현은 헛웃음
을 흘렸다. 이 남자를 어떻게 해야 할지. 지현은 이든을 향해 고개
를 절레절레 흔들며 그의 뒤에 선 닉에게 시선을 주었다.

『안 말렸어요? 그쪽 보스가 하는 짓.』

『죄송합니다. 안락한 저의 노후 보장을 위해선 협조만이 최선

입니다.』

왜 때문인지 가슴에 확 와 닿는 닉의 말에 지현이 한숨을 쉬며 이든을 다시 쳐다보았다. 이든에게 길을 비켜줘야 하나, 말아야 하나. 지현은 지금 그것을 고민 중이었다.

『이제는 내가 아군인 걸 알 때도 되지 않았어요?』

『그 결정은 휘진이가 하는 거라서요.』

『일단 기회는 좀 줘요. 그럼 내가 확실하게 휘진 씨의 아군이 될 게요. 그럼 문제없는 거잖아요.』

『그것도 확답은 아닌데…….』

확실히 지현은 만만치 않았다. 이든은 이쯤에서 다시 닉에게 미남계를 쓰게 해야 하나 고민을 했다.

『일단 어제 일은 막아줬으니 그에 대한 보답은 하죠. 하지만 휘진이 싫어하면 다시는 안 돼요.』

지현은 이든이 들어올 수 있도록 몸을 비켜주었다. 이든은 망설이지 않고 안으로 들어가 휘진을 마주 보았다. 이제는 그녀의 놀란 눈동자도 서운하지 않았다.

『의도치 않은 커플 복장이네요.』

『…….』

『산책할래요? 날씨가 무척 좋던데.』

『…….』

『입원하기 전에 알아봤는데 이 병원 옥상 정원이 있어요. 카페도 있고. 케이크도 있고.』

『…….』

『참고로 하나 더 말해주면 이 층엔 다른 환자 없어요.』

『죄송합니다만, 이 층이 아니라 현재 두 분이 입원하신 VIP A 병동 전체에 다른 환자가 없습니다.』

닉이 조근하게 이든의 말을 정정했다.

『닉이 일 처리를 참, 마음에 들게 했네요. 아무도 없는데 우리 단체로 옥상으로 소풍 갈까요?』

『언니, 자리 좀 비켜줘. 닉도 자리 좀 비켜줄래요?』

휘진은 이든의 말에 대꾸를 하는 대신 지현과 닉을 병실 밖으로 내보냈다.

『이렇게 둘만 있으면 떨리는데.』

『지금 뭘 하시는 건지 여쭤봐도 될까요?』

『내가 뭘 하는 건지 아직도 몰라요?』

휘진의 거절로 마음 너덜너덜했던 이든은 그녀를 위해 천천히 다가가려했던 결심을 이미 바꾼 지 오래였다.

『어쩔 수 없잖아요. 나는 당신에게 다가가야겠는데 당신은 오지 마라 틈을 안 주니. 내가 비집고 들어가는 수밖에.』

『제 의사, 분명히 전했어요.』

『그 의사, 난 접수 안 했어요. 당신 거절을 쉽게 받아들일 것 같았으면 한국에 오지도 않았어요.』

『와달라고 한 적 없어요. 그리고 지금이라도 돌아가 주신다면 무척 고마울 거 같네요.』

휘진이 한 치의 물러섬도 없이 이든을 밀어냈다.

『고마워할 일 없겠네요. 그냥은 안 갈 거니까.』

이든이 장난 같았던 말을 멈추었다.

『앞으로 아주 조금, 시간을 줄게요. 그 시간만큼만 딱, 이렇게 나를 대해요.』

이든이 짙은 눈빛으로 휘진을 바라보았다.

『당신을 위해서 하는 충고예요.』

그의 짙어진 눈빛을 따라 그의 목소리도 낮아졌다.

『그 이상의 시간을 당신, 나를 이렇게 대하면 당신은 나한테 엄청 미안해할 거고, 난 두고두고 이걸 빌미로 당신을 괴롭힐 거니까.』

그의 말엔 그가 생각하는 미래가 담겨 있었다. 그녀와 함께하는.

『미안하지만, 당신이 나의 무엇을 빌미로 잡는다 해도, 그 빌미를 이용할 기회는 없을 거예요. 이만 나가주세요. 그리고 앞으론 이런 방문 사양합니다.』

휘진의 냉정한 말과 차가운 눈빛에 마음이 시린 이든은 그 생소한 느낌에 한참을 그녀를 바라보다 병실을 나왔다. 자신만만, 즐겁게 들어갔던 것과 달리 안에서 어떤 류의 대화를 했는지 묻지 않아도 알 수 있을 만큼 이든의 기분은 축 처져 있었다.

『보스.』

닉의 조심스런 부름에 이든은 닉이 아닌 지현을 쳐다봤다.

『다른 남자들한테도 저랬어요?』

『네? 무슨……?』

『나한테 하는 것처럼 철벽 방어였냐고요. 아주 틈이 없는데. 그랬으면 일단 위안은 되고.』

이든의 말에 지현이 터지려는 박장대소를 참으며 그를 쳐다봤다. 분명 대단한 위치에 있는 사람임이 분명한데 휘진을 향하는 행동에선 그런 위치에 있는 사람들이 가지는 오만과 교만 같은 것들이 느껴지지 않았다. 원래 그런 것이 없는 사람인지, 휘진이라 그런 것들을 내려놓은 것인지. 그림자처럼 그를 따르는 제이슨과 닉에게 하는 것을 보면 후자 쪽이 맞는 것 같지만.

『일단, 쉽지는 않았어요.』

마음에 드는 지현의 답에 이든이 슬쩍 입꼬리를 올려 웃었다.

『점심은 옥상정원에서 하죠.』

『휘진이가 그렇게 하재요?』

『그럴 리가요. 방금도 쫓겨 나온 건데.』

『아!』

지현의 안타까움 묻은 탄식에 이든이 미간을 구겼다.

『어떻게든 옥상으로 데리고 와요.』

『안 데려가면요?』

『날 상대로 이런 신경전은 하지 말라고 충고하고 싶네요.』

이든의 유순했던 분위기가 순간적으로 변했다.

『내가 당신한테 호의적인 건 휘진 때문이고. 휘진이 아니라면 우린 만날 일도, 이렇게 격 없이 대화를 주고받을 일도 없으니까.』

휘진에게 하는 행동 때문에 이든을 편하게만 생각했던 지현이 얼굴을 굳히며 긴장을 했다. 지금 느낀 이 위압감에 지현은 입이 말랐다.

『긴장하지 말아요. 휘진이 있다면, 난 언제라도 당신을 친구로 대할 거니까.』

사람 심장을 조였다 풀었다 하는 이든의 분위기 변화에 지현이 긴장을 놓지 못하고 그녀도 모르게 고개를 끄덕였다.

이든의 사주를 받은 지현은 휘진의 병실로 들어와 그녀의 눈치를 살폈다. 병실 침대에 앉아 밖을 보는 폼이 마음이 싱숭생숭해 보여 조용히 의자에 앉아 어떻게 그녀를 옥상정원으로 데리고 갈까 고민을 했다.

"답답하다."

한참을 밖을 보던 휘진이 한숨을 뱉어내듯 말을 하자 지현이 냉큼 그녀의 말을 잡아챘다.

"옥상 갈래?"

의심이 묻은 휘진의 시선이 지현에게 닿았다.

"어찌 됐든 옆 병실 사람 덕에 이 병동엔 아무도 없잖아. 누릴 수 있는 자유인데 왜 안 누려? 답답하다며. 올라가서 바람 좀 쐬자."

지현이 휘진의 팔을 잡았지만 그녀는 빤히 지현을 쳐다볼 뿐 움직이려 하지 않았다. 이미 한 번 지현이 이든에게 그녀의 일정을 전한 것이 들킨 탓에 휘진은 지현의 저 말이 순수하게 들리지 않았다.

'하여간 눈치는.'

지현이 휘진의 촉을 타박하며 시치미를 떼기 시작했다. 왜 때문인지 소속사 대표보다 더 무서울 것 같은 이든 때문에 지현이 최후의 무기를 꺼내들었다.

"나 단 거 땡겨서 그래. 대표님이랑 통화한 거 알지?"

그 한마디에 휘진은 순순히 침대에서 발을 내렸다. 자신 때문에 늘 대표에게 싫은 소리를 듣는 지현에겐 미안한 마음뿐이었는데. 그 미안한 마음에 군말 없이 옥상정원으로 온 휘진은 이제는 지현도 믿어선 안 된다는 사실을 직면하고 한숨을 쉬었다.

『어머, 옥상에 와 계셨어요? 바람 쐬러? 서희노 납답해서 바람 쐬러 왔는데.』

지현이 과하게 이든을 반기며 말을 걸자 휘진의 표정은 옥상정
원에 와서 그를 발견했을 때보다 더 엉망으로 구겨졌다. 그리고
곁눈으로 일그러진 휘진의 표정을 본 지현은 차마 그녀와 눈을 마
주칠 수 없어 커피를 주문하겠다는 말로 자리를 피해 버렸다.

『제가 좀 사람을 잘 구슬려요.』

대체 어떻게 지현을 구슬려 편으로 만들었는지 휘진은 정말 궁
금해졌다.

『대체, 언니한테 무슨 짓을 한 거예요?』

『아무 짓도 안 했어요.』

『아무 짓도 안 했는데 언니가 당신한테 이럴 리는 없어요. 혹시,
언니를 협박한 거예요?』

만약에 정말 협박이라도 했다면 당장에 그의 따귀라도 날릴 듯
휘진은 그를 사납게 노려보았다. 하지만 이든에겐 그 모습도 새로
워 전혀 무섭지 않았다.

『내가 한 짓이라곤 내 진심을 보지 않는 당신 대신, 이지현 씨에
게 내 진심을 보여줬을 뿐이에요. 누구는 꿋꿋하게 모른 척하는
내 진심이 착한 이지현 씨한테는 느껴졌나 보죠.』

이든이 휘진을 향해 개구진 웃음을 보였다. 대체, 어떤 정신을
가졌으면 불과 30분 전에 자신을 거절한 여자 앞에서 이렇게 웃을
수 있을까 휘진은 그가 이해가 되지 않았다.

『운명이라고 했잖아요. 당신은 나한테.』

『운명론자처럼은 안 보이는데요.』

『당신 빼곤 운명 같은 거 안 믿어요. 당신이라 믿는 거지.』

이든이 정리 잘된 화단 끝에 걸쳐 앉았다. 그리고 활짝 핀 이름 모를 꽃 한 송이를 꺾어 휘진에게 내밀었다. 하지만 휘진은 그가 내밀고 있는 꽃을 받지 않고 바람에 쓸리는 머리카락을 잡았다.

『옛날에 한 여자가 있었어요.』

이든은 휘진이 꽃을 받지 않자 어깨를 으쓱하곤 그 꽃을 자신의 귀 뒤에 꽂았다.

『그 여자는 한 남자를 사랑했는데 그 남자는 자신을 사랑하는 여자를 알지 못했어요. 남자를 찾아가 사랑고백을 할 수도 없는 옛날이라 혼자서 전전긍긍하던 여자는 남자에 대한 그리움이 깊어 매일을 한숨을 쉬며 보냈대요.』

어울리는 것도, 어울리지 않는 것도 같은 귀 뒷머리에 꽂은 꽃을 보며 휘진은 듣지 않는 척 그가 하는 말을 듣고 있었다.

『그러다 남자는 전쟁을 하러 떠나게 되었고 여자가 할 수 있는 것은 매일을 신에게 기도를 하는 것뿐이었어요. 사랑하는 그 남자가 제발 무사하기를, 어떤 모습으로든 돌아와 볼 수만 있게 해달라 매일을 빠지지 않고 기도원에 가 기도를 했어요.』

로미오와 줄리엣의 이야기 같은, 아직은 끝이 아닌 옛날 어떤 여자의 사랑 이야기였다.

『기도가 끝나면 여자는 기도원에 핀 꽃을 한 송이씩 꺾어 집으로 갔고 그 길에 지나는 남자의 성문 앞에 그 꽃을 내려놓고 갔어요. 전쟁이 끝나고 성으로 돌아온 남자는 성문 앞에 수북한 꽃을 보며 의아해했죠. 대체 누가, 이렇게 많은 꽃을 두고 갔을까. 무언가 뜻이 있는 듯도 해서 함부로 치우지 못한 꽃을 남자는 성안에서 지켜봤고요.』

이야기를 하던 이든이 말을 멈추고 갑자기 휘진 쪽으로 고개를 돌렸다. 그에 마주친 눈. 화들짝 놀란 휘진이 고개를 돌리자 이든은 슬며시 웃음 짓고 구름이 예쁜 하늘을 쳐다보았다.

『남자가 성 밖을 보고 있을 때 기도를 마치고 집으로 돌아가던 여자는 늘 하던 대로 남자의 성문 앞에 꽃을 두고 갔어요. 하루, 이틀, 남자가 지켜보던 아주 오랜 날들을. 그가 전쟁에서 돌아왔을 때 쌓였었던 꽃만큼 그가 지켜보던 날들의 꽃이 쌓이자 남자는 알게 된 거죠. 자신의 무사 귀환은 신의 가호가 아닌 한 여자의 지극한 마음이었다는 걸.』

어쩌면 그 옛날에 실제 있었을 법한 이야기에 휘진은 별다른 감흥을 느끼진 못했지만 잠시 끊어진 이든의 목소리가 언제 다시 들려올지 기다려지긴 했다.

『어떻게 됐을 거 같아요? 옛날 옛날의 한 남자와 여자는?』

이든이 물었지만 휘진은 답을 하지 않았다. 어쩌면 이 이야기는 여기까지가 전부일지 모른다는 생각이 들었지만 어느 순간 휘진에게 다가와 그녀가 받지 않았던 꽃을 귓가에 꽂아주는 이든의 얼굴을 보고 그가 멈추어 버린, 조금은 더 길었을지 모를 이야기의 끝이 궁금해졌다. 비록 그 이야기의 끝이 흔히 아는 동화의 뻔한 결말이라 해도. 아니, 그래서 더 듣고 싶었다. 뻔하게 끝나는 동화의 끝을.

『그 후로 그들은 행복했습니다.』

이든이 낮은 목소리가 알려주는 이야기의 끝. 그리고 더 하고픈 말을 삼키는 여운 깊은 그의 눈동자.

바람이 불었고 휘진의 머리카락은 다시 바람에 나부껴 그에게 잡혔던 그녀의 시선을 가렸다. 그리고 멈춘 바람에 휘진이 눈을 떴을 때 그녀의 앞에 서 있는 남자. 휘진은 아주 잠깐 숨을 멈췄고 그 순간이 두려워 그에게서 등을 돌렸다.

지현에게 말도 없이 병실로 내려온 휘진은 이든이 귓가에 꽂아 준 꽃을 빼며 막혔던 숨을 뱉어냈다. 그리고 손에 들린 꽃을 보며 이든의 이야기 속 남자의 모습이 떠올랐다. 언제나 그 끝이 해피 엔딩인 동화에 휘진은 마음이 쓰렸다. 현실에선 사랑이 동화처럼 해피엔딩이 아니었으니까. 아물 틈 안 주는 묵은 상처가 다시 벌 어져 휘진은 손에 든 꽃을 휴지통에 버렸다.

"그냥 동화일 뿐이야. 흔하디흔한……."

하지만 옥상정원에서 흔한 동화를 얘기해 준 그날 이후, 이든은 자신이 이야기 속 여자라도 된 듯 매일을 빠짐없이 휘진의 병실 앞에 꽃을 놓아두었다. 하와이에서 매일 한 송이씩 받았던 꽃잎 아름다운 라넌큘러스 한 송이. 그의 마음을 몰라주는 것에 대한 원망인 걸까. 꽃을 보는 휘진의 마음은 무거웠다.

"역시. 하와이에서 그 꽃도 옆 병실 남자가 보낸 거였네."

지현이 중얼거리며 휘진 대신 이든이 보낸 꽃을 꽃들을 모아둔 곳에 놓아두었다.

"휘진아."

지현이 휘진의 머리카락을 쓰다듬으며 그녀의 심란한 얼굴을 보았다. 매일매일 꽃을 받을 때마다 조금씩 달라지는 휘진의 표정 을 지현은 지켜보았다.

"세상에 나쁜 남자만 있는 건 아니야. 네가 만났던 그 새끼가 나 쁜 놈이었던 거지."

"……."

"적어도 옆 병실 남자는 그 새끼처럼 네 뒤통수는 안 칠 거야. 그리고 난 왠지, 저 남자는 널 지켜줄 수 있을 거란 그런 생각이 들어. 솔직하게 말할게. 우리 사고 이든이 나게 한 거야."

"……?"

"사고 난 날 브랜드 런칭에 대표가 또 수작을 부렸어. 보는 사람들 많아서 너도, 나도 성질도 못 부릴 그런 장소였어. 난리를 쳐도, 난리를 치지 않아도 어떤 일이 그 자리에서 일어나는지는 이 바닥에서 소문이 날."

휘진의 눈동자가 흔들렸다. 이제는 대표가 대놓고 그런 자리를 만들었다는 게 믿을 수 없었다.

"작정을 한 거지. 이제 너랑도 계약 얼마 안 남았는데 넌 말을 안 듣고. 네 첫사랑이 사실은 널 속이고 널 만나는 대가로 전 소속 사에 스폰을 했다는 걸 알고 있어봐야 네 계약이 끝나면 쓸모없는 카드니까. 널 연예계에서 아주 매장시킬 게 아니라면."

"언니……."

"넌 분명 JnU와 재계약 안 할 거고. 계약이 끝나기 전에 널 이용은 해야겠고. 그래서 네가 빠져나갈 길 없는 자리를 만든 거지. 남들 다 보는 그런 자리를."

휘진이 입술을 깨무는 것이 보였다. 지현은 휘진의 입술을 손으로 빼 주었다. 그 잠깐 사이 휘진의 입술에 피가 맺혀 있었다.

"나도 방법이 없었어. 그래서 도와달라고 했어. 이든이라면 도와줄 수 있을 것 같아서."

"언니가 저 사람을 어떻게 알아서?"

사실은 미용실에서 묻고 싶었지만 타이밍을 놓쳐 묻지 못했던 거였다.

"저 사람 뭘 믿고?"

"만났었어. 너 때문에 보자고 해서. 긴가민가했는데 골프장에서 너 그냥 보내주는 거보고 믿어도 될까 하다가 미용실에서 너한테 하는 거 보고 진심이구나 했어. 그리고 딱히 도와줄 사람도 없었으니까 믿어보자 했던 거고."

"그래서 도와준 게 이거야? 교통사고? 이게 도와준 거야? 사고 크게 났으면……."

"사고 낸 게 그 사람들 경호원이었어. 나한테 미리 언질 줬고, 그 사람 말대로 우리 크게 다치지도 않았어."

"……."

"대표도 우리한테 신경 못 쓰도록 일거리 던져 줬더라. 너한테 왔었던 광고들. 철회했다가 다시 소속사에 몰아줬어. 너한테 신경 끄라고. 그래서 대표가 조용한 거야. 안 그러면 가만있었겠니? 당장에 병원 들이닥쳐서 퇴원하라고 닦달을 했지."

그러고도 남을 사람이었다. 대표라는 인간은.

"네가 처했던 상황들, 네가 받은 상처 다 알아. 그래서 힘든 것도 알고 그게 이든을 믿지 못하는 이유인 것도 알아. 그래서 안타까워. 어쩌면 너한텐 사랑이 될지도 모르는 사람을 이렇게 밀어내고 나중에, 네가 깨달았을 때 후회할까 봐."

"아니야. 난 이든에게……."

"너 흔들리잖아."

휘진이 놀란 눈으로 지현을 쳐다보았다.

"매일매일 저 꽃을 받을 때마다 네 표정이 어떤지 너는 모르지?"

"……."

"울 것 같았어."

휘진은 어떤 대꾸도 하지 못하고 지현에게서 고개를 돌렸다. 지현에게 들킨 마음이 먹먹하게 내려앉았다. 흔들렸던 것도 사실이고 밀어내는 것도 사실이다. 믿고 싶은 것도 사실이고 믿는 것도 사실이다. 하지만 쉽지가 않았다. 믿어도, 흔들려도 무서운 건 사라지지 않았다. 어렸던 마음에 받았던 상처는 지독했고 그 결과는 참혹했다. 아직도 휘진은 그때의 일로 시궁창을 벗어나지 못하고 있었다. 이 시궁창을 이든이 아는 것이 수치스러웠고 두려웠다. 하지만 이든은 이미 알고 있었다. 그녀가 이 시궁창에 빠진 이유는 몰라도 그녀가 이 시궁창에 빠져 허우적대는 것은.

"나 바람 좀 쐬고 올게. 쉬어."

지현이 그녀를 외면한 휘진을 바라보다 병실을 나왔다. 혼란스럽고 아픈 휘진에게 혼자 있을 시간이 필요해 보였기 때문이었다.

『바람 쐬러 가는 건가요? 그럼 난 좋을 거 같은데.』

병실을 나오는 지현을 보며 이든은 그의 바람을 전했다. 저렇게 기회 틈틈이 휘진이 보고 싶어 복도를 어슬렁거리는 남자.

『그래요. 바람 쐬러 가요. 오래 있다 내려올 거니까 사심 좀 채워봐요.』

『무슨 일 있어요? 오늘따라 너무 협조적인데.』

이든이 불안하게 물었다. 하지만 지현은 쓸쓸한 미소를 지으며 고개를 저었다.

『내가 아픈 말 좀 했어요.』

『…….』

『밀어낸다고 밀려나지 말아요. 아마 당신이 밀려나면…… 휘진인 영원히 다시 사랑 같은 거 못 할 거예요. 첫사랑이 지독했거든요.』

『고마워요. 용기 줘서. 절대 안 밀려나도록 하죠. 걱정 말고 다녀와요.』

지현을 보내고 이든은 휘진의 병실로 들어갔다. 그가 들어온 기척을 들었으면서도 휘진은 그를 모르는 척했다. 휘진의 이런 외면도 이젠 적응이 되었는지 이든은 처음처럼 망설이지 않았다.

『투명인간 왔어요.』

그가 올 때마다 매번 그를 모른 척하는 휘진에게 하는 이든의 서운함이었다. 하지만 이제는 그 서운함도 괜찮았다. 서운함을 참으면 그 서운함을 참아내는 것만큼 이든은 휘진을 볼 수 있었으니까. 이든은 언제나처럼 의자에 앉아 휘진을 바라보았다. 그리고 휘진은 그녀를 향한 오롯한 그의 시선에 한숨을 쉬었다.

휘진도 사람이었다. 그리고 여자였다. 자신을 진심으로 대하는 사람의 마음을 외면하기엔 타고난 천성이 여린 사람이었고, 매 순간 그녀를 향한 마음을 숨기지 않는 남자에게 흔들리지 않을 수 없는.

너무도 갑작스러웠던 이든과의 만남에선 그 이유가 처음이라 그를 오해해 거절할 수 있었고, 두 번째의 거절에선 그의 진심을 믿긴 했지만 트라우마 같은 지난 상처로 그를 밀어낼 수 있었다. 하지만 거절해도, 밀어내도 그 자리에 있겠다고 한 그 말을 지키듯 묵묵한 그를 보며 어느 순간, 잠시 잠깐 멈췄던 숨 때문에 마음은 흔들리기 시작했다. 그녀의 그 흔들림을 아는지 모르는지 처음과 다름없는 모습으로, 처음보다 깊어진 듯한 마음으로 지금도 그녀의 곁에 있겠다고 자신을 낮춘 남자를 휘신의 마음은 밀어내기를 거부하고 있었다.

　창밖으로 돌린 얼굴로 마음을 숨기느라 힘겨운 휘진에게 짧은
한숨을 쉰 이든이 다가왔다. 그리고 그녀의 뜻을 묻지도 않고 병
실 침대의 커튼을 쳐버렸다. 커튼이 쳐지는 소리에 놀란 휘진이
고개를 돌렸지만 이미 커튼으로 그와의 사이가 가려진 터라 당황
함에 눈만 깜빡거렸다.

　『당신이 날 너무 불편해하는 거 같아서요.』

　이든은 휘진에게 그 말을 하는 것이 자존심 상하고 속상했다.
그는 휘진을 보는 매 순간이 좋은데, 아무 말을 하지 않더라도 그
를 외면하고, 그의 시선을 피해도 함께 있다는 것만으로도 이렇게
행복한데.

　『내 숨소리도 당신에게 안 들리게 할 테니까, 그 안에서 쉬어요.』

　커튼을 사이에 두고 이든은 휘진이 있을 때는 숨겼던 쓰린 표정
을 숨기지 않았다. 그리고 그 쓰린 표정 뒤엔 아직도 그를 받아주
지 않는 휘진에 대한 원망이 있었다.

　『옥상정원에서 했던 이야기. 기억하죠?』

　『…….』

　『사실, 그 이야기 우리 집안 이야기예요. 아주 한참을 거슬러 올
라가는 가문의 시초.』

　그저 흔한 동화로만 생각했던 끝이 엉성했던 이야기가 사실은
실제로 있었던, 그의 집안의 이야기라는 사실에 휘진은 이다음은
들어선 안 될 것 같은 느낌이 들었다. 그가 하려는 이야기를 들어
버리면 그녀의 무언가가 그녀의 의지와는 상관없이 달라져 버릴
것 같은 불안한 느낌. 휘진은 그 불안함에 그의 말을 막으려 커튼

의 끝을 잡았다.

『여자의 마음을 안 남자는 그녀가 두고 간 꽃을 하루에 하나씩 그녀의 집 앞에 놓아뒀어요. 그녀가 가져다 놓은 꽃을 다시 그녀에게 돌려준 남자의 뜻을 그녀의 마음에 대한 거절이라 생각한 여자는 슬픔에 잠겼어요. 하지만 그건 여자의 오해였죠. 모든 꽃이 그녀의 집 앞으로 옮겨졌을 때 남자는 여자에게 청혼을 했거든요.』

휘진은 끝을 잡았던 커튼을 걷지 못했다.

『둘은 결혼을 했고 그 후로 오랫동안 행복했죠.』

이야기의 끝을 말해준 이든은 커튼에 비춰지는 휘진의 그림자를 보고 마지막 이야기를 해주었다.

『그 후로 우리 집안에서 그 꽃은 청혼의 꽃이 되었어요.』

휘진은 결국 커튼 끝을 잡았던 손을 놓아버렸다.

그녀의 머리맡에 있는 라넌큘러스. 이든은 매일매일 그녀에게 마음을 다해 청혼을 하고 있었다.

3 . Fall in love

급한 소나기를 피하느라 펼쳐 쓴 우산은 폭우를 만나 만신창이
가 되어버렸다.

마음은 그랬다. 못을 치고, 겹문을 덧대도 결국을 눈에 보이지
도 않는 작은 틈으로 흘러버리는 것.

휘진은 곡 작업을 하려 앉은 건반 앞에서 한 시간째 다른 생각
을 하는 머리를 어찌하지 못하고 있었다. 퇴원을 하고 집으로 돌
아온 것이 벌써 일주일이 넘었는데 그 일주일 동안 이든은 단 한
번도 지금까지의 우연처럼, 고의처럼 그녀 앞에 나타나지 않았다.
하지만 많은 의미가 담긴 꽃 한 송이는 하루도 거르지 않고 그녀
에게 보내졌다.

"후우."

의미를 모를 때도 버리지 못한 꽃을, 의미를 안 지금도 버리지

못하는 현실에 휘진은 가슴이 답답했다. 아니, 그 현실이 답답한 것이 아니라 애써 모른 척하고 있는 자신의 마음이 답답한 것이었다. 이미 마음은 흔들렸는데, 그 흔들림을 그에게 맡겨 멈춰달라 하기엔 휘진은 두려운 것이 많았다. 그래서 닫아버린 마음과 다가섬을 허락하지 않았던 경계. 오랜 시간 견고했기에 경계의 무너짐이 더 빠른 건지도 몰랐다.

믿어도 될까, 믿을 수 있을까…… 믿고, 싶다.

휘진은 끝내 맑아지지 않는 머리로 인해 곡 작업을 포기하고 눈을 감아버렸다.

『레이디는 오늘도 댁에서 두문불출이십니다.』

벌써 일주일째, 닉이 이든에게 하는 보고의 내용은 똑같았다.

전에 없던 진지함으로 밑바닥까지 깔린 진심을 보였지만 답이 없었던 여자. 또 한 번의 거절을 당하고도 이든은 그녀를 생각했다.

『도대체가 사람답게 살지를 않는군. 어떻게 일주일 동안 단 한 번도 밖으로 나오지를 않지?』

이든도 늘 일에 치여 사는 남자라 개인 여가에 대해선 무딘 측이었지만 휘진만큼은 아니라고 확신을 했다.

『내가 집으로 찾아갈 수는 없잖아.』

『문전박대는 확실하죠.』

이든의 답답한 중얼거림에 제이슨이 이죽거렸다.

『어쩌다 내가…… 이렇게 됐지?』

그리고 다시 밀려든 스스로에 대한 기막힘에 웃어내는 미소가 씁쓸했다.

『대체 내가 왜 싫은 거야?』

『그러게요. 레이디가 왜 싫어할까요?』

닉이 위로 같은 말을 꺼내며 품에 울리는 휴대폰을 꺼냈다. 휴대폰의 문자를 확인한 닉의 얼굴에 웃음이 떠올랐다.

『레이디가 중국어 회화를 배우기로 했다는데요?』

『중국어?』

『과외교사를 구한답니다.』

이든은 지현이 문자를 보낸 뜻을 바로 알아차렸다. 드디어 기회가 왔다. 이든은 이 기회를 놓치지 않았다.

『내가 한다고 해.』

『보스가요?』

『나 중국어 하잖아.』

『가르쳐 보지는 않았잖아요.』

『그건 나중에 생각해. 일단 할 줄 아니까 자격 요건은 되잖아. 내가 배웠던 대로만 가르쳐 주면 되는 거 아냐?』

이든의 자신감에 닉은 고개를 끄덕이고 지현에게 전화를 했다.

—진짜 대책 없네요. 그쪽 보스. 하다하다 이젠 중국어 과외 선생을 해요? 짝사랑이 불쌍해서 휘진이 근황 좀 알려줬더니.

『이왕 불쌍하게 여긴 거, 좀 더 불쌍하게 여겨주세요.』

닉이 지현의 심정을 충분히 이해하여 부탁을 했다.

—후우. 난 몰라요. 일단 휘진이는 알아서 하라고 해요.

『네, 감사합니다. 오늘 가면 되나요?』

―헐.

『이왕 할 거면 당장 하는 것도 나쁘지 않아서요.』

―…….

『살려주세요. 보스가 지금 절 잡아먹을 듯이 노려보고 있어서요.』

―이봐요. 닉.

『무릎 꿇을까요?』

―하아. 뭔 말만 하면 무릎을 꿇는대. 이상한 사람이야. 알았어요. 지금 와요. 휘진이 집은 알죠?

『오! 당연하죠. 당장 출발하겠습니다. 눈 한 번 깜빡하면 도착할 거예요.』

닉이 전화를 끊자 이든은 환호를 하며 그를 끌어안았다.

『닉! 자넨 최고야.』

『알겠으니까 떨어져요. 제발 키스는 하지 말고!』

하지만 이든은 기어이 닉의 뺨에 진한 키스까지 하고 그를 놓아주었다.

『어서 가자고. 휘진에게.』

이든은 들뜬 마음을 감추지 못하고 숙소를 나왔다. 휘진의 집으로 가는 중에도 연신 기분 좋은 휘파람을 불다 그녀의 집 앞에 도착해선 빠트린 무언가에 정신을 차렸다.

『책.』

『그러게요. 명색이 중국어 과외 선생으로 가는 건데 신이 나서 빈손이니.』

제이슨이 이든을 한심하게 나무라며 차에서 내렸다. 그리고 언제 왔는지 휘진의 집 근처에 있는 경호원으로부터 무언가를 받고 차 문을 열었다.

『중국어 교재입니다. 레이디가 본격적인 중국 활동을 할 거면 표준어인 보통화고, 홍콩을 통한 이벤트성 활동을 할 거라면 광동어도 괜찮긴 해요. 하지만 이왕 배울 거라면 표준어를 배우는 걸 추천합니다. 보스도 그래서 표준어를 배웠으니까요.』

제이슨이 똑 부러지게 설명까지 곁들이자 이든은 무척 만족스러웠다.

『자네들은 정말, 훌륭해.』

『그렇다고 저한텐 키스하지 마세요.』

제이슨이 이든에게 중국어 교재를 건네며 얼른 그에게서 물러났다.

『OK. 키스 대신 보너스. 원하는 건 다 말해. 다 해줄 테니까.』

이 순간만큼은 정말 닉과 제이슨이 전 재산을 달라고 해도 줄 수 있을 만큼 기분이 좋았다.

『가시죠. 드디어 레이디의 집에 입성입니다. 축하합니다. 보스.』

닉과 제이슨의 축하를 받으며 이든은 휘진의 집 벨을 눌렀다.

『인사, 새롭게 할까요?』

"언니."

"어, 난, 음…… 단게 땡기네. 나가서 단것 좀 사올게."

지현은 단걸 핑계로 후다닥 밖으로 도망을 쳐버렸다.

『수완이 좋으시네요.』

『내 진심이 통한 거죠. 이 진심은 당신한테 통해야 하는데.』

『이러지 말았으면 좋겠어요.』

휘진이 부탁을 했다. 이든을 보면, 아니, 근래는 그가 자꾸 떠올라 마음이 복잡한데 이런 식으로 그를 직접 보는 것은 무척 곤란했다.

『알았어요. 하지만 공부는 해야죠. 중국어.』

이든이 똑 소리 나는 제이슨이 챙겨준 중국어 교재를 휘진의 눈앞에 보여주며 고갯짓을 했다.

[할 줄은 아세요?]

예고 없이 들린 휘진의 중국어로 한 물음에 이든이 놀란 눈을 감추지 못했다.

[중국어 할 줄 알면서 과외교사는 왜 필요해요?]

하지만 놀랐다고 놀란 채로 입 다물고 있을 그는 아니었으니 당장에 유창한 발음을 뽐내며 중국어로 답을 했다. 혹시나 해서 물었을 뿐이라 이든이 정말 중국어로 답을?하자 휘진은 당황했다.

[설마, 할 줄 아는 중국어는 그게 다예요? 그럼 나는 좋은데.]

[다른 말도 할 줄 알아요.]

[줄줄 외워서 하는 자기소개?]

100% 사실은 아니었지만 어느 정도 그런 부분이 없지 않아 있는 관계로 휘진이 이든을 노려보며 입술을 깨물었다.

『발음에서 티 났어요. 휘진 씨, 중국어 초보인 거.』

나름 기억을 떠올려 한 말에서 발음으로 흠을 찾았다는 말에 휘진이 민망해졌다.

『그리고, 휘진 씨가 한 건 보통화가 아니라 광동어예요. 홍콩에서 주로 사용하는.』

『……..』

『어떤 걸 배우고 싶어요? 보통화? 광동어?』

중국어의 종류까지 구분하는 것을 보니 이든은 정말 중국어를
잘하는 것 같았다.

『본격적인 중국 활동을 할 거면 당연하게 보통화고, 홍콩을 통
한 이벤트성 활동을 할 거라면 광동어도 괜찮긴 해요. 휘진 씨에
겐 광동어가 익숙한 거 같긴 한데, 그래도 이왕 할 거면 보통화를
배워요. 표준어니까.』

이든은 제이슨이 그에게 한 말을 토씨 하나 안 빼먹고 휘진에게
그대로 써먹었다. 자신이 생각해도 꽤나 자연스러웠던 것이 중국
어 전문가 필이 나긴 했다. 휘진은 할 수 없다는 듯 그에게 교재를
받고 그가 들어올 수 있도록 몸을 비켰다.

『과외는 언제부터 할래요? 난 지금도 괜찮은데.』

배우려는 사람보다 가르치려는 사람의 의욕이 앞선 상황에서
휘진은 멀뚱하게 그를 쳐다보다 거실로 그를 안내했다. 이든은 그
녀를 따르며 집 안의 곳곳을 살폈고 휘진은 소파에 앉기 전 그를
돌아보며 언짢은 기색을 비쳤다.

『어쩔 수 없어요. 당신 집이니까.』

이든이 능글능글하게 대꾸하며 그녀가 앉으려는 소파 맞은편으
로 몸을 움직였다.

『매일매일 청혼을 하는 여자의 집에 왔는데 집이 어떤지, 어떻
게 꾸며놓고 사는지 궁금한 건 당연하잖아요.』

『궁금해하지 마세요.』

『그럼 궁금해하지 않게 알아서 좀 틈을 주든가.』

휘진보다 먼저 소파에 앉아 이든이 그녀를 빤히 쳐다보았다.

『당신이 너무 집에만 틀어박혀 있으니까 난 당신을 볼 수 없고, 그래서 매일매일 당신이 궁금해 미치겠거든요.』

이든의 오롯한 시선에 휘진이 슬쩍 눈을 내리깔았다.

『시선 피하지 말아요. 난 그것도 아까워요. 당신이 날 보지 않는 시간.』

이든은 그의 감정을 숨기지 않고 휘진에게 드러냈다.

『오늘도 난 꽃을 보냈고, 당신은 또 거절이죠?』

그리고 휘진이 어떤 말도 할 수 없는 확신이 담긴 질문을 했다.

『내일도 난 꽃을 보낼 건데, 내일은 어떻게 할 거예요? 이젠 내 얼굴 매일 볼 건데, 나 매일 보면서 내 마음 아프게 거절할 거예요?』

스스로도 어떻게 해야 할지 갈피를 잡지 못한 탓에 휘진에겐 이든의 말이 무겁게 다가왔다. 하지만 그녀의 복잡한 표정을 본 이든은 그것이 못내 마음 쓰여 소파에 등을 기대며 그녀가 웃을 만한 말을 꺼냈다.

『자꾸 그러면 나 울지도 몰라요.』

남자가 운다니, 보통의 여자라면 눈을 흘길 만도 한 철없는 말이겠지만 그녀에게 닿는 이든의 말엔 그의 진심이 묻어 있어 휘진은 벙어리가 된 듯 입을 다물었다.

『과외는 주 3회를…….』

『매일요.』

『아뇨, 전 그냥 일주인에 3번이면 돼요.』

『그건 학생 생각이고. 선생인 내 생각은 달라요. 주 5회. 내가 확실하게 중국어 마스터시켜 줄게요.』

반박은 받아들이지 않겠다는 이든의 의지에 휘진은 그녀도 모르게 입을 다물었다.

『줄줄 외우는 중국어라도 조금은 할 줄 아는 거니까 오늘은 간단한 문장 먼저 합시다.』

이든이 책을 펼치고 그녀를 쳐다보았다.

『오늘 배울 문장은 [오늘은 뭘 할까요?] 따라 해봐요.』

[오늘은 뭘 할까요?]

『해석은 오늘은 뭘 할까요?』

『오늘은 뭘 할까요?』

『영화 봅시다.』

『……..』

뜬금없는 말에 중국어 회화 교재를 보던 휘진이 눈동자만 움직여 이든을 쳐다보았다.

『당신이 물어봤잖아요. 오늘은 뭘 할까요? 라고, 난 영화가 보고 싶고, 그래서 영화를 보자고 했고.』

『내가 물어본 게 아니라 공부를 한 거잖아요. 그리고 그런 논리로 따지면 당신도 물어본 거잖아요.』

『그래요. 나도 물어봤어요. 그런데 당신은 왜 대답 안 해요?』

『……..』

『휘진 씨, 참. 사람한테 무성의해요. 알아요?』

그가 말하는 무성의의 뜻을 아는 탓에 휘진은 그녀를 보는 이든의 시선을 급하게 피해 버렸다. 과외를 시작하자마자 뜬금없이 보이는 본심에 휘진은 당황을 했다.

『쳐다보지 말아요.』

『내 시선이에요.』

『과외교사면 과외교사답게 본분에 충실해 주시죠!』

『한국에선 과외교사와 학생 간의 로맨스가 고전이라면서요? 내가 한국 고전 로맨스에 관심이 좀 많아서.』

『…….』

『과외 학생이 못생겼기라도 하면 절대 한눈 안 팔 텐데 학생이 너무 예뻐서 그게 너무 힘드네요. 과외교사 본분에 불충실한 건 순전히 학생 때문이니까 내 탓 하지 말아요. 난 그 학생한테 반한 죄밖에 없어요.』

이든이 뻔뻔하게 응수하고 시작하지도 않은 과외 책을 덮었다.

『그래서, 우리 무슨 영화 볼까요?』

눈을 반짝이며 묻는 얼굴이 휘진의 시선에 크게 들어왔다. 시간이 지나면 시간이 지난 만큼 조금씩 그녀의 눈 속에 더 많이 담기는 사람. 아마 이든이 조금씩 변하는 휘진의 마음을 알았다면 이렇게 그녀를 보며 안달하지 않았을 텐데. 휘진은 그걸 알면서도 이든에게 자신의 마음을 보여주기가 싫었다. 아직은 마음 한쪽을 채운 불안함이 그녀를 망설이게 했다.

『팝콘 없인 영화 안 봐요.』

휘진이 새침하게 말하고 이든에게 받았던 중국어 책에 시선을 주고 뒤적였다.

『이렇게 쉬운 미션을 주면 난 너무 기쁜데. 기다려요. 금방 대령한 테니.』

이든은 밖에서 지현과 함께 안의 상황을 걱정하고 있을 닉에게 전화를 걸었다.

—들어가도 됩니까? 지현 씨가 엄청 걱정하고 있는데.

『이왕 들어올 거 팝콘 좀. 휘진이 팝콘이 있어야 영화를 본대.』

—영화까지 보시는 겁니까? 와우! 축하드립니다.

닉이 축하를 전하고 이든의 사랑을 위해 부리나케 달려 팝콘을 사왔다.

『팝콘과 음료입니다. 보스는 탄산, 레이디는 레몬티. 베이스는 당연히 박하입니다.』

닉은 이든과 휘진의 취향에 맞는 음료를 서빙하고 제이슨은 플레이어에 DVD를 재생시켰다. 그리고 시작되는 영화에 몰입을 할 때 지현이 주문한 치킨이 도착했다.

"언니!"

"먹지 마. 내가 먹을 거야."

활동을 하고 있지 않아도 연예인이라 평소에도 몸매 관리를 소홀히 하지 않는 휘진이 테이블에 치킨 박스를 펼치는 지현과 치킨 박스를 노려보자 이든이 먹으라 권유를 했다.

『먹어요. 먹고 싶으면.』

『살쪄요.』

『먹고 운동해요. 같이 해줄게요. 러닝머신? 조깅? 스쿼시? 수영? 복싱? 말만 해요. 전부 같이 해줄 테니까.』

『휘진인 플라잉 요가 해요.』

『이런. 그건…….』

휘진을 대함에 있어 늘 자신만만하고 능글능글했던 이든의 입이 막히는 순간이었다.

『풋.』

당황함이 보이는 이든의 얼굴을 보고 웃음이 터진 휘진이 입술에 힘을 주고 고개를 돌렸다. 순간 요가복을 입고 공중에 매달려 있는 이든이 떠오른 탓이었다.

『웃지 말아요. 나도 못 하는 거 있어요.』

『……안…… 웃었어요.』

『지금 웃고 있잖아요.』

『안 웃었어요.』

휘진이 웃었던 것이 분명했던 얼굴을 숨기며 정색을 했다. 하지만 그녀의 결백은 이든의 얼굴을 다시 보는 순간 터진 웃음 때문에 그 신빙성이 급격하게 떨어졌다.

『푸흡.』

고개를 숙여 웃는 얼굴을 최대한 숨기려는 휘진이었지만 거실에 있는 사람들은 모두 그녀가 웃는 것을 보았고 이든은 그녀가 웃는 이유가 궁금했다.

『뭐가 웃겨요. 내가 플라잉 요가 못 하는 걸 알게 돼서 웃는 거예요? 그게 어때서?』

『아니에요. 그거 때문에 웃는 거. 그냥, 그냥. 웃음이 났어요. 그 타이밍에. 그거뿐이에요.』

휘진은 이든의 의문이 풀리지 않을 변명을 하며 제이슨이 튀겨 온 팝콘을 집어서 먹었다. 그리고 아직 자신에게서 시선을 떼지 않는 이든을 곁눈으로 보고 피식, 또 한 번 그에게 웃는 걸 들켰다.

『도대체 아까의 말과 상황, 어디가 휘진 씨의 웃음 포인트인지 모르겠네요.』

이든의 말에 흘끔, 다시 그를 본 휘진은 아무것도 아니라는 듯 얼굴에 힘을 주고 지현이 펼친 치킨 박스에서 닭다리를 집어 들었다.

『영화, 봐요. 보자면서요.』

휘진은 홈시어터의 음량을 높이며 이든의 시선을 영화로 돌리려 했다. 하지만 영화가 플레이되는 내내 그의 시선은 휘진을 향해 있었고 휘진은 그 시선이 겸연쩍어 딱 한 개만 먹어야지 했던 치킨을 영화가 끝날 때까지 집어 먹어야 했다.

"휘진아. 배고프니?"

"어? 왜?"

"지금 치킨을 대체 몇 조각이나 먹은 거야?"

지현이 휘진 앞에 놓은 닭 뼈를 보고 놀란 표정을 지었다. 그리고 휘진도 자신이 남겨놓은 닭 뼈의 양을 보고 놀라 한참을 아무 말 하지 못했다.

『영화 보고 영화의 대사로 회화 공부하려고 했는데, 안 되겠네요. 운동합시다.』

『네?』

『평소에 안 먹는 거 먹고, 평소보다 많이 먹어서 지금 놀란 상태 아니에요?』

『…….』

『휘진 씨의 예쁜 몸매를 위해서 내가 특별히 트레이너 해줄게요.』

『무슨 트레이너요?』

『헬스? 몸매 교정? 칼로리 소비를 위한 운동 파트너?』

『전 플라잉 요가면 돼요. 중국어 회화 공부는, 미안하지만 제가 운동을 해야 하는 관계로 다음 시간으로 미루죠.』

『같이 해도 되는데.』

미련이 남은 이든은 플라잉 요가가 어떤 것인지 알면서도 무리수를 뒀고 휘진은 그의 말에 다시 한 번 공중에 매달린 그가 떠올라 웃지 않기 위해 인상을 써야 했다.

『아…… 뇨. 괜찮…… 아요. 안녕히 가세요.』

이든의 얼굴을 더 마주하면 참지 못한 웃음이 터져 나올 것 같아 휘진은 급하게 인사를 하고 방으로 들어가 버렸다.

"푸읍. 흡."

방문을 꼭 닫고 터진 웃음에 휘진은 손으로 입술을 꼭 막고 온몸을 들썩거렸다.

'아, 미치겠다. 왜 자꾸 떠올라.'

한참을 혼자 웃으며 머릿속을 진정시킨 휘진이 레깅스를 갈아입고 거실로 나갔다.

"다 갔어. 바로 할 거야?"

지현이 천장에 매달아둔 플라잉 요가를 끌어당겼다.

"아니, 나중에. 런닝부터 하고."

"참, 이든. 플라잉 요가 배울 거라던데."

"뭐? 악!"

소화도 시킬 겸, 칼로리 소비도 할 겸 러닝머신의 속도를 적당히 올려 뛰기 시작한 휘진은 지현의 말에 놀라 한눈팔다 러닝머신 위에서 미끄러져 버렸다.

　"휘진아! 괜찮아?"

　"그 사람 미친 거 아니야?"

　얼얼한 엉덩이에도 플라잉 요가를 하는 이든을 떠올리며 휘진
이 할 수 있는 말은 그것뿐이었다.

　사랑의 위대함으로 사람은 어디까지 망가질 수 있을까, 이든은
눈앞에 플라잉 요가 해먹을 보며 한숨을 쉬었다.

　『저, Mr. 레넌스?』

　오늘부터 강습을 할 이든이 천장에 매단 플라잉 요가 해먹을 잡
아먹을 듯이 노려보고 있자 강사는 그의 험악한 기운에 긴장해 조
심스럽게 그를 불렀다.

　『최대한 빨리. 속성으로 합시다.』

　『네? 네! 알겠습니다.』

　오직 휘진만을 위한 이든의 눈물겨운 플라잉 요가 강습은 시작
되었다.

　『레이디가 그렇게 좋습니까?』

　제이슨이 플라잉 요가를 끝내고 근육통에 시달리고 있는 이든
의 몸을 풀어주며 물었다.

　『대체 얼마만큼을 여자에게 미치면 보스처럼 할 수 있는지, 전
정말 궁금해 죽을 것 같습니다.』

　『휘진이야.』

『네?』

『여자가 아니라 휘진이라고.』

그에겐 정말 그랬다. 휘진은 그에게 그냥 평범한 여자가 아니라 그를 사로잡은 운명이었으니까.

『윽!』

『참으세요! 근육 풀리려면 멀었습니다.』

『됐으니까 오후에 걸을 수 있게만 해놔. 중국어 과외는 가야 하니까.』

온몸이 비명을 지르는 이 순간에도 이든은 휘진의 얼굴을 보는 것을 포기하지 않았다.

『참, 소속사 대표가 보스를 만나고 싶다고 연락을 해왔습니다.』

『돈 때문이겠지.』

휘진에게서 신경을 끊게 하려고 일감을 몰아줬더니 그 기세를 몰아 여기저기 벌였던 사업에 마구마구 돈을 쏟아붓는 대표였다.

『은행 쪽은 대출이 다 찼을 테니 추가로 필요한 자금을 융통할 건 나밖에 없고.』

『어떻게 할까요? 만나시겠습니까?』

『그 새끼 죽이라고?』

휘진을 힘들게 했던 대표에 대한 감정은 아직도 남아 있었다. 그리고 그 감정의 대가는 적절한 시기에 꼭 치르게 할 생각을 하고 있었다.

『주식 담보 받고 필요한 자금 대줘. 안 그러면 또 이상한 일로 돈벌이 할 궁리할지도 모르니까.』

이든은 인젠가 소속사 내쵸의 복을 소일 그불을 차근차근 좁히고 있었다.

오후가 되어 뻐근한 몸을 숨긴 채 휘진의 집으로 온 이든은 교재를 펼치고 과외를 시작했다. 휘진은 중국어 과외를 하면서 흘끔흘끔 이든을 훔쳐보았다. 어제 지현에게 플라잉 요가를 배우겠다고 했던 말이 잊히지 않았기 때문이었다.

'설마, 진짜 배우는 건 아니겠지?'

남자가 요가를 하는 시대에, 요가의 한 장르인 플라잉 요가를 하지 말라는 법은 없고 휘진은 운동에 대해선 남녀의 구분을 두지 않았다. 하지만 플라잉 요가를 하는 남자의 모습을 그리고 거기에 이든의 얼굴을 가져다 붙인다면 그건 쉽게 받아들여지지 않았다.

남자답게 생긴 얼굴에, 남자답게 근육 잡힌 팔뚝에, 휘진 앞에 선 늘 웃고 가벼워 보이지만 감추지 못하는 분위기엔 야성도 느껴지는 남자였다. 그런 남자가.

'……!'

이든을 훔쳐보며 혼자 이런저런 생각을 하고 있을 때 휘진은 뭉친 팔 근육을 풀 듯 작게 움찔거리는 그를 보고 미간을 찌푸렸다.

'배운 거야. 저건. 필시 플라잉 요가를 한 거라고. 하아. 진짜……'

플라잉 요가를 처음 배울 때 제일 먼저 오는 것이 바로 팔 근육의 통증이었다. 그것도 팔뚝의 근육이 아니라 어깻죽지의 근육 당김. 그래서 휘진도 플라잉 요가를 배우던 초입에는 지금 이든이 하는 것처럼 어깻죽지를 돌리는 등의 행동을 자주 했었다.

'미치겠다. 저 남자.'

분명 휘진이 아는 것만으로도 이든은 대단하다는 말이 무색한 남자였다.

집안 좋고, 혈통 좋고, 돈 있고, 권력 있고, 명예 있고, 개념도 있는. 그리고 절대 쉽지 않은.

그런 남자가 이렇게 망가지는 것도 불사하고 자신의 마음을 얻으려 온갖 노력을 다하니, 보통의 여자라면 그런 사랑을 받아 행복해 미칠 것이었다. 그런데 그런 사랑을 현재 받고 있는 자신은 보통의 여자들처럼 행복해 미치지는 않을 것 같으니 그 사실이 미안해져 낮은 한숨을 흘렸다.

『왜 그래요? 방금 문장 어려웠어요?』

과외를 할 때면 휘진의 관심을 끌려 능글능글하게 굴긴 했지만 이든은 기본적으로 그가 맡은 역할에 충실했다. 아니, 오히려 그 능글능글함 때문에 그가 알려주는 문장들이 기억에 남아 잊히지 않았다. 휘진은 자신의 한숨에 바로 반응해 중국어 문장이 어려웠는지를 묻고 교재를 꼼꼼히 살피는 그를 보고 소파에서 일어났다.

『휘진 씨?』

그리고 그의 부름에 답을 하지 않고 거실 한쪽 서랍을 열어 근육통에 잘 듣는 파스를 꺼냈다.

『붙여요.』

그리고 이든의 앞에 파스를 놓고 교재를 들어 중국어 단어를 연습장에 썼다. 테이블 위의 파스를 보는 이든의 눈이 복잡해졌지만 휘진은 꿋꿋하게 그에게 시선을 주지 않았다.

『이거, 무슨 의미예요?』

『의미 없어요.』

『그럼 왜 준 거예요?』

『어깨 아프잖아요.』

『내 어깨 아픈 건 어떻게 알고요?』

『아까부터 어깨 움직이면서 근육 풀었잖아요.』

『나 훔쳐봤어요? 음흉하게?』

이든의 당황스런 말에 휘진이 연습장에 중국어를 쓰던 손을 멈추고 손끝에 힘을 주었다.

『안 봤어요!』

그를 훔쳐보던 행동을 들킨 것 같은 머쓱함에 휘진은 입술에 힘을 주고 아니라고 발뺌을 했다.

『안 봤는데 어떻게 알아요? 내 어깨 아픈 거. 봤으니까 아는 거 아니에요?』

『안 봤어요. 그냥 보였어요.』

『어떻게 안 보고 그걸 봐요? 신기한 재주 있네요.』

휘진이 자신에게 관심을 보인다는 사실에 신난 이든이 그녀의 말을 잡아끌자 대꾸할 말이 없어진 그녀의 시선이 매서움을 담고 그를 향했다.

'그러니까 플라잉 요가 같은 걸 남자가 왜 배우냐고!'

목 끝까지 차오른 말을 차마 하지 못하고 입술을 바르르 떤 휘진이 중국어 교재를 덮어버렸다.

『오늘은 그만하죠.』

『그건 안 되죠. 엄연히 과외비 받고 중국어 가르치는 건데. 과외비 받은 것만큼은 제대로 가르칠 거니까 교재 펼쳐요.』

『과외비 주는 내가 오늘은 안 하겠다고요.』

『그럼 내가 짠 커리큘럼 일정이 다 밀려서 안 돼요. 어서 교재

펼쳐요.』

이든은 강경하게 과외 진행을 요구했지만 휘진은 고집스레 교재를 펼치지 않고 몸을 뒤로 물려 소파에 등을 기대 버렸다.

『안 할 거라고요. 오늘은.』

『왜 안 할 건데요? 열심히 했잖아요.』

휘진은 성취에 대한 욕구가 큰, 배움의 습득도 빠른 여러모로 그를 만족시키는 학생이었다. 그런 그녀가 뜬금없이 오늘은 싫다를 외치니 그녀를 가르치는 과외교사의 입장에서 궁금증이 드는 것은 당연했다. 물론, 짝사랑하는 여자와 있을 수 있는 시간을 어떻게든 꽉 채우려는 남자의 심리도 있었고.

『피곤해요.』

사실은 다른 이유지만, 아니, 그 이유가 애매해 확실한 답을 할 수 없는 휘진이 어물쩍 넘어갈 수 있는 핑계를 댔다.

『어제 과외 끝나고 뭐 했어요?』

하지만 휘진의 어물쩍 넘어가기를 원하는 핑계를 그냥 받아줄 이든이 아니었다. 그녀의 핑계를 수긍해 교재를 덮어버리면 내일 과외 시간까지 휘진을 보기 위해 기다려야 하는 시간이 길어지는 것이니까.

『일했어요.』

『무슨 일요?』

『내가 무슨 일을 하는 것까지 말해야 돼요? 그걸 당신이 왜 물어요?』

『알고 싶어서요.』

『그러니까 왜요?』

『그걸 아직 모르면 머리 상당히 나쁜 건데.』

머리가 나쁘다는 말에 휘진이 인상을 구기자 이든은 오늘도 어김없이 직접 가지고 와 그녀의 거실 콘솔 위에 올려둔 꽃을 흘끔거리며 말했다.

『대체 며칠을 더 청혼을 하면 받아주는 겁니까? 나 한국 온 지 벌써 두 달이 넘었는데.』

이렇게 한 번씩 그녀가 생각지도 못한 타이밍에 장난을 거두는 이든은 휘진을 당황하게 만들었다. 지금도 예고 없이 본심을 얘기한 덕분에 휘진은 또 답을 하지 못하고 이든은 그녀를 보며 짓던 미소를 지웠다.

『나 마냥 기다리게 하지 말아요. 기다리게 할 거면 기다리라는 말이라도 하던지.』

『……..』

『알아요? 세상에서 제일 힘든 게 희망고문이라는 거.』

그리고 한 번씩, 자신의 마음을 알아주지 않는 휘진을 나쁘다고 말했다.

『못됐어요. 당신, 나한테.』

이든이 휘진을 보던 시선을 치우며 교재를 덮었다.

『그래도 나는 내일 또 오겠죠. 언제 답을 해줄지 모르는 못된 당신을 보러.』

휘진의 얼굴을 보는 것이 싫은 것인지, 표정이 없는 얼굴로 교재를 정리한 이든이 재킷을 들고 소파에서 일어났다.

『피곤하면 쉬어요. 오늘 못한 부분은 내일 보충하는 걸로 하죠.』

그리고 휘진에게 짧은 시선도 주지 않고 몸을 돌려 버렸다.

늘 과외가 끝나면 어떻게든 그녀와 더 있으려 핑계를 대고 미적 거리던 이든이 오늘은 정말 마음이 상한 것인지 망설임을 보이지도 않고 현관으로 가버리자 당황스러운 것은 휘진이었다.

『…….』

무슨 말이라도 해야 할 것 같은 분위기에 급하게 그를 따라 현관으로 온 휘진이 신발을 신는 그를 보고 입을 달싹이다 입술을 깨물었다. 이든은 휘진이 앞에 있는 것을 알면서도 부러 시선을 피했고 현관문을 열려 몸을 돌렸다.

『아니면요?』

현관 문고리를 돌리기 직전 휘진의 목소리가 들렸다.

『기다리라고 했다가, 결국 아니면요. 그럼, 당신은 어떻게 할 건데요?』

망설이던 휘진의 본심이었다.

『그럼, 내가 너무 미안하잖아요. 당신이 말한 희망고문보다 이게 더 나쁜 거잖아요.』

그래서 휘진은 그를 향하려는 마음을 알면서도, 자신을 마주 보며 진심을 전하는 그를 받아줄 수가 없었다.

『운명이라고 했죠? 난 운명 안 믿어요. 특히나 당신 같은 남자가 말하는 운명은 더.』

그가 기다렸던 휘진의 마음이 보이는 순간이었다.

『운명으로 포장한 달콤한 말들은 포장이 벗겨지고 나면, 그건 거짓이고 남는 건 상처니까.』

떨림이 전해지는 휘진이 목소리에 이든이 문고리에서 손을 놓으며 그녀에게로 몸을 돌렸다.

『휘진.』

『당신은 다르다고 말하지 말아요. 당신이 다르다는 걸, 나는 아직 믿지 못하니까.』

휘진의 눈동자는 흔들리고 있었다.

『그래서 아무 말 못하는 걸, 왜 나쁘다고 해요?』

이든은 휘진을 안아주고 싶었다. 하지만 아직도 그의 진심을 믿지 못해 망설인다는 휘진에게 손을 뻗지 않기 위해 주먹을 쥐었다.

『내가 잘못했네요.』

이든은 휘진에게 사과를 했다.

『이렇게 겁이 많은 당신을, 내 욕심으로 밀어붙이려고만 했으니.』

『…….』

『기다리라는 말 하지 말아요.』

『하지만 당신은 기다릴 거잖아요.』

『그럼 기다리지 말까요?』

휘진은 답을 하지 못했다.

『이렇게 당신을 보러 오지도 말고, 이렇게 당신을 만날 구실을 만들지도 말고 가버릴까요?』

이든의 짙은 눈동자가 물기 차오르는 휘진의 눈동자를 가만히 들여다보았다.

『안 가요.』

그 한마디가 휘진에겐 믿음이었다.

『늘 당신을 만나러 올 구실을 만들 거고, 매일매일 이렇게 당신을 보러 올 거예요.』

이든은 가만히 휘진을 보다 그녀에게 손을 뻗지 않게 주먹을 쥐었던 손에 힘을 풀었다. 그리고 그녀는 아니라고 했지만 그녀의 눈물은 말하는 마음을 손끝으로 쓸었다.

『말했잖아요. 언제라도 좋다고. 당신이 무언가를 느끼는 그때가 언제일지라도, 난 이 자리에 있을 거예요.』

이든의 손끝이 쓰는 휘진의 눈가에선 조금 전보다 더 짙은 눈물이 떨어졌다.

『운명이라 믿었던 것이 사실은 열사(熱砂 : 뜨거운 모래)에 본 환영일 수 있어요. 그래서 그 환영이 사라지면 그게 무엇이었나 생각에서 지워 버릴 수도 있겠죠. 앞날은, 당신처럼 나도 모르니까.』

휘진의 얼굴을 쓸어 눈물을 닦아낸 이든은 물기 젖은 손을 내려 그녀에게서 멀어졌다.

『하지만 휘진. 나는 운명을 믿고 싶어요. 운명이 아니라면 내가 이렇게, 하루의 모든 순간을 당신으로 채울 리 없으니까.』

이든의 낮은 목소리에 그가 닦아내 멈췄던 휘진의 눈물이 다시 흘렀다.

『불안해해요. 두려워해도 돼요. 믿음을 의심해도 괜찮아요. 당신이 뭘 해도 내 운명은 나를 이 자리에서 도망치게 하지 않을 거니까.』

이든은 운명을 믿었다.

사람의 마음은 참으로 간사하다는 것을 느끼는 요즘이었다. 그리 매몰차게 투명인간 취급을 할 때는 언제고 경계가 무너지니 속 절없이 올라오는 한 사람에 대한 궁금증. 휘진의 요즘 일과는 인 터넷 통합 검색을 붙잡고 사는 것이었다. 그의 배려와 다가섬에 이제는 눈에 보이는 이든만을 아는 것으론 휘진의 마음이 부족해 졌다.

"휘진아. 과외 선생님 오셨어."

지현의 알림에 휴대전화로 이든에 대해 검색을 하고 있던 휘진 이 얼른 검색을 종료하고 휴대전화를 내려놓았다. 휘진은 흐트러 졌던 옷매무새를 잡아 정리하고 교재를 펼치며 그녀에게 다가온 그에게 건성으로 인사를 건넸다.

『오늘은 올림머리 했네요. 예뻐요.』

그를 쳐다보지도 않고 교재의 페이지만 느리게 넘기는 휘진을 보며 이든은 그녀의 맞은편 자리에 앉으며 케이크를 테이블에 내 려놓았다.

『오늘은 이거 먹으면서 공부합시다.』

그의 말에 휘진이 교재에서 눈을 들어 케이크를 보고, 이든을 보았다.

『점심 먹었어요.』

마음은 아니면서 그가 하는 것엔 그냥 곱게 말이 나가지 않는 것은 왜인지. 휘진은 그에게 퉁명스러웠던 말투에 입술 안 혀를 깨물며 스스로를 나무랐다.

『알아요. 그래서 디저트 가져온 거예요.』

하지만 이든은 휘진의 퉁명스러운 말과 말투 따위엔 신경을 쓰 지 않았다. 이미 그녀의 마음을 눈치챈 탓도 있고, 저리 퉁명스레 말을 하면서도 결국엔 그와 함께 케이크를 먹을 것을 알기 때문이었다.

『먹어보면 반할 거예요. 나도 반한 케이크이거든요.』

옅게 웃으며 케이크 상자를 열 것 같았던 이든은 휘진의 생각과는 다르게 케이크를 한쪽으로 밀었다. 이든은 자신의 움직임에 휘진의 시선이 닿아 따르는 것을 느끼며 미리 준비해 온 테이블 매트와 디저트 식기를 세팅했다. 그리고 꽃잎이 상하지 않게 챙겨온 익숙한 꽃을 꺼내 작은 화병에 꽂아 테이블 중간에 놓았다.

『오늘도 직접 배달. 오늘도 대답 안 해줄 거죠?』

『…….』

『오늘도 휘진 씨는 못됐어요.』

어제와 같이 답을 미루는 휘진을 이든이 흘겨보며 나무랐다.

『그래서 벌. 나 내일부터 안 와요.』

이든의 말에 휘진은 아무 말도 하지 않았지만, 그를 향한 그녀의 눈동자가 흔들리는 것을 보고 휘진이 무척 놀랐다는 것을 알 수 있었다. 이렇게 그녀의 마음을 다 보여주면서 그가 원하는 답을 해주지 않는 휘진을 그냥 놀란 채로 둘까 하다 이든은 마음을 고쳐먹었다.

『본사에 처리해야 할 일이 생겼어요.』

자신에게 지쳐 마음을 접었을까 했던 생각이 우습게도 단지 일 때문에 간다는 말을 듣고 안심이 된 마음에 휘진은 그를 향했던 눈을 케이크로 돌렸다.

『나 봤는데.』

이든의 샘글거림이 묻은 말에 포크로 케이크를 뜨던 휘진의 움직임이 멈추었다.

『나한테 다 들켰어요.』

뭘 들켰다는 것인지 알 수 없지만, 뭘 들켰는지 알 것도 같아 포크를 든 휘진은 손을 어떻게 해야 할지 몰랐다. 이대로 굳은 채로 둘 것인지 모르는 척 시침을 떼며 케이크를 마저 떠먹을 것인지.

『먹어요. 케이크.』

이든의 말이 떨어지고 휘진은 기계적으로 포크를 입으로 가져갔다.

『맛없어요?』

『아뇨. 맛있어요.』

『맛없는 것처럼 먹고 있어요.』

『맛있게 먹고 있어요.』

휘진의 겉대답에 이든이 눈썹을 살짝 올리며 눈을 빛냈다.

『서운하죠. 나, 간다니까.』

정곡을 찔린 듯 휘진의 움직임이 다시 멈췄다.

『설마요. 내가 왜 서운해해요. 일 때문에 가신다는데. 일은 하셔야죠. 바쁜 분이.』

휘진이 뻔뻔하게 제 마음을 숨기고 웃자 이든은 그 모습이 귀여워 머릿속과 마음속이 간질거렸다.

『같이 갈래요?』

이든의 말에 휘진의 웃던 얼굴이 놀람으로 채워졌다.

『라고 하고 싶은데 절대 같이 안 가줄 것 같아서 안 물어볼 거예요.』

사람 마음을 들었다 났다, 이든의 눈동자에 장난기가 가득했다.

『대신 올 때 선물 사 올게요. 갖고 싶은 거 있어요?』

『없어요.』

『난 있는데.』

휘진은 단호했고 이든은 그 단호함을 신경 쓰지 않았다.

『돈도 많고, 가진 것도 많고, 능력도 많고. 그냥 이런 날 가지면 다 갖는 건데. 그냥 날 가져요. 줄게요.』

처음의 마음으론 고민 없는 거절이 답이었지만 휘진의 지금은 거절의 고민에 망설임이 생겼다는 것이 문제였다.

가져라 하니 갖고 싶은 욕심. 휘진은 이든을 보고 있으면 그녀의 마음속에서 자라나는 욕심에 냉큼 손을 들어 신중하지 못한 결정을 할 것 같아 그에게서 시선을 피했다.

『또 피하네. 왜 자꾸 내 얼굴을 안 봐요? 연예인만큼은 아니지만 그래도 잘생긴 얼굴인데.』

이든이 농담처럼 그에게서 시선을 떼버린 휘진에게 서운함을 비췄다.

『잘 다녀와요.』

그의 서운함을 느꼈으면서도 휘진은 그를 달래주는 말을 하지 않았다. 하지만 '가라'는 말이 아닌 '다녀와라'라는 말에 이든은 그녀에게 느꼈던 서운함을 금방 털어버릴 수 있었다.

『공부 안 한다고 좋아하지는 말아요. 영상통화로 할 거니까.』

이든의 말에 숨을 뜻을 모르기엔 휘진은 그의 마음을 너무도 확실히 알고 있었다. 그래서 무언가, 그의 마음에 흡족한 말을 해주고 싶은데 막상 하려니 할 말이 떠오르지 않았다.

『바빠요. 나,』

고작 한다는 말이 그와는 상관없는 이딴 말이라니. 휘진은 자신의 바보스러움에 입술 안을 아프게 깨물었다.

『팬 미팅도 있고 곡 작업도 마무리해야 되고, 중국 활동 준비도 해야 되고.』

그래서 주저리주저리 할 필요 없는 말들만 늘어놓았다.

'아, 바보.'

주저리 변명을 늘어놓은 것에 다시 자신이 한심스러워 깨문 입술 안을 또 깨물었더니 피가 나는 것인지 찝찌름한 피 맛이 났다.

『알아요. 팬미팅 일정 있는 거. 그런데 그 팬미팅에 휘진 씨가 준비할 건 없고, 곡 작업은 늘 하고 있는 거라 언제가 돼야 끝나는 건지 묻고 싶고, 중국 활동은 아직 한참 남았는데 왜 그걸 끄집어내 바쁜 척을 하는 건지 궁금하네요.』

『바쁜 척이 아니라 정말 바빠요!』

그녀의 변명을 바쁜 척이라 하는 이든의 말에 휘진이 발끈했다.

『내가 무슨 할 일 없어 집에만 박혀 있는 사람인 줄 알아요? 내가 이래 봬도 어마어마한 팬덤을 가진 스타라고요.』

『그 스타를 내가 한국에 오고 두 달을 넘게 지켜봤는데, 거의 집에만 있던데요.』

『…….』

틀린 말이 아니라서 휘진은 대꾸할 말이 없었다.

『활동 좀 해요. 맨날 집에서 몸매 관리만 하면 뭘 해요? 보여주지도 않으면서.』

『뭐, 뭘 보여줘요?』

잘못 이해를 하면 서로 상당한 오해를 할 수 있는 이든의 말에 휘진이 당황해 말을 더듬었다.

『얼마만큼 날씬한가? 팔뚝에 늘어지는 군살은 없나? 배에 튜브는 안 끼고 있나?』

『그걸 내가 왜 당신한테 보여줘요?』

『내가 팬이니까.』

『…….』

『팬미팅에 예쁜 모습으로 가려고 몸매 관리 그렇게 악착같이 한 거 아니에요? 그런데 난 본사로 가봐야 돼서 그 팬미팅 참석할 수가 없고. 휘진 씨 예쁜 모습 못 봐서 엄청 아쉬운데.』

이렇게 또 이든은 자신의 진심을 보여내고 휘진은 다시 말문이 막혔다.

『팬 서비스 차원에서 오늘은 나한테 좀 친절해 주면 좋을 것 같은데.』

이든의 투정 같은 말에 휘진은 또 답을 못하고 그의 눈길을 피했다.

『한 달이나 당신 얼굴 못 봐요. 나.』

『영상통화로 과외할 거잖아요.』

『실물은 아니잖아요.』

『실물보다 화면이 더 예뻐요.』

『난 휘진 씨 실물이 더 예쁜데, 지금은 휘진 씨 답들이 모두 마음에 안 드니까 화면이 예쁘다에 동의할게요. 석휘진 씨는 실물보단 화면이 훨씬 아름답습니다. 실물은 엄청 별로예요. 웃지도 않고 말도 안 예쁘게 하고 친절하지도 않고. 팬들은 다 속고 있는 거야. 완전 사기꾼. 팬클럽 가입 괜히 했어.』

이든이 휘진을 흘겨보자 그녀의 놀란 얼굴이 눈에 들어왔다.

『팬클럽, 가입했어요?』

『네.』

『어떤 팬클럽요?』

『공식 팬클럽.』

『왜요?』

『바보예요? 왜 자꾸 물어요?』

『내가 뭘요? 뭘 자꾸 물었는데요?』

『내 마음 알면서도 묻고, 내 행동의 이유를 알면서도 묻고. 지금까지 그거 반복이잖아요. 나는 매번 말하고 알려주는데 휘진 씨는 매번 모른 척하고, 알면서 묻고.』

『안 그랬어요.』

『거짓말.』

『거짓말 아니에요.』

『그럼 내 맘 몰라요?』

『……..』

『이거 봐요. 알면서 또 모른 척.』

이든이 휘진이 답을 피하며 입술을 말아 무는 모습을 보며 소파에 몸을 기댔다.

『한동안 못 볼 것 같아서 선물 가져왔는데 자꾸 모른 척해요.』

이든이 그의 마음을 모른 척으로 일관하는 휘진을 흘기며 작은 상자를 꺼내고 그녀의 팔을 잡아당겼다.

『팔은 왜……?』

『이거 보고 내 생각해요. 예쁜 짓 많이 하면 다른 선물도 줄 거니까.』

이든은 상자에서 꺼낸 팔찌를 그녀의 손목에 걸어주었다. 작은 꽃잎이 화려하게 달랑거리는 팔찌였다.

『전화 꼭 받아요. 하루라도 당신 얼굴 안 보면 난 너무 슬프니까.』

휘진은 그가 채워준 팔찌를 보며 아무 말도 하지 않았다. 대신 그에게 잡힌 팔에 힘을 뺀 것으로 꼭꼭 숨기는 마음의 한끝을 보여주었다.

한국을 떠나고 다음 날부터 오전 8시 정각, 이든은 휘진에게 전화를 걸었다. 처음 잠결에 영상통화인 줄 모르고 받았다가 그에게 잠에 취한 모습을 보였던 것에 얼마나 놀랐던지. 휴대전화 화면 속, 휘진의 부스스한 모습을 보고 미소 짓던 이든의 얼굴.

『자는 모습을 보여주다니, 그럼 다 보여준 건데. 휘진 씨 나랑 꼭 결혼을 해야 할 이유가 생겼네요.』

진심을 담은 농담을 했던 이든의 말. 질색을 하며 영상통화를 끊어버렸지만 그 후 이든은 매일 아침 모닝콜과 중국어 과외를 핑계 삼아 휘진의 잠을 깨웠다. 매일 아침 걸려오는 그의 전화에 툴툴대며 잠을 깨우지 말라 타박을 했지만 사실 휘진은 그가 전화를 하기 1시간 전에 일어나 늘 말짱한 정신이었다.

샤워를 하고 젖은 머리카락을 바짝 말리고, 마치 감지 않은 것처럼 느슨하게 묶어 머리가락 낯 가닥을 빼내 흐트러지게 만들었다. 그리고 자연스런 피부 화장까지 한 후에 마치 금방 잠에서 깬 것처럼 베개에 얼굴을 묻은 채로 그의 전화를 받았다. 그런 휘진을 보며 이든은 눈을 떠라, 물을 마셔라, 아침을 먹어라 걱정을 담은 잔소리를 했고 그녀는 그게 싫지 않았다.

눈을 뜨며 툴툴, 물을 마시며 툴툴, 아침을 먹으며 툴툴, 그의 이런저런 잔소리에 전화를 끊어버릴 거라 했지만 휘진은 단 한 번도 그의 전화를 끊은 적이 없었다. 아침부터 잔소리와 툴툴거림으로 시작된 둘의 통화는 중국어 과외까지 두 시간이 넘게 걸렸고 휘진은 어느새 그와의 아침시간이 익숙해져 그 시간을 기다리고 있었다. 하지만 오늘은 그가 너무 바빠 아침에 통화를 하지 못했다. 그것이 못내 서운하면서도 바쁜 틈에라도 잠깐은 전화를 하지 않을까 기다려지는 마음.

"뭐 하니. 나."

잠들려는 침대에서도 휴대폰을 놓지 못하는 자신을 보며 휘진이 한숨을 쉬었다. 이젠 슬슬 휘진은 그의 전화가 기다려졌고 그의 안부가 궁금했고, 그가 보고 싶었다. 그리고 그도 같았는지 휘진의 손에 들린 휴대폰엔 익숙한 번호가 전화가 왔음을 알리고 있었다. 그 번호 하나에 서운했던 마음이 모두 가시는 순간. 휘진은 슬금슬금 그녀도 모르게 피어오르는 미소를 모르며 통화버튼을 눌렀다.

『뭐예요? 이 시간에?』

─이 시간에 휘진 씨는 뭐 해요?

오늘을 빼고 일주일을 매일 듣던 이든의 목소리가 지금은 좀 다르게 들렸다. 오전에 통화를 못할 정도로 바쁠 거라더니 아직도 그런가 싶어 피곤하게 들리는 그의 목소리가 걱정이 되었다.

『자요.』

—자는 목소리가 아닌데.

『자는 목소리하고 안 자는 목소리하고 차이를 알아요?』

—알죠.

매일 번쩍 깬 정신으로 하는 통화를 모르면서 아는 척하는 이든의 말에 휘진은 입술을 삐죽였다.

—자다 깬 목소리는 예쁘고, 안 자는 목소리는…… 음. 둘 다 예뻤네요.

휘진에겐 늘 하는 그의 말이었지만 들을 때마다 기분이 나쁘지는 않는 말이었다.

『저기요. 그 말 하려고 이 시간에 전화한 거예요? 내 목소리 예쁘다고?』

—저기요. 말고 내 이름 좀 불러줘요.

『됐고요. 전화한 용건이나 말해요.』

—이름 먼저.

『저기요. 용건 없으면 전화 끊으시죠. 나 잘 건데.』

—이러다가 난 내 이름이 여기요, 저기요, 거기요로 바뀐 줄 알거 같아요.

『흠. 음. 뭐. 그건…… 그건 지금 중요한 거 아니고, 진짜 뭐예요?』

—지금 중요한 건 그거예요. 언제 내 이름 불러줄 거냐고요.

『하아. 저기요!』

—표! 표! 좀 너무하단 생각, 많이 들죠? 엄청 늘 텐데.

『…….』

─양심은 있네요. 대답 못하는 거 보니.

실제로, 휘진은 그의 말에 양심이 찔리긴 했다. 이든 레넌스라는 이름을 알면서도 늘 그를 부를 땐 여기요, 저기요. 거기요. 아니면 그쪽이 다였으니까.

─조만간에 난 내 명함도 새로 제작해야 할 것 같아요. 여기요, 저기요, 거기요로.

『지금 나랑 장난해요?』

─그러니까 내 이름 좀 불러줘요.

『이든 레넌스 씨! 됐어요?』

─됐어요.

결국 이든은 그가 원하는 그녀의 부름을 들었다. 이름 하나가 무어라고 그녀가 귀찮다는 듯 불러주는 이름에 기분이 좋은지 전화기 너머로 낮은 웃음소리가 들렸다.

『거기 지금 몇 시예요? 시차가 20시간쯤 나니까, 새벽 3시쯤? 맞아요?』

─맞아요.

『그런데 왜 안 자요?』

─보고 싶어서요.

『…….』

─아침에 휘진 씨 얼굴 못 봐서 오늘 하루가 많이 힘들었어요.

또 한 번 예고 없이 전해진 그의 마음에 휘진은 뜻이 담긴 팔찌를 쳐다보았다.

『……영상통화, 할래요?』

자신이 먼저 꺼낸, 아니, 처음으로 꺼내 보인 마음에 휘진의 심장이 빠르게 뛰었다.

─싫어요.

하지만 예상과 달리 그녀의 말을 거절한 이든의 답에 빠르게 뛰었던 휘진의 심장이 급하게 멈춰 버렸다.

─내일 아침에 통화해요. 진정제 좀 먹고. 심장 보호 좀 하고.

굳어졌던 휘진의 얼굴에 다시 미소가 감돌기 시작했다.

『119. 아니, 911 대기시켜 놔요.』

─이러지 말아요.

『내가 뭘요?』

─왜 갑자기 내 심장 공격해요?

『내가 언제?』

─지금도, 계속 공격하잖아요.

『난 그런 적 없는데.』

휘진이 새침한 미소를 띠며 시침을 뗐다.

─못됐어요.

『맨날 못됐대.』

작게 웅얼거리듯, 투정부리듯 들린 휘진의 말에 이든은 심장이 너무 간지러워 더는 통화를 계속할 수 없었다.

─끊어요.

『그러시던지. 내가 전화했나. 뭐.』

─아침에 전화할게요.

『그러시던지. 내가 하는 것도 아닌데. 뭐.』

─휘진 씨.

『팔찌, 잘 하고 있어요.』

그를 생각하라던 팔찌의 뜻. 휘진은 무언가 그에게 그녀의 마음을 고백한 것만 같은 생각에 부끄러움이 몰려왔다.

『그냥, 그렇다고요. 끊어요. 잘래요.』

도저히 더는 통화를 하긴 힘들 만큼 민망하고 스스로가 간지러운 상황. 휘진은 전화를 끊고 이불을 뒤집어썼다.

"으으으으!"

이불 속에서 들키기 싫은 마음을 숨기며 잠이 들었다. 잠들기 전의 통화가 기분을 좋게 했는지 꿈속에서도 휘진은 행복했다. 무슨 꿈인지는 모르겠지만 입가에 머무는 미소가 행복함을 알려주는 차에 귓속으로 확 내리꽂혔는지 휴대폰 벨소리. 휘진은 웃으며 베개에 묻었던 얼굴을 번쩍 들었다. 방금 깬 순간의 멍함에도 중요한 몇 가지의 생각이 머릿속을 스쳤고 휘진은 옆에서 계속 들리는 휴대전화의 벨소리에 인상을 찡그렸다.

"하아. 망할."

휴대전화 화면에 뜬 것은 이든의 번호였고, 지금은 정확하게 오전 8시였다. 한 시간 전에 일어나 자연스런 부스스함을 연출하지 못한 오전 8시. 휘진은 자신의 무방비한 민낯을 이든에게 보여줄 수 없어 잠시의 고민 끝에 그의 영상통화 요청을 거절했다.

"흠. 흠."

그리고 바로 울려올 휴대전화 벨소리를 기다리며 목소리를 가다듬었다. 예상대로 바로 울리는 벨소리. 휘진은 그 벨소리를 들으며 그럴 줄 알았다는 듯 새침하게 미소 짓고 통화버튼을 눌렀다.

『매너 없어요.』

―갑자기 왜 나를 매너 없는 사람으로 만드는 거죠? 내가 뭘 했다고?

『아침부터 영상통화는 좀 그렇잖아요.』

휘진의 투덜댐에 휴대전화 너머로 그의 웃음소리가 들려왔다.

―자다 깬 모습도 예쁘기만 했어요. 그러니까 얼굴 보여줘요.

이든은 모르는, 철저하게 자연스런 메이크업과 헤어를 했으니 아침마다 했던 영상통화에서 휘진의 얼굴이 예뻐 보였던 게 당연할 수밖에 없지만, 오늘처럼 무방비한 아침엔 영상통화는 절대 안 될 말이었다.

『싫어요.』

―왜 싫어요? 어제는 영상통화 먼저 하자더니.

『거절했잖아요.』

휘진이 입술을 삐죽였다가 영상통화를 거절한 후에 들었던 말이 떠올라 배시시 볼우물을 패며 웃음을 지었다.

―그래서 말인데, 전화 끊고 한숨도 못 잔 거 알아요?

『왜 못 자요?』

―심장이 그렇게 뛰는데 어떻게 자요?

『그래요? 난 잘 잤는데. 아주 푹.』

―이거 봐. 이거 봐. 엄한 남자는 심장 뛰어 잠도 못 자게 해놓고 혼자 잘 잤대. 정말 나쁜 여자네. 혈액형 B형이죠?

『뜬금없이 혈액형을 왜 물어요?』

―나쁜 남자, 나쁜 여자는 B형이라던데요?

『누가요?』

─한국에서 산 연애전문 서적에서요.

뜬금없이 상상 안 되는 이든의 말에 푸홋. 휘진은 웃음을 터트렸다.

『그런 건 왜 봐요? 연애 초보도 아니면서.』

─내 뒷조사 했어요?

순간 치고 들어오는 물음에 휘진이 웃음을 멈추며 뜨끔했다.

─대답 없는 거 보니 내 뒷조사 했네요. 못된 여자에, 나쁜 여자에, 이젠 음흉한 여자까지.

『안 했어요.』

─했잖아요.

『안 했어요.』

─한 거 같은데.

『안 했어요.』

─너무 부정하니까 더 의심되는데.

휘진은 다시 안 했다는 시침을 떼지 못하고 입을 꾹 다물었다.

─대답 못하는 거 보니까, 확실하게 인정. 내 뒷조사 했죠?

휘진을 슬쩍 몰아붙이는 이든은 기분이 좋았다. 틈을 내주지 않고 밀어내기만 하던 여자가 이제는 그에게 호기심을 느끼며 그에 대해 알아봤다는 것에 드는 만족감.

『글래머 좋아하시던데.』

하지만 그에게 순순한 만족감을 주기엔 휘진은 그리 만만한 상대가 아니었다.

『특히 스페니쉬 쪽의 섹시한 스타일.』

이든은 휘진의 말에 순간 놀라 천천히 숨을 골랐다. 비록 과거 연애사이긴 하지만 현재 애정을 갈구하는 여자에겐 그다지 알려 주고 싶지 않은 과거사였다. 특히! 짧게 사귀었던 여자 연예인들과의 과거사는.

―그런 건, 안 궁금해해도 되는 거예요.

대답의 내용은 일단 인정이라 휘진이 눈가에 힘을 주며 입술을 물어뜯었다.

『안 궁금했어요. 그냥 검색하니까 나오던데요. 나도 이름 알고, 얼굴 아는 스페니쉬 혈통의 유명한 섹스심벌 배우랑 다정한 사진.』

―에티튜트예요.

『아! 해변에서 수영복 입고 나란히 다정한 포즈도 에티튜트인가 봐요. 그러고 보니 여기, 거기 같은데. 내가 있었던 섬. 여기도 데리고 갔구나. 그 여자분들.』

―절대 아니에요.

『바닷물 색이 같아요.』

―모래 색도 같겠죠. 해변이니까.

『전화 끊죠.』

―휘진.

『전 바람둥이 별로 안 좋아해요. 특히 연예인만 좋아하는 남자는 더더욱.』

휘진은 남자에 대한 부정적인 선입견이 다시 올라와 기분이 언짢아졌다. 물론 이든이 그들과 같은 남자는 아닐지 모르지만 그의 과거사로 볼 때, 그녀의 뼈아픈 과거사로 볼 때 충분히 가능성이 없는 이야기는 아니었다. 가진 것 많은 젊은 남자와 아름다운 여자들의 이면관계는.

─연예인이라 좋아한 게 아니라 예뻐서 좋아한 거예요. 동서고
금을 막론하고 원래 남자는 예쁜 걸 좋아하니까.

『예쁜 여자라서 좋아한 거겠죠. 그것도 젊은.』

나름 변명이란 걸 하는 이든의 말에 답하는 휘진의 목소리가 곱
지 않았다.

─인정하긴 싫은데 인정할게요. 난 예쁜 여자가 좋으니까. 그런
데 나, 7살 연상인 여자와도 사귄 적도 있어요.

이걸 뭐라고 대답을 해줘야 하는 건지, 휘진은 갑작스럽게 자신
의 연애사를 고백하는 이든에게 받아칠 말이 없어서 인상을 구겼
다.

─무조건적인 젊음만을 좋아한다는 건 아니라는 거죠. 연륜이
랄까, 뭐 그런 노련함과 현명함이 좋았어요. 7살 연상의 그녀는.

휘진은 이미 알고 있는 사실이지만 그의 입으로 인정하는 말을
듣게 되어 기분이 상했다. 딱히, 기분이 상할 이유는 없지만 그래
도 감정이 제 멋대로 들쑥날쑥거려 그와 더 이상 통화를 하고 싶
지 않았다.

『미안해요. 그 노련함과 연륜은 내게 없는 것 같으니까. 이만 전
화 끊죠.』

그래서 그 들쑥날쑥한 감정이 시키는 대로 전화를 끊어버렸다.

"기본 매너가 없어. 외국인이라서 그런가? 과거 연애사 인정이
왜 이렇게 쿨해? 예뻐서 좋아? 연륜이 좋아?"

휴대전화를 침대에 던진 휘진이 휴대전화가 그라도 되는 양 눈
을 흘기고 화장대의 거울을 봤다. 자다 깬 민낯이라 부스스함이

있긴 했지만 어지간한 여자들의 흑역사로 기록될 법한 막 자다 깬 얼굴도 기준 이상의 미모는 돼 보여 언짢았던 심기가 조금 편해졌다.

"휴. 자다 깬 얼굴이 이 정도도 안 되면 은퇴해야지. 그래도 명색이 비주얼 가순데."

하지만 휘진이 별로 위로되지 않는 사실에 한숨을 쉬며 샤워를 하러 욕실로 들어갔다.

그리고 지구 반대편 하와이에 있는 이든은 휘진이 토라짐으로 끊은 전화기를 보며 웃고 있었다. 자신의 과거 연애사가 그녀에게 알려진 것에 대해선 좀 걸리는 구석이 있긴 했지만 이미 흘러간 과거였고, 중요한 것은 그 과거 연애사로 그녀의 감정을 조금 더 구체적으로 확인하게 됐다는 것이고 그것은 영상통화를 생략한 서운함을 누른 소득이었다.

『오늘은 통화가 빨리 끝나셨네요.』

보통 2시간 정도 소요가 되는 이든과 휘진의 통화가 생각보다 빨리 끝나자 제이슨이 궁금증을 보였다.

『오늘 나의 레이디께서 나에 대한 관심을 많이 보여주셨어.』

『관심요?』

『응. 내 여자 취향까지 파악했어. 스페니쉬 혈통의 글래머를 좋아하는 거.』

『그래서 거기다 대고 7살 연상과 사귀었다는 고백을 한 겁니까?』

제이슨의 한심스러움이 묻은 질문에 이든이 히죽 웃으며 자리에서 일어났다.

『질투는 살아 있는 감정이니까. 그리고 사랑보다 더 확실하고, 더 강력하게 그 감정의 모습을 보여주니까.』

『레이디가 질투를 하셨군요.』

닉이 이든에게 재킷을 내밀며 짐작을 했다.

『음, 폭발하진 않고 부글부글 끓는 정도로만? 아주 귀엽게.』

휘진의 질투로 이든은 기분이 무척 좋아졌다. 그래서 2시간 후부터 있을 회의를 당겨 버렸다.

『점심시간입니다.』

『내 점심시간은 끝났어.』

『직장인의 기본권은 지켜주시는 것이 옳을 것 같습니다.』

제이슨이 이든의 스케줄 변동에 태클을 걸었다.

『선택을 하라고 해. 지금 당장 회의를 시작하면 그나마 박살나는 게 덜할 거고, 예정된 시간에 회의를 진행하면 오전과 같은 폭격을 당할 거라고.』

『폭격을 가하시기에는 기분 너무 좋으신데요.』

『지금 기분이 그때까지 가라는 보장은 없어. 제이슨. 지금은 기분이 좋지만 그 시간까지 나는 회의 자료를 다시 볼 거고 그럼 기분이 아주 나빠지겠지.』

결과적으론 회의 참석자들에게 다른 선택은 없었다. 이미 일주일을 돌아가며 각 사업의 결과를 보고받고 와장창! 엎어놓기만 했으니 전 세계로 뻗어나가 있는 계열사의 말단 사원까지 그의 진노를 알아 바짝 긴장을 하고 있는 상황이었다. 그리고 제이슨과 닉에게도 다른 선택은 없었다. 회의가 시작되기 전, 회의가 끝난 후 이든에게 깨질 대로 깨진 사람들이 찾아와 하소연을 하는 것은 제이슨과 닉, 그 둘이었으니까. 이젠 그 둘도 그들의 하소연에 슬슬 지쳐 가고 있던 참이었다.

『제발, 오늘 회의에는 레이디와 통화하실 때의 1/100만큼의 다정함만 보여주세요. 저희도 사장단의 징징거림에 질려 죽겠습니다.』

『어쩌지? 사장단 다음은 제이슨인데.』

제이슨이 이든을 따라나서며 투덜대다 그가 한 말에 놀라 걸음을 멈췄다.

『한국이 너무 조용하잖아.』

본사의 일만으로도 눈코 뜰 새 없이 바쁘기에 한국 쪽 일은 미뤄두나 했더니 역시나 이든은 이든이었다.

『지금쯤 누구 하나는 곡소리가 나야 정상인데.』

회의실로 갈 엘리베이터를 기다리며 이든이 유리로 비춰진 제이슨의 눈을 쳐다보았다.

『나의 레이디가 그렇게 힘들어했는데 그들은 희희낙락하면 내가 너무 화나잖아.』

이든은 이미 JnU 대표를 통해 휘진에 수작을 부렸던 사람들에 대한 명단을 보고 받았다. 그리고 그들에 대한 뒷조사도 어느 정도 끝이 난 상태였다.

『한국 쪽으로 회사에서 투자한 곳들이 있습니다. 그쪽으로 연관되어 문제가 생기면 저희 쪽도 타격이 있는 관계로 조금 더 추이를 지켜보고…….』

『손실 미미하면 그냥 무시하고 진행해.』

『보스.』

『그깟 푼돈 때문에 나보고 참으라는 거야?』

웃고 있는 듯했지만, 실상은 차가운 시선이 제이슨에게 꽂혔다.

『제이슨. 나는 지금도 참을 것이 많아. 여기에 내가 더 참아야
할 것을 늘리지 마.』

위압감이 서린 말에 제이슨이 긴장을 하며 고개를 숙였다.

『레이디는 모르게, 하지만 그들은 무너지는 것을 알게. 업무 지
시 수행은 정확해야지. 안 그래?』

제이슨은 할 말이 없었다.

『내가 너그럽긴 하지만 휘진에 관해선 속이 좁아질 예정이야.
그건 자네에게도 예외가 없을 거고. 그러니 내게 서운해하지 말고
그쪽 일 처리에 대해선 신경을 쓰길 바라.』

『네. 알겠습니다.』

제이슨이 긴장한 얼굴로 답을 했다. 그리고 이든이 회의실로 들
어가는 것을 확인하고 한국에서 잠시 멈춰놓은 일을 진행할 것을
지시했다.

4. Heart beat

"부모 잘 만나 돈지랄을 그렇게 해대더니, 저 봐. 결국은 저렇게 되는 거. 저런 인간들은 망해도 싸. 그치?"

뉴스를 보고 지현이 동의를 구하듯 휘진에게 말을 걸었다.

"도박판에 날릴 돈 있으면 불후 이웃을 돕든가, 공장 하나 더 지어 일자리를 좀 늘리든가. 흥! 꼬시다."

뉴스에서 실명이 거론되는 기사의 주인공에 대해 지현이 안쓰러움 하나 보이지 않고 잘됐다 박수 치는 이유는 그 사람에게 받은 것이 있기 때문이었다. 힘이 없어 돌려주지 못했던 그때의 수치를 지현은 잊지 않았다.

"보지 말자. 저런 뉴스."

뉴스를 보며 표정이 좋지 않던 휘진이 TV를 끄며 중국어 회화책을 펼쳤다. 지나간 일이지만 당사자에센 잊기 힘든 일이니, 휘진의 저 반응도 지현은 이해를 했다.

"잊어."

지현의 말에 회화 책을 보던 휘진의 입가엔 짙은 자조가 떠올랐다. 지현은 잊으라고 했지만 휘진은 잊지 못했다. 여자로서 상처가 되는 그 마음을 어떻게 잊을 수 있을까.

최근 보름 사이로 연달아 터지는 낯설지 않은 얼굴들의 사건 사고에 신경을 쓰지 않으려 해도 그것이 마음대로 되지 않았다. 그들 모두 소속사 대표를 통해 그녀에게 스폰서 관계를 요구했던 사람들이라는 공통점이 있기에 더 신경이 쓰이는 것인지도 몰랐다. 물론 끼리끼리 노는 바닥이라 같이 어울리다 엮인 것인지도 몰랐지만 단순히 그런 우연이라 하기엔 미심쩍은 구석이 있었다.

"언니."

"왜?"

"좀, 이상하지 않아?"

"뭐가?"

TV에 시선을 둔 지현이 건성으로 대답을 했다.

"저 사람들 말이야."

"저 사람들이 왜?"

"아니. 아니야."

휘진은 확실치 않은 자신의 생각을 털어내며 말을 얼버무렸다. 다시 떠올려 봐야 좋을 것 없고, 잘되길 빌지 않았던 사람들이니 저들의 저런 몰락도 휘진은 자신과 상관없는 일로 넘기기로 했다.

"사무실 안 들어가 봐도 돼? 뉴스에서 시끄러운 그 사람, 대표랑 막역하잖아."

"막역은 무슨, 저치가 돈 있으니 대표가 알랑방귀 뀐 거지."

서로의 이해가 맞아 겉으론 손을 잡는 사람들. 지현의 비꿈에 휘진이 피식, 웃음을 흘렸다.

"그래도 사무실 들어는 가봐야겠다. 분위기는 살펴봐야지."

뉴스에서 저렇게 시끄럽게 들쑤셔 놨으니 여기저기 연결된 곳들도 발등에 불이 떨어진 것일 터. 어떻게든 함께 엮이지 않으려 꼬리를 자르려 할 것이 뻔했고 그 와중에 이슈가 되는 것은 돈이었다. 사건으로 인해 당장에 타격을 입은 사건의 당사자는 푼돈이라도 뿌려놓은 돈은 회수하려 들 것이고, 그 돈을 주어야 할 사람들은 그 돈에 휘청거려 다른 물주를 물색하려 할 것이었다. 그 와중에 반복될 떳떳하지 못할 거래들. 지현은 소속사 대표가 물주 갈아타기를 할 때마다 휘진이 가장 먼저 피해를 보는 것을 알기에 더 신경이 쓰였다.

모난 돌이 정을 맞는다는 말이 딱 맞는 휘진. 소속사 대표의 방해를 받긴 했지만 본인이 스스로를 어떻게 생각하든 휘진은 아직 이름값이 먹혀주는 가수였고 프라이드가 있기에 희소성이 있었다. 그래서 어떻게든 먼저 꺾어보려 안달하는. 그래서 지현은 휘진이 안쓰러웠다. 본인의 뜻과는 상관없이 그들의 저급한 욕망의 대상이 되어야 하는 사실이.

"간다. 집에 있을 거지?"

"응."

휘진이 답을 하고 현관을 나가는 지현을 배웅했다.

지현이 가고 심사가 복잡한 휘진은 중국어 회화에도 집중이 되지 않아 책을 닫었나.

"조금만 참자. 이제 1년 남았다."

현 소속사와의 계약기간이 1년 남은 것에 작은 위안을 느끼며 휘진은 그 1년 동안 최대한 몸을 사리기로 마음먹고 플라잉 요가를 끌어 내렸다.

마음이 무거울 땐 생각을 버리는 것이 좋았다. 휘진은 발목에 천을 감고 팔에 힘을 주어 공중으로 몸을 띄웠다. 최대한 몸에 긴장을 풀고, 자세에 집중하여 스트레칭을 하니 30분도 되지 않아 땀이 몸을 적셨다. 충분히 더 할 수도 있지만 지금 플라잉 요가를 한 목적은 어수선한 마음을 비워내는 것이었기에 이 30분으로도 그 효과는 충분했다. 천을 풀고 바닥으로 내려온 휘진은 땀을 닦으며 테이블 위에 올려둔 휴대전화를 들었고 메시지가 온 것이 없는지 확인을 했다.

"……."

아무것도 온 것이 없는 휴대전화. 휘진은 30분 전과는 다른 의미로 심상해 휴대전화를 거칠게 소파에 내려놓았다.

"바쁘면 바쁘다고 미리 얘기를 하던지. 오늘 과외는 어떻게 할 거야? 벌써 2신데."

오전 8시면 정확하게 울리던 이든의 전화가 오늘은 오지 않았다. 7시부터 일어나 이든이 눈치채지 못할 준비를 끝내고 기다렸던 휘진은 그의 전화가 오지 않는 탓에 아침도 걸러 버렸다. 이든이 하와이로 간 것은 벌써 3주가 넘었고 그 3주간 휘진은 그의 간섭과 잔소리로 아침을 시작했다. 그리고 그것은 그녀가 알지 못하는 사이 습관이 되어 이젠 그가 '하라'는 말을 하지 않으면 그것을 할 생각도 하지 않게 되어버렸다. 그래서 휘진은 오늘 아침 물도

한 잔 마시지 않았고, 아침도 먹지 않았다. 하지만 배는 고프지 않았고 목도 마르지 않았다. 잠깐의 운동으로 땀을 흘린 탓에 의무적으로 물을 마시던 휘진은 예정 없이 울리는 초인종 소리에 컵을 내려놓았다.

1시간 전에 사무실 분위기를 살펴본다고 간 지현이 벌써 오지는 않았을 터, 이든이 늘 보내던 꽃도 오전 10시에 벌써 받았다.

'올 사람이 없는데.'

간혹 의욕 앞선 신입 PD들이나 기자들이 막무가내로 찾아와 섭외나 인터뷰를 요청했던 적이 있기에 휘진은 최대한 소리 없이 현관 쪽으로 가 인터폰 화면을 확인했다.

"……!"

인터폰 화면에 비친 사람을 본 휘진은 문 열림 버튼을 누르지도 못하고 놀란 눈으로 화면만 쳐다봤다. 문밖에 선 사람은 잠시 기다리다 다시 초인종을 눌렀고 휘진은 입술을 깨물며 화면 속 사람이 자신이 아는 사람이 맞는지 믿지 못해 문을 열지 못했다. 다시 누른 초인종에도 문이 열리지 않자 문밖의 사람은 휴대전화를 꺼냈고 곧 거실 소파에서 휘진의 휴대전화가 울렸다.

—문 열어요.

"……."

—안에 있는 거 알아요.

"……."

—보고 싶어서 공항에서 바로 여기로 왔어요.

"……."

—여기 계속 세워두면 나 그냥 가요.

177

"……."

—진짜 가요.

"……."

—정말 갈 건데.

"……."

—알았어요. 빈손 아니야. 선물 사 왔어요.

이든이 웃으며 인터폰 화면에 보이게끔 종이가방을 들어 올렸다.

—선물 확인하고도 문 안 열어줘요? 여기에 덤으로 나도 줄 건데.

그의 사심이 듬뿍 담긴 말을 들으니 그가 확실했다.

『언제 왔어요?』

—방금.

『온다고 안 했잖아요.』

—서프라이즈?

『서프라이즈는 무슨, 나 하나도 안 놀랐거든요.』

—그럼 왜 아무 말 안 했어요?

휘진이 잠시 답할 말을 찾느라 뜸을 들였다.

『선물 확인한다고요.』

—그럼 빨리 열어줘요. 선물 확인했잖아요.

『지금 문 못 열어요.』

—왜요? 샤워하다 나왔어요? 그럼 엄청 좋을 것 같은데.

인터폰 화면에 얼굴을 가까이하며 이든이 히죽, 장난스런 미소를 지었다.

『샤워 안 했어요. 할 거예요. 지금!』

그의 표정에 발끈한 휘진이 생각 없이 말을 하고 아차 싶어 입술을 깨물었다. 왜인지 모르게 야릇한 상상력을 자극하는 말을 했다는 생각에 휘진이 바보 같은 스스로를 탓하며 콩! 하고 제 머리를 쥐어박았다.

─아! 지금 샤워를 할 거예요?

그리고 그녀의 생각이 맞는 것처럼 한쪽 눈썹을 치켜 올린 이든의 표정과, 능글거리는 말투에 휘진이 인터폰 화면 속의 그를 밉게 노려봤다.

『이상한 상상 하지 말아요.』

─무슨 상상? 난 아무 상상 안 했는데.

단호하게 말했지만 돌아온 답이 오리발이라 휘진은 다른 대꾸를 하지 못했다.

─상태 심각한 거 아니면 샤워는 나중에 하고, 얼굴부터 보여줘요. 보고 싶어요.

『심각해요.』

─라면 먹고 잔 얼굴도 난 괜찮은데.

『라면 안 먹었어요. 먹지도 않고.』

─그럼 문 열어요. 못 열 이유 없잖아.

라면 먹고 자 퉁퉁 부은 얼굴도 아니고, 나름 아침부터 티 안 나는 메이크업까지 한 상태라 그의 말 대로 문을 열어 얼굴을 보여주지 못할 이유는 없었다. 하지만 휘진은 요가를 하며 땀에 젖은 자신의 상태가 마음에 걸렸다. 지금처럼 땀 냄새 범벅이 된 상태 말고 조금 더 깔끔하고, 조금 더 뽀송한 그런 상태의 모습을 보여주고 싶은 마음.

─휘진 씨랑 먹으려고 치즈케이크도 가져왔는데, 자꾸 이렇게 문전박대 할 거예요?

이든이 초인종을 누르기 전까지 고프지 않았던 배가 그의 말로 인해 갑자기 허기짐을 호소했다.

『기다려요.』

─얼마나?

샤워를 하고 스스로가 흡족할 만한 상태가 되려면 최소 30분 이상은 걸리겠지만 하와이에서 바로 온 그를 문밖에 30분씩 세워두는 것은 아닌 것 같았다. 30분을 기다리라고 해도 이든은 충분히 기다릴 것 같다는 생각이 들긴 했지만.

『30분······.』

인터폰 화면으로 보이는 이든의 얼굴이 30분이라는 말을 듣자마자 심하게 찌푸려지는 것이 보였다.

『······은 아니고, 15분요.』

─흠.

『시간 엄청 단축한 거예요. 15분이면 나 머리카락도 못 말린다고요.』

─내가 말려줄게요.

『미쳤어요? 당신이 내 머리카락을 왜 말려줘요? 이상한 사람이야. 기다려요. 15분 있다가 문 열어줄 테니까.』

휘진은 전화를 끊었고 거실을 달려서 침실 욕실로 달려 들어갔다. 마치 런웨이에 오르기 전 모델들이 빛의 속도로 옷을 갈아입는 것처럼 후다닥 옷을 벗고, 촉박한 시간에는 전혀 도움 되지 않는 긴 머리카락을 원망하며 머리를 감았다. 물기 말릴 새 없이 젖은 머리카락을 수건으로 돌돌 말아 올리고 위아래 옷을 센스 있게 코디 할 시간도 없어 원피스를 꺼내 들었다.

"아씨. 이건 너무 격식 있는 거잖아."

하필 집어 든 원피스가 젖은 머리로는 입고 있기 상당히 언밸런스한 느낌이라 한쪽으로 집어 던지고 옷걸이를 헤집어 지금 상황에 딱인, 신경 안 쓰면서 신경 쓴 것이 분명한 소매 긴 원피스를 찾아냈다.

"됐어."

입을 옷을 정한 휘진은 원피스에 머리를 꿰어 넣으면서 화장대로 갔다. 화장대 위 나란히 줄 선 많은 기초 화장품을 모두 밀어버리고 CC쿠션을 들어 창백해 보이는 피부 톤을 가렸다. 평소라면 기초화장을 생략하는 일은 절대 있을 수 없는 일이지만 지금 상황은 휘진에게 평소의 모든 순서를 뒤집어엎을 만큼 긴박함을 주고 있었다.

"아! 어떡해. 2분 남았어. 립글로스. 립글로스. 어떤 색 바르지? 생기 있어 보이려면 레드 쪽이 나은데 지금 옷엔 너무 튀고."

두 개의 립글로스를 들고 고민하던 휘진은 생기 있어 보이는 얼굴이냐, 전체적인 코디의 조화냐를 고민하다 얼굴 쪽을 택하기로 했다.

"그래. 내 옷 보러 온 것도 아니고 보나마나 얼굴만 쳐다볼 건데. 뭐."

휘진은 입술 선 안으로 진하지 않게 레드 립글로스를 바르고 수건으로 돌돌만 머리카락을 풀어 내렸다.

"머리는 못 말렸지만, 뭐. 청순에 섹시 포인트 주는 것도 괜찮지."

휘진이 마지막으로 전신 거울에 전체적인 모습을 체크하고 문을 열러 현관으로 나갔다.

젖어서 살짝 엉킨 머리카락은 손 빗질로 정리하며 전혀 서둘렀던 기색 없이 현관문을 연 휘진은 정말 15분을 기다리고 있었던 이든을 보고 배시시 나오려는 웃음을 억지로 참았다.

『할 일 되게 없나 봐요. 진짜 기다렸네요.』

마음과는 다르게 그를 향한 말엔 새침이 가득했지만 휘진은 그가 들어올 수 있게 한쪽으로 몸을 비키고 있었다.

『제이슨이랑 닉은요?』

언제 어디를 가더라도 늘 세트처럼 그와 함께였던 둘이 보이지 않자 휘진이 물었다.

『일 처리를 제대로 못해서 벌주고 왔어요.』

『벌? 무슨 일을 못 했는데요?』

사심 없이 궁금함을 보이는 휘진을 보며 이든은 답 대신 선물과 케이크 상자를 내밀었다.

지현도 없는 집에 제이슨과 닉마저 없으니 이든을 안으로 들여도 될까 슬쩍 걱정이 들었지만 곧 들린 그의 말에 휘진의 걱정은 사라졌다.

『좀 있으면 올 거예요. 마음에 드는 것 먼저.』

걱정이 사라진 휘진이 잡은 것은 케이크 상자였다.

『비싼 건 선물가방인데.』

『배고파서 그건 눈에 안 들어오네요. 들어가 있어요. 커피, 마실 거죠?』

이든이 짧게 고개를 끄덕이자 휘진은 그를 두고 주방으로 몸을 옮겼다.

『커피 내가 내릴까요? 나 커피 잘 내리는데.』

거실로 갈 거라 생각한 이든은 휘진을 따라 주방으로 와 그녀가 케이크 상자를 내려놓고 커피 잔을 꺼내는 것을 지켜봤다.

『됐어요. 캡슐 넣고 버튼만 누르면 되는 건데.』

간단하게 조작할 수 있는 커피 머신에 캡슐을 넣어 버튼을 누르고 휘진은 케이크 상자를 열었다. 한번씩 그가 사다 줬던 풍미 좋은 치즈케이크. 그가 하와이로 간 이후 3주 만에 맛보는 것이라 치즈케이크를 좋아하는 휘진은 벌써부터 입에 침이 고였다.

"맛있겠다."

가식 없이, 내숭 없이 치즈케이크 하나만을 보고 행복한 미소를 짓는 휘진이 예뻐 이든은 그녀를 마냥 쳐다보기만 했다. 손을 내밀어 예쁜 미소 짓는 저 입술을 쓸어보고도 싶었지만 그렇게 하기엔 아직 자신에 대한 경계가 남아 있는 휘진이라 이든은 움찔거리는 손에 힘을 주며 아쉬움을 참았다.

케이크를 조각 내 접시에 담고, 향 좋은 커피가 담긴 컵을 쟁반에 올리고. 여전히 예쁜 미소 띤 휘진이 이든을 보자 그에겐 이곳이 천국 같았다. 얼마나 더 기다리면 이런 천국에서 그녀와 함께 매일을 살 수 있을지. 순간 조급함이 밀려들었지만 이든은 그 조급함을 누르고 휘진을 대신해 쟁반을 들었다.

『내가 들고 갈게요. 선물가방 들고 와요.』

이든의 말에 휘진은 고개를 끄덕였고 거실로 몸을 돌린 그를 따라 선물가방을 들고 갔다.

『하와이에서 긴 찌 비코 온 꺼예요?』

소파에 앉은 휘진이 묻자 이든은 짧게 고개를 끄덕이고 그녀 앞으로 케이크와 커피를 밀어주었다. 케이크 접시를 들고 즐겁게 케이크를 먹는 휘진. 어느새 그녀의 접시가 비워진 것을 보고 이든은 그의 몫의 케이크를 그녀에게 밀어주었다.

『점심 안 먹었어요?』

『아침도 안 먹었어요.』

『왜요?』

걱정을 담은 이든의 눈이 그녀를 향하자 순간 '당신이 아침 먹으라고 안 해서요' 라고 답을 할 뻔한 휘진이 급하게 입술을 물고 그를 쳐다봤다. 그리고 그와 이렇게 눈을 마주치는 것이 생경해서 급히 눈동자를 굴리고 그가 밀어준 치즈케이크 접시를 들었다.

『그냥요. 생각 없어서.』

『생각 없어도 먹어요. 너무 말랐어요.』

『원래 잘 안 먹어요. 그리고 이 정도가 화면에 예쁘게 나와요.』

『화면 말고, 내 눈에만 예쁘면 안 돼요?』

이든의 말에 케이크를 먹던 휘진의 손이 멈췄다.

『손목도 가늘고, 허리도 가늘어서 쥐면 부러질 것 같아요.』

마음에 담은 사람을 욕심껏 안아보지도 못하는 처량한 신세에, 손이라도 잡아보려 해도 너무 가늘어 부서질까 잡는 것도 망설여지는 마음.

이든은 휘진을 향한 제 마음이 참으로 생소했다. 여자에 관해 이렇게 배려라는 것을 한 적이 있었던가. 품에 안고 싶었던 여자는 있지만 손을 잡고 싶었던 여자는 휘진이 처음이었다. 아니, 이렇게 긴 시간 한 여자를 보며 공을 들인 것도 그에겐 처음이었다. 그가 하는 말마다 곤두선 경계를 보이고, 이만하면 가까워졌다 생각해도 생각만큼 거리는 좁혀지지 않아 그가 선 자리는 늘 처음 그곳이었다.

『나는 참, 내가 바보 같아요.』

이든이 소파 등에 몸을 기대며 자조적인 말을 뱉어냈다.

『나 원래 이렇게 누군가를 기다리고, 눈치 보고 목이 빠져라 바라보는 사람 아닌데. 그걸 하고 있으니까.』

이든의 진심을, 그것도 후회하는 것 같은 말에 휘진은 마음이 불편해졌다. 그가 하지 않는다는 걸 하게 한 것이 자신이었고, 아직도 휘진은 그가 원하는 대로 손을 내밀지 않았으니까.

『오라는 말도 하면 안 되고, 간다는 말도 하면 안 되고. 내가 여기 있는 건 알고 있죠?』

이 물음은 이든이 알고 싶은 휘진의 마음이었다. 여기쯤 가까이 왔으니 얼마큼 더 가까이 곁을 허락해 줄 거냐는 물음. 휘진은 케이크 접시를 내려놓고 어색한 손을 맞잡았다.

무어라 그가 원하는 답을 해줘야 할 것 같은데 그가 말했던 것처럼 오라는 말도 하기 어려웠고 가라는 말도 하기 어려웠다. 아직은 이만큼이 편한 거리. 하지만 확실한 건 휘진은 그가 가는 것을 원하지 않았다. 틱틱대도 그가 하는 걱정 담긴 참견이 좋았고, 눈을 흘겨도 그 흘김에 보이는 그가 있어 마음이 놓였다.

『선물, 뭐 사 왔어요?』

그래서 애써 답을 돌린 말. 휘진은 아직은 그녀가 직접 하지 못하는 말을 그가 알아주길 바랐다.

『선물 같은 거 안 사 와도 되는데.』

휘진은 그의 눈을 마주치지 못해 어색하게 맞잡았던 손으로 그가 가져온 선물가방을 열었다.

『에계. 겨우 초콜릿? 뭐야, 쿠키?』

선물가방 안의 상자들을 꺼내 뚜껑을 열어보고 내용을 확인한 휘진은 진심으로 어이없는 표정을 지으며 그를 보았다.

『그럼, 100캐럿쯤 되는 다이아라도 있을 줄 알았어요?』

『아뇨.』

『그런데 왜 그렇게 실망을 해요?』

『사회적 지위와 체면이 있으신 분이라 그에 걸맞은 선물쯤은 있을 줄 알았죠.』

『사회적 지위와 체면에 걸맞은 선물 사 오면 받아줄래요?』

『아뇨.』

『거봐. 안 받아줄 거면서 선물 타박은. 먹어보기나 해요.』

이든이 휘진에게 눈을 흘기며 쿠키 하나를 집어 내밀었다.

『이게 그 유명한 호놀룰루 쿠키예요. 먹고서 맛있다고 더 사다 달라고 하지 말아요.』

『하면요?』

『하와이로 확 데리고 가버릴 거예요.』

이든이 휘진의 눈을 똑바로 마주하며 한 말은 왜인지 모르게 그의 진심인 것 같아 휘진은 살짝 긴장이 됐다.

『그거, 납치예요. 철컹철컹 쇠고랑 차는.』

『철컹철컹 쇠고랑 찬다고 내가 못 할 것 같아요?』

확실히 그의 진심이 묻어 있는 또 한 번의 받아침. 휘진은 그의 얼굴과 그가 내민 쿠키를 번갈아 보며 고민을 했다.

『안 먹을래요.』

『왜요?』

『맛있을 거 같아요.』

그게 이유였다. 그가 사 오던 치즈케이크처럼 그가 선물이라고
가져온 초콜릿과 쿠키도 가게에서 흔히 파는 그런 종류의 것들이
아니었다. 포장된 상자부터가 달랐고, 섬세하게 만들어진 모양부
터가 다른, 그냥 봐도 아주 유명한 사람이나 아주 유명한 곳에서
특별하게 만든 것이 분명한 초콜릿과 쿠키였다. 맛도 보장된 것이
확실한. 그래서 한 번 먹으면 그 맛에 중독되어 자꾸만 생각나는.
이미 치즈케이크가 그랬기에 휘진은 쿠키에 대한 결과도 예측할
수가 있었다.

『먹어봐야 맛을 알죠.』

『안 먹어봐도 알 수 있어요.』

『선물한 사람 성의가 있는데, 하나 먹어봐요.』

『그 성의 무시할래요.』

휘진이 고집스레 그의 권유를 무시하고 커피 잔을 들었다. 그에
게서 새침하게 고개를 돌리고 적당히 식은 커피를 마시는 모습이
예뻐 이든은 그녀에게 내밀었던 쿠키를 먹으며 혼자 웃었다.

'하여간 철벽 방어는. 싫은 것도 아니면서.'

이든이 속으로 그녀를 나무라며 커피 잔을 들었다. 커피를 한
모금 마시고 휘진의 얼굴을 한 번 보고, 다시 커피를 한 모금 마시
고 아직 젖어 있는 그녀의 머리카락을 한 번 보고. 다시 커피 한
모금에 멈춘 그의 시선.

'……'

커피를 들고 있는 휘진의 손목에 원피스 소매가 흘러내리며 반짝이는 팔찌가 보였다.

의미를 알면서도 손목에 차고 있는 팔찌. 이든은 휘진의 그 새침에 웃음이 나왔다.

정말, 어떻게 해야 할까. 이 사랑스러운 여자를.

마음 같아선 지금 당장이라도 납치해 버리고 싶은데 꾸역꾸역 그를 돌아보지 않고 모른 척하는 휘진을 눈에 담는 것으로 이든은 들끓는 그의 욕심을 눌렀다. 그녀를 놀라게 해봐야 사슴처럼 놀라 폴짝, 그에게서 달아나 버릴 여자. 잡는 것은 어렵지 않았지만 놀란 마음이 상처로 남을까 봐 그게 걱정인 이든이었다. 그의 기준으로는 별것 아닐 수도 있는 그런 일들이 입장을 바꿔 원치 않는 사람에겐 강요와 폭력이 된다는 것을, 그래서 상처가 된다는 것을 휘진을 보며 알았다.

사람으로서의 자존감, 여자로서의 자존심.

원치 않는 강요 앞에 자신을 지키려 노력했던 휘진이 대견하면서도 그렇게 받은 모멸과 수치에 벽을 쳐버린 그녀가 안쓰러웠다. 그로 인해 이미 그에게 기운 마음도 꽁꽁 싸매 보여주지 않으려는 그녀의 불안함을 어떻게 없애야 할까. 이든은 그것이 고민이었다.

그 고민을 안겨준 이들이 괘씸해 하나씩 하나씩 그 나름의 화풀이를 하고 있지만 그런다고 휘진이 받은 상처들이 사라지는 것은 아니라서 답답한 그의 마음은 여전했다.

커피를 거의 다 마셔감에도 이든의 멀어지지 않는 시선에 휘진은 난감함을 느꼈다. 시선이란 것이 익숙한 그녀였지만 언젠가부턴 불편하고 의식하게 된 한 사람의 시선.

『눈 좀 감아줄래요?』

『왜요?』

『얼굴 뚫어질 거 같아요.』

『얼굴 뚫어지면 내가 책임질게요.』

『안 그래도 돼요. 보험 많이 들어놨어요.』

『인적 보험을 들어요.』

처음 듣는 말에 궁금증을 핑계로 휘진이 이든에게 고개를 돌렸
다.

『나.』

이해되지 않는 '나' 라는 한 단어에 휘진은 눈을 깜빡거렸다.

『나를 가지면 다 갖는 거라고 말해줬잖아요. 내가 가진 것 모두,
당신 게 된다고요.』

휘진은 좋다는 말도, 싫다는 말도 하지 않았다. 이든은 그녀의
답 없음에서 그녀의 불안을 눈치챘다.

『싫으면 나만 갖고. 100% 순수하게 나만 줄게요. 언제 가질래
요?』

휘진은 포기를 모르는 이든의 끝없는 구애에 그냥 웃어버렸다.

『갔던 일은, 다 하고 온 거예요?』

이든에게 고개를 돌린 이상 다시 시선을 피할 거리가 없어서 휘
진이 예의상 물었다.

『안 하고 왔어요.』

『왜요?』

『지금 '왜요?' 라고 묻는 사람 때문에요.』

『…….』

휘진은 다시 물을 예의상의 말이 없었다.

『제이슨이랑 닉, 아직 안 오네요.』

『그러네요.』

『금방 온다고 했잖아요.』

『금방 올 것 같았거든요.』

『안 오잖아요. 이미 금방이라는 시간은 지난 거 같은데.』

『벌칙 수행이 생각보다 길어지는 모양이죠.』

『무슨 벌칙 수행하는데요?』

휘진이 묻는 제이슨과 닉의 벌칙 수행은 엄밀히 말하면 벌칙 수행은 아니었다. 한국으로 와서 이든을 열 받게 했던, 휘진에게 추접한 마음을 먹었던 사람들에 대한 앙갚음에 대한 처리였지.

『시켰던 일을 미루길래, 밀린 일 처리를 한꺼번에 시켰어요.』

일이라고 하니 휘진은 또다시 물을 것이 없어졌다. 이든과 자신은 이렇게나 공통분모가 없었다. 자신을 주제로 하지 않으면 대화가 이어지지 않는 어색함. 하지만 그 어색함이 싫다고 둘의 대화에 자신을 주제로 던지긴 싫었다. 큰맘 먹은 희생으로 자신을 주제로 던져봐야 이든은 그녀에게 숨기지 않는 자신의 마음을 말할 것이고, 자신은 거기에 또 아무 말 못할 것이니까. 이 주제든, 저 주제든 둘의 대화는 끊기게 돼 있었다. 휘진이 자신의 마음을 솔직하게 말하지 않는 이상은.

『그럼, 가보세요.』

묻는 말에 성심성의껏 답을 해주었더니 돌아온 것은 가라는 말. 황당한 이든이 입을 열지 못하고 휘진을 쳐다봤다.

『나 봤잖아요. 케이크도 줬고, 선물도 줬고.』

『그래서요?』

『볼일 다 봤으면 가야죠.』

휘진이 커피 잔의 테두리에 손가락을 뱅뱅 돌리며 허투루 말했다.

『여자 혼자 있는 집에 남자가 오래 있는 것도 실례예요.』

그 말은, 휘진은 지금 이든과 함께 있는 것이 불편하다는 것이었다.

『여자 혼자 있는 집에 들어오라고 문 열어준 건 그 여자예요.』

『혼자인 줄 몰랐죠.』

『그럼 혼자인 거 알았을 때 가라고 하던가. 받을 거 다 받아놓고 이제 와서 가라고요?』

이든의 입장에선 받은 거 없이 단물만 쪽! 하고 다 빨린 기분이었다. 쭉정이만 남으니 쓸모없다고 버려지는 굉장히 불쾌한 기분.

『금방 온다고 그랬잖아요. 그래서 들어오라고 한 거고.』

휘진은 자신을 향하는 이든의 째려보는 시선을 느끼며 입술을 삐죽였다.

『거짓말만 하고.』

『누가 거짓말을 해요?』

뜬금없이 거짓말쟁이로 매도된 이든이 억울해 눈가를 찌푸렸다. 휘진은 그런 그를 눈동자만 움직여 보고 그를 향해 턱짓을 했다. 그 거짓말한 사람이 당신이에요, 라는 뜻이 담긴 턱짓.

『금방 온다고 사람 안심시켜 놓고, 결국 안 왔잖아요. 지금까지.』

결론은 그것이었다. 둘만 있어 불안하다는. 갑자기 왜 불안해졌는지는 모르지만.

『무슨 논리가 이래요?』

휘진이 눈 끝만 올려 따지듯 묻는 이든을 쳐다보았다.

『나랑 둘만 있었던 1시간 동안은 괜찮았으면서 제이슨이랑 닉이 안 오니까 갑자기 불안해졌다?』

『…….』

『논리가 참, 타당성 없이 허무맹랑하다는 생각 안 들어요?』

『아니, 뭐…… 온다고 했는데 안 오니까…….』

따지고 들면 이든이 한 말이 맞는 관계로 휘진은 딱히 할 말이 없었다. 제이슨과 닉이 금방 온다는 말에 안심을 했던 것은 사실이었지만 이든과 단둘이 있던 시간 동안 딱히 불안감을 느끼지는 않았다. 단지 이어갈 대화의 주제가 없어 불편함에 제이슨과 닉을 핑계 삼아 그에게 딴지를 건 것뿐이었다.

『나랑 있는 거 싫어요?』

이든이 직접적으로 물었다. 그리고 휘진은 그의 직접적인 물음에 언제나처럼 답을 하지 못해 입술을 깨물었다.

『안 싫었잖아요.』

그것은 확신이었다. 함께 있는 동안 휘진이 새침하게 틱틱대긴 했어도, 그의 시선을 피하긴 했어도 그녀의 행동 어디에도 그를 두려워하거나 둘만 있는 상황을 불편해하는 기색은 없었다. 호감 있는 남자와 여자 사이에 있는 미묘한 신경전을 즐긴 것이라 생각했는데 이제와 딴소리를 하니 이든은 살짝 빈정이 상했다.

그가 아무리 그녀에게 미쳐 허허실실거리고 있다지만 본래 그는 그렇게 쉬운 남자가 아니었다. 오히려 빈틈없게 모든 상황을 자신이 컨트롤하고 끌고 가는 남자. 연애에 관해서도 그건 마찬가지였다. 이든은 단 한 번도 연애의 주도권을 뺏긴 적이 없었고 재미로라도 여자에게 끌려 다닌 적이 없었다.

그 모든 것이 오직 휘진이라, 빌어먹을 첫눈에 반해 버린 운명 때문이라 이렇게 속수무책 아무것도 하지 못하고 있는 것뿐인데 휘진에겐 그런 자신이 너무 쉽게 보였나 싶은 생각이 들었다. 이든은 이쯤에서 그녀에게만 보여주는 친절함의 가식 따위 치워 버리고 원래의 성격을 한번 드러내 분위기 반전을 한 번 할까 눈에 힘을 줬다.

『그럼 어떻게 해요? 당신은 자꾸 내가 대답 못 할 말만 하고. 난 다른 할 말이 없고.』

『…….』

『난 아직 어렵다고요. 당신이랑 있는 이런 침묵.』

휘진의 솔직한 말에 답할 말을 찾지 못한 것은 이든이었다.

그냥 관심 없는 사람이라면 함께 있는 침묵이 대수롭지 않을 것이고, 마음 닿은 사람이라면 함께 있는 침묵은 편안함일 것이다. 하지만 함께 있어 침묵이 어렵다면, 그건 그녀의 마음이 그에게로 오고 있는 중이라는 것이었다. 무시할 수도 없고, 편함을 느낄 수도 없으니 어찌해야 하나 머릿속이 복잡한 중. 그건 결코 나쁜 징조가 아니었다.

『방법이 몇 개 있어요.』

휘진의 머리가 자신으로 인해 복잡하다면 이든은 그녀의 머릿속을 편하게 해주어야 했다. 함께하는 모든 순간이 편하다가 어느 순간 문득, 둘에게 침묵이 온다면 그 침묵조차 편하게 받아들일 수 있도록.

『첫 번째, 당신과 내가 대화를 할 수 있는 주제를 찾는다. 두 번째, 당신과 내가 함께 할 수 있는 무언가를 한다. 세 번째. 둘 다 입 다물고 얼굴만 보고 있다.』

첫 번째와 두 번째는 나름 괜찮은 방법이었지만 세 번째 방법은 휘진의 눈가를 찌푸리게 만들었다. 입 다물고 있는 것도 불편한데 서로 얼굴만 쳐다보고 있자니.

『선택은 당신이 해요. 난 어떤 거라도 다 좋으니까.』

세 개의 보기 모두 이든에겐 손해 날 것 없는 순전히 그가 좋은 제안이었다.

『네 번째, 당신이 간다. 다섯 번째, 그냥 나 혼자 있는다.』

그래서 휘진은 자신이 좋을 것 같은 보기를 덧붙였다. 하지만 그게 좋은 것인지는 확실한 판단이 서지 않았다. 그냥 그의 자기 중심적인 제안이 거슬려 충동적으로 뱉어냈을 뿐. 속으론 둘의 분위기를 썰렁하게 했던 상황의 도돌이표 같은 덧붙임이라 슬쩍 긴장을 하기도 했다.

『방금 말하고 실수했다, 싶었죠?』

휘진의 속생각을 들여다본 듯 정확하게 짚어내는 이든의 말에 휘진 얄밉게 그를 노려보았다. 지금 상황에서 휘진 스스로가 아차! 싶어 하는 심정을 꼭 집어 말할 필요는 없었으니까.

『실수 아니에요. 제 진심이에요.』

그래서 오리발을 내밀었다. 자신을 보고 장난스럽게 눈을 빛내는 그가 너무 얄미워서.

『그래서 가라고요?』

『할 일 없으면 가셔야죠.』

『그래서 혼자 있겠다고요?』

『혼자 있으면 좋죠. 편하고.』

『심심할 텐데.』

『안 심심해요. 전 혼자서도 잘 놀아요.』

휘진이 자신만만하게 고개를 치켜들었다.

『혼자서 뭐 하고 놀아요?』

『책도 읽고, 회화 공부도 하고, 곡 작업도 하고, 운동도 하고.』

『하는 거 많네요. 오늘은 뭘 했어요?』

『회화 공부도 하고, 뉴스도 보고, 플라잉 요가도 하고.』

이든의 물음에 휘진은 아무 경계 없이 술술 대답을 했다.

『회화 공부는 어떤 파트 했어요? 예습? 아니면 복습?』

『예습…… 아! 맞다. 오늘 과외.』

휘진은 이든이 묻는 말에 허투루 답을 하다 오늘 과외를 건너뛴 것이 떠올랐다.

『오늘 과외 안 했어요.』

『한국으로 오고 있었으니까.』

『그러니까요. 오면 온다고, 그래서 8시에 전화 못한다고 미리 말을 했어야죠. 내가 7시부, 아니, 8시부터 얼마나…….』

이든을 몰아붙일 건수 하나 물었다는 생각에 말을 하다 휘진이 급하게 혀를 깨물었다.

『나 기다렸어요?』

휘진은 대답 대신 고개를 저었다.

『내가 전화를 하는 오전 8시가 아니라, 7시부터?』

휘진은 흔들리는 눈동자를 감추려 눈을 깜빡이며 다시 고개를 저었다

『내가 전화를 하는 건 8신데, 7시부터 깨어 있었으면 1시간 동안 뭘 했어요?』

『아무것도 안 했어요.』

『예습? 아니면 복습?』

『둘 다요.』

『아무것도 안 했다면서요.』

그의 말장난에 걸린 휘진은 대꾸를 하지 못하고 당황함에 입을 다물었다.

『어쩐지, 자다 깬 모습이 너무 예쁘더라니.』

『나 원래 자다 깨도 예뻐요. 본판이 예뻐서.』

자뻑녀도 아니면서 휘진은 자신의 미모를 스스로 칭찬하는 말을 내뱉었다.

『샤워하고, 화장하고 기다리고 있었구나. 내 전화.』

『안 기다렸어요. 난 그 시간에 늘 자고 있었다고요.』

휘진은 절대 자신의 1시간 행적을 그에게 들킬 수 없다는 집념으로 시침을 뗐다.

『막 깬 사람치곤 목소리도 예쁘던데.』

『가수잖아요. 목소리는 당연히 예쁘죠.』

그건 자타공인 사실이라 휘진은 제 목소리를 스스로 칭찬하는 것에 한 치의 부끄러움도 없었다.

『또요?』

『뭘요?』

『또 뭐가 예뻐요?』

『……..』

『얼굴 예쁘고, 목소리 예쁘고. 휘진 씨는 또 어디가 예뻐요?』

장난 같았던 이든의 말투와 표정이 느리게 가라앉으며 부드럽게 바뀌었다.

『팔목도 예쁘던데.』

이든의 말에 휘진은 무의식적으로 팔찌를 찬 팔목을 다른 손으로 잡았다.

『팔찌도 잘 어울리고.』

휘진은 이든의 팔목 얘기, 팔찌 얘기에 점점 목이 죄이는 듯한 느낌이 들었다.

'괜히 했어. 풀어버릴 걸.'

후회는 아무리 빨라도 늦는 법! 이든의 시선을 피하지 못한 휘진은 입술을 깨물며 울상을 지었다.

『내가 그렇게 믿음 없게 생겼어요?』

이든의 정색한 물음에 휘진이 슬그머니 고개를 돌려 그를 외면했다.

『침묵은 긍정이라, 심상하는데.』

이든의 자조적인 말에 휘진이 소파가 꺼질 듯 한숨을 쉬었다. 이미 팔목의 푼 적 없는 팔찌를 들킨 마당에, 혼자인 집에 그를 들이고 매일 아침 그의 전화를 기다리며 단장을 했다는 것까지 들킨 것이 확실한 마당에 더 이상의 함구는 바보 같은 짓이었다. 휘진은 아직도 불안감이 남아 있긴 하지만 그 불안감보다 다시 느낄 일 없을 거라 생각했던 마음의 설렘을 무시할 수가 없었다.

그를 보고 변화 없던 심장이 하루씩, 하루씩 느끼지 못할 만큼 느리게 뛰다 이제는 그의 전화를 기다리기 전 눈을 뜨는 아침부터 빠르게 뛰었다. 그리고 자꾸만 마음을 모른척하는 그녀로 인해 실망하는 그를 보고 가슴은 돌을 얹은 듯 답답해졌다. 이 답답함은 그의 실망이 사라지면 함께 없어질 텐데 그의 실망을 사라지게 할 그 한마디가 뭐라고 이렇게 벙어리 흉내를 내는 건지. 휘진은 고민을 하다 용기를 냈다.

『내가 예전에 뒤통수를 크게 맞은 적이 있어요. 남자한테.』

지현이 말한 지독했다던 첫사랑인 것 같았다.

『다 믿었는데 거짓말이었어요.』

휘진은 사랑에 배신을 당한 것이었다. 아직도 휘진에겐 상처로 남은 배신당한 마음이 그녀로 하여금 남자에 대한 불신을 갖게 했고 소속사 대표의 부당한 요구들은 그런 그녀의 불신에 불씨가 꺼지지 않도록 계속해서 기름을 붓고 있었던 것이다.

『당신을 믿고 안 믿고를 떠나서 이건 내 문제라 그런 거예요. 내 트라우마.』

이든은 지금 당장 자신으론 어떻게 해줄 수 없는 휘진의 상처에 가슴이 답답해졌다. 단순하게 생각했던 휘진의 남자에 대한 편견이, 단순한 것이 아니었단 걸 알았으니 그녀를 설득할 다른 무엇을 찾아야 하는데 그게 생각처럼 쉽지가 않았다. 이든이 넘어야 할 것은 휘진을 상대로 한 남자들의 추접한 욕망이 아니라 믿음을 배신당한 마음의 상처였다. 이든은 한 번도 보듬어본 적 없는 마음의 상처.

『솔직하게 말할게요. 이 말도 용기가 필요하지만. 당신이 싫지 않아요. 당신이 내게 다가왔던 그 첫 순간이 내게 좋은 기억으로 남아 있진 않지만 당신의 노력으로 나는 그 첫 만남의 기억을 지우고 싶은, 그런 기억으로 생각하지 않게 됐어요.』

휘진은 그녀로선 어려운 고백에 좀 더 용기를 내려 가느다란 팔찌의 체인을 만지작거렸다.

『나를 생각한 당신의 배려도, 기다림도 지켜봐서 알아요. 늘 진심인 거 느껴져요. 그래서 나도 마음이 자꾸 흔들려요. 믿었다가 아니면 어쩌지, 당신도 남잔데, 그것도 내가 좋게 생각하지 않는 그런 곳에 속한 남잔데…….』

사랑은 지났지만 상처는 남아 휘진은 아팠고 그 상처를 준 남자의 모습에 이든의 모습이 겹쳐졌다.

『모든 것이 거짓이었다고 가장 행복한 순간에 당신이 말해 버리면 난 어떻게 할까. 한 번 겪어봤던 그때의 미래가 나는 무서운 거예요.』

그래서 흔들리는 마음을 인정하고 싶지 않았다. 사랑했던 그 남자도 그랬으니까. 그렇게 흔들고, 흔들렸고 마음을 주었다 버림받았으니까.

『어떻게 해야 할지 모르겠네요. 나도 이런 경우는 처음이라.』

이든이 깊은 숨을 내쉬며 소파 등에 몸을 기댔다.

『당신 때문에 내가 참…… 성당에 가야겠어요.』

뜬금없는 말에 휘진이 눈을 깜빡이며 그를 보았다.

『당신 말을 들으니 내가 좋은 남자가 아니었다는 거죠. 그렇다고 최악은 아니지만.』

스스로에게 면죄부를 주는 이든의 말에 휘진이 슬핏, 옅게 미소를 지었다.

『성당 가며요?』

『신부님 만나서 고해성사를 해야겠어요.』

『당신 죄를 사해주실까요?』

『사해주시겠죠. 기부도 많이 했는데. 그리고 난 그렇게 나쁜 남자는 아니라고요.』

『정말요?』

휘진의 물음에 이든은 순간적으로 답을 하지 못해 머뭇거렸다.

『여자를 울리긴 했어도 뒤통수는 안 쳤어요. 헤어질 때도 예의 있게 매너 지켰고. 울린 것도 나쁜 건가요?』

이든의 불안한 물음에 휘진은 고개를 저었다. 감정이라는 것이 꼭 쌍방일 의무는 없으니까.

『나쁜 건 뒤통수를 치는 남자지, 그냥 가볍게 만나고 이별을 고한 남자는 아니에요.』

『다행이네요.』

『다행일 것까지야. 그래도 바람둥이라는 건데.』

『당신은 예외예요. 당신은 내게 사랑을 넘어선 거부할 수 없는 운명이었으니까. 그리고 처음이 아니라 두 번째 보고 청혼한 거예요.』

이든이 휘진의 말을 정정했다.

『그걸 두고 바람둥이들의 작업멘트라고 해요. 아주 느끼한. 그리고 난 그날 당신 처음 봤어요. 그리고 아주 기분 나빴고.』

『지금은 아니라면서요.』

『그러니까 그때요. 누가 지금이래요?』

한바탕 보여내기 힘든 깊은 감정들을 꺼내놓고 나니 마음이 가벼워진 것인지 휘진은 이든을 보는 것이 마음을 털어놓기 전보다

편해졌다. 이렇게 하나씩 하나씩 보이기 힘든 마음을 보여내고 두려운 마음을 떨쳐내다 보면 언젠가는 이든에게 기울고 있는 그녀의 마음을 말해줄 수 있을 것 같았다.

그래서 그를 보내기가 싫어졌다. 닉과 제이슨이 오든, 오지 않든 그것은 그녀에게 상관이 없었다. 그저 지금은 이렇게 편해진 그와의 시간을 끝내기가 싫을 뿐.

『커피, 더 필요해요?』

휘진이 새침하게 그의 시선을 피하며 물었다.

『치즈케이크 아직 많이 남았는데.』

괜스레 덧붙이는 핑계.

『커피는 됐어요.』

생각지 못한 이든의 거절에 휘진이 당황을 했다.

『주스도 있는데……』

『주스는 달아서.』

『녹차도 있어요.』

『치즈케이크랑은 안 어울리죠.』

『……홍차…… 도 있는데……』

자꾸만 거절을 하는 이든에게 눈치 없이 구는 건가 싶어 휘진의 목소리가 기어들어 갔다. 그리고 새침했던 그녀의 얼굴도 어느새 시무룩. 귀여운 그 모습에 이든은 웃음이 터지려는 것을 가까스로 참았다. 이렇게 사랑스러워서 어떻게 이 여자를 두고 갈까. 그런 절대 안 될 일이었다. 이렇게 감사하게도 붙잡아주는데 냉큼 잡혀 줘야지. 더 튕겼다간 울어버릴 것 같은 휘진의 얼굴에 이든이 튕기던 마음을 접었다.

『그냥, 커피가 낫겠네요.』

『그렇죠? 커피가 낫겠죠? 케이크엔.』

한마디에 활짝 밝아진 얼굴. 휘진은 자신의 표정이 어떻게 변했
는지도 모르고 이든의 커피 잔을 냉큼 들었다.

무거웠던 마음이 가벼워져서인지 오랜만에 달게 찬 휘진은 아
침 해가 밝다 못해 뜨거워졌을 때 시끄럽게 울리는 휴대전화 벨소
리에 잠에서 깨어났다. 흐릿한 눈으로 확인한 번호의 주인은 이든
이었다.

『무슨 일이에요?』

─이번엔 자다 깬 것 맞네요. 목소리가 확 잠겼는데.

어제의 고백으로 긴장이 풀린 것이 준비 없이 그의 전화를 받
은 것이 화근이었다.

─확실히 지금 목소리보다는 잠 깬 목소리가 예쁘네요.

보통의 남자들이라면 지금의 목소리도 예쁘다고 했겠지만, 그
녀의 고백을 듣기 전의 이든이었다면 보통의 남자들처럼 말을 했
겠지만, 지금의 이든은 휘진의 고백을 들은 후의 이든이었다. 과
거 연애사 쌍방 고백으로 성격, 스타일 모두 휘진에게 까발려 숨
길 것이 없는.

『시비가 통화의 용건이면 끊어요.』

─참회가 내 용건이에요.

『참회요?』

어제 대화 중에 성당 가서 고해성사를 해야겠다고 했던 그의 말이 떠올랐다.

『성당은 여기가 아니에요. 난 사제도 아니고.』

—15분 줄게요. 샤워하고 옷 입고 나와요.

『끊어요.』

휘진은 미련 없이 이든의 전화를 끊고 눈을 감았다. 하지만 전화를 끊자마자 울리는 초인종 소리에 휘진은 잠을 잘 수가 없었고 현관으로 뛰어가는 대신 그에게 전화를 걸었다.

『초인종 누르지 말아요.』

—빨리 나와요.

『난 참회 안 해도 돼요. 죄 안 지었어요.』

—당신은 내 운명인 것부터가 벌써 죄예요.

『억지 부리지 말아요.』

통화를 하는 중에도 초인종은 계속 울렸다.

『초인종 누르지 말라고요.』

—그러니까 빨리 나와요. 문전박대 그만하고.

휘진은 몇 번의 말에도 불구하고 멈추지 않는 이든의 초인종 누름에 기어이 침대에서 일어나 현관으로 달려갔다.

『초인종 누르지 말라고요! 어린애예요? 하지 말라는 거 계속하게?』

『이게 오리지널 자다 깬 모습이구나.』

휴대전화가 아닌 귀로 바로 들어오는 이든의 육성에 휘진이 찡그리며 감고 있던 눈을 떴다. 신기한 듯, 새로운 듯, 또는 재미있는 듯. 하지만 휘진을 놀리려는 것이 분명한 여러 가시의 감정이 섞인 표정을 짓고 있는 이든의 얼굴.

'망할!'

휘진은 입술을 깨물어 목 끝까지 올라온 욕지거리를 참으며 현관문을 닫았다.

'휘진아. 너 왜 이랬니.'

우야둥둥 마음을 주고받는 남자에게 자다 깬 부스스함과, 민낯을 들킨 휘진은 현관 벽에 머리를 박으며 자학을 했다. 벽에 콩콩 박히는 머리에 살짝 아픔이 밀려올 때 현관으로 달려가던 순간에도 손에 꼭 쥐여 있었던 것이 분명한 휴대전화가 다시 울렸다.

문밖에 선, 얄미운 이든이었다.

―이왕 자다 깬 모습 들킨 거, 샤워는 됐고, 옷만 입고 나와요.

『싫어요.』

―나 또 초인종 눌러요?

『하지 마요.』

―그럼 빨리 나와요.

『나 성당 안 간다니까요. 고해성사 안 한다고요.』

―성당 가도 당신은 고해성사 못 해요.

한다, 안 한다의 실갱이의 주체가 한다와 못 한다로 바뀌니 휘진은 왜 자신이 고해성사를 하지 못하는지 궁금해졌다.

『왜 못 해요?』

―세례 받았어요?

『그런 것도 해야 돼요?』

―절차라는 게 있으니까.

절차라는 말에 한숨이 나온 휘진이 휴대전화를 끊으려다 급하게 든 질문을 그에게 했다.

『당신은요? 당신은 할 수 있어요? 세례 받았어요?』

─집안이 카톨릭이라.

『성당 오빠 같지는 않은데.』

본(?)모습을 드러내기 전이라면 모를까, 확실하게 까발린 그의 과거사와, 그로 인해 조금은 바뀐 듯한 분위기를 보면 그는 성실한 신도는 아닌 것이 분명했다.

─뭐, 성당을 매주 가진 않았죠. 난 미사가 지겨웠으니까.

이든은 자기 입으로 스스로가 불성실한 신자였음을 고백했다.

『그런데 왜 가요? 성실한 신자도 아니면서.』

─고해성사 하려고요.

『단지 그 이유로요?』

─주목적은 성당까지 가는 길에 하는 당신과의 데이트?

『의도가 불순하네요.』

─성당 가면 불순했던 그 의도까지 포함해서 고해성사 할 거예요.

『죄 안 짓고 고해성사 안 하는 게 더 현명한 거 아닐까요? 시간 절약도 많이 될 것 같은데. 인간관계에도 좋은 영향을 미칠 것 같고.』

─인간의 쾌락은 모두 죄에서 비롯되고, 여기 있는 동안은 난 시간이 많고, 당신과 나는 좀 더 많은 시간을 함께하며 관계 발전을 해야 할 필요성이 있어요.

『난 관계 발전에 관심 없어요.』

─관계 발전 안 하면 우린 언제 결혼해요?

『……』

─관계 발전을 하면 그땐 대답해 주겠지. 쾌씸해서 10분. 10분 지나면 나올 때까지 초인종 누를 거예요. 끊어요.

휘진은 끊겨진 전화를 착잡하게 쳐다보다 한숨을 쉬었다. 이제 겨우 '나 당신한테 마음 있는 거 맞다.' 정도의 고백만 했는데 이든은 벌써부터 저만치 앞선 미래를 얘기하고 있었다. 물론, 그가 말한 미래는 처음부터 그녀도 알고 있던 것이긴 했지만. 그래도 그때와 지금은 상황이 달라서 그가 하는 결혼이라는 단어의 무게가 이제는 휘진에게도 가볍지만은 않았다.

섣부르게 'NO'를 할 수도, 섣부르게 'YES'를 할 수도 없는 아직은 애매한 두 사람의 관계.

솔직하게 관계 발전이 필요하다는 건 휘진도 인정을 했다.

『잠깐, 10분? 미쳤어?』

15분도 불가능한 시간이었는데 10분이라니! 정신 차린 휘진이 이든에게 전화를 걸었다.

『30분요.』

─8분 남았어요.

『어떻게 10분 만에 준비를 해요?』

─어젠 15분 만에 준비했잖아요.

『그건 진짜 샤워하고 옷만 입었을 때고요. 머리도 못 말린 거 봤잖아요.』

─샤워하고 옷만 입으면 되는데 어떤 준비를 더 하려고요?

『화장도 안 하고 어떻게 밖으로 나가요?』

─아! 나한테 예뻐 보이려고 준비하는 거?

이든의 말에 기가 막혔지만 딱히 그 말이 사실이 아닌 것도 아니라 곧바로 반박을 하지는 못했다. 그래도 심장이 설레는 남잔데 좋은 모습, 예쁜 모습을 보여주고 싶은 건 여자의 본능이니까.

『나 원래 예쁘거든요!』

하지만 이든의 말에 맞다고 맞장구를 쳐주기에는 도도한 여자의 자존심이 용납하지 않는다. 비록, 자다 깬 얼굴을 들키기는 했지만.

—그럼 7분도 필요 없네. 그냥 나와요. 예쁘면.

『왜 갑자기 또 7분이에요? 아깐 8분이라더니.』

—나랑 통화하면서 1분 까먹었어요. 7분이면 샤워도 조금 곤란한 시간 아닌가?

이든의 말에 휘진의 얼굴이 심하게 구겨졌다. 솔직히 머리 감는 데만 10분이 걸리는 휘진으로선 이든의 말이 맞았다. 7분은 그녀에게 도저히 샤워를 할 수 있는 시간이 아니었으니까.

—진짜 세수만 하고 옷만 입고 나와야 되는 시간인데.

안에서 발을 동동 구르고 싶은 그녀와 달리 문밖의 남자는 이 상황이 무척 재미있는 것 같았다.

『나한테 왜 이래요?』

—내가 뭘?

『왜 샤워할 시간도 안 줘요?』

—샤워할 시간은 줬죠. 휘진 씨가 다 까먹고 있는 거지.

지금 그에게 전화를 한 건 자신이었으니 틀린 말도 아니라 또 할 말이 없었다. 이런 식의 이든은 정말 얄미웠다.

—하루쯤 머리 안 감아도 돼요. 그냥 모자만 쓰고 나와요.

『성당 갈 거라면서요. 어떻게 머리도 안 감고 성당엘 가요? 하느님에 대한 예의가 있지.』

─고해성사는 내가 하는데 하느님에 대한 예의는 왜 휘진 씨가 찾아요? 세례 안 받아서 고해성사 못 한다니까.

『죄 안 지어서 고해성사 할 필요 없다니까요. 난 당신처럼 여자 울린 바람둥이는 아니니까.

─당신은 안 울릴게요.

이 남자는 이렇다. 이렇게 한 번씩 쓰잘데기 없는 말씨름을 하다 갑자기 진심을 보인다. 그 진심에 휘진이 멍해지는 것을 모르고, 그녀의 심장이 뛰는 것도 모르고.

─약속 지키는 거 싫어서 약속이란 걸 안 해요. 하지만 약속을 한 건 꼭 지켰어요. 당신을 찾게 해준 운명에, 약속할게요. 울리지 않을게요.

심장이, 너무 빨리 뛴다. 그녀가 견디지 못할 만큼 빨리.

─앞으로 당신이 흘릴 눈물에, 내가 이유가 되는 일은 없을 거예요.

그래서 심장이 아프다. 그래서 그는 몰랐으면 좋겠다. 지금, 휘진은 그 때문에 울고 있는 걸.

결국 휘진이 현관문을 열고 나온 것은 30분을 훌쩍 넘어선 1시간 후였다. 하지만 이든은 휘진에게 아무 말도 하지 않았다. 그저 나와준 것만으로도 고마운 사람. 기다림이 가치 있었다는 것을 알게 해줘 고마운 사람. 이 관계의 끝 또한 더없는 가치로 감사함을 알려주길 바라는 사람.

『상 줘요.』

하지만 이대로 그냥 넘어가기엔 이든은 그녀를 기다렸던 시간이 억울했다. 세상 어디에서도 이런 대접을 받아본 적 없는 남자기에 그녀가 준 대로 돌려주고 싶었다.

『손잡아요.』

그와는 전혀 어울리지 않는 것이 분명한 말에 문을 열고 나오면서부터 고집스레 바닥만을 보던 휘진의 눈이 그에게로 움직였다.

『내 기억으로 3살 이후 여자에게 해선 안 될 말을 했다는 게 무척 자존심이 상하지만, 당신은 내 기준에 3살 수준이니까.』

『왜 3살 이후엔 여자에게 하면 안 되는 말이에요? 손잡자는 말이?』

『난 손잡는 것보다는 키스가 더 좋으니까.』

그의 말에 휘진이 눈가를 구겼다.

『3살 이후의 남자가 손잡자고 하면 '당신은 매력 없어요.' 라고 알아들으면 돼요.』

그의 말에 휘진의 미간도 구겨졌다.

『당신을 매력 없는 여자로 보기 위해 내가 얼마나 안간힘을 쓰고 있는지 느껴져요?』

『안 느껴져요.』

『그럼 당신은 양심 없는 여자고. 그러니까 손! 줘요.』

이든이 손을 내밀었다. 휘진은 자신의 손을 다 감을 수 있을 만큼 큰 그의 손을 보며 구겼던 눈가에 살짝, 힘을 풀었다.

『양심 없는 여자니까, 손! 줄게요. 잡아요.』

휘진은 이든에게 손을 내밀었다. 하지만 이든이 내민 손 위엔 닿지 않는 그녀의 손.

『당신, 정말 이렇게 자꾸 내 마음에 들래요?』

이든은 고작 손 하나의 허락도 스스로 결정을 하는 휘진을 보고 피식, 웃음 흘렸다. 그리고 그가 내밀었던 손처럼 바닥을 위로 보인 휘진의 손 위에 그의 손을 올렸다.

『오늘만 3살 이전이에요. 내일부턴 3살 이후 남자가 뭔지 보여 드리죠.』

이든이 장난스럽게 눈가를 구기며 그녀의 손을 힘주어 잡았다.

『들어가요.』

하지만 그녀와 데이트를 생각하던 이든은 휘진의 생각지도 못한 말에 당황을 했다.

『들어가자고요.』

『당신, 혼자뿐인데?』

『네. 들어갈 거예요? 말 거예요?』

『내가 들어가면 무슨 짓을 할 줄 알고 혼자인 집에 나를 들여요?』

『무슨 짓 할 건데요?』

『…….』

『무슨 짓, 할 거예요?』

휘진이 눈을 똑바로 마주하며 묻자 이든은 할 말이 없었다. 사심 있는 여자이긴 하지만 그녀를 상대로 그녀가 원치 않는 일은 꿈에도 생각하고 있지 않기에 이든은 대답 대신 현관문에서 물러났다.

『나 그냥 갈게요.』

『나 오늘 사무실 가봐야 돼서 못 나가요.』

『사무실? 거긴 왜요?』

『일해야죠. 일단 들어와서 얘기해요.』

일이라는 휘진의 말에 이든은 안으로 들어가며 그녀에겐 티 안 나는 긴장을 했다. 휘진 모르게 그가 뒤에서 처리하고 있는 일들로 상황이 좋지 않는 소속사 대표가 그녀에게 또 부당한 일을 시키려는 것인지 지레 걱정이 들었기 때문이었다.

『앨범 내려고요. 너무 쉬기도 했고, 여기 소속사랑 계약하면서 내기로 한 정규앨범이 아직 남았거든요. 계약 기간도 1년밖에 안 남아서 앨범 내고 빨리 정리하려고요.』

그녀 스스로 하겠다는 일이라 이든은 마음이 놓였다.

『그럼 노래는 다 준비된 거예요?』

『몇 개는. 그런데 그게 수록될지는 아직 몰라요. 프로듀서랑도 상의를 해야 되고 대표님 컨펌도 받아야 되고.』

대표를 이야기하는 부분에서 휘진의 표정이 어두워지는 것이 보였다.

『문제, 있어요?』

휘진의 표정이 밝지 않은 것에 이든이 걱정을 했다.

『얼굴이 별로 안 밝아서요.』

『…….』

『난 휘진 씨 얼굴만 보고 있잖아요. 늘. 그래서 알아요. 휘진 씨 표정 변하는 거.』

이든의 말에 휘진은 자신의 감정 변화가 얼굴에 티가 많이 났나 손을 들어 볼 만졌다.

『혹시, 어려운 거 있으면 얘기해도 돼요. 나한테.』

이든은 휘진이 그의 말을 오해라도 할까 조심스레 말했다. 둘의 관계가 그가 원하는 길을 가고 있긴 했지만 아직도 휘진은 조심해야 할 게 많은 여자였다.

『휘진 씨 소속사 투자자예요. 나. 일단 투자를 했으니 손해는 안 봐야 하고, 또, 투자자로서 소속사 대표한테 어느 정도 요구할 권리도 있고. 그리고 난 그 권리를 당신을 위해서 쓰고 싶고.』

이든의 조심스런 말에 휘진은 별다른 말을 하지 않고 조용히 고개를 주억거렸다.

『괜찮아요. 힘든 일, 없어요.』

휘진은 이든을 안심시키려 거짓말을 했다. 지금은 조용하고, 아직은 자신에게 별다른 압박이 전해지지 않지만 그건 또 어찌 될지 모를 일이었다. 언제, 어떻게 대표의 상황이 변해서 휘진에게 부당한 요구를 할지 모를 일. 그래서 휘진은 최대한 빨리 소속사와 한 계약을 이행하고 정리를 하고 싶은 것이었다.

『알았어요. 하지만 힘들면 언제든 얘기해 줘요.』

이든은 휘진이 말하지 않은 그녀의 생각을 알았지만 굳이 알은 체는 하지 않았다. 그녀의 상황과 그녀에게 있었던 일들을 알고 있다는 걸 괜히 알려줘 봐야 휘진이 느끼는 건 또 한 번의 모멸감일 뿐, 두 사람에게 도움이 되는 것은 아니었다.

『휘진. 나는 당신이 나를 끝까지 믿어줬으면 좋겠어요. 미래를 알 수는 없지만, 약속했잖아요. 당신을 울리지 않을 거라고.』

그의 말에 휘진은 웃으며 고개를 끄덕였다.

『믿어요. 당신도, 약속도.』

아직 그가 원하는 답을 해주지는 않았지만 휘진은 그가 온전히 그녀만을 위해 자신을 버리고 그녀의 곁에 있는 것에 많은 감동을 받았다. 지칠 법도 하고 자존심이 상해 화가 날 법도 한데 이든이 한 건 불안한 그녀를 감싸주지 못한 것에 대한 사과였고, 자신을 낮춘 기다림이었다. 그렇게 끊임없이 곁에 있으려 애써주고, 그렇게 끊임없이 그녀의 불안을 없애주려 했고, 이렇게 늘 곁에 있다는 믿음을 주었다.

『고마워요.』

휘진의 진심이었다. 이든은 그녀의 이 한마디로 휘진을 기다렸던 시간들을 모두 보상 받는 듯했다.

『그럼, 나 조금만 기다리면 되는 거예요?』

이든이 원한 것은 휘진이었다. 처음도, 끝도 온전하게 자신에게 속할 그녀.

『지금의 당신도 참, 많은 발전을 한 건데 이왕이면 좀 더 시간을 단축시켜 줬으면 좋겠어요.』

이든의 말에 휘진이 무슨 뜻이냐, 눈을 깜빡였다.

『내가 좀 바쁜데 하는 일 다 내팽개치고 한국 와 있는 거예요. 그건 알죠?』

휘진이 고개를 끄덕였다.

『보통 안식월은 2달 정도 갖는데 한국 온 지는 벌써 4개월이 넘었어요.』

『아! 가봐야 하는 거죠?』

『가야 할 때는 지났어요. 그런데 당신 때문에 안 가고 있는 거고.』

이든의 말에 휘진의 마음이 무거워졌다.

『일부러 당신 마음 무거우라고 하는 말이에요. 좀 많이 무거워서 나 좀 생각해 달라고.』

그의 뜻을 충분히 앎에도 곧바로 답을 해주지 못하는 휘진이 손목에 찬 팔찌를 만지작거렸다

『왔다 갔다 하기에는 거리가 만만치 않으니 장거리 연애도 힘들고, 또 해봐서 알고.』

이든의 끝에 말에 휘진의 눈동자가 번뜩였다.

『질투하지 말아요. 당신이랑 떨어져 있던 때 얘기니까. 겨우 영상통화로 당신 보고 싶은 거 참아내는 게 얼마나 힘들었는지 알아요?』

그때의 휘진은 그와 같은 마음은 아니었지만 그래도 그의 전화를 매일 기다렸기에 그의 보고픔이 어땠을지 알 수 있었다. 이제는 매일을 휘진은 이든을 기다렸고, 그가 오기까지 그를 생각했으니까.

『그래도 가야 하는 거면…….』

그를 위해서 다른 말을 덧붙여 하지만 휘진은 쉽게 그 말이 나오지 않아 말을 흐렸다. 그리고 이든은 휘진이 덧붙이지 못해 말아 문 입술을 보며 가슴이 따뜻해졌다.

『그냥, 갈까요?』

이든이 괜히 테이블만 보며 팔찌를 만지작거리는 휘진에게 장난스런 표정으로 말했지만, 휘진은 그의 표정을 보지 못해 입술을 말아 문 채로 숨을 멈췄다.

『나, 가면 따라올래요?』

한 번 더 들려온 휘진이 답하기 어려운 물음. '갈까요?' 라는 물음에 가지 말란 답은 늦었지만 할 수 있었다. 하지만 '따라올래요?' 라는 물음엔 늦었어도 답을 할 수 없었다. 그 두 답이 갖는 미래의 무게는 달랐다. 가지 말란 말은 지금의 관계만으로도 충분한 말이지만 따라가겠다는 말은 그의 미래에 그녀가 있겠다는 말이기 때문이었다. 지금의 관계를 떠나 더 먼 미래를 함께하자는 말.

『그래서 안 가요. 지금의 당신은 나에 대한 결정을 아직도 못 내렸으니까.』

　이든에겐 분명 서운할 휘진을 대신한 말이지만 그녀에겐 안심이 되는 말이었다. 결국 그는 가지 않는다는 것이었고, 휘진은 그에게 그가 가진 모든 것을 미뤄둘 만큼 소중한 사람이라는 것이었으니까.

　『저녁 같이 먹을래요?』

　휘진이 팔찌를 만지작거리며 멋쩍게 물었다. 새침을 떨며 팔찌를 향하고 있는 눈동자를 굴려 휘진이 이든을 보았다. 그러다 마주친 눈동자. 전 같으면 화들짝 놀라 피하기 바빴겠지만 지금은 아니었다. 이렇게 눈을 마주쳐도 어색하지 않고, 불편하지 않고. 그저 부끄러움이 묻어 느리게 내리깔 뿐.

　『와인도 한잔할래요?』

　이든의 말에 휘진의 얼굴에 고민이 떠올랐다. 와인도 술이라 망설여지는 건 그 와인을 함께 마실 이가 이든이기 때문이었다.

　『끝내주는 치즈도 있는데.』

　이든이 휘진을 유혹했다.

　『음.』

　휘진이 이든의 유혹에 흔들렸다.

　『와인 때문에 고민을 하는 거예요? 치즈 때문에 고민을 하는 거예요?』

　『솔직하게 얘기해요?』

　『그 솔직함이 내 빈정을 상하게 하는 거면 그냥 거짓말을 해줘요.』

　이든의 말에 휘진이 웃으며 그를 보았다.

『와인, 치즈 두 개 다 가져와요.』

『당신 정말 못됐어요.』

이든이 휘진을 노려보며 투덜거렸다. 그 모습에 더 큰 웃음이
터진 휘진이 몸을 들썩거렸다. 그리고 아주 빠르게 테이블을 건너
이든의 입술을 훔치고 다시 그녀의 자리로 도망쳤다.

『이건, 3세 전의 여자나 하는 거예요.』

『난 3세 전이잖아요. 내 수준 맞춰줘요.』

이든은 남자의 욕망에 불씨만 던지고 잡지 못하게 수를 쓴 휘진
을 노려보기만 해야 했다.

『언제 클 거예요? 나 슬슬 인내심 바닥나려고 하는데.』

『언젠가는 크겠죠. 누구 좋으라고.』

휘진이 웃으며 소파에서 일어났다.

『왜 일어나요?』

『언니 올 시간 다 됐어요.』

미안한 기색 하나 없는 휘진의 얼굴에 이든이 미간을 찌푸렸다.
기념적인 베이비 키스를 받았음에도 결국은 쫓겨나야 한다는 것
이 빈정 상했다.

『갑자기 지현 씨가 미워지네. 왜 쓸데없이 부지런한 거예요? 늦
잠을 좀 자든지, 차라도 막히든지. 차 막힐 거예요. 한 한 시간쯤
늦을 거예요. 지현 씨.』

이든은 가기 싫은 듯 끝까지 소파에 앉아 있었지만 시간이 지날
수록 초조하게 변하는 휘진의 얼굴을 보고선 결국 일어날 수밖에
없었다.

『못됐어.』

현관을 나가면서도 끝까지 그녀를 향해 한마디를 하는 이든에게 휘진은 미안한 표정을 지어 보였다.

『하나도 안 미안한 거 아니까 그런 표정 하지 말아요. 안 속아.』

『저녁에 봐요. 내가 맛있는 거 해줄게요.』

휘진은 부러 눈을 흘기는 이든의 새끼손가락을 슬쩍 잡았다 놓았다. 그게 뭐라고. 그 작은 손길에 마음은 쿵 소리를 내고 웃음은 배어 나오는지. 이든은 휘진의 입술에 빠르게 입을 맞추고 현관문을 열고 나갔다.

『……』

그녀도 이렇게 기습적으로 그에게 입을 맞춰놓고선 똑같은 그의 입맞춤에 평정을 찾지 못해 혼자 어쩔 줄을 몰라 했다.

"왜 이렇게 더워. 보일러가 켜져 있나?"

괜스레 얼굴이 뜨거워지는 것 같아 휘진이 손으로 양 볼을 감싸 쥐었다.

달아오른 볼이 완전히 식어 티가 안 날 때쯤 온 지현과 함께 휘진은 오랜만에 소속사 사무실로 갔다. 사무실로 가는 차 안에서 드는 전에 없는 긴장감.

"걱정 마. 이번엔 태클 안 걸 거야. 태클 걸면 내가 과외선생한테 일러줄게."

지현의 배짱에 휘진이 그녀만 아는 속으로 미소를 지었다.

"빨리 끝났으면 좋겠다."

"조금만 참아. 앨범 작업하고 활동하고 그럼 1년 금세 가. 내가 조용히 새 소속사도 알아보고 있으니까 그쪽으론 신경 쓰지 마."

"됐어. 내가 할게. 괜히 나섰다가 대표가 알면 언니만 입장 난처해져."

휘진이 그녀를 위해 많은 수고를 하는 지현을 걱정했다. 자신도 그렇고 지현도 그렇고 이 바닥에 발붙이려면 실력도 있어야겠지만 믿고 부빌 수 있는 언덕도 있어야 했다. 부빌 수 있는 언덕이 없다면 최소한 낭떠러지를 만들지는 말아야 했다. 지금도 그다지 사이가 좋다고 할 수는 없는 소속사 대표이지만 계약이 끝나 상관이 없어졌을 때라도 적으로 둘 필요는 없었다. 그저 연이 닿지 않길 바라며 남으로만 살아가도 좋을 뿐.

"휘진아. 혹시 대표가 앨범 컨셉 태클 걸면, 그건 좀 네가 양보해서 가자."

확실히 대중에게 먹히는 퍼포먼스형 댄스음악에서 화려함을 배제한 음악적인 부분에만 중심을 주고 싶어 하는 휘진의 이번 컨셉은 상업을 바라는 대표와 충돌이 있을 수 있었다. 이왕 돈 들여 제작을 하는 거라면 확실히 돈벌이가 보장되는 쪽으로 만들고 싶어 할 테니.

"그래도 정규앨범인데 자작곡은 넣고 싶어. 만들어놓은 곡도 많고."

휘진으로선 이번 앨범에 확실한 뮤지션의 자리매김을 하고 싶은 욕심이 있었다. 기존에도 가창력이 받침이 되는 댄스가수였지만 그녀의 노래는 무대의 퍼포먼스에 밀려 있곤 했다. 그래서 오랜만에 내는 정규앨범에선 가창력이 받쳐주는 퍼포먼스형 가수가 아닌, 퍼포먼스가 받쳐주는 가창력이 있는 가수로 그녀의 자리를 다시 만들고 싶었다.

"그래. 충분히 네 의견 반영해서 하긴 할 건데, 그래도 태클 걸면. 그때 말이야. 그냥 받아들일 수 있는 선이면 양보하자고. 대표도 이번엔 끝까지 자기주장대로만은 하자고 못 할 거야. 자기가 태클 걸어 앨범 안 내고 네 계약 만료되면 그건 자기 손해니까. 일단은 현재 유리한 건 그나마 우리니까 괜히 힘 빼지 말고 이번엔 쉽게 가자고."

"알았어. 언니 하자는 대로 할게."

어서 빨리 이 일을 마무리하고 싶은 휘진은 지현의 의견에 동의했다. 하지만 두 사람이 마음 단단히 먹고 앨범에 대한 이야기를 꺼냈을 때 소속사 대표는 그 둘이 각오한 게 허무하리만치 쉽게 휘진의 앨범 컨셉에 동의를 했다.

"뭐, 요즘 시장이 하도 댄스 일색이니 반대 분위기로 가는 것도 나쁘진 않지. 적당한 PD 섭외해서 진행해 봐."

"이번 앨범에 휘진이 자작곡도 실을 예정이에요. 마지막 정규 앨범 때도 자작곡 실었으니까."

"뭐, 좋을 대로 해. 가수가 앨범 낼 때 자작곡 한두 개는 실어줘야 그것도 먹히니까. PD랑 상의해서 고르고, 좀 부족하다 싶으면 편집 정도는 PD 도움 받고."

의외로 쉽게 끝난 회의에 휘진과 지현은 안도의 숨을 쉬면서도 대표의 너무 쉬운 동의에 의아함을 감추지 못했다.

"언니, 이러다 또 대표님……."

"그만. 말이 씨가 됐대."

지현이 불안감을 감추지 못하는 휘진의 말을 잘랐다.

"태클 걸어봐야 대표님만 손해고, 앨범 작업에 간섭을 해봐야 메인곡이야. 그리고 솔직히 내 힐빔 나와서 활동하면 지금 상황엔 소속사엔 더 이득이지. 준비 중인 신인들에 띄워야 할 애들이 몇 인데. 그래도 방송사에 신인들 끼워 팔기 좋은 게 너잖아."

몇 년간 활동이 부진했어도 아직은 탑가수의 반열에서 이름값이 있는 그녀였다.

"예산 관련해서도 내가 총무팀이랑 상의해서 조율할 테니까 넌 앨범 작업에만 신경 써."

든든한 지현의 말에 휘진은 마음이 놓였다. 그리고 이젠 정말 다시 시작을 한다는 기분에 힘도 났고 자신감도 샘솟았다.

"집에 바로 갈 거야?"

"아니, 마트에. 뭐 살 거 있어."

"알았어. 가자."

"나 마트에 내려주기만 하면 돼."

마트에서 지현을 돌려보낸 휘진은 마스크로 얼굴을 가리고 지중해식 생선찜을 하기 위한 재료를 사서 집으로 돌아왔다. 재료들을 냉장고에 넣어 두고 휘진이 한 것은 간단한 집 정리와 샤워. 그리고 티 안 나는 자연스러운 화장이었다. 그리고 옷을 고르고 거울 앞에서 잠시 고민. 휘진이 올림머리를 하고 있을 때가 좋다는 이든의 말이 떠올라 머리카락을 풀어야 하나, 올려야 하나를 결정하지 못해 시간을 흘려보냈다.

지금 고른 옷에는 길게 풀어 내린 스타일이 어울리고, 그래도 이든이 좋다니 그가 좋아하는 스타일을 하고 싶기도 하고.

"너무, 티 나려나."

고민을 하다 그래도 이든에게 조금이라도 더 예뻐 보이고 싶은 마음이 이겨 휘진은 올림머리가 어울리는 옷으로 갈아입고 머리카락을 올려 묶었다.

　주방에서 재료를 꺼내 기본적인 손질을 끝내고 시계를 보니 얼추, 그가 올 시간이 다 되었다. 휘진은 급하게 손을 씻고 방으로 들어가 재료를 손질하는 동안 흐트러진 매무새를 다시 단장했다. 괜히 머리카락이 예쁘게 올려 묶여졌나 확인을 한 번 더 하고, 좀 더 화사하게 보이고 싶어 미세하게 가는 펄을 얼굴에 살짝 덧바르고. 스스로의 모습에 만족을 하고 거실로 나오니 때마침 초인종이 울렸다.

　『와인이랑 치즈 인증부터.』

　휘진이 장난스럽게 인터폰을 통해 말하자 이든은 고개를 절레절레 흔들며 그녀가 요구한 것들을 모니터에 보여주었다.

　『진짜 너무해. 내가 정말, 이런 대접을 당신이니까 받아줘요. 제발 그건 알아줘요.』

　『알아주면요?』

　『밖에 나가서 자랑해요. 나 이든 레넌스를 그런 취급한 여자예요 하고.』

　『하면요?』

　『그럼 당장에 나한테 잡혀오는 거지.』

　이든의 말에 휘진이 깔깔대며 웃었다.

　『티 안 나게 화장도 했고. 티 안 나게 내가 좋아하는 스타일로 머리도 올려 묶었고.』

　이든이 휘진의 모습을 살펴보며 말하자 휘진이 그를 위해 단장을 한 걸 들켜 멋쩍게 고개를 돌려 버렸다.

　『손님맞이 예의를 지킨 거예요. 그러니까 당신도 손님으로서 예의를 좀 지켜주시죠?』

『손님으로서 내가 지킬 예의가 뭔데요?』

『티 안 나게 화장한 거 모른 척해주기, 당신이 좋아하는 스타일로 머리 묶은 거 모른 척해주기.』

휘진의 새침하지만 그의 마음에 쏙 드는 말에 이든은 웃는 것 말곤 아무 행동도 할 수 없는 현실이 슬퍼졌다.

『3살 이후의 여자, 어디 갔어요?』

『그 여잔 왜 찾아요?』

『3살 이후의 남자가 여기 있어서.』

그 말을 하는 이든의 눈빛이 짙어졌다. 사실은 3살 이후의 여자도 여기 있다 말하고 싶은 마음이 있었지만 휘진은 간지러운 입술을 꼭 깨물며 그의 애를 태웠다.

『나중에 찾아봐요. 당신이 그렇게 애타게 찾는 3살 이후의 여자, 어디 있는지. 아마 이 집 어딘가엔 있을 거예요. 없어도 난 모르고.』

휘진이 말하고 이든에게서 몸을 돌렸다. 그리고 그녀의 말을 곱씹던 이든은 휘진의 말 중 마지막 말에 걸음을 옮기지 못했다.

'없어도 몰라?'

그의 해석이 맞다면, 휘진의 저 말은 그에게 기대를 주는 말이었다. 어쩌면 그가 고대하던 순간이 오늘일지도 모른다는 그런 기대.

『재료 준비 다 됐어요. 저녁 먹으려면 얼른 와서 도와줘요.』

휘진의 목소리에 이든은 기대감이 깃든 얼굴을 애써 수습하고 주방으로 몸을 옮겼다.

『생선은 여기, 야채도 여기. 난 야채 다 올렸어요.』

그가 기대감에 들떴던 동안 제 몫의 생선찜 준비를 끝낸 휘진이 이든을 재촉했다.

『이건, 어디서 많이 본 건데.』

이든의 알은척에 휘진이 눈썹을 올리며 예쁘게 웃었다.

『섬에 있을 때 피아에게 배웠어요. 맛있었거든요. 만들기도 쉽고.』

『나도 배웠는데.』

『밀봉은 당신이 해줘요.』

그의 몫의 생선에 야채를 올리자 휘진이 생선을 올린 그녀의 유산지를 그에게 밀었다.

『유산지 밀봉이 제일 어려운 건데. 설마, 이거 시키려고 오늘 저녁 먹자고 한 건 아니겠죠?』

『알았어도 할 수 없네요. 이미 온 거. 그냥은 안 갈 거잖아요.』

휘진의 자신만만한 말에 이든이 어이없는 듯 그녀를 쳐다봤다.

『좋은 일 있었어요? 아침보다 훨씬 기분이 좋아 보이는데.』

『네. 뭐. 좋은 일은 좋은 일이죠. 앨범 작업의 시작이 순조로우니까.』

휘진에겐 대표의 태클이 없이 앨범 작업 승인을 받았다는 게 기분 좋은 일이었다.

『오븐은 예열했어요?』

『네. 저기요.』

휘진이 손짓하자 이든이 예열된 오븐에 밀봉한 생선을 넣었다.

『아! 와인은 냉장고 넣어둬야 되는데.』

『내가 넣을게요.』

이든이 와인을 냉장고에 넣자 휘진은 그가 가져온 치즈 패키지를 열었다.

『와!』

치즈를 좋아하는 휘진이라 이든이 가져온 치즈가 맛도, 향도 일품인 고급치즈라는 것을 알았다.

『맛있겠다.』

『맛있어요. 그냥 먹어도 맛있고 와인이랑 먹어도 맛있고.』

이든이 휘진에게 다가와 치즈 패키지에 든 치즈 하나를 꺼내 포장을 벗겼다.

『먹어봐요. 내가 당신 때문에 신경 써서 주문한 거니까.』

휘진은 이든이 내민 치즈를 받아 한입 베어 물었다. 고소하게 퍼지는 향이 좋고 짭짜름하게 남는 맛도 좋았다.

『음.』

휘진에 입안에 남은 치즈를 음미하며 행복한 표정을 짓자 이든도 그녀를 보며 행복한 미소를 지었다. 이렇게 맛있는 걸 먹는 표정만으로도 그를 행복하게 만드는 여자.

『맛있어요?』

『맛있어요. 완전 멋진 맛이에요.』

『어쩌지?』

『왜요?』

『패키지에 그 치즈는 그거 하나일 거거든요.』

이든의 말에 휘진은 그녀가 한입 베어 물고 남은 치즈 조각을 쳐다보았다.

『왜 하나예요? 맛있는데.』

『맛있으니까.』

『그래도, 이건 한 번에 먹긴 좀 양이 많은데. 그냥 양 좀 줄이고 두 개로 하지. 센스가 없네.』

이든은 휘진의 말에 웃음이 나왔다.

『왜 웃어요?』

『센스 없는 당신이 센스 운운하는 게 웃겨서요.』

분명 칭찬일 리 없는 말에 휘진이 살짝 미간을 구겼다.

『연인들을 위한 치즈예요.』

『…….』

『당신처럼 무드 없게 혼자 먹는 게 아니라, 분위기 있게 둘이서 먹는.』

이든은 구겼던 미간을 펴고 당황한 얼굴을 한 휘진을 보고 아직 그녀가 베어 물고 남은 치즈를 들고 있는 그녀의 손을 잡았다. 그리고 느리게 그 손을 끌어당겨 손가락 끝에 자리 잡은 치즈를 먹었다.

치즈를 핑계로 그녀의 손가락 끝에 닿은 이든의 입술. 그의 입술은 곧바로 그녀에게서 떨어졌지만 그녀의 손끝에 남은 느낌에 휘진은 몸을 떨었다. 그리고 그 떨림이 가시기도 전 다가온 얼굴.

『이 치즈는 원래, 연인의 체온으로 녹여 먹는 거예요.』

낮은 목소리와 함께 그의 입술로 전해지는 짙은 치즈의 향. 그 향이 너무 짙어 휘진은 숨을 쉴 수가 없었다. 이든의 입술이 떨어지고 겨우 숨을 뱉어낸 휘진이 물었다.

『혹시, 다른 치즈도 다 이런 거예요?』

『아마도?』

그의 답에 휘진은 웃음이 나왔다. 의도가 너무도 분명한 치즈.

『나, 어쩌죠? 치즈가 너무 좋은데.』

어쩌면 치즈가 아니라 깊은 치즈 향을 알려준 그의 입술이 더 좋았던 건지도 몰랐다. 아마도 휘진이 조금 더 용기를 냈더라면 분명 그가 기뻐했을 말을 해주었을지도 몰랐다. 하지만 휘진은 그 생각도, 그 말을 할 시간도 없었다. 아직도 입안에 남은 치즈 향을 그의 숨결에 빼앗기고 휘진은 어지러운 머리에 눈을 감았다. 따뜻하게 감싸던 온기가 떨어지고 휘진이 느리게 눈을 떴다. 그녀는 보는 바다색의 눈동자가 가슴을 떨리게 했다.

『치즈 말고 다른 것도 좋아해 줄래요?』

이든은 점점 그에게 마음을 여는 휘진에게 반짝이는 귀고리를 내밀었다.

『아!』

아름답게 반짝이는 귀고리를 보고 휘진은 말을 잇지 못했다. 그를 생각하라던 팔찌. 그리고 그 팔찌에 달랑거리는 꽃과 같은 모양의 귀고리.

『여긴 어떤 의미가 있는 거죠?』

『내 생각을 하는 당신.』

이든이 그녀의 귀에 직접 귀고리를 끼워주었다. 길게 늘어져 그녀의 작은 고갯짓에도 이리저리 꽃잎을 뿌리는 귀고리.

『예뻐요.』

이든의 눈에 또 한 번 아름다운 휘진이 박히는 순간이었다.

5. Sweetheart

『곡 작업은 잘돼요?』

이든이 휘진을 노려보며 물었다.

『잘되고 있어요. PD도 마음에 드는 사람으로 섭외했고.』

『잘된다니 다행이네요. 나를 이렇게 팽개쳐 두고 작업도 못 했으면 엄청 서운했을 텐데.』

실제는 그를 팽개쳐 두고도 신이 나 작업을 하는 휘진이 서운한 이든이었다. 하지만 휘진은 그의 그런 이든의 마음을 눈치채지 못하고 오랜만에 속도가 붙은 앨범 작업에 마냥 들떠만 있었다.

『노래 들어볼래요? 아직 가사는 없어요.』

『안 들을래요.』

『왜요? 좋은데. 한번 들어봐요.』

『당신이 좋다니까 너 듣기 싫어요.』

이든의 뾰족한 말에 들떠 있던 휘진이 살짝 얼굴을 굳혔다. 지금 그의 반응으로 보면 무언가 상당히 언짢은 것이 있는 듯했는데 휘진은 그것을 알 수가 없었다.

『왜 기분이 안 좋아요?』

『당신 때문에요.』

『나요? 왜요?』

『정말 모르는 거면 봐주고.』

조금 더 언짢은 심기를 표출하려다가 그를 보며 눈만 깜빡이는 휘진을 보고 이든은 심상한 마음을 내려놓았다. 휘진을 알고부터는 언제든, 어떤 상황에서든 좀 더 마음이 깊은 쪽이 물러설 수밖에 없음을 알게 되어 내린 결정이었다.

『내가 옆에 있으면 나만 신경 써줘야죠. 당신만 보는 나를 두고 왜 당신은 다른 걸 생각해요?』

요지는, 휘진이 그를 두고 작업에만 열중을 했기 때문이란 거였다.

『당신이 당신 일에 너무 집중을 하니까 난, 뭐, 좀 모자란 사람 같잖아요.』

확실히 그랬다. 그는 분명 하루를 쪼개고 쪼개서 허투루 쓰는 시간이 없는 사람인데 휘진 곁의 그는 시간이 남아도는 사람이었다. 그래서 하루 종일 그녀만 생각하고, 그녀의 곁에선 그녀의 얼굴만 쳐다보는.

『자꾸 나 못난 남자 만들어요. 일거리 가져와서 당신보다 더 바빠지는 수가 있으니까.』

이든이 불만스런 표정을 지우지 않으며 휘진을 협박했다.

『그리고 나 당신이 나한테 서운하게 한 거 차곡차곡 다 써놨어요. 그것들 하나하나 다 꺼내서 평생 당신 괴롭혀 줄 거야.』

그의 말에 언젠가 저 다음에 나올 말을 들은 듯도 한 느낌이 들어 휘진이 고개를 갸웃거렸다.

『앞으로 아주 조금, 시간을 줄게요. 그 시간만큼만 딱, 이렇게 나를 대해요. 그 이상의 시간을 당신, 나를 이렇게 대하면 난 두고 두고 이걸 빌미로 당신을 괴롭힐 거니까.』

병원에서 들었던 것과 그 뜻이 같은 말에 휘진은 웃음이 나왔다.

그 말을 들었던 그때와, 지금은 그 같은 말이 그녀에게 와 닿는 느낌부터가 달랐다. 이제는 저 말의 의미를, 저 말의 미래를 고민해야 되는 현실이 싫지 않았다.

『한국엔 얼마나 더 있을 수 있어요?』

휘진이 그의 곁으로 가 앉으며 물었다.

『빨리 가라고요?』

하지만 심상한 마음을 내려놓았대도 휘진이 한 질문의 뜻을 알지 못하기에 이든의 말이 곱게 나가지 않았다.

『당신 있는 곳은 너무 머니까.』

『머니까, 어쩌겠다고? 따라온다고?』

휘진의 시무룩한 표정으로 그녀의 마음을 눈치챈 이든이 장난처럼 진심을 말했다.

『아니, 뭐, 아직은 좀 그렇고…….』

휘진이 말끝을 흐리며 발끝을 까닥거렸다.

『아직 힐빔도 작업 중이고, 앨범 사업 끝나면 활동도 해야 되고,

그럼 좀 많이 바쁠 거고.』

휘진은 한국에서 자신만 보고 있는 이든을 그녀가 바쁜 내내 혼자 둬야 한다는 게 마음에 걸렸다. 물론 그도 그 나름대로 한국에서의 일이 있겠지만 휘진에게 보이는 이든은 그의 모든 시간을 자신에게 쏟아붓고 있는 모습이라 그가 일을 하는 모습은 쉽게 떠올려지지가 않았다.

『나랑 같이 못 있을 것 같으니까, 슬퍼요?』

휘진이 바닥을 보는 눈동자를 굴리며 답을 하지 않자 이든은 팔을 뻗어 그녀의 어깨를 끌어안았다.

『당신이 혼자 있을 것 같아서, 솔직히 신경 쓰여요. 당신도 당신 일이 있는데 괜히 나 때문에 아무것도 못 하고 있는 것 같고.』

『해야 할 일은 해요. 중요한 보고는 받고 있으니까.』

『그것만으로 되는 건 아니잖아요. 그냥 평범한 회사원도 아니고…….』

『평범한 회사원이 아니니까 이렇게 당신 곁에 죽치고 있을 수 있는 거죠. 안 잘리고.』

이든의 말에 휘진이 피식, 웃음을 흘리고 그를 돌아보았다. 그래서 마주치는 눈동자가 좋았다.

『대표이사들도 바뀔 수 있잖아요. 너무 일 못 하면.』

『난 일 잘해요.』

『이렇게 오래 자리를 비우는데?』

『책상에 오래 앉아 있다고 공부를 잘하는 건 아니니까.』

이든이 휘진의 눈을 마주 보다 그의 무릎을 손으로 두드렸다.

『이리 와요. 당신 좀 안아보게.』

하지만 휘진은 그의 말에 마주쳤던 눈을 바닥으로 돌릴 뿐 그가 원하는 대로 움직여 주지 않았다.

『치즈가 또 필요한가?』

짙었던 치즈 향에 어지러웠던 그때가 떠올라 휘진은 입술을 말아 물었다.

『향수 연구를 한번 해봐야겠어요. 치즈를 매번 들고 다닐 수는 없으니.』

이든이 말을 하고 바닥을 향한 휘진의 얼굴을 그에게로 돌렸다.

『난 3살 이후의 여자가 좋은데. 자꾸 3살 이전 여자만 할래요? 밉게.』

남자의 눈을 한 이든의 말에 휘진이 장난스럽게 끝을 올린 그의 입술을 쳐다봤다. 치즈가 없어도 충분히 그녀를 어지럽게 하는 사람. 그래서 자꾸 눈앞에 아른거리는 사람. 휘진은 손을 뻗어 그의 목을 끌어안았다. 어느새 감겨진 눈에, 맞닿은 입술에선 치즈 향은 나지 않았다. 그럼에도 충분히 잊히지 않을 긴 입맞춤.

『예뻐요.』

이든이 휘진의 얼굴을 감싸며 낮게 속삭였다. 그에게 수도 없이 들었던 말인데 왜 지금은 예쁘다는 그 흔한 말에 가슴을 간질이는 지. 휘진은 그 간지러운 감정이 들킬까 이든의 가슴에 얼굴을 숨겼다. 두근두근, 그의 심장이 뛰는 소리.

『당신 심장, 빨라요.』

『당신이 이러고 있는데 내 심장이 안 빨라지면 그건 내 심장이 문제 있는 거죠.』

이든이 그의 품에 들어온 휘진을 끌어안으며 힘을 주었다. 그의 턱 끝에서 사각거리는 그녀의 머리카락이 주는 느낌이 좋았다. 부드럽고, 향기롭고, 이렇게 매일을 소중하게 쓰다듬어 주고 싶었다.

『협탁 옆에 크리스털 병을 봤어요.』

그가 얘기하려는 것은 크리스털 병이 아닌 그 안에 담긴 말려진 꽃이었다.

『꽃이 예뻐서 버릴 수가 없었어요.』

사실은 그의 마음이라, 휘진은 그에게 자신의 마음이 흔들린 순간부터 그가 보낸 꽃을 말리기 시작했다. 한 송이의 꽃이 오면 한 송이의 꽃을 말려 차곡차곡 크리스털 병 안에 넣어두었다.

그것은 매일 꽃을 보낸 이든의 청혼에 대한 말로 하지 못한 휘진의 대답이었다.

『다음엔 목걸이를 줄게요.』

『…….』

『그리고 또 그 다음번엔 발찌를 줄 거예요.』

『…….』

『예쁜 왕관을 씌워주고.』

『…….』

『마지막엔 반지를 줄게요.』

이든이 휘진의 머리끝에 입을 맞췄다.

『그렇게 머리부터 발끝까지 나로 채워지면, 나는 당신의 운명이에요.』

휘진은 빠르게 뛰는 그의 심장 소리와 낮게 전해오는 그의 목소리를 들으며 꿈을 꾸듯 눈을 감았다.

❖

　대표의 간섭 없이 전권이 위임된 휘진의 앨범 작업은 순조로웠다.

　중간 중간 매체를 통해 휘진의 앨범 작업 소식을 전하며 그녀의 근황을 알리고, 앨범 발매를 하긴 전 대중의 시선을 끌기 위한 프로모션 행사들도 진행을 하며 바쁘게 보낸 날들. 너무 술술 풀리고, 소속사의 지원이 제대로 이뤄지고 있는 것에 약간의 불안감을 느끼기도 했지만 휘진은 그것이 자신을 통해 소속사가 수익을 낼 수 있는 마지막 기회이기 때문이라 생각했다. 하지만 휘진은 앨범에 수록할 곡들의 선정을 끝내고 녹음에 들어갈 무렵 대표가 왜 아무 말 없이 그녀의 앨범 작업을 승인했는지 그 이유를 알 수 있게 되었다.

　"그러니까. 신 PD. 전부 피처링으로 가자고?"

　지현은 소속사 총괄 프로듀서의 말에 어이가 없어 말도 안 나왔다.

　"이게 소속사 앨범이야? 말이 되는 소리를 해야지 나도 그러려니 하고 넘어가지!"

　"그럼 어떻게 해요. 대표님이 그러라는데."

　"이거, 휘진 씨 정규앨범이야. 미니앨범도 아니고 정규앨범. 신 PD. 정규앨범 뜻 몰라? 뜻 몰라서 지금 이따위 말을 나한테 하는 거야?"

　지현의 날선은 와에 신 PD가 한숨을 쉬며 머리를 긁적였다.

"알죠. 왜 몰라요. 근데 요즘 피처링이 대세잖아요. 랩도 필수고."

"휘진 씨는 피처링도 필요 없고 랩도 필요 없어. 이번 앨범 콘셉트 몰라? 최대한 비트 빼고 내추럴로 가기로 한 거. 그래, 피처링이 대세니까 한두 곡 피처링은 한다고 쳐. 그런데 앨범 수록 선정곡들 어디에 랩 들어갈 만한 노래가 있어?"

"발라드에도 요새는 랩 넣어요. 실장님."

"신 PD. 지금 그걸 나한테 핑계라고 말하는 거야? 내가 지금 장난하는 걸로 보여?"

기어이 지현의 성질이 폭발하고 만 듯 작업실에 울리는 그녀의 목소리가 예사롭지 않았다.

소속사의 총괄 PD부터, 휘진의 작업을 위해 따로 섭외한 메인 PD와 작곡가들까지 나와 자리를 채우고 있는 작업실. 그 한쪽에서 휘진은 말이 없었다. 자신의 노래의 절반을 소속사 신인들의 목소리로 채워야 한다는 사실에 기가 찰 뿐. 이건 명백한 그녀의 앨범을 이용한 신인들 띄우기였다. 어느 정도 예상을 하긴 했지만 이 정도일 줄은 몰랐다.

"매니저."

휘진의 부름에 총괄 PD를 노려보던 지현이 그녀를 돌아보았다.

"가자."

"휘진아."

"알아서 작업하라고 하고, 우린 가. 신 PD님 알아서 하세요. 전 관여 안 할게요."

포기한 듯 휘진이 지현의 팔을 끌고 작업실을 나왔다.

"휘진아. 왜 이래?"

"그냥 뭐."

"하지만……."

"처음부터 이럴 작정이었어. 대표님. 처음부터 앨범 구성 저렇게 하자고 하면 내가 안 할 거 뻔히 아니까. 준비하면서 활동 지원해준 것도, 아무 방해 안 한 것도 다 계산한 거야. 소속사 신인 애들 띄우려고. 여기까지 와서 내가 엎을 수 없는 거 아니까."

이미 앨범 준비와 홍보에 들어간 투자금만 해도 적은 돈이 아니었다. 이제 와 스스로 하겠다고 판 벌인 앨범 작업을 엎는다면 그 과실은 100% 그녀에게 있는 것이 되었다. 소속사는 그들의 역할대로, 계약대로 모든 지원을 했으니까. 신인들의 끼워 팔기야 연예계의 워낙 오래된 관행이라 그 이유를 계약 불이행의 원인으로 들 수도 없는 상황. 소속사와의 계약을 그나마 깨끗하게 정리하기 위해선 억울해도 참는 수밖에 다른 도리가 없었다.

억울해서 참지 않는다 해도 아직은 그녀를 휘두를 수 있는 약점을 대표가 쥐고 있는 한 불리한 건 그녀였다. 그래서 휘진은, 대표의 얕은 수에 타협을 했다. 가수로의 그녀의 자존심도, 발전하고 싶은 꿈도. 분했지만 이번에도 접기로 했다.

휘진은 걱정하는 지현을 보내고 끌어안은 무릎에 얼굴을 기대 우울함을 떨치려 노력했다. 하지만 나아지지 않는 기분과 그녀도 모르게 흘러나온 눈물에 옷이 젖자 휘진은 무릎에 얼굴을 묻고 소리 내어 울어버렸다.

순간했던 것이 잘못이라지만, 그것이 이렇게 누고누고 그녀를 괴롭힐 줄은 몰랐다. 믿음에 상처받은 마음도 아픈데, 그녀의 자긍심과 꿈까지 저당 잡혀 스스로 곤두박질쳐야 하니 가슴을 치고 울어도 답답한 속은 풀리지 않았다.

혼자인 게 너무 힘들었다. 휘진은 눈물 끝에 이든을 떠올렸지만 차마 와달라는 말을 할 수는 없었다. 아무리 힘들어도 이런 모습은 보여주고 싶지 않았으니까. 자신의 눈물에 걱정부터 쏟아내 마음 아파할 것 같았으니까. 한참을 울다 휘진은 눈물을 닦았다. 이렇게 하루 종일을 울어봐야 나아질 리 없는 마음과 상황임을 알고 있었다. 그녀에게 위로가 될 이든을 부를 수도 없고, 어디론가 나가 미친년처럼 난리를 피울 수도 없고. 이런 상황에 휘진이 할 수 있는 것은 제한적이었다.

문득 피아가 떠올랐고 그녀가 있는 섬이 그리웠다. 그때의 편안함도, 그때의 따뜻함도.

"……가고 싶다."

하지만 이든을 통하지 않으면 갈 수 없는 곳이니 휘진은 그 마음을 접고 이불을 뒤집어썼다. 힘들 땐 잠으로의 도망이 도움이 된다고 했으니 섬에 있을 때처럼 잠을 자기로 했다. 푹 자고 일어나면 머리가 개운해지고 기분이 나아지기를.

내려놓는다고 생각처럼 쉽게 그녀에게서 떨어져 나가는 것이 아니지만 돌이키기엔 앞으로 발생할 문제들이 많아 좀 더 먼 미래를 보고 현재를 감내하기로 했다.

엎어진 김에 쉬어간다고 휘진은 대표의 영악한 수로 식어버린 앨범에 대한 열정에 앨범 수록곡들의 편곡 작업이 끝날 때까지 쉬기로 마음을 먹었다.

휘진의 휴식 소식을 제일 반기는 것은 이든이었다. 마음을 주고 받으며 관계의 진전이 있는 지금 일분일초가 아쉬울 만큼 함께 있고 싶은 사람을 일에 **뺏겨야** 했던 것이 이든은 못내 마음에 들지 않았다.

『좀, 과하다는 생각 안 들어요?』

『뭐가 과해요? 내 시선이? 내 관심이? 내 사랑이? 어떻게 과할 수가 있지? 난 모자란데.』

지현도 출입금지를 시키고 새벽 6시부터 휘진의 집에 쳐들어왔던 그는 함께 저녁을 먹는 저녁 6시까지 꼬박 12시간을 휘진의 얼굴을 보고, 휘진의 손을 잡고 그녀의 곁에서 떨어지지 않았다.

『설마, 내가 벌써 싫증난 건 아니겠죠?』

이든이 미간을 구기며 묻자 휘진이 그의 질문이 마음에 들지 않는다는 듯 그를 흘겨보았다.

『여자들은 나쁜 남자 좋아한다면서요. 너무 잘해주면 금방 질려한다던데. 안 되겠다. 나쁜 남자 돼야겠다.』

말을 하며 이든이 휘진의 손을 놓고 누군가에게로 전화를 걸었다. 안부인 듯, 관심인 듯 대수롭지 않은 일상을 주고받는 통화에 이든은 내내 웃음을 보였고 반대로 휘진의 눈가는 가늘어졌다. 잘지내라, 다음에 보자, 라는 말로 통화는 끝이 났고 이든은 곧 다른 번호를 눌러 다시 통화를 했다. 내용은 앞전의 통화와 같은 내용.

『내가 지금 쫓아내 주길 바라는 거예요?』

두 번의 통화를 끝낸 이든을 싸늘하게 쳐다보며 휘진이 먼저 말을 꺼냈다.

『음. 현 여친 앞에서 ┬ 여친과 통화를 하는 남자. 어때요? 충분히 나쁘죠? 내 매력 지수가 조금 올라갔어요?』

이든은 그의 매력을 높이 평가하는 시선이 아닌, 질투가 묻어나는 휘진의 시선에 통화의 목적과, 결과에 상관없이 만족을 느꼈다.

『현 여친 앞에서 구 여친과 통화를 하는 건, 나쁜 남자의 행동이 아니라 개념이 없는 행동인 거예요.』

『개념은 없었어도 현 여친의 질투는 타오르게 했죠.』

이든이 입술을 말아 무는 휘진을 보며 히죽, 웃었다.

『이번에 영화 들어간대요. 당연히 주인공. 잘나가요. 내 구 여친.』

『……..』

『OST에도 참여를 할 거래요. 이 친구가 노래를 좀 잘하거든.』

이든이 계속해서 속 보이는 염장을 질렀다.

객관적으로 아름답고, 섹시하고, 연기 잘하고, 그녀보다 백만 배는 더 잘나가는 이든의 구 여친을 휘진이 이길 수 있는 것은 없었다. 노는 물이 달랐고, 스케일 자체가 비교불가였으니까. 딱! 하나 빼고.

『노래는 내가 더 잘해요.』

염장을 지르는 이든에게 싸우자는 것인지, 사실을 피력하는 것인지 휘진의 눈빛에 강한 의지가 타올랐다.

『알죠. 당신이 노래 잘하는 거. 그 노래가 날 당신 앞에 데려다줬는데.』

이든이 질투가 스민 휘진의 눈을 보며 놓았던 그녀의 손을 다시 잡아 가는 손끝에 입술을 가져다 댔다.

『노래 불러줘요.』

이든이 휘진의 눈을 마주 보며 손가락 끝이 간지럽도록 낮게 속삭였다.

『내가 당신을 처음 본 경연에서 불렀던 노래. 내가 당신에게 운명을 느꼈던 노래.』

휘진은 대기실로 자신을 찾아왔던 그를 떠올렸다. 그녀의 거절에도 상관없다 말하던 사람.

『나중에 그 노래를 찾아봤어요. 가사도 해석을 해봤고. 가사를 알고 나니 그 노래가 더 좋아졌어요.』

아름답지만 슬픈 가사의 노래였다.

『그 노래를 들을 때만 하더라도 당신은 나를 아주 부지런히 밀어냈고, 나는 당신에게 다가가지 못해 처량했으니까.』

『지금은요?』

휘진이 물었다. 그가 그 노래를 듣던 그때와 달리, 지금 휘진은 그가 내민 손을 잡고 있었다. 그 노래의 가사처럼 하고 싶은 말을 바람에 흩날릴 필요도 없고, 그녀에게 닿지 못해 처량히 홀로 남을 필요 없는 지금은, 지금도 슬픈 가사의 그 노래가 좋으냐고 휘진은 물었다.

『가사와 상관없이, 그 노래가 날 당신에게 이끌었으니까. 그 하나만으로 내겐 의미가 있는 노래예요.』

그녀를 놀리는 순간에도. 아니, 그 놀림의 안에도 휘진이 있는 사람. 사소한 것 하나에도 그녀와 관련시켜 의미를 부여하는 사람. 휘진은 그에게 그렇게 소중한 사람이었다.

『다른 노래 불러줄게요.』

그래서 그에게 의미가 있다는 그 노래는 불러주고 싶지 않았다. 그녀의 외면을 받아 그의 마음 같았다는 노래가 당시의 휘진에겐 다른 의미로 상처를 뱉어내지 못해 불렀던 노래였으니까. 그 상처가 지금도 이어져 그녀를 힘들게 하고 있다 해도 이든과 함께인 지금은 그것들을 잊을 만큼 휘진은 행복했으니까.

『그래도 내가 그 노래 불러달라고 고집부리면?』

『안 그럴 거예요. 당신은.』

『확신해요?』

『확신해요.』

『어떻게?』

『당신이니까.』

『…….』

『날 너무 사랑하는 당신이니까.』

휘진이 그의 입술에 닿아 있는 손을 빼내었다.

『내가 싫은 건 강요하지 않을 거니까.』

휘진이 이든의 눈을 가만히 마주 보며 웃었다.

『알아요? 나 당신한테 고마운 거.』

『…….』

『당신 한 사람으로, 따뜻해요. 많이.』

휘진이 손을 뻗어 이든의 목을 감았다. 마음이 의지할 누군가가 있다는 것이 이렇게 힘이 되는 것인 줄 휘진은 너무 오랜 시간 잊고 있었다.

그녀의 현실에 타협을 하며 억울해 울던 순간, 휘진은 이든을 생각했다. 그에게는 그녀의 현실을 보여주지 말자고. 자존심도,

꿈도 이 한 번만 접자고. 인고의 시간이 끝나가는데 괜히 분탕질 쳐 그 시간을 헛되게 하지 말자고.

『당신이 있어서 마음이 평온해요. 그래서 괜찮아요. 모든 게.』

이든은 조용조용 말하고 그의 목에 얼굴을 부비는 휘진의 머리카락을 쓸어주었다.

『예뻐요. 오늘.』

그의 목으로 소리 없이 웃는 휘진의 웃음이 느껴졌다.

『내가 당신 많이 사랑하는 것도 알고, 당신 속마음 얘기할 줄도 알고. 이렇게 예쁘면 내가 참는 게 힘들어지는데.』

이든의 마음이 다시 조급해지려 했다. 기다려야지, 기다려야지. 눌렀던 마음이 휘진이 그를 외면하지 않자 자꾸만 제멋대로 날뛰려 했다.

『노래 불러줄게요.』

그녀를 기다리기 힘들다는 말에 휘진이 그를 달래려 그에게만 들릴 작은 목소리로 노래를 부르기 시작했다. 이든이 한 번도 들어본 적 없는 멜로디와 가사.

Heart beat faster because of you.
당신 때문에 심장이 뛰어요.
I think I got hooked in love.
사랑에 빠진 것 같아요.
I'll be waiting for you.
기다릴게요.
Come to me.

내게 와줘요.

I am your destiny.

나는 당신의 운명이에요.

Please. feel the destiny.

운명을 느껴줘요.

Like me.

나처럼

Heart beat faster because of you.

당신 때문에 심장이 뛰어요.

I think I got hooked in love.

사랑에 빠진 것 같아요.

Can you hold on?

기다려 줄래요?

I'll go to you.

당신에게 갈게요.

You are my destiny.

당신은 내 운명이에요.

I feel the destiny.

운명을 느껴요.

like you.

당신처럼.

휘진의 노래는 이든에게 감동이었다.

손끝이 저려 그녀의 머리카락을 쓰다듬지 못할 만큼, 그녀로 인해 두근대는 심장이 더 빨리 뛰지 못해 멎어버릴 만큼.

그의 마음과 그의 기다림에 대한 그녀의 대답.

『왜 이렇게 예뻐요. 오늘.』

아직은 사랑한다는 말이 어려운 그녀에게 이든이 할 수 있는 말은 이게 다였지만 그 사실마저 지금 그에겐 벅찬 감동이었다.

예쁘다, 예쁘다.

휘진은 이든과 함께 있을 때면 그 말이 주는 의미가 새로워짐을 느꼈다. 한없이 곱고, 한없이 소중한, 너무 큰 의미에 보듬는 것만으로도 벅찬 마음. 그가 하는 '예쁘다'는 휘진에게 그런 뜻이었다.

─나도 바쁜 남자예요. 당신한테 매력 있게 보이려고 오늘은 일만 할 거예요.

매일 아침 들이닥치던 이든을 대신한 그의 메시지였다. 어느 순간에건 이제는 그녀를 웃게 하는 그의 마음에 아침부터 휘진은 웃음으로 하루를 시작했다.

─예쁜 짓 했으니까. 다음엔 발찌를 줄 거예요.

둘에겐 의미가 있는 한 송이 꽃과 함께 온 작은 상자에 담긴 또 하나의 메시지. 휘진은 그 메시지 아래 보이는 가는 줄 끝에 달린 펜던트를 들어 올렸다. 가슴이 벅찬 느낌. 사랑을 받는구나, 그 마음에 휘진의 눈가가 촉촉해졌다.

휘진은 거울을 보며 이든이 보낸 목걸이늘 목에 걸었고 펜던트를 만지작거리며 그를 떠올렸다. 지금쯤 뭘 하고 있을까? 오늘은 일만 한다고 했는데. 그래도 한 번은 전화를 하지 않을까? 이런저런 생각으로 그의 전화를 기다렸지만 오늘은 아침의 메시지처럼 정말 일만 하려는 건지 아무런 연락이 없었다. 곡 작업을 하다 자꾸만 기다려지는 이든의 연락에 집중이 되지 않았다. 집중이 되지 않으니 시간도 더디 가고. 지루함만 늘어가는 탓에 휘진은 작업을 접고 운동을 하기로 했다. 한참을 러닝머신에서 뛰고 있는데 기다리던 전화가 왔다.

『헉, 헉. 여보세요.』

이든은 휘진의 헉헉대는 숨소리에 놀라 자리에서 벌떡 일어났다.

─휘진. 무슨 일이에요? 왜 이렇게 숨이 가빠요? 아파요?

금방이라도 책상을 뛰어넘어 서재를 나갈 듯 이든의 몸에 힘이 들어갔다.

『아뇨. 안 아파요. 운동하고 있어요.』

─운동?

『헉. 헉. 네. 좀 뛰었어요. 플라잉 요가 하려…… 악!』

─휘진!

이든의 부름이 들렸지만 러닝머신에서 미끄러진 휘진은 재빨리 답을 할 수가 없었다.

─휘진! 휘진! 여보세요? 휘진!

『아야. 괜, 괜찮아요. 아우. 아파.』

─왜 그래요? 무슨 일이에요?

『러닝머신에서 미끄러졌어요.』

―미안해요. 운동하고 있는데 전화해서.

러닝머신을 하며 전화를 받은 것은 그녀인데 사과를 하는 것은 이든이었다.

『아니에요. 내가 잠깐 딴생각을 하느라.』

―정말 괜찮아요? 병원 안 가봐도 돼요?

휘진이 걱정되는지 이든의 목소리에 안절부절못하는 걱정이 담겨 있었다.

―갈게요. 기다려요.

『아니에요. 오늘 일한다면서요. 일해요.』

―일보다 당신이 더 중요해요. 만약에 다친 거면 움직이면 안 돼요. 지금 갈 테니까 얌전히 있어요.

휘진이 다쳤을까 걱정되는 마음과 반나절 넘게 못 봤다고 보고 싶은 마음이 겹쳐 운전 실력 제대로 발휘한 이든은 생각보다 빨리 도착해 그녀의 집 초인종을 눌렀다.

『벌써 왔어요?』

휘진은 어느새 샤워를 하고 옅은 화장까지 한 상태로 그를 반겼다.

『괜찮아요? 씻었어요? 그냥 있으라니까.』

이든의 걱정 묻은 목소리가 그녀를 나무랐다.

『안 다쳤어요. 그냥 미끄러져 엉덩이만 좀 부딪쳤어요.』

『엉덩이? 어디요? 봐요.』

이든이 사심 없이 그녀의 엉덩이 쪽으로 고개를 움직이자 휘진이 당황해 그를 밀어냈다.

『어딜 봐요.』

그녀의 밀어냄에 그제야 아차 싶은 이든이 휘진을 보았고 곧 그녀의 새초롬한 눈과 마주쳤다. 그 새초롬한 눈동자가 오늘도 왜 이리 예쁜지. 이든이 능청을 떨었다.

『어딜 보긴. 엉덩이 부딪쳤다면서요. 다쳤는지 보자는 거지.』

『안 다쳤어요.』

『그러니까, 안 다쳤는지 내가 확인해 본다고요.』

『안 다쳤다는데 뭘 확인을 해요. 확인을.』

『내가 확인을. 나는 모르니까.』

이든이 웃으며 휘진의 말끝을 계속 잡았다.

『내가 확인했어요.』

『어떻게? 엉덩이라면서요.』

『엉덩이라고 확인을 못하나? 샤워하면서 확인했어요. 됐어요?』

휘진이 그의 능글맞은 얼굴에 눈을 흘기며 더 이상의 말끝을 잡지 말라는 뜻으로 목소리에 힘을 주었다.

『쓸데없이 부지런하긴.』

『뭐라고요?』

『샤워하면서 힘들게 자기 엉덩일 왜 봐요? 고개 돌려 보기도 힘든 걸.』

휘진은 이든의 말 같지 않은 말에 그를 보며 눈가를 구겼다.

『그냥 있으면 내가 봐줄 수 있는데.』

오늘따라 왜 이렇게 능글능글한지. 휘진은 눈가에 힘을 더 주어 그를 노려봤다.

『얌전히 있으라니까 있지도 않고. 운동하다 딴생각은 왜 해요? 위험하게.』

그녀의 노려봄에 이든이 그녀를 혼내는 것으로 응수했다.

『당신이 전화했잖아요. 그래서, 뭐.』

휘진이 말을 하다 말고 그의 눈길을 피했다.

『왜 피해요?』

『뭘요?』

『내 눈 피했잖아요.』

『언제요.』

『지금.』

『아니에요.』

휘진이 소파에서 시침을 떼며 소파에서 일어나자 이든이 그녀의 손을 잡아 냉큼 그의 옆에 다시 앉혔다.

『무슨 생각 했어요?』

『무, 무슨 생각이라뇨?』

휘진이 말을 더듬었다.

『통화하면서 내 생각했어요?』

『통화를 하면 당연히 생각을 하죠. 통화하는 상대방 생각. 나도 그래서 생각한 거예요.』

『그러니까, 나에 대한 어떤 생각을 했냐고요. 러닝머신에서 미끄러질 만큼 한 내 생각.』

말까지 더듬는 휘진이 수상해 이든이 집요하게 묻자 그의 눈을 피해 이리저리 눈동자를 굴리던 휘진이 슬그머니 그에게 잡힌 손을 빼려 했다.

『어딜! 도망갈 생각 하지 말고. 빨리 말해요. 나에 대한 어떤 생각을 했어요? 말할 때까지 신 놔줄 거예요.』

『그냥 당신 생각이요. 뭘 하나, 바빴나, 일은 다 끝났나. 뭐 이런 생각.』

『그런 건전한 생각을 했는데 지금 도망가려고 해요?』

『도, 도망이라뇨? 내가 언제요? 내가 도망을 왜 가요?』

휘진이 펄쩍 뛰며 시침을 뗐다.

『말 더듬고, 펄쩍 뛰니 더 수상해요.』

이든의 집요한 시선이 그녀에게 계속 머물자 찔린 구석이 있는 휘진이 그와 눈을 마주치지 못하고 불안하게 흔들렸다.

『커피 마실래요? 캡슐 새로 주문했는데.』

『당신 답 듣고.』

이든은 끝까지 물러나지 않았다. 처음엔 그냥 흘리듯 했던 물음이었는데 휘진이 이렇게까지 당황하는 모습을 보이니 궁금함을 참을 수가 없어졌다.

『아니, 진짜 아무 생각 안 했는데…….』

그를 피한 휘진의 목소리가 기어들어 갔다.

『말해요. 어서.』

『…….』

『야한 생각 했어요?』

이든이 장난을 실어 은근하게 묻자 휘진이 정색을 했다.

『아니에요! 날 뭐로 보고! 절대 그런 생각 안 했어요.』

『그럼 무슨 생각 했어요?』

『그냥, 그…… 플라잉 요가요.』

휘진이 말을 하고 눈을 내리깔았다.

플라잉 요가가 뭐라고 그 생각을 하다가 러닝머신에서 미끄러지고, 그가 묻는 답에 정말 무언가가 있는 것처럼 답을 숨겨댔는지 이든은 이해가 가지 않았다.

『플라잉 요가가 왜요?』

이든이 다시 물었지만 휘진은 입을 열지 않았다.

『플라잉 요가 하려고 했어요?』

휘진이 고개를 저으며 고개를 들자 그녀를 보는 이든의 미간이 구겨졌다.

『하아.』

그녀의 한숨과 함께 얼굴에 떠오른 난처한 미소.

『아니, 그게.』

말을 다 끝맺지 못하고 휘진이 입술을 깨물었다.

『당신이 플라잉 요가 하는 게 생각났어요.』

말을 하고 나서 나와 버린 웃음.

『미안한데, 나 정말 궁금해서 그래요. 진짜 플라잉 요가 배웠어요?』

휘진이 이든의 눈을 똑바로 쳐다봤다.

『지현 언니가 지난번에 그랬거든요. 당신 플라잉 요가 배울 거라고 했다고. 내가 파스 주던 날도 당신이 어깨를 자꾸 풀길래. 플라잉 요가 처음 배울 때 원래 어깻죽지가 많이 아프거든요. 그래서 난 당신이 배웠나 하고. 아니죠? 진짜 배운 거 아니죠?』

휘진이 진심으로 안 배웠길 바란다는 뜻으로 이든에게 물었다. 하지만 원래 기대는 실망을 안고 오는 법.

『배웠어요.』

『…….』

『배우겠다고 한 그날 바로.』

『…….』

『당신 말대로 처음엔 어깻죽지가 엄청 아프고 온몸이 근육통에 시달렸어요.』

휘진의 얼굴이 난처함과 당황함과 웃음기로 일그러졌다.

『그럼에도 불구하고 당신이 플라잉 요가를 주로 한다는 말에 꾹 참고 개인트레이너까지 고용해서 열심히 배웠어요.』

그의 말에 휘진의 입에서 요상한 신음이 흘러나왔다.

『생각보다 할 만했어요.』

휘진이 일그러진 표정과 요상한 신음을 세트로 고개를 저었다.

『나 지금은 실크 위에서 잠도 잘 수 있어요.』

『아, 제발요.』

그의 무릎으로 쓰러지는 휘진을 보며 이든이 소리 내어 웃었다.

6. Step by step

자신의 정규앨범이 소속사 신인들 띄워 주기용 앨범으로 전락했지만 미운 것은 대표이지 소속사 후배들이 아니기에 휘진은 최선을 다해 신인들과 합을 맞춰 녹음을 하고 안무 연습을 했다. 점심을 먹고 쉬는 시간. 휘진은 휴대폰을 확인했다. 아침에 통화를 하고 안무실에 도착하자마자 문자를 보냈는데 이든은 아직까지 답이 없었다.

"바쁜가."

앨범 준비로 휘진이 바쁜 탓에 이든도 그녀를 만나지 못하는 시간에 그의 일을 하느라 바빠졌다. 하지만 오늘처럼 연락이 뜸한 날은 없었는데.

"오! 개봉!"

잠잠한 휴대폰을 가방에 넣으니 옆에 있은 낸서가 밝은 얼굴을 했다.

"개봉? 영화?"

"네. 누나. 이거요."

그리고 보여주는 휴대폰 화면엔 휘진이 그다지 반기지 않는 얼굴이 있었다.

"완전 섹시하죠? 난 진짜 돈 모아서 스페인 갈 거야. 스페인 여자들이 딱 내 취향이라니까."

확실히 섹시하기는 했다. 타이트하고 깊게 파진 티를 입어 가슴 볼륨은 극대화된. 흩날리는 머리카락과 마주한 사람을 잡아먹을 듯 강렬한 시선이 느껴지는 휴대폰 액정 속의 영화 포스터. 아무리 따라가려고 해도 이든의 구 여친처럼 극강의 볼륨감은 따라갈 수 없다는 좌절감에 휘진은 기분이 상했다.

"화장빨이야. 사진빨이고 보정빨이고. 넌 이 바닥에 있으면서 이걸 믿니? 네 앞의 나도 사진 찍어서 몇 번 작업하면 여신이야."

"에이. 누나 그건 아니지. 누나가 섹시 쪽으로 가능성은 있지만 이 배우랑은 질적으로……."

"시끄러. 밥 다 먹었으면 연습이나 하지?"

괜히 휘진은 이든의 구 여친을 보고 침 흘리는 댄서가 미워 보여 타박하며 안무실 중앙으로 가 섰다.

"좀 쉬었다가 해요. 평소엔 안 그러면서 연습만 들어오면 사람이 독해져."

"나 너무 쉬었어. 몸 굳은 거 안 보이니?"

"그건 너무 쉬어서 그런 게 아니라 누나 나이가……."

"야!"

여자에게 치명적인 나이를 운운하려는 댄서에게 휘진이 빽하고 소리를 지르자 연습실의 사람들이 모두 소리를 내어 웃음을 터트렸다.

"내 나이가 뭐?"

"누나 나이가 뭐긴? 내년이면 숫자 바뀌는 20대지."

"그래. 아직 나 20대거든!"

휘진이 발끈하자 댄스팀 팀장이 웃으며 음악을 틀었다.

"그런데 그 20대도 앞자리 바뀔 날 한참 남은 20대랑, 얼마 안 남은 20대랑은 차원이 다르다는 게 저놈 말의 요지지."

"야! 너까지 이럴래?"

동갑내기 팀장의 말에 휘진이 눈을 흘기며 그를 쳐다보았다.

"같이 늙어가는 처지야. 나도 서러워. 자자. 빨리 포지션 맞춰. 늙은 휘진이 몸 더 굳기 전에 연습해야지!"

팀장의 확실한 쐐기에 댄스팀이 웃으며 바닥에 널브러졌던 몸을 일으켜 자리를 잡았다.

"어이! 늙다리 20대. 웨이브 좀 제대로 하지? 통짜냐?"

"아! 진짜! 나 라이브 하잖아."

"넌 라이브 할 때도 퍼포먼스 확실히 했잖아. 이제 와 퍼포먼스 설렁설렁 하면 너 대번에 늙어서 그런다는 소리 듣는다."

팀장의 일리 있는 말에 휘진이 한숨을 쉬며 눈을 감았다. 역시, 현실은 녹록치 않았다. 휘진은 무대에서 신을 하이힐로 구두를 바꿔 신으며 실전처럼 연습에 임했다.

쉬는 동안 나름 운동도 하고 유연성도 계속 유지시키고 있었지만 확실히 쉬었다는 것이 티가 나는 깃이 체력이었다. 녹음하고,

안무 연습하고. 활동할 때보다 자는 시간은 아직 많은데 연습이 끝나면 몸이 축나 집에 와서 하는 것은 소파에 늘어지는 것이 먼저였다.

"하아. 이제 진짜 늙었나."

소파에 늘어져 힘이 빠진 팔다리를 느끼며 가방 안에서 울리는 휴대전화를 꺼냈다.

『여보세요?』

―왜 이렇게 늦어요?

번호를 확인하지 않아 누구 전화인가 싶긴 했지만 왠지 이든일 거란 생각을 짧은 찰나에 하기는 했다.

『뭐가요?』

―12시 넘으면 외박인데.

12시를 운운하는 이든의 말에 휘진이 소파에 기댔던 몸을 일으켰다.

『12시 넘어서 들어온 거, 어떻게 알아요? 나 감시해요?』

―설마, 내가 스토커예요?

『스토커 아닌데 어떻게 아냐고요. 연습실 간 다음부턴 연락도 안 했는데.』

이든은 휘진의 말 속에 묻은 의심과 투정을 읽고 낮게 웃음을 흘렸다.

『왜 웃어요? 내가 웃겨요?』

―문이나 열어요.

『이 밤에 문을 왜 열어요? 여자 혼자 있는 집인데.』

―당신 혼자 있으니까 문을 열어야죠.

이든의 말에 무언가 이상함을 느낀 휘진이 현관 쪽을 돌아보았다.

'설마?'

휘진이 답이 없자 이든이 웃음과 함께 목소리를 들려주었다.

―초밥 사서 대기 중이에요.

설마 했던 생각이 맞는 것 같아 뛰듯이 현관으로 간 휘진이 인터폰 화면을 켜자 그가 보였다.

『뭐예요. 언제 온 거예요?』

―당신보다 먼저. 문 안 열 거예요? 초밥의 신선함이 떨어지고 있는데.

휘진은 삐죽였던 입술을 잊고 기분 좋은 웃음을 그리며 현관문을 열려다 손을 멈췄다. 좀 없어 보이긴 했지만 안무 연습을 하는 내내 신경이 쓰였던 것을 확인하고 싶었다.

『구 여친 영화 개봉했던데 꽃다발 보냈어요?』

휘진의 질문에 이든이 웃음을 터트렸다.

『웃지 말고요. 말해요. 꽃다발 보냈어요?』

―안 보냈어요.

『통화는 했어요?』

―안 했어요.

궁금증은 해소가 되어 기분이 좋았지만 휘진은 내친김에 한 가지를 더 물어보았다.

『내 앞에서 통화한 후로? 아니면 오늘?』

―당신을 알게 된 이후로 이성적으로 얽혔던 여자와 통화를 한 건 그때, 친 번이 디에요.

이든의 말에 휘진은 기분이 좋았지만 그 티를 순순히 내기 싫어 일부러 새침을 떨었다.

『음. 왠지 신뢰가 안 가는데.』

―내일 성당 갈까요?

『고해성사 하게요? 그럼 거짓말한 거잖아요.』

―하느님 앞에 경건하게 무릎 꿇고 다시 말해주려고요. 다른 여자와 통화를 한 건 그때가 다였다고.

하느님과 경건함을 들먹이는 것을 보니 사실일 거 같아 휘진은 휴대전화를 귀에 댄 채로 현관문을 열었다.

『질투도 귀엽게 할래요?』

이든이 현관문을 조금만 열고 빼꼼히 얼굴만 내민 그녀를 노려보며 눈을 흘겼다.

이든이 들어올 수 있게 문을 더 열고 몸을 비켜 선 휘진이 '나는 아무것도 몰라요'라는 표정을 지으며 그의 눈을 쳐다보았다.

『왜 3살 이전 여자 버전이에요? 지금은 깊은 밤 시간인데?』

『깊은 밤 시간이니까 3살 이후 여자는 자야죠.』

휘진의 말에 이든이 미간을 구겼다.

『원래 3살 이전 여자가 밤잠이 없거든요. 있다가 당신 가면 새벽에 바톤터치 할 거예요. 이른 저녁에 푹 잔 3살 이후 여자랑.』

가라는 말인지 있으라는 말인지 헷갈리는 이든이 다시 그녀에게 눈을 흘기고 안으로 들어왔다.

『언제부터 와 있었어요? 오래 기다렸어요?』

이든을 따라 소파에 앉으며 휘진이 눈을 휘며 웃었다.

『나 언제 올 줄 알고. 전화나 하고 오지.』

휘진은 기대 없이 보게 된 이든이 좋은지 평소보다 조금 더 들떠 있었다. 그런 그녀가 예뻐 이든은 도시락을 꺼내다 말고 휘진의 입술에 가볍게 입을 맞췄다.

『일부러 전화 안 했어요.』

『일부러 문자도 안 보냈죠?』

이든이 고개를 끄덕이고 휘진은 웃었던 얼굴을 찡그리며 그를 흘겼다.

『오후 내내 보고 싶었어요.』

일부러 전화를 참고 그녀를 애태웠어도 이렇게 결국, 마음을 고백해 버리는 그였다.

『전화 한 번만 해주지 그랬어요.』

이든의 짙은 눈빛과 깊은 마음에 휘진이 눈을 마주치지 못하고 그의 품으로 얼굴을 숨겼다.

『또, 또. 예쁜 짓 자꾸 할 거예요?』

이든의 나무람에 휘진은 기분 좋은 웃음을 흘리며 그의 허리를 끌어안았다. 의지하고 품에 안길 그가 있어서 복잡했던 마음도 한쪽으로 물러나는 기분. 휘진은 그녀의 머리끝에 입을 맞추는 이든의 사랑을 느끼며 한동안 그의 품에 안겨 있었다.

『배 안 고파요?』

『고픈데 참을래요. 살찌면 안 돼요.』

휘진의 말에 이든은 그녀를 품에서 떼어내며 눈가에 힘을 주었다.

『난 글래머가 취향이에요.』

『스페니쉬는 왜 빼요?』

『당신은 스페니쉬가 아니니까.』

따박한 대꾸에 휘진이 이든을 흘겨보았다.

『글래머도 아니지만.』

여자의 가슴에 비수를 꽂는 말. 휘진이 화기애애했던 분위기를 치우며 그를 노려보았다. 아무리 글래머가 아니기로 이렇게 직접적으로 '너는 글래머가 아니다' 라고 하면 기분이 나쁠 수밖에 없다. 특히나 그 말을 연인에게 듣는 여자라면 더더욱.

『그래서, 구 여친 그리워요? 글래머에, 스페니쉬라서?』

이든의 글래머 운운하는 말에 빈정 상한 휘진이 그의 구 여친을 들먹거리며 상한 감정을 숨기지 않았다.

『당신이 있는데 다른 여자가 왜 그리워요? 당신 하나 눈에 담기도 바쁜데.』

『글래머가 취향이라면서요? 나는 글래머 아니라면서요!』

『아닌 건 아니니까.』

끝까지 입바른 말을 하는 탓에 휘진은 뻐끔대는 입으로 대꾸를 못하고 그는 노려봤다.

『여자들 살을 빼면 가슴도 같이 살이 빠져요. 가슴도 지방이니까.』

이든은 아무렇지 않게 가슴을 운운하며 초밥을 하나 집어 휘진에게 내밀었다.

『난 글래머를 좋아하는데 안타깝게도 내가 사랑하는 당신은 글래머가 아니고. 억지로 글래머가 되라는 말은 안 할 테니까 유지만이라도 해줘요. 불쌍한 나를 위해서.』

『당신이 뭐가 불쌍한데요?』

『작아진 당신의 가슴도 난 사랑할 수밖에 없으니까.』

그의 말에 기가 찬 휘진이 막힌 숨을 뱉어내며 고개를 돌렸다.

『운명이 참 기구해요.』

이든의 한스러운 듯한 말에 휘진의 고개가 그를 향해 돌아왔다.

『내 취향도 외국인은 아니거든요!』

휘진이 발끈해 그를 노려보며 말했다.

『그러니까 운명은 공평한 거죠. 당신도, 나도. 우린 각자가 취향이 아니지만 사랑하니까. 하나씩 취향이 아닌 것 퉁쳐서 없는 걸로 하고. 자, 아! 해요. 제발 날 위해서 현재 가슴만이라도 유지해 줘요.』

『당신의 스페니쉬 구 여친. 가슴 성형한 거예요.』

『알아요.』

담백하게 돌아온 이든의 대꾸에 휘진이 당황해 눈을 깜빡거렸다.

『알아요?』

『가슴 성형 수술을 3번 했고, 한 번은 내가 의사를 소개시켜 줬으니까. 친구 중에 가슴 성형 수술을 잘하는 친구가 있거든요.』

『……..』

『그 친구한테 수술 받고 싶은데 예약이 안 된다고 하기에 연락해서 바로 수술 날짜 잡아줬어요.』

휘진은 자신도 성형 수술이 난무하는 연예계에 몸담고 있으면서도 이렇게까지 쿨한 이든의 태도에 적응이 되지 않았다.

『당신은 가슴 성형 수술 하겠다는 말 하지 말아요. 절대 그 녀석 소개 안 해줄 거니까.』

『다른 의사는요?』

『성형 수술 하고 싶어요?』

『아뇨.』

『날 위해서도?』

『날 위해서 하기 싫어요.』

휘진의 단호한 말에 이든이 만족한 듯 다시 웃었다.

『예뻐요.』

『……..』

『당신은 날 위해서 아무것도 할 게 없어요. 당신 그 자체로 난 고마우니까.』

『글래머가 취향이잖아요.』

『스페니쉬도 취향이에요.』

『난 스페니쉬 아니니까 패스했잖아요.』

『당신이 글래머가 아니니까 그 취향도 난 패스예요.』

이든의 말에 휘진이 물끄러미 그를 쳐다보았다.

『난 당신이 취향이에요. 그러니까 당신도 날 취향으로 해요. 나만 당신을 취향으로 하면 억울해.』

『뭐가 억울해요? 내가 운명이라면서?』

『당신은 아직, 내가 운명이 아니니까.』

『……..』

『그래서 아직은 난 당신이 불안하니까.』

이든은 그녀에게 내밀었던 초밥을 다시 도시락에 담고 젓가락을 내려놓았다.

『그래서 당신의 질투가 좋아요. 그래서 늘 확인하고 싶어요. 당신 마음.』

휘진은 아직 자신이 불안하다는 이든의 말에 가슴이 아렸다. 그녀는 이미 그를 마음에 담았는데 다만, 아직 그가 원하는 말 한마디를 하지 않았을 뿐인데 그 하나가 그를 불안하게 만들 줄은 몰랐다. 휘진에게 다가오고, 밀어내도 그 자리에 있길래 이든은 괜찮은 줄 알았다. 그냥 그가 있겠다고 한 자리에 서서 그녀가 믿지 않는 운명을 믿으며 마냥 그녀를 기다릴 줄 알았다. 그녀의 질투가 좋아 연락을 참고, 보고 싶은 마음에 결국은 그녀에게 달려오는 사람. 휘진은 이제는 그만 이든에게 그가 원하는 말을 해주어야 한다고 생각했다. 할 수 있는 말을 참으며 이렇게 그를 불안하게 해 그가 힘든 모습은 보고 싶지 않았다.

『나 심폐소생술 할 줄 알아요.』

휘진의 뜬금없는 말에 이든이 그녀를 쳐다보며 궁금증을 보였다.

『가슴 압박 30회. 인공호흡 2회. 숨을 쉴 때까지 무한 반복.』

휘진이 어느 방송에서 배웠던 대로 심폐소생술의 순서를 그에게 말했다.

『사랑해요.』

『……』

『당신을 사랑해요.』

『……』

『많이. 아주 많이.』

『……』

휘진의 갑작스런 고백에 이든은 아무 말도 할 수 없었다. 그리고 농담처럼 했던 응급 상황이 발생한 듯 숨을 쉴 수가 없었다. 심장은 터질 듯이 뛰는데 뱉어내지 못한 숨에 가슴이 부풀어 손이 떨렸다. 휘진은 자신의 말이 현실이 된 것 같아 이든의 목을 끌어당겨 입을 맞췄다. 그의 숨을 뺏고 다시 숨을 불어넣고 그러기를 몇 번. 휘진은 자신의 머리에 닿는 이든의 손길은 느끼고 안도에 눈을 감았다.

맞닿은 입술에 서로를 오가는 숨, 그 안에 담긴 서로를 향한 사랑. 그 모든 것이 감동이 되어 이든은 휘진에게서 떨어질 수가 없었다. 이렇게 품에 있는 그녀를 놓으면 지금의 모든 감동이 신기루가 되어 사라질까 두려운 마음. 이대로 모든 것이 멈췄으면 하는 간절한 바람에 이든의 심장이 떨렸다.

『눈 떠요.』

그에게 뺏긴 숨에 조금은 가쁜 휘진의 목소리가 들렸다.

『무서워서 못 뜨겠어요.』

두 눈을 꼭 감고 고개를 젓는 이든을 보며 휘진은 이런 남자에게 사랑을 받는 사실이 감사해졌다. 이렇게 소중하게, 이렇게 귀하게 그녀의 사랑을 받아주는 사람을 언제 또 만날까. 이런 사랑을 주는 사람이 이 세상 어느 곳에 또 존재할까. 그 사랑이 고마워 휘진은 눈물이 났다.

『고마워요.』

휘진의 목소리에 담긴 물기에 이든이 눈을 떴다.

『내 마음을 확인해 줘서.』

이든이 손을 들어 휘진의 눈물을 닦아주었다.

『고맙다는 말은 내가 해야 되는데 당신이 하면 어떻게 해요.』

『뭐가 고마운데요?』

『살려준 거?』

이든이 휘진과 눈을 마주치며 웃어 보였다.

『비록 심폐소생술의 순서와 방법은 틀렸지만.』

휘진이 그의 농담에 눈물을 멈추고 웃음을 보였다.

『음. 이거 곤란한데.』

『뭐가요?』

『갑자기 3살 이후의 여자가 나타나서요. 그럼 나도 3살 이후로 수준을 맞춰야 되는데…….』

『그런데요?』

『하아. 밤이 너무 늦었어요.』

하와이에서의 그라면 절대적으로 반가웠을 이 어둠의 시간이 이렇게나 싫어진 것은 오늘이 처음이었다. 날이 밝은 아침이었다면, 아니면 조금은 이른 밤이었다면 그녀가 보여주는 이 마음에 조금은 욕심을 부려봐도 될 텐데.

『가야 해요.』

이든이 왜 간다는 말을 하는지 휘진은 알고 있었다. 아직은 조심스러운 그녀를 지켜주기 위한 마음. 그래서 더 보내기 싫고 그래서 더 기대어 어리광을 부리고 싶은 마음.

이든이 아쉬움이 가득한 표정으로 휘진에게 얼굴을 숙였다. 휘진이 수줍은 듯 눈을 내리깔고 닿아오는 이든의 입술을 느꼈다. 부드러운 입술이 닿고, 촉촉한 숨결이 섞이고 어느새 그와의 키스에 빠져들어 휘진은 머리가 어지러워졌다. 숨을 빼앗기고 생각을 빼앗기고. 그와 입술을 맞닿고 있는 지금은 휘진에선 온통 그만이 전부였다.

　기댈 수 있는 너른 가슴이 좋았고 무너지지 않게 잡아주는 손길이 좋았다.

　가쁜 숨을 쉴 수 있게 입술을 뗀 이든이 눈을 감은 휘진의 얼굴을 내려다보았다. 그의 품에서 오르락거리는 가슴과 붉어진 입술이 그의 시선을 자꾸 끌어당겼다. 이렇게도 욕심나는 여자. 어서 빨리 이 여자의 모든 것이 그의 것이 되었으면. 이든은 누르지 못한 욕심으로 다시 휘진의 입술을 머금어 아프지 않게 깨물었다. 조금 전의 키스보다 거친 듯 그녀에게 파고드는 이든을 휘진은 밀어내지 않았다. 더욱 강하게 끌어당기고, 더욱 틈 없이 매달리고 연인의 키스는 깊어졌다.

　『내 눈 좀 더 봐줘요.』

　그의 말에 휘진이 그를 마주하지 못해 내리깔았던 눈을 들어 올렸다. 어느새 짙어진 그의 눈동자. 늘 차가운 색이라 생각했던 그레이블루가 지금은 뜨거워 보였다.

　『이렇게 내 품에 좀 더 있고, 내 애 좀 더 태우고.』

　이든이 그의 손에 담기는 휘진의 얼굴을 감아 부드럽게 쓸었다. 휘진에게 이마를 부비며 이든이 그녀의 입술에 짧게 입을 맞추었다.

　『내 마음 좀 더 알고, 내 기다림도 더 알고.』

　짙어진 눈동자에 서리는 목마름에 휘진은 손을 들어 그의 눈가를 조심스레 만졌다. 그녀의 손목에서 짧게 흔들리는 팔찌가 반짝였다. 휘진은 이든의 목을 감아 그의 얼굴을 끌어 내렸다.

　『조금만 더, 있다가 날 보내요.』

어느새 잠겨 버린 목소리로 이든이 휘진에게 부탁했다.

『휘진 씨. 액세서리 바꿔야 되는데.』

본격적인 활동이 시작되고 무대 준비를 하면서 코디가 휘진에게 퍼포먼스에 어울리는 액세서리를 내밀었다. 휘진은 이든이 준 팔찌, 귀고리, 목걸이, 발찌. 이 4개를 항상 하고 다녔고 액세서리를 바꿔야 하는 경우가 오더라도 이 중 하나는 꼭 몸에 착용을 하고 있었다. 하지만 대부분 눈에 보이는 액세서리는 무대마다 교체를 했기에 휘진이 요즘 몸에서 떼지 않는 것은 활동을 시작하기 전 이든이 채워준 발찌였다.

—발찌의 의미는 알고 있죠?

휘진의 발목에 채워진 발찌를 쓰다듬으며 이든이 했던 말.

—문장이 새겨진 발찌는 소유를 뜻해요. 이 발찌엔 내 문장이 있고 그건, 당신은 내 것이라는 뜻이에요.

그 말을 하던 이든의 눈빛이 아직도 생생하게 기억났다.

—당신의 사랑은 나한테 그런 뜻이에요. 당신은 내 것이라는 거.

그 말이 주는 무게에 그가 잡았던 발을 빼내려 하자 이든은 그것을 허락하지 않았다.

—못 물려요. 절대 안 물려줄 거예요.

고집스레 잡고 있던 발을 내주지 않던 남자. 그리고 그녀를 보던 시선에 담긴 오롯했던 소유욕. 그리고 이든은 그녀의 발등에 입을 맞추었다.

그날의 기억을 떠올리며 미소 짓던 휘진은 그녀의 무대를 위해 바쁘게 움직이는 사람들을 보며 그가 준 다른 액세서리를 뺀 작은 상자에 소중하게 담았다.

"휘진 씨. 준비됐어?"

지현이 다가와 묻자 휘진은 자리에서 일어나며 자신만만하게 웃었다.

"준비는 언제나 돼 있지."

다시 뮤즈가 될 시간. 휘진은 댄스팀과 파이팅을 외치며 스포트라이트가 비추는 무대로 올라갔다. 그녀의 등장으로 홀 가득 울리는 환성. 그 환성이 주는 짜릿함에 휘진의 온몸에 소름이 돋았다. 음악은 시작되었고 휘진은 그녀를 환호하는 팬들을 보며 노래를 불렀다.

앨범의 전체적인 컨셉은 미디엄 템포의 발라드였지만 대표의 강요 아닌 강요로 타이틀곡은 그녀의 전매특허인 퍼포먼스가 강조된 빠른 비트의 댄스음악이었다.

컴백 준비를 하며 연습실에서 땀을 흘린 만큼 온몸에 익혀진 강렬하고 아름다운 몸짓으로 무대를 사로잡았다. 숨이 헐떡일 정도로 빠르게 춤을 추면서도 음 하나 놓치지 않고 아름다운 목소리를 뽐냈다. 이렇게 사람들이 그녀에게 집중하는 시간. 그리웠던 스포트라이트는 밝았고 휘진은 그 빛 속에서 찬란한 뮤즈가 되었다.

확실히 활동을 할 때와 하지 않을 때의 휘진의 위상은 달랐다. 매일매일 쏟아져 나오는 기사의 메인 화면엔 늘 휘진이 있었고 어디를 가든 그녀의 노래가 흘러나왔다. 과거 파워풀한 퍼포먼스에

치중을 했던 앨범과는 달리 이번 앨범에선 인위적인 힘을 뺐지만 그녀의 장점인 퍼포먼스와 깨끗하고 힘 있는 보컬은 그대로 살려 휘진의 내추럴함을 부각시켰다. 다만, 앨범에 수록된 노래들마다 한 곡을 온전히 그녀의 목소리로 채우지 않았다는 것에서 팬들의 불만이 불거지긴 했지만 그래도 몇 년을 기다렸던 휘진의 정규앨범이라 반응은 뜨거웠다. 역시 석휘진이란 말을 해도 듣는 이가 고개를 끄덕여 수긍할 정도로 그녀의 자리는 건재했다.

휘진이 스케줄 짬짬이 보내는 짧은 문자와, 스케줄이 끝나고 파김치가 되어 침대에 쓰러지기 직전 하는 짧은 영상통화가 이 며칠 이든이 휘진의 근황과 모습을 확인하는 것의 다였다. 하지만 그것으로 모자란 이든은 지현에게서 받는 그녀의 스케줄로 휘진의 하루를 파악하고 그녀에게 붙여두었던 가드들에게서도 별도의 보고를 받아 휘진의 안위를 챙겼다.

오늘도 휘진이 사전 녹화 전에 짧게 보낸 문자를 끝으로 그녀와 연락을 주고받지 못한 이든은 잠시 그녀에 대한 생각을 접고 그의 일에 몰두했다.

빠른 속도로 정리된 보고서를 읽고 회사의 나머지 현황을 확인하던 이든에게 소속사 대표의 행동을 감시하던 닉이 비합법적인 방법으로 손에 넣은 하나의 리스트를 내밀었다. 제이슨이 가져온 리스트는 대표와 거래를 한 브로커가 정리해 놓은 연예인들의 스폰 일정이었다.

『대표가 아주 신이 났습니다.』

휘진이 활동을 시작하며 노출이 많이 될수록 다시 그녀에게 몰리는 원치 않는 시선들도 있다. 이든은 일을 하면서도 예의수시

해야 할 부분에 대해서 신경을 쓰고 있었기에 하루 걸러 하나씩 보고되는 언짢은 사실들을 모두 알고 있었다. 그렇기에 닉이 건넨 리스트는 이든의 얼굴을 험악하게 일그러뜨리기에 충분했다.

『레이디의 활동을 기회로 대표가 작정을 했습니다.』

휘진의 앨범 수록곡들이 각종 음원 차트에 줄을 세워 순위에 오르자 앨범에 참여했던 신인들을 띄우려 했고 그 신인들을 세울 수 있는 무대라면 휘진의 출연료를 깎아서라도 무리하게 일정을 잡았다. 심지어는 섭외 담당자들에게 뒷돈을 쥐어주면서까지 휘진의 단독 무대를 신인들과의 콜라보로 바꿔 버린 전황도 있었다.

『여기저기 찔러주는 돈이 필요하니 그 돈을 충당하려고 소속사 연예인들에게 스폰서를 연결하고 있습니다. 그리고 그들에게 투자금 명목으로 자금을 받았고요.』

『휘진의 이름이 있는 건?』

『자료를 제공한 브로커의 말로는 레이디를 상대로 지목한……..』

제이슨은 말을 끝내기도 전에 닿는 이든의 사나운 시선 때문에 조용히 입을 다물고 고개를 숙였다.

『누구야?』

리스트에 휘진의 이름이 있었기에 그녀를 지목한 이들에 대한 조사는 이미 끝나 있었다.

『둘 중 하나는 이전에 보고드린 리스트에 있는 자이고, 나머지 하나는 중국 쪽의 재력가입니다.』

하다하다 이젠 한국을 넘어서 외국인으로까지 범위를 넓히는 대표였다.

『향후 중국 진출을 위해 중국 쪽 자금도 끌어 모으고 있습니다. 중국에서 그나마 인지도가 높은 레이디를 내세워서.』

제이슨은 차마 이든의 얼굴을 볼 엄두가 나지 않아 숙인 고개를 끝까지 들지 않았다.

『소속사와의 계약이 곧 만료가 되지만 계약금을 올려주면 재계약에 문제가 없다. 향후 중국에서 전면적인 활동을 할 계획에 있고 이미 일본에서도 성공해 큰 인기를 끌었던 것처럼 중국에서도 큰 인기를 끌 것은 예견된 일이다. 그 명목으로 투자 권유를 하고 있습니다.』

철저하게 휘진을 돈벌이의 수단으로만 생각하는 대표의 행동에 이든은 분노가 치밀었다. 치솟는 분노를 억지로 누르며 리스트를 노려보던 이든은 휘진의 이름 옆에 써 있는 숫자를 보고 의아함이 들었다.

『이름 옆에 써 있는 숫자, 날짜 같은데.』

이든의 말에 제이슨이 다가와 리스트를 확인했고 그의 말이 맞다는 뜻으로 고개를 끄덕였다. 그러다 흠칫 놀라 몸을 굳힌 건 그 숫자를 날짜로 배열하면 오늘이었기 때문이었다.

『레이디의 스케줄에 특이점은 없었습니다.』

제이슨이 지현에게 받은 휘진의 스케줄을 떠올렸고 닉이 출력한 스케줄표를 찾아 이든에게 건넸다. 이든은 건네받은 스케줄표를 꼼꼼히 살폈고 의심이 가는 스케줄을 찾아냈다.

『오늘 저녁 7시에 호텔에서 기업 공연이 있어.』

『대규모 기업 행사에 가수 섭외는 필수니까요. 특히나 대기업의 경우 행사 시점에 가장 핫한 연예인을 가장 먼저 섭외합니다.』

『둘이 이전 리스트에 있던 자들이라고 했지?』

『신성과 DNK입니다.』

제이슨의 답을 듣고 닉이 지현에게 전화를 걸어 6시에 잡혀 있는 기업공연에 대해 물었다.

—DNK그룹이에요. 한마음 대축제라는 직원 행사요. 조금 있다 이동할 거예요.

『알겠습니다.』

전화를 끊은 닉이 그에게서 눈을 떼지 않는 이든의 시선을 마주하고 고개를 끄덕였다.

『DNK입니다.』

이든의 손에 힘이 들어갔다.

『스케줄이 끝났고 조금 있다 그쪽으로 이동할 예정이랍니다. 보스. 어떻게 할까요?』

이대로라면 휘진은 대표의 계략으로 그녀와 스폰서 관계를 원하는 자와 원치 않는 만남을 가져야 한다. 이든은 지현에게 전화를 걸었다.

—무슨 일이에요?

『저녁에 잡혀 있던 기업행사 스케줄. 누가 잡은 겁니까?』

—소속사요.

지현의 답에 이든이 조용히 고개를 끄덕였다.

『지현 씨가 따로 확인을 한 겁니까?』

—행사 계약서만 확인을 했어요. 그쪽 담당자와의 통화는 로드 매니저가 했고요.

지현은 이든이 묻는 말에 답을 하면서 왜 그 스케줄에 대해 묻는 것인지 의문이 들었다. 그리고 바로 잡히는 감. 지현의 표정이 일그러졌다.

―혹시, 그 스케줄. 대표님과 관련 있는 거였어요?

이든이 직접 확인을 할 정도면 그 가능성이 매우 높다는 것이었다.

―계약서 확인했는…….

지현이 말을 하다 입을 다물었다. 대표가 꾸미던 일은 늘 뒤에 일어났다. 휘진이 아무것도 모른 채 그 자리에 나오도록. 계약 기간 만료를 앞두고 마지막까지 휘진을 그런 자리로 내몰아 이용하려는 대표의 행동에 지현이 치를 떨었다.

『과로로 입원시켜요. 나머진 내가 알아서 할 테니까. 그리고 활동 그만하는 걸로 설득하세요.』

―그건…… 일단, 알았어요.

지현과 전화를 끊고 이든은 한국에 있는 동안 차근히 준비했던 일을 진행하기로 결정을 내렸다.

『DNK 작업 어디까지 진행됐어?』

『차명으로 주식 5% 추가 매입 완료했습니다.』

『그동안 산 주식들 한꺼번에 매도해서 주가 떨어뜨려. 은행 쪽 대출 연장 막고. 레이더스(기업사냥꾼) 투입해.』

『적대적 M&A 진행입니까?』

『마음대로 하라고 해. 통으로 넘기든 찢어서 팔든. 아예 폐업신고를 해버리든. 최대한 빨리 처리하게 레이더스에게 자금만 대 줘.』

심기가 상할 대로 상한 이든이 두고 보던 일을 결국 진행시켰다. 언젠가는 이리될 일이었지만 직접 나서지 않고 레이더스를 투입한다는 것은 작정하고 회사를 분해시켜 버리겠다는 뜻이었다. 그냥 조용히 있었으면 타격을 입더라도 회사는 유지될 수 있었을 텐데 여자에 대한 욕심이 화를 불렀다.

❖

이든을 통해 돌아가는 상황을 알게 된 지현은 차에 타려는 휘진을 잡고 귓속말을 했다.

"대표가 일 꾸몄어. 차에 타면 바로 눈 감고 절대 눈 뜨지 마. 너 과로야.』

휘진은 순간 몸을 굳혔지만 이내 아무렇지 않게 차에 타 지현이 시키는 대로 눈을 감았다. 그리고 차에 탄 스태프들 모두가 이동 중의 휴식을 취하고 있을 때 지현은 휘진의 몸을 흔들었다.

"휘진아."

"……."

"휘진아?"

"……."

몇 번의 부름에도 휘진은 지현이 시킨 대로 의식을 잃은 척 눈을 뜨지 않았다.

"휘진아! 눈 좀 떠봐. 휘진아! 휘진아!"

"실장님. 무슨 일이에요?"

"휘진 언니 왜 이래요? 언니 쓰러진 거 아니에요?"

차 안의 스태프들이 지현의 다급한 목소리에 하나둘 눈을 떴다.

"형진아. 차 돌려."

"네? 차를요?"

"병원! 병원으로 가. 휘진이 쓰러졌어."

"그럼 지금 스케줄은요?"

로드매니저인 형진이 룸미러로 뒤를 보며 말하자 지현의 눈초리가 사나워졌다.

"휘진이 쓰러졌는데 스케줄은 무슨 스케줄이야? 정신도 못 차리는 애가 어떻게 무대에 서? 너 제정신이야?"

지현의 호통에 어쩔 줄 모르는 형진은 난감한 표정으로 차를 돌렸다. 병원에 도착을 하니 미리 연락을 받아 대기하고 있던 의사들이 휘진을 데리고 들어가고 어떻게 알았는지 아는 기자 하나가 다가왔다.

"이 실장님."

"김 기자. 잘 있었어? 여긴 어쩐 일로?"

안면 있는 기자가 다가오자 지현이 웃는 낯으로 알은체를 했다.

"휘진 씨는 어때요? 쓰러졌다면서요?"

"빨리도 들었다. 우리도 이제 막 병원 도착했는데."

"누가 제보를 해서요. 긴가민가했는데……."

아마도 제보는 이든이 한 것 같았다.

"아! 사생팬인가 보다. 쫓아오는 거 같더니."

"힘들 만도 하죠. 컴백해서 엄청 바쁘던데."

"그렇지 뭐."

"석휘진 씨 보호자분."

"아, 네. 저요. 김찐민."

지현이 휘진의 보호자를 찾았던 의사에게로 가자 김 기자도 은근슬쩍 그녀를 따라붙었다. 지현은 김 기자가 따라오는 것을 알면서도 모르는 척 의사에게 휘진의 상태를 물었다.

"과로입니다. 체력이 무척 약해져 있어요. 당분간은 입원해서 휴식을 취하는 게 좋을 것 같습니다."

"입원이요? 며칠이나……?"

"글쎄요. 최소 일주일 이상은 쉬어야 합니다. 할 수 있으면 더 길게 쉬는 게 좋고."

"일주일씩이나. 휘진 씨가 좀 바빠서……."

"바빠도 저 상태로는 일상생활은 불가능합니다. 체력도 체력인데 지금 환자분 빈혈 수치도 상당히 낮게 나왔어요. 백혈구 수치도 기준보다 30% 이상 높게 나왔고요."

"배, 백혈구요?"

"놀라실 건 없어요. 백혈병 이런 건 아니고. 체내 염증수치가 높으면 백혈구 수치도 높게 나오는데 이게 곧 면역과 직결이 되는 겁니다. 석휘진 씨 현재 상태가 과로로 인해 체력 저하, 면역력 저하, 빈혈 수치 저하. 뭐. 이런 복합적인 상태로 지금 휴식을 취하지 않으면 나가자마자 다시 쓰러져서 오늘처럼 실려 오실 거예요."

"……."

"피로도가 상당했을 텐데. 그걸 참고 활동을 하셨다니. 석휘진 씨 상태는 하루 종일 휴식을 취해도 2~3시간 움직이면 다시 피로를 느끼는 그런 상태예요. 체력이 아주 방전된 상태라 어지간한 휴식으론 단기간에 회복하기 힘듭니다."

의사에 말이 진실인지 아닌지는 모르겠지만 일단, 의사가 하는 말이라 지현은 걱정 가득한 얼굴로 고개를 끄덕였다.

"일단 입원 수속 밟으세요. 이 상태로는 석휘진 씨 퇴원은 불가입니다. 이게 주치의의 소견입니다."

"네. 알겠습니다."

지현이 순순히 휘진의 입원에 동의를 하자 김 기자는 의사의 말을 몰래 녹음하던 녹음기를 껐다. 일단 아무도 휘진의 입원을 모르니 빨리 기사를 작성해야 한다는 마음이 급해졌다.

"휘진 씨 큰일이네요. 컴백해서 활동한 지 얼마나 됐다고."

"그러게. 앨범 준비부터 엄청 공을 들였거든. 오랜만에 정규앨범 낸다고. 밤새서 곡 작업하고, 안무 연습하고. 하아. 그래 봐야 뭐 해. 연습하다 체력 다 빼고. 좀 적당히 하라니까."

"네. 휘진 씨 지금 얼굴도 못 보겠네요. 몸조리 잘하라고 전해주세요. 실장님이 어련히 잘 챙기시겠지만. 전 이만 가볼게요."

"그래. 김 기자. 휘진이 보고 가면 좋을 텐데."

지현이 김 기자를 보내고 휘진의 입원수속을 했다.

"저기, 실장님. 대표님 전화요."

로드매니저인 형진이 난감한 표정으로 휴대폰을 내밀었다. 지현은 한숨을 쉬고 형진이 내민 휴대폰을 받았다.

"네."

—어떻게 된 거야? 멀쩡하더니 왜 갑자기 쓰러져?

"무리했어요. 그간. 준비부터 활동도."

받자마자 대표의 고함 소리가 귀를 때렸다.

—무리리도 힐 긴 애아지. 갑사기 스케술 취소하면 어쩌자는 거

275

야? 스케줄 취소하면 위약금이 얼만지 몰라? 그 손해를 어떻게 책임질 거야?

사람이 무리를 해서 쓰러졌다는데 위약금을 걱정하는 대표에게 지현은 욕지기가 올라왔다. 정말 이것도 사람이라고 인간 취급을 해줘야 하는 건지. 지현은 이런 인간과 인연을 맺고 몇 년을 같이 일을 했다는 게 사람으로 부끄러워졌다.

"누구는 쓰러지고 싶어서 쓰러졌어요? 쓰러질 만큼 힘들었으니 쓰러진 거죠."

—됐고. 언제 퇴원해? 내일은 스케줄 가능해?

"아뇨. 최소 일주일 이상은 입원해야 해요."

—일주일? 미쳤어? 일주일이면 스케줄이 몇 개야?

"그럼 어떻게 해요? 의사가 최소 일주일 동안은 퇴원 불가라는데. 휘진이 데리고 억지로 병원 탈출이라도 해요?"

악에 받친 지현의 고함에 대표도 일순 말문이 막혔는지 아무런 말이 들리지 않았다.

"휘진이 지금 병실로 옮겨야 해요. 전화 끊을게요."

지현은 이를 악물고 대표와의 통화를 끝냈다.

"쓰레기 같은 새끼."

대표를 향한 욕설을 뱉어내며 속을 다스린 지현은 표정이 굳어 있는 스태프들을 돌아보며 한숨을 쉬었다. 이런 인간 밑에서 같이 일을 하는 그들에게도 동정심이 들었다.

"여긴 내가 있을 테니까 일단, 퇴근들 해."

"실장님. 괜찮으시겠어요?"

메이크업 코디가 지현을 걱정했다. 소속사 내에서 대표와 가장 반목이 심한 것이 지현임을 아는 탓이었다. 이렇게 부딪히고 나면 대표가 어떤 걸 꼬투리 잡아 지현을 괴롭힐지 걱정이 되었다.

"내 신경은 쓰지 말고. 당분간 휘진이는 활동 못 할 거니까 다른 애 매칭되기 전까진 좀 쉬어."

스태프들이 지현의 말에 고개를 끄덕이고 병원을 나갔다. 지현은 휘진을 병실로 옮기고 병실문을 단단히 닫았다.

"언니. 괜찮아?"

병실 문이 닫히고야 눈을 뜬 휘진이 어두운 표정의 지현을 보고 물었다. 그녀야 시키는 대로 정신을 잃은 척하고 있으면 됐지만 이후의 일은 모두 지현이 처리를 했기에 그녀의 고충은 보지 않아도 알 수가 있었다.

"안 괜찮으면? 네가 대표 그 새끼 좀 족쳐줄래?"

표현이 거친 것을 보니 대표가 또 지현의 심기를 뒤집어놓은 듯했다.

"뭐래?"

"뭐래긴. 거품 물지. 사람이 쓰러졌다는데 위약금부터 걱정하더라. 그게 인간이니?"

그러고도 남을 대표기에 휘진은 서운한 맘이 들지도 않았다.

"그런데 어떻게 알았어?"

"후우."

지현이 답을 피하며 한숨을 쉬었다.

"언니."

"……."

"언니."

"……이든이 알려줬어."

그녀의 재촉에 입을 연 지현의 말에 휘진이 미간을 구겼다.

"뭐, 대강은 눈치챘겠지. 전에 골프장 일도 있고."

"……."

"어떻게 알았는지는 모르지만 아까 전화 왔더라고. 일단 자리는 피하게 과로로 입원시키라고."

"……."

휘진은 비참한 기분에 한숨도 나오지 않았다. 이든에게만은 이런 모습은 들키고 싶지 않았는데. 한동안 잠잠해서 이제 그쪽으론 포기를 한 줄 알았는데 아니었다는 사실에 휘진의 얼굴이 굳어졌다. 겨우 아물던 상처가 다시 벌어지는 듯 휘진은 마음이 쓰렸다.

"너 활동을 하니까 다시 달려드는 거지. 대표는 이때다 하고 설치는 거고."

휘진은 몰려드는 모멸감에 손이 떨렸다.

"활동 접자."

지현은 휘진이 받아들이기 힘든 말을 꺼냈다.

"그동안 얼마나 활동하고 싶어 했는지 누구보다 내가 더 잘 알아. 맘에 들지 않는 이 앨범에도 애정을 갖고 있는 것도, 그래서 열심히 하는 것도. 만족스럽게 활동한 건 아니지만 그래도 아직 건재한 건 알렸고 다음을 기약할 수 있잖아. 이 앨범은 여기서 접자."

휘진이 힘든 시간을 곁에서 지켜봤기에 그녀의 속을 누구보다 잘 아는 지현의 말이라 휘진은 아무 말도 할 수가 없었다. 휘진이 서운할 말임을 알면서도 할 수밖에 없기에 꺼낸 말이고 그녀를 지켜주기 위해 내린 결정임을 알기에 나오는 건, 억울하게도 눈물뿐이었다.

"대표는 어떻게 할 건데? 내 이름 팔아서 신인들 띄우려고 앨범 제작 지원한 거야. 내 출연 빌미로 소속사 애들 프로그램에 다 꽂았고 아직 걔네들 녹화도 안 떨어졌어. 여기서 내가 활동 접으면 그 애들 프로그램 다 취소될 거고 대표는 투자금 회수도 못 해. 손해 보고 가만있겠어?"

"네가 소속사에 돈 안 벌어다 줘서 대표가 저러는 거 아니잖아."

지현의 뼈 있는 말에 휘진의 눈동자가 흔들렸다. 휘진이 지금의 소속사로 이적을 하고 나서 대표는 회사의 규모를 키울 수가 있었다. 그녀의 이름값으로 추가 연예인들을 영입하는 게 수월해졌고 휘진이 활동을 할 땐 신인들을 끼워 그들의 인지도를 높이는 밑거름으로 이용했다. 휘진과, 휘진을 이용해 성장시킨 연예인들로 소속사는 연예계를 대표하는 엔터테인먼트사가 되었다. 그것만으로도 휘진은 소속사에 그녀가 할 도리는 다한 셈이었다.

"그래도 아직 3개월이나 남았어. 지금 활동 접어도 뮤직비디오랑 음원으로 당분간 수익 활동은 가능해. 활동이 좀 아쉬워도 그냥 여기서 끝내는 걸로. 알았지?"

지현이 휘진과의 대화에 마무리를 지으며 동의를 구했다. 그리고 휘진이 마지못해 고개를 끄덕이자 그녀의 손을 한 번 잡아주고 병실을 나갔다.

지현이 가고 혼자 남은 휘진은 마음이 복잡했다. 대표의 방해가 있었고 그로 인해 겪었던 어려움과 짐제기로 그녀 스스로도 위축

되었던 몇 년. 마음을 다잡고 그리웠던 무대로 돌아와 모처럼 에너지 넘치는 하루하루를 보냈는데 그 시간을 여기서 끝내야 한다는 게 아쉬웠다. 무거운 한숨을 쉬며 삭막한 병실을 둘러보다 휘진은 문득 이 병실이 익숙하다는 느낌이 들었다.

"잠깐만, 여기……?"

그녀의 기억이 맞다면 이곳은 몇 달 전 대표의 수작을 피해 입원을 했던 그 병실이었다.

"하긴. 이든이 준비를 했다니까."

휘진은 좀 전까지 삭막했던 병실이 다르게 보여 다시 한 번 찬찬히 둘러보았다. 기억 속 그때처럼 모든 것이 그 자리에 있는 것이 반가웠다.

"이 위에 꽃만 있으면 그때랑 똑같을 텐데."

휘진은 병실 베드 옆 협탁을 보며 매일 이든이 직접 건네주던 라넌큘러스를 떠올렸다. 매일매일 한 송이가 모이고 모여 아름드리 화려한 꽃밭을 만들었던 그의 마음이 담겼던 꽃.

지금도 매일 의미가 담긴 꽃은 그녀에게 배달되고 있었다. 집에 있는 시간이 적어 직접 받을 수 없기에 그 꽃은 그녀의 현관에 대롱대롱 매달려 피곤에 지친 그녀를 마중해 주었다. 바쁜 탓에 자주 연락을 하지 못하고, 짧은 영상통화로 얼굴만 겨우 보는 요즘 휘진에겐 그의 한결같은 마음을 전해주는 증표 같은 것이었다. 이미 그의 앰블럼이 있는 액세서리가 휘진의 몸을 감싸고 있었지만 꽃을 받을 때의 느낌은 늘 새롭고 반가웠다.

"보고 싶다."

휘진은 문득 이든이 그리워졌다. 그래서 휴대폰을 찾아 이든에게 전화를 걸었고 희한하게도 병실 문 밖에서 희미한 휴대폰 벨소리가 들렸다.

"……?"

점점 더 커지는 벨소리와 열리는 병실 문. 그리고 보이는 한 사람.

『이든.』

휘진이 믿을 수 없는 듯 웃으며 그를 불렀다. 이든은 가까이 다가와 휘진의 손을 잡았다.

『잠깐만. 당신 옷이…… 왜 그 옷이에요?』

『우리 커플 옷? 마음에 들죠?』

휘진은 이든의 옷과 자신이 입고 있는 옷을 번갈아 보며 미간을 찌푸렸다.

『커플 옷 마음에 안 들어요?』

『마음에 들고 안 들고를 떠나서, 뭐예요? 당신도 입원한 거예요?』

『네.』

『그때처럼 또 꾀병이에요?』

『그때는 상사병이었고 꾀병은 지금이죠.』

한 점 부끄러움이 없다는 듯 꾀병 입원에 대해 이든은 당당했다.

『그때처럼 이 병동 전체 전세 냈어요.』

『우와. 그럼 당신은 옆 병실이겠네요. 지난번처럼.』

휘진의 장난을 담은 말에 이든이 웃으며 고개를 끄덕였다.

『하지만 지난번 입원했을 때처럼 굴면 안 돼요.』

그의 말에 휘진은 그를 밀어내기만 하던 그때의 자신을 떠올리고 이든에게 미안한 표정을 지었다.

『거봐. 내가 그랬잖아요. 나중에 나한테 엄청 미안해질 거라고.』

『그리고 당신이 두고두고 나 괴롭힐 거라고도 했는데. 진짜 그럴 거예요?』

휘진이 그의 손가락 끝을 살짝 잡아 흔들자 이든은 그 귀여운 애교에 설핏 웃음 짓고 그녀의 손에 깍지를 꼈다.

『언니한테 얘기 들었어요.』

눈을 내리깐 휘진의 표정이 밝지 못했다. 대표가 꾸민 일에 대해 말을 하는 것이라 이든은 그녀의 불편한 마음을 눈치챘다.

『고마워요. 그리고…… 미안해요.』

휘진은 그녀가 사과할 일 없는 일로 이든에게 사과를 했다. 그리고 이든은 휘진의 그 사과에 마음이 무거웠다. 이든은 이렇게 또 한 번 상처를 받고 그만큼 움츠러들 휘진이 안쓰러웠다.

『이 실장한테 얘기 들었어요. 활동 그만하기로 한 거.』

『들었어요?』

『괜찮아요?』

괜찮냐고 묻는 이든의 얼굴이 어두워 보여 휘진은 부러 밝은 표정을 지었다.

『괜찮아요. 조금 아쉽긴 하지만 그래도 바쁘게 움직였고 무대에서 노래도 실컷 했고. 무엇보다 석휘진은 아직 죽지 않았구나! 라는 자신감도 얻었고. 이참에 그냥 좀 쉴래요. 나 앨범 작업하고 연습하고 이러면서 너무 바빴잖아요. 솔직히 좀 피곤도 했고.』

휘진은 그녀의 말에 가만히 고개를 끄덕이는 이든을 보고 그의 머리카락을 조심히 만졌다.

『당신한테도 소홀했던 거 같아서. 미안해요.』

그녀의 말에 이든은 그의 머리카락을 만지는 휘진의 손을 끌어 손바닥에 입술을 대었다.

『당신은 나 때문에 모든 걸 뒤로하고 왔는데. 내가 너무 이기적이죠?』

이든은 휘진의 손바닥에 입술을 댄 채로 고개를 저었다.

『이제부터 쉴 거니까 같이 시간 많이 보내요. 밥도 같이 먹고 옥상정원에서 산책도 같이 하고.』

『다른 건 하고 싶은 거 없어요?』

『음.』

휘진이 하고 싶은 게 뭐가 있나 곰곰이 생각을 했지만 딱히 떠오르는 것이 없었다. 이든과는 대개 그녀의 집에서만 함께 시간을 보냈고 한 번씩 그에게 끌려 밖으로 나간 것도 이른 새벽 시간에 하는 드라이브가 다였다.

『예를 들면.』

고민만 하고 답을 하지 않는 휘진에게 이든이 운을 뗐다.

『키스를 한다거나.』

『…….』

『키스를 한다거나.』

『…….』

『키스를 한다거나.』

『…….』

『또.』

『키스를 한다거나.』

휘진이 눈을 흘기며 그의 말을 받자 이든이 눈썹을 올리며 음흉한 표정을 지었다.

『키스가 하고 싶었어요? 음흉하네.』

먼저 키스 얘기를 꺼낸 것은 그이면서 마지막 그 한 번을 휘진이 꺼냈다고 이든은 그녀를 음흉한 여자라고 놀렸다.

『그런데 어쩌죠? 난 음흉한 여자한테 약한데.』

이든이 엄살을 떨자 휘진은 그 모습이 어이없어 헛웃음을 흘렸다.

『못된 여자한테 약한 게 아니고요?』

『아! 맞아. 나 못된 여자한테 약한데. 그 못된 여자 어디 가고 음흉한 여자가 여기 있죠?』

그녀의 손바닥에 입술을 꾹 누르며 장난을 거는 그에게 휘진이 맞장구를 쳤다.

『왜요? 그 못된 여자 찾는 김에 3살 이후 여자도 찾지.』

『그래야겠어요. 키스를 하려면 3살 이후 여자가 있어야겠는데. 그 여자 못 봤어요?』

『글쎄요. 당신이 찾는 3살 이후 여자는 모르고 내가 찾는 3살 이후 남자는 봤어요.』

『봤어요?』

『네.』

『어디서요?』

『여기서요.』

『그 남자 뭐 하고 있어요?』

『3살 훌쩍 넘은 여자를 눈앞에 두고도 3살 이후 여자만 찾고 있어요.』

『저런, 엄청난 멍청이네요.』

『그러게요. 그 멍청한 남자 구제를 좀 해줘야 되는데.』

휘진이 웃음이 깃든 이든의 눈을 보고 새침을 떨었다.

『너무 멍청해서 구제를 해줘도 알까 몰라요.』

『얼마나 멍청하길래요?』

휘진이 눈을 가늘게 뜨며 이든에게 몸을 숙였다.

『얼마나 멍청하냐면요.』

휘진이 목소리를 낮추고 그가 잡지 않은 손을 들어 그녀의 입술을 가리켰다.

『내 입술은 여긴데 엄한 곳에 입술을 대고 있어요.』

이든의 눈이 휘진의 손가락이 가리키는 그녀의 입술을 향했다.

『구제해 주지 말까요?』

휘진은 이든에게 마지막 기회를 줬고 이든은 그녀의 목을 끌어내려 입을 맞췄다.

7. Destination

지현이 휘진의 병실로 들어오며 인상을 썼다.

"왜? 또 무슨 일 있어?"

이제는 지현의 표정만으로도 대충 무슨 일이 있다는 짐작이 드는 휘진이었다.

"대표가 우릴 그냥 놔둘 리 없잖아. 후속곡 올리래."

"후속곡? 어떻게?"

지금 휘진은 과로로 인한 전면 활동 중지를 발표한 상태였다.

"뮤직비디오. 유재아 출연시키고 휘진 씨는 노래하는 컷만 몇 개 넣어서 가자고."

휘진이 눈가를 찌푸렸다.

"끝까지 우려먹겠다는 거지."

지현이 짜증스런 한숨을 쉬며 휘진의 맞은편에 앉았다.

"그런데 과외선생은? 이 시간에 왜 여기 없어?"

휘진이 입원을 하자마자 부리나케 옆 병실로 온 남자. 그리고 하루 종일 잠자는 시간 말고는 휘진의 옆에서 떨어질 줄 모르던 남자.

"일."

"일?"

조금 과장되게 놀란 표정을 지은 지현을 보고 휘진이 왜 그러냐 고개를 갸웃거렸다.

"일도 하는 남자였구나. 난 무려 1년을 한국에서 죽치고 있기에 일 다 때려친 줄 알았지."

놀림이 묻은 말에 휘진이 지현을 보며 눈을 흘겼다.

"한국에서도 일하고 있어. 바쁠 땐 나보다 더 바빠."

"오! 그래서. 천하의 휘진 씨가 남자 편도 다 들어주고."

지현이 능글능글 앙큼한 눈빛으로 휘진을 놀렸다.

"그렇게 좋아?"

"그만해."

휘진이 그녀를 놀리는 지현을 노려보았다.

"하긴, 과외선생이랑 있을 때 너도 좋아 죽긴 하더라."

"내가 언제?"

"내가 볼 때마다."

"안 그랬어!"

"내가 볼 땐 그랬어."

"아니라니까!"

"과외선생 불러블까?"

지현의 말에 휘진이 답삭 입을 다물었다.

"그 옆에 딱 앉혀놓고 네 표정 사진 찍어 보여줄까?"

"……."

『무슨 사진을 찍어서 보여줘요?』

놀리는 지현을 노려보고 있는 사이 이든이 휘진의 병실로 들어왔다. 한국에 있는 시간이 길어짐에 이제는 어느 정도 한국어가 익숙한 이든이었다.

『사진 찍었어요?』

『아뇨. 일은요?』

『끝.』

이든이 답을 하며 자연스레 휘진의 옆자리에 앉았다.

"맞구만. 뭘 아니래."

"언니!"

지현의 결코 작지 않은 중얼거림에 휘진이 바락 그녀를 불렀다.

『두 사람 왜 그래요? 싸워요? 그럼 난 휘진 씨 편인데.』

이든이 웃으며 휘진과 지현을 돌아보며 장난스럽게 말하자 지현이 그에게 답을 했다.

『이번엔 내 편 들어요.』

『음. 이 싸움의 결과가 나한테 유리한 거예요?』

『당연하죠!』

『그럼 묻지도 않고 노선 변경.』

이든이 휘진에게서 조금 떨어져 앉으며 지현의 편을 들겠다 하자 휘진이 어이없는 표정으로 그를 쳐다봤다.

『싸움의 요지가 뭐예요?』

이든이 휘진에게서 눈을 떼지 않으며 지현에게 싸움의 이유를 물었다.

『휘진이가······.』

"조용히 해."

휘진이 지현을 돌아보며 목소리를 낮췄다. 하지만 지현은 그런 휘진의 협박 같은 말에 싱글싱글 웃기만 할 뿐 조용히 할 생각을 하지 않았다.

『과외선생이랑······.』

"언니!"

『있을 때······.』

"뮤직비디오 촬영 언제 할 거야?"

지현이 멈출 생각을 하지 않자 휘진이 말을 돌렸다.

『뮤직비디오?』

휘진이 돌린 말에 반응을 보인 것은 이든이었다.

『휘진 씨 스케줄 있어요? 입원해 있는데?』

웃던 표정을 지운 이든이 정색을 하고 지현을 쳐다봤다.

『후속곡 작업이요. 뮤직비디오로 밀 건데 거기 휘진 씨가 노래하는 장면을 몇 컷 넣을 거래요.』

지현의 설명에 이든이 미간을 구겼다.

『예정했던 것보다 일찍 활동 접어서 이렇게라도 홍보는 계속해야 해요. 이 바닥은 좀, 그래요.』

이 바닥이 그렇다는 지현의 덧붙인 말에 이든은 그 일을 지시한 것이 대표라는 것은 눈치챘다.

『퇴원은 안 돼요.』

『그건⋯⋯.』

『노래하는 장면만 필요하면 병원에서 촬영해요.』

『여기서요?』

『안 될 이유 있습니까?』

『아니, 안 될 이유는 없지만⋯⋯ 그러려면 병원에 촬영 협조도 얻어야 하고 또⋯⋯.』

『그건 내 쪽에서 처리할 테니 신경 쓰지 말아요.』

이 자리에서 휘진이 모르는 뒤로 의사결정권을 가진 이든이 저리 말하니 지현은 따로 반박을 하지 않았다.

『병원 쪽만 해결해 주신다면 문제 될 건 없어요. 현장 녹음 딸 것도 아니라서 그냥 화면만 있으면 되니까.』

지현이 병원에서 촬영하는 쪽으로 의견을 정리하고 이든의 조금은 사나워진 듯한 기세가 부담돼 일정을 잡는다는 핑계로 휘진의 병실을 나갔다.

『연예인이란 직업도 참, 할 게 못 되는군.』

이든이 언짢게 중얼거리자 휘진이 그를 보며 미안한 표정을 지었다. 말 하나에도, 행동 하나에도 그녀를 걱정하는 마음이 담겨진 것을 아는 탓이었다.

『난 괜찮은데.』

그래서 휘진이 부러 밝은 표정을 짓고 그의 손을 잡았다.

『내 노래 좀 더 오래 나오면 난 좋아요. 활동 빨리 접은 것도 좀 아쉬웠는데 오히려 잘됐어요.』

이제 그만 언짢음을 풀라는 휘진의 손길에 이든이 그녀가 잡은 손에 힘을 주었다.

『촬영하는 거 힘들진 않아요? 지난번엔 밤새고 그랬잖아요.』

『그땐 뮤직비디오 내 분량이 많아서 그랬던 거고, 이번엔 아니에요. 난 그냥 몇 컷만 나올 거라니까. 그것도 노래하는 것만. 빨리 끝날 거예요.』

이든은 그래도 자신의 일이라 웃으며 말하는 휘진에게 복잡한 마음이 들었다. 이렇게 노래를 좋아하고 무대를 좋아하는 사람인데 그녀를 위한 결정이었다 해도 활동을 멈추게 한 상황을 만든 것이 미안해졌다.

『나중에 노래 많이 해요. 무대도 많이 올라가고 팬들도 자주 만나고.』

이든의 말에 휘진이 눈을 휘며 웃었다.

『그 팬 중에 당신도 있고요.』

『야광봉 열심히 흔들어줄게요.』

휘진이 웃음을 터트렸다. 이든의 한마디에 기분 좋게 깔깔대던 휘진이 병실 문이 열리는 걸 보고 웃음을 멈췄다. 일정을 잡겠다고 한 것이 뜻대로 되지 않았는지 지현의 표정이 좋지 못했기 때문이었다.

『화기애애한데 미안요. 이든. 자리 좀 비켜줘요.』

갑작스런 퇴장 요청에 이든이 눈썹을 올려 무언으로 질문을 던졌다.

『누구 온대요.』

"누구?"

"유재아."

"유재아? 걔가 왜?"

휘진의 물음에 지현이 마땅치 않은 표정으로 고개를 끄덕였다.

"대표가 너랑 재아랑 투 샷으로 사진 찍어서 SNS에 올리래. 최대한 친해 보이게 찍어서."

"이젠 하다하다 설정 샷까지 찍으란 거야?"

"그렇게 하란다. 네 후속곡 작업인지, 유재아 밀기 작업인지. 그냥 오면 사진 한 장 찍어주고 치워. 이깟 일로 속 끓지 말자."

어이없는 건 지현도 마찬가지라 휘진은 그녀의 말에 덧말을 붙이지 않고 고개를 끄덕였다.

"언제 오는데?"

"아까 주차장에 도착했대."

"빨리도 말해준다."

"그러게. 나도 빨리 여기 나가야지. 더러워서. 원."

대표에 이어 소속사 매니저들 간의 위계질서도 흐트러져 지현도 정나미가 떨어졌다. 아무리 관리 연예인의 인기가 매니저의 서열이라지만 그래도 유재아는 아직 휘진의 아래 급 연예인이었다. 유재아의 매니저 역시 지현보다 경력이 낮은 아래 급 매니저였고. 그런 주제에 관리 연예인 팔아 대표를 등에 업었다고 기세등등 위계질서 무시하고 행동하는 것이 눈에 걸렸다.

『내가 지금 가줘야 하는 거네요.』

『미안해요.』

휘진이 사과를 하자 이든은 언제 마뜩치 않은 표정을 지었냐는 듯 웃으며 휘진의 얼굴을 손으로 쓸어주었다.

『괜찮아요. 당신 얼굴 나중에 실컷 보면 되죠. 가면 전화해요. 바로 올게요.』

이든은 휘진의 병실을 나가자마자 엘리베이터에서 내리는 여자와 눈이 마주쳤다.

"……!"

누구인지는 관심도 없었지만 타이밍이 애매한 탓에, 지금 눈이 마주친 여자가 휘진을 방문하기로 한 유재아라는 여자 같아 신경이 쓰였다.

『보스?』

닉의 부름에 재아에게서 시선을 돌린 이든은 그의 병실로 들어갔다.

"재아야. 저 병실 같은데."

재아는 방금 눈이 마주쳤던 외국인이 병실로 들어가는 것에 눈을 떼지 못하고 있다 매니저의 말에 정신을 차렸다. 재아는 매니저가 찾은 병실을 확인했고 그 병실이 방금 전 외국인 남자가 나온 병실임을 알고 잠깐 고개를 갸웃거렸다.

"들어가자."

매니저의 말에 재아가 고개를 끄덕이고 휘진의 병실 문을 두드렸다.

"어서 와."

지현이 문을 열고 재아를 맞았다.

"안녕하세요. 선배님. 저 왔어요."

재아는 같은 소속사인 탓에 안면이 있는 휘진에게 다가와 살갑게 말을 붙였다.

"몸은 좀 어떠세요? 제가 빨리 와봤어야 됐는데 선배님 절대 안정 취해야 한다고 해서 오고 싶은 거 꾹 참았어요."

재아가 웃으며 휘진의 곁에 앉자 그녀의 매니저가 둘의 사진을 찍었다. 휘진은 짜증나는 기분을 누르고 자연스럽게 미소를 지었다. 별로인 기분 티를 내 사진에 찍혀봐야 대표가 작정한 언플에서 밀리는 건 그녀일 터였다.

　"괜찮아. 바쁜데 뭐 하러 여기까지 왔어."

　"바빠도 와봐야죠. 선배님 입원하셨는데."

　"재아 씨, 안 바빠??"

　원치 않는 자리에 휘진이 불편할까 지현이 재아에게 말을 붙였다.

　"괜찮아요. 오늘 스케줄 없어요."

　"요새 여기저기 섭외 많은 것 같더니. 웬일로 오늘은 스케줄이 없어?"

　"섭외 많아봤자죠. 이제 겨우 눈도장 좀 찍는 게 다인데. 그런데 선배님 병실 특실이죠?"

　재아가 신기한 듯 고급스러운 병실을 둘러봤다.

　"특실은 이렇구나. 부러워요. 이런 병실도 쓰시고. 전 이런 병실 쓰려면 한참 멀었는데."

　재아가 진심으로 부럽다는 눈빛을 보였다.

　"이런 병실 꽤 비싸지 않아요? 듣기론 호텔 특실이랑 맞먹는다던데."

　재아의 물음에 휘진은 순간 당황한 표정을 지었다. 솔직히 일반적인 병원의 특실과 급이 다른 이런 특실의 입원비가 얼마인지는 알지 못했다. 지난번도, 이번도 모두가 이든이 준비를 했기에 휘진이 한 것은 그저 의사의 지시대로 병원에 입원을 한 것뿐.

"휘진 씨야 탑스타잖아. 히트곡도 많고. 활동 안 해도 평생 저작권료 받아서 먹고살 수 있을 만큼 유명한."

"아! 그러시죠. 부럽다. 저도 노래 계속할 걸 그랬나 봐요. 작곡도 배우고. 그럼 선배님처럼 고정적인 수입도 있어서 좀 안정적일 텐데."

"지금도 안 늦었잖아. 작곡은 지금이라도 배우면 되고."

소속사 대표가 밀고 있는 탓에 본의 아니게 휘진에게 다리를 걸치긴 했지만 그래도 출신 자체가 가수였기에 휘진은 그 하나로 재아에게 나름의 애정이 있었다.

"그룹은 나왔어도 솔로로 활동해도 되니까 기회 되면 노래는 계속해. 목소리 좋은데 썩히기 아까워."

휘진의 조언에 재아가 고개를 끄덕였다.

"가끔씩 무대가 그립기는 해요. 아시잖아요. 무대에 서는 게 어떤 건지."

재아의 그리움이 담긴 말에 휘진은 고개를 끄덕였다. 그녀도 몇 년을 제대로 서지 못했던 무대가 그리웠고 다시 서길 목마르게 갈망했으니까. 무대 위에서 느끼는 카타르시스가 얼마만큼 사람을 중독시키는지 겪어보지 못한 사람은 몰랐다. 하지만 재아는 휘진처럼 무대에서 느끼는 카타르시스를 알기에 지금 휘진이 지었던 표정을 하는 것이었다.

"선배님 컴백하시고 정말 좋았어요. 저 정말 선배님 존경했거든요. 선배님이 제 롤모델이었어요."

후배 가수들을 만날 때면 수도 없이 들었던 말이었다. 여가수들 중 열에 아홉은 휘진을 보고 가수의 꿈을 키웠냐고 해도 무방할 그런 화려한 시절이 휘진에겐 있었다. 재아 역시 그런 후배들 중 하나였고 휘진이 아는 그녀의 현실에 재아가 짓는 표정을 이해하기도 했다.

"너무 끌려 다니지 마."

"……."

"힘들겠지만 포기는 안 했으면 좋겠어."

겉으로는 단순히 노래에 대한 열망을 놓지 못하는 재아에 대한 조언이었지만 실상은 대표의 손에 놀아나는 재아의 쓴 현실에 대한 충고였다.

"그게 쉽지 않은 거 아시잖아요. 선배님 같은 탑스타도 근근이 버티는데 제가 무슨 수로 버티겠어요."

대표에게 휘둘리지 않기 위해 버티던 휘진의 상황을 아는 듯한 말에 휘진의 얼굴이 굳어졌다. 대체 무엇을 얼마만큼 아는 것인지. 나름 이런 일은 모두가 쉬쉬하며 비밀리에 이루어지기에 아는 사람은 당사자들을 제외하곤 거의 없다고 봐도 무방했다. 하지만 재아가 하는 말은 대표가 휘진에게도 손을 뻗은 것을 안다는 것. 그만큼 재아는 대표와 가깝다는 것을 뜻했다.

"휘진아. 너 약 안 먹었다."

재아의 말을 곁에서 들은 지현도 그 안에 담긴 뜻을 눈치채고 재아가 불편해졌다.

"약 먹고 좀 자. 피곤해 보인다."

"응."

지현은 휘진에게 약을 건네고 재아를 돌아보았다.

"이만 가줄래? 휘진이 쉬어야 해서."

"네. 이만 가볼게요. 선배님. 몸조리 잘하세요."

재아가 순순히 일어났고 지현은 그녀를 배웅했다.

"언니."

휘진의 목소리에 불안함이 들어 있었다.

"일단, 내가 알아볼게."

"……."

"대표가 미치지 않은 이상은 여기저기 떠벌릴 리 없어."

"만약에, 만약에 내가 재계약 안 하면……?"

지현의 눈에도 불안이 스몄다. 막판 활동까지 이렇게 어그러졌으니 대표가 어떻게 나올지 장담하기는 어려웠다.

"미리부터 걱정하지 말자. 일단 내가 알아보고 얘기해 줄 테니까."

"……."

"넌 좀 쉬어."

지현이 두려움이 깃든 휘진의 얼굴을 쓸어주고 그녀를 침대에 눕혀주었다.

"나 통화 좀 하고 올게."

지현은 통화를 핑계로 휘진의 병실을 나와 이든에게로 갔다.

『휘진은요?』

『자라고 눕혀놓고 왔어요.』

이든은 지현의 목소리가 무거운 것을 보고 검토 중이었던 서류를 내려놓았다.

『무슨 일이에요?』

『대표가 좀 불안해서요.』

대표라는 말에 이든이 눈가를 구겼다.

『아까 온 소속사 후배가, 뭘 아는 듯이 말을 해요.』

이든은 눈가를 구긴 채로 지현의 다음 말을 기다렸다.

『대표가 미는 배우예요. 갑자기 밀어주는 걸 보면 대표의 그간 행적으로 어떤 거래가 있었는지 뻔하고요. 그런데…….』

『대표가 그간 휘진에게 어떤 걸 요구했는지 알고 있다는 건가요?』

지현이 고개를 끄덕였다.

『보통은 아는 사람이 적을수록 좋은 일을 다른 사람이 알고 있다라…… 좀 위험은 하겠군요.』

『좀이 아니라 많이요. 찌라시든, 인터넷 루머든 돌게 되면 휘진이한테 타격이 커요. 대표가 맘먹고 유출하면 휘진이 매장될 수도 있어요. 이런 건 전적으로 여자에게 불리하니까.』

『대표가 유출할 가능성이 있다는 거군요.』

『좀 있으면 계약이 끝나요. 휘진이는 재계약할 의사가 없고요. 다른 소속사도 알아보고는 있는데 휘진이는 이적하는 것도 걱정을 하고 있어요.』

『새로운 소속사 대표가 지금 대표 같을까 봐요?』

이든의 웃음기 섞인 말에 지현이 힘없이 고개를 끄덕였다. 다른 이유도 있긴 하지만 휘진이 숨기고 싶어 하는 그 이유까지는 이든에게 말을 할 수가 없었다.

『그래서 말인데, 내가 제안할 게 있어요.』

『제안요?』

『휘진 씨 계약 기간이 끝남과 동시에 JnU의 대표를 갈아버릴 생각이에요.』

생각지도 못한 말이었다.

『물론, 현 대표는 대표직에서 물러남과 동시에 다시 재기하지 못하도록 잘근잘근 밟아줄 예정이고요.』

『그 말은……?』

『JnU의 새 대표로 지현 씨를 염두에 두고 있어요. 물론, 지현 씨가 수락만 한다면.』

『내가 수락하지 않는다면요?』

『아마 폐업신고 하겠죠. 난 JnU에 관심이 없으니까.』

『극단적이네요.』

『휘진에게 소속사가 필요할 거 같아서 여지를 두는 거예요. 휘 진이 염려하는 것처럼 이적한 소속사 대표의 인성도 장담은 못 하 니까. 차라리 지현 씨가 대표가 되면 휘진 씨가 마음 편할 것 같아 서요. 여러모로. 나도 좀 마음이 놓일 것 같고.』

지현은 이든의 능력이 어디까진지 감을 잡을 수가 없었다. 억 소리 나게 돈이 많은 사람이고, 사업 수완도 좋은 사람인 건 알겠 는데 휘진을 위해서 무엇을, 얼마만큼 할 수 있는지 궁금해졌다.

『궁금한 거 있어요.』

지현의 말에 이든은 물어도 좋다는 뜻으로 고개를 끄덕였다.

『한 번씩 뉴스에 이름 나오는 사람들. 내가 아는 사람들이 있었 어요. 물론, 휘진이도 알죠.』

『좋게는 아니었겠죠.』

『…….』

『그리고 뉴스에서 아직 이름이 나오지 않은 사람도 많고.』

『…….』

『뉴스 잘 들어요. 언제 어떤 식으로 격하게 반가운 이름이 나올지 모르니까.』

미심쩍고, 혹시나 했던 것이 역시나로 확인되는 순간이었다. 언제부터인지는 모르지만 확실하게, 그리고 차근차근 이든은 휘진을 힘들게 했던 사람들에게 복수를 하고 있었다.

『무서운 사람이었네요. 당신.』

『걱정 말아요. 휘진에겐 난 영원히 착한 남자일 거니까.』

『휘진이는…… 이걸 몰라야 하겠죠?』

『난 지현 씨의 이런 눈치 빠름이 좋아요. 당신은 그 눈치로 크게 성공할 거예요.』

이든이 휘진의 앞에선 보이지 않는 조금은 살벌하고 무서운 미소를 지어 보였다. 예리하고, 날카로운 잔혹함이 묻어 있는 눈빛. 아마 휘진이 지금 이든의 이 얼굴과 눈빛을 본다면 두려움을 느끼고 바싹 움츠러들 것이었다. 여린 초식동물에게 이빨 사나운 육식동물은 두려움의 대상일 뿐이니까. 하지만 지현은 오히려 이런 이든의 모습이 마음에 들었다. 그간 휘진의 곁에서 지켜본 이든은 나사 하나 빠진 모습이라 100% 믿음이 가지 않았던 건 사실이니까.

『당신의 이 모습. 못 본 걸로 해드리죠.』

지현의 생색에 이든이 낯설었던 얼굴을 지우고 익숙한 표정을 지었다. 휘진과 있을 때처럼 순하고, 다정한 남자의 얼굴로.

『대신 부탁 하나 들어줘요. 어렵진 않을 거예요.』

『말해요.』

『이왕 혼내주는 김에 휘진이 첫사랑. 그 새끼도 좀 혼내줘요.』

『젠 소프트?』

『……!』

지현의 놀란 표정에 이든이 히죽 웃으며 콧방울을 찡그렸다.

『나한테 원수 같은 놈이라…….』

이든이 뒷말을 흐렸다. 이든이 휘진의 마음을 얻는 데 이렇게나 많은 시간이 걸린 것이 모두 그녀에게 남자에 대한 불신을 심은 그 첫사랑 때문이었다. 그래서 휘진의 첫사랑까지 차근차근 손봐주려고 밑작업을 하고 있었다.

『조만간 그 이름도 뉴스에서 듣게 해줄 테니까 내 제안 잘 생각해 봐요.』

대체 어디까지 알고 있는 것인지. 지현을 고개를 끄덕이고 휘진의 병실로 돌아갔다.

"안 잤니?"

잠들었을 줄 알았던 휘진이 말갛게 웃고 있었다. 그 얼굴 어디에도 생기가 없는 것이 아직도 불안함을 떨치지 못한 것 같았다. 대표에게 당한 것이 한두 번이 아니고, 이제는 사랑하는 남자까지 생겼으니 그 두려움이 더 큰 것이겠지.

"네 잘못 아니야."

"순진했던 게 면죄부는 아니야."

"휘진아."

"사람들은 그걸 스폰서라고 해. 내가 아니라고 해도, 내가 몰랐다고 해도 사실이잖아. 전 대표님이 준혁 씨한테 돈을 받은 건. 내가 그 사람 회사의 광고에 출연을 한 건. 그래서 사람들에게 그건 사실인 거야. 내가 아니라는 변명은 통할 수 없는 증거니까."

아직도 휘진은 순진하고 여렸다. 다른 사람이라면 사랑이었다 우길 일을 그저 바보 같아서 뻔뻔해지지 못하고 다른 이의 탓을 하지 못하는.

"다른 사람 다 알아도 괜찮아."

"휘진아."

"정말이야. 상관없어. 그런데, 그런데 언니. 이든은 몰랐으면 좋겠어. 그 사람만은…… 몰랐으면 좋겠어."

생각만으로도 서러운지 기어이 눈물을 떨구는 휘진은 소리도 내지도 못하고 눈물을 닦아냈다. 훌쩍훌쩍 눈물이 흐르면 닦고, 흐르면 닦고. 언제쯤 그칠까 뚝 그치라 혼도 못 내고 휘진을 지켜 보는 사이 휘진의 병실로 이든이 들어왔다.

『휘진 씨.』

훌쩍훌쩍 서러운 아이처럼 눈물만 뚝뚝 흘리고 있는 휘진에게 다가가 단번에 그녀를 품에 안았다.

『왜 울어요? 지현 씨가 괴롭혔어요?』

생뚱맞게 휘진을 울린 나쁜 사람이 된 지현이 인상을 썼다.

『왜 휘진 씨 울려요? 우리 휘진 씨가 뭘 잘못했다고.』

지현은 억울했다. 그저 위로를 했던 것뿐이다. 그저 휘진의 이름을 몇 번 불렀을 뿐이다. 그게 어떻게 휘진을 괴롭힌 게 된 건지 알다가도 모를 일.

『내가 안 울렸어요.』

『그럼 왜 울어요? 여기 휘진 씨랑 지현 씨뿐인데.』

『그쪽 보고 싶어서요.』

이든이 지현을 보고 품에 안고 있는 휘진을 보았다.

『정말요? 보고 싶으면 오라고 하면 될 걸 왜 울어요.』

이든이 휘진을 품에 떼어내고 눈물범벅인 그녀의 얼굴을 닦아주었다.

『하여간 예뻐 죽겠다니까. 우는 얼굴까지 예쁘면 나더러 어쩌라고.』

이든이 사랑이 담뿍 담긴 눈으로 휘진을 마주 보았다.

『나 여기 있어요. 그러니까 울지 말아요.』

『가지…… 말아요.』

눈물을 닦아준 것이 소용없게 휘진은 다시 눈물을 흘리며 말했다.

『아무 데도 가지 말아요.』

『안 가요.』

『정말이죠? 정말 안 갈 거죠?』

그의 대답도 불안한지 휘진은 그녀의 눈물을 닦아주는 이든의 손을 잡으며 재차 물었다. 이든은 손으로 닦아주어도 멈추지 못하는 휘진의 눈물에 그녀를 품에 안아 머리를 쓰다듬어 주었다.

『당신이 있는 곳이 내가 있는 곳이에요. 그게 어디든. 내가 같이 있을 거니까 울지 말아요.』

이든이 나직하게 말하며 휘진을 꼬옥 끌어안아 주었다.

"퇴인히지미자 이 인간은. 으이그."

"뭔데?"

지현은 대답을 하는 대신 휴대전화 문자를 휘진에게 보여줬고, 문자를 확인한 휘진은 실소를 터트렸다.

"웃음이 나와? 난 열 받아 죽겠는데!"

지현이 휘진을 대신해 상한 감정을 표출해 냈다.

"예상했잖아. 재계약 독촉할 거."

"그래도 이건 아니지. 오늘 퇴원한 사람한테 몸은 괜찮냐, 정도는 묻고 시작해야 되는 게 인간적인 예의 아니니?"

지현의 부르르함에 휘진이 고개를 저었다.

"기대할 걸 기대해. 그나저나 어떻게 하지? 당장에 계약서 도장 찍으라고 할 텐데."

"시간 끌어야지. 안 할 거잖아."

재계약 생각에 휘진의 표정이 어두워졌다. 하기는 싫은데 안 하려니 대표의 보복이 두려웠다. 이미 겪었던 일이라 다시는 겪고 싶지 않는데 마땅히 피해갈 방법이 떠오르지 않았다.

"일단 넌 그냥 입 다물고 있어. 대표 앞에서 아픈 티 팍팍 내면서. 내가 알아서 할게."

"그런다고 해결돼?"

"오늘은 피할 수 있지. 나도 생각 중인 게 있으니까 일단 오늘은 넘기고, 시간 좀 벌자."

"알았어."

휘진이 고개를 끄덕이며 어느새 도착한 사무실 앞에서 울상을 지었다.

"미치겠다."

"왜?"

"팬클럽 애들 왔어."

"오! 석휘진 아직 안 죽었다."

지현의 놀림에 휘진이 울상을 지우고 조수석 창문을 내렸다.

"언니!"

"휘진 언니!"

"사랑해요."

그녀를 보며 기쁜 얼굴로 달려드는 팬들에게 휘진은 활짝 웃은 얼굴로 손을 흔들어주었다.

"언니. 아프지 마요!"

느리게 지나가는 차 안으로 선물을 밀어 넣으며 그녀의 건강을 걱정하는 얼굴들이 하나같이 예뻤다. 어쩜 저렇게 예쁘고 빛이 나는지. 그 팬들을 보며 휘진은 힘이 났다.

"나 건강해요. 여러분. 사랑해요!"

휘진이 소리를 지르고 손으로 하트를 만들어주자 팬들의 비명이 커졌다.

팬들을 지나 지하 주차장에 차를 세운 지현은 휘진의 얼굴을 살피며 티슈를 건넸다.

"너 화장 지워. 창백해 보이게."

"아!"

휘진이 거울을 보며 이든에게 잘 보이려 한 화장을 지웠다. 짙은 화장은 아니었지만 그래도 피부톤이 보정되지 않으니 조금은 칙칙해 보이는 얼굴.

"됐어. 올라가면 최대한 힘 빼고 아픈 척해. 내 눈당 눈도 마주치지 말고."

"걱정하지 마. 나 원래 대표님이랑 눈 안 마주쳐. 한자리에 있으면 있던 힘도 빠지고."

"하긴. 대표가 좀 기 빨리는 타입이긴 해."

둘은 맞장구를 치며 차에서 내려 대표의 사무실로 올라갔다.

"아, 휘진 씨. 몸은 좀 괜찮나?"

대표의 형식적인 안부 인사에 그저 고개를 한번 끄덕인 것으로 답을 대신하고 자리에 앉았다.

"이거 한 번 읽어보고 사인해."

대표가 휘진의 맞은편에 앉으면서 서류를 내밀었고 지현이 휘진을 대신해 그 서류를 들었다.

"조건은 지난번과 동일해. 계약금이 좀 달라지긴 했어도 그것만 빼면 휘진 씨한테 나쁘지 않은 조건이야. 그건 휘진 씨도 알지?"

은근히 그녀를 깎아내리는 대표의 말에 휘진은 아무 반응을 보이지 않았고 지현은 뒤틀리는 속을 참으며 서류를 챙겼다.

"휘진 씨랑 서류 확인해 볼게요. 아직 시간 좀 남았잖아요."

"확인해 볼 게 뭐가 있나. 내용이야 지난번과 같은데."

"그래도 꼼꼼하게 볼 건 봐야죠. 계약인데. 아시잖아요. 계약 중요한 거."

지현이 웃은 낯으로 재계약서에 사인을 종용하는 대표의 다그침을 피했다.

"저흰 가볼게요. 휘진이 방금 퇴원했잖아요. 의사가 좀 더 쉬어야 된다고 했는데……."

"그래. 오늘은 좀 쉬고 내일부터 좀 움직여야지. 후속곡 음원 성적이 좋아. 재아가 출연한 뮤직비디오 반응이 아주 좋고. 재아가 홍보를 잘해서 여기저기 자주 나오고."

휘진의 후속곡이라 반응이 좋고 덩달아 재아도 빛을 보는 것을, 후속곡의 좋은 반응을 휘진의 덕 보는 재아의 공으로 돌리는 대표의 말에 휘진과 지현은 서로 눈을 마주치며 어이없는 미소를 흘렸다.

"가볼게요."

휘진이 간단하게 인사를 하자 지현이 그녀를 따라 일어나며 대표와의 유쾌하지 않은 자리를 마무리했다.

"입은 안 삐뚤어졌는데 하는 말은 왜 저러냐?"

듣는 귀를 조심하려 차에 타서 입을 연 지현의 말이 곱지 않았다. 휘진도 그다지 좋은 속은 아니지만 같이 맞장구쳐 대표를 욕하는 건 내키지 않아 입을 다물었다.

"놔둬. 저러는 거 하루 이틀이야?"

"하루 이틀 아니니까 더 짜증나."

"남은 기간 동안 꼭 해야 하는 일만 추려줘. 빨리 하고 치우자."

휘진의 심정을 백번 이해하는 지현이 고개를 끄덕였고 병원에 있으면서 정리한 스케줄 몇 개를 그녀에게 보여줬다.

"생각보다 좀 많네."

"입원할 때 취소할 수 있었던 건 취소하고, 미룰 수밖에 없던 건 미루고. 그래서 스케줄표가 그 모양이야."

"스케줄 있는 것만도 어디야."

"겸손한 핀요 없는 사람이 겸손하니까 나 속상알라 그래."

307

지현의 삐죽임에 휘진이 그녀를 보고 옅게 미소를 지었다.

"좋아서 그래. 스케줄 있는 거. 그것도 정상적인 스케줄만 있는 거."

휘진의 '정상적인'을 강조한 말에 지현도 수긍을 하며 고개를 끄덕였다. 정상적인 스케줄로 포장된 음흉한 스케줄도 있었지만, 그건 이미 지나간 것이고 그것을 휘진은 굳이 알 필요 없으니 지현은 입을 다물었다.

"OST도 들어왔네?"

"편성은 아직 미확정이고 지금 촬영 중. 사전제작이야. 주인공들 메인 테마. 할 거지?"

"사전제작?"

"우리나라도 시스템 좀 바뀔 때 됐지 뭐. 편성 확정돼서 방송 타려면 아직 시간은 많아. 할 거지?"

"당연하지. 노래하는 건데 내가 왜 마다해? 지금 안 하면 언제 또 할 수 있을지도 모르는데."

휘진의 말이 끝남과 동시에 휘진과 지현은 동시에 한숨을 쉬어냈다.

"뭐야."

"그러게. 어쩌다가 말끝마다 내일을 기약할 수 없게 됐는지. 참. 알다가 모르겠다."

둘은 어찌 보면 심각한 현실을 피식이는 웃음 한 번으로 흘려보냈다.

"언니. 나 일인 기획사 생각해 봤어."

소속사를 떠나면 한동안 있을 대표의 방해를 걱정해 생각한 방법이었다. 대표의 방해쯤 혼자서 감당하면 최소한 남에게 피해는 주지 않아도 되니까.

"좀 기다려. 나 생각 중인 거 있으니까."

"뭔데?"

"기다려. 아직 생각 중이야."

"기획사 차리게?"

"족집게니?"

지현이 운전을 하다 휘진을 흘끔거렸다.

"족집게는 무슨. 나 일인 기획사 생각한 거나, 언니가 기획사 생각한 거나 그게 그거지."

"일단은 지금 신중하게 생각하고 있으니까 결정되면 바로 말해줄게. 그땐 언니 말 무조건 따르기다."

"여부가 있겠어? 언니 기획사 차려서 나 데려가만 주면 엄청 고맙지."

지현이 기획사를 세워도 JnU와는 비교도 되지 못할 규모라 대표의 방해에 시작이 쉽지 않을 터였다. 그걸 알고서도 휘진을 챙기겠다면 그녀로선 감사할 따름이었다.

"집에 바로 갈 거지?"

"응."

지현은 곧바로 휘진을 집으로 데려다주었다. 오랜만에 오는 집에서 편안함보다는 낯설음을 먼저 느꼈다. 집을 비운 게 고작 일주일밖에 안 됐는데 달라진 것 없는 집에서 왜 이런 느낌이 드는지. 휘진은 제집 같지 않은 느낌에 소파에 앉는 것도 조심스러웠다.

"흠."

소파에 앉아 할 것 없이 거실을 둘러보다 휴대전화를 꺼낸 휘진
이 익숙한 번호를 눌렀다.

―어디예요?

신호가 울리자마자라는 말이 맞은 정도로 바로 들려오는 목소
리에 휘진이 소파에 등을 기대며 미소를 지었다.

『집이요.』

―일 빨리 끝났네요.

『네. 그냥 퇴원했다고 인사만 하고 나왔어요.』

―그럼 오늘은 다른 일 없어요?

『오늘은 그냥. 일은 내일부터요.』

―목소리에 힘이 없어요. 피곤해요?

휘진은 통화하는 목소리만으로도 그녀의 상태를 예민하게 파악
해 걱정하는 이든으로 인해 불안하게 붕 떴던 마음에 안정감을 찾
았다.

『안 피곤해요. 그냥 집에 왔는데 너무 오랜만이라서 그런지 낯
설고, 어색하고 좀 그래요.』

―벨 눌러요?

『네?』

―그냥 문 열어주면 더 좋고.

이든의 말에 휘진이 놀라 현관문을 바라보았다.

『집 앞이에요?』

―글쎄요. 어딜까? 문만 열어보면 알 수 있어요.

글쎄요라고 대답은 했지만 이보다 확실할 수 없는 문을 열란 말

에 휘진이 밝게 웃으며 현관문을 열었다. 늘 아침이면 받던 라넌
큘러스 한 송이와 휘진이 좋아하는 치즈케이크 상자를 함께 내민
이든이 있었다.

『짜짠!』

방금 예고가 된 서프라이즈지만 마음이 싱숭생숭할 때 보게 된
이든은 휘진의 마음을 요동치게 하기는 충분했다.

『기다린 거예요? 나 언제 올 줄 알고.』

휘진은 그녀가 오기까지 몇 시간이고 기다리고 있었을 이든을
생각하며 안쓰러움과 고마움의 한숨을 흘렸다.

『안 기다렸어요.』

『정말요?』

『정말. 케이크 사들고 오는데 마침 딱! 당신이 온 거예요.』

『아! 타이밍?』

『타이밍! 이것만 봐도 우린 운명이에요. 더는 우리 운명에 딴지
걸지 말기.』

실제로는 휘진에게 붙여두었던 가드들에게 이미 그녀의 동선을
보고 받아 시간에 맞게 움직인 것이지만 그런 건 그녀가 알 필요
가 없는 것들이었다. 정말로 시간을 들여 휘진을 기다려야 한다면
이든은 기꺼이 그 시간을 즐기며 기다릴 것이었으니까.

거실 소파에 나란히 앉아 케이크와 커피를 마시며 둘은 아무 말
도 하지 않았다. 이전이라면 불편했을 이 침묵이 이렇게도 편안한
건 휘진의 마음이 그만큼 이든에게 기울었다는 뜻이다. 휘진은 이
든의 어깨에 얼굴을 기대고 그의 손끝을 만지작거렸다.

『손톱. 예뻐요.』

『난 관리하는 남자니까.』

한마디도 대꾸를 넘기지 않는 이든 때문에 휘진은 웃음이 나왔다.

『관리하는 남자는 어떤 남잔데요?』

『예쁜 여자랑 사귀는 남자?』

이든이 그녀의 얼굴을 보며 뻔뻔하게 말하자 휘진은 입술 끝에 힘을 주며 웃음을 참았다.

『지금 이렇게 좋아 죽는데도 안 웃으려고 꾹 참는 여자가 좋아하는 남자?』

이든이 휘진의 눈을 마주치며 그녀가 힘을 준 입술에 살짝 입을 맞추었다. 장난처럼 짧게 왔다간 그 입맞춤에도 사랑받고 있구나, 휘진은 그의 마음이 온전히 느껴져 마음이 따뜻해졌다.

『안 바쁠 때 언제예요?』

『그건 왜요?』

『한국에 너무 오래 있어서 본사에서 난리가 났어요. 한번 갔다와야 해서.』

『아!』

휘진이 그의 사정에 미안한 얼굴을 했다. 그가 좋아 한국에 있는 것이었지만 원인은 자신이 한국에 있기 때문이었다.

『당신 안 바쁠 때 같이 가요.』

『같이요?』

『나는 이제 당신이랑 하루도 떨어져 있고 싶지 않으니까.』

이든이 그녀의 머리카락을 쓸어주며 말하자 휘진은 자신도 그와 같은 마음이라는 생각이 들어 눈을 내리깔았다.

『여기 소속사랑 계약이 3개월 남았어요.』

『알아요.』

『그동안 계약해 놨던 일은 다 마무리해야 해요. 이적할 소속사도 알아봐야 하고.』

『생각해 둔 곳 있어요?』

『아뇨. 알아보다가 관뒀어요. 그냥 일인 기획사 생각했는데 지현 언니가 생각 중인 거 있다고 좀 기다리래요.』

지현에게 JnU의 대표 자리를 권한 것은 이든이었고, 그만큼의 책임이 따르는 자리이기에 지현도 심사숙고를 하는 중이었다.

『내 생각으로 언니가 기획사를 차릴 거 같아요.』

아는 구석이 있어 이든은 그저 놀란 척 눈썹만 슬쩍 올려 보였다.

『언니가 계약하자고 하면 계약금 안 줘도 계약할 거예요.』

지현을 향한 휘진의 무한한 신뢰가 보이는 말이었다.

『지현 씨는 좋겠네요. 수치로 환산이 안 되는 가치를 가진 당신이 계약금도 안 받고 계약하겠다고 대기하고 있으니까.』

『그죠? 내가 수치로 환산이 좀 안 되는 여자긴 해요.』

『그걸 이제 알았어요? 난 진즉에 알았는데.』

이든이 웃으며 마주 보고 웃는 휘진의 눈길을 잡았다. 그 올곧고 피함이 없는 눈길에 휘진은 수줍게 눈을 내리깔았다. 눈을 마주 보는 것이 좋았지만 흔들림 없는 눈빛을 받을 때면 발갛게 달아오르는 볼처럼 마음도 달아올라 괜스레 그의 눈빛에 부끄러워졌다. 마주 보기는 부끄럽고, 그녀에게 닿은 그의 시선이 떠나는 것은 싫고. 휘진은 애끓은 커피 잔만 들어 뱅글뱅글 돌리며 수줍은 미소만 그에게 보여주었다.

『나 커피 더 마실 건데, 커피 더 필요해요?』

휘진은 그녀가 싫지 않은 감정으로 그의 시선을 피하는 것을 알면서도 집요하게 그녀를 쳐다보는 이든 때문에 잠깐 자리를 피할 핑계를 물었다. 하지만 그 핑계를 순순하게 용인해 줄 이든은 아니었다.

『커피보다는 당신이 필요해요.』

이든이 휘진을 끌어당겼고 버팀 없이 그의 품에 안긴 휘진은 급하게 다가오는 그의 입술을 보며 눈을 감았다. 부드럽게 닿았다가 깊게 엮이는 연인들의 따뜻함.

『언제 여왕이 될 거예요? 반지가 너무 기다리는데.』

하루라도 빨리 그녀에게 자신을 주고 싶은 이든은 조급함에 휘진의 입술을 깨물었다가 그녀가 아플까 얼른 고개를 들었다.

『못됐어요.』

휘진을 향한 이든의 투덜거림. 그가 유일하게 그녀에게 보이는 조급함이기에 휘진은 옅게 미소 지으며 그에게 입을 맞추었다.

『곧 착해질게요.』

『못됐어.』

이든은 자신을 달래는 휘진을 흘겨보며 그녀를 가슴 깊이 끌어안았다. 어서 빨리 완전히 그의 곁으로 와줬으면 좋겠는데. 아직도 무언가를 두려워하는 듯 그의 곁으로 오는 한 걸음을 떼지 못하는 휘진 때문에 이든은 조바심이 났다. 얼마를 더 기다려야 이 겁 많은 여자가 용기내서 그의 곁에 설까.

『빨리 착해져요.』

이든이 휘진의 귓가에 그의 바람을 전했다.

❖

정식 활동 기간보다는 일이 많지 않았지만 현재 소속사에서의 유종의 미를 거두고 싶은 마음에 휘진은 꾀부리지 않고 최선을 다해 스케줄을 소화했다. 그 와중에 있었던 크고 작은 일이야 이미 그러려니 마음을 비웠기에 크게 신경을 쓰지도 않았다. 하지만 좋은 게 좋은 거라고 끝마무리도 잘해보려 한 휘진의 노력을 소속사 대표는 좋게 받아주지 않았다.

"무슨 조건을 들이밀었기에 확정됐던 OST 작업이 엎어진 건데?"

소속사 대표의 이런 방해가 처음은 아니기에 휘진은 감흥도 없었지만 계약 만료를 앞두고 한 이번 행동에는 휘진도 화가 올라왔다.

"계약금으로 딴지 걸었어?"

"……."

"드라마에 소속사 배우 넣어 달랬어?"

"……."

"그것도 아니면, 뭔데? 뭐 때문에 엎어진 거야?"

더는 입을 다물고 있기 힘든 지현이 소속사 대표가 제작사에게 했던 조건을 말했다.

"듀엣으로 가자고."

"누구랑?"

"유재아."

이제는 낯설지도 않은 그 이름에 휘진의 얼굴이 구겨졌다.

"재아가 하고 싶다고 했대. 대표가 순순히 OK했고."

노래를 하라고 충고를 했더니 이런 식으로 휘진의 뒤통수를 칠 줄은 몰랐다. 그래도 안쓰러운 마음에 나름 진심을 담아 걱정을 해주었는데. 재아에게 보였던 진심의 대가가 이것이었다.

"이 미친 새끼가, 계약금도 안 받겠다고 유재아 메인으로 하고 휘진 씨 피처링하는 걸로 하자고 했어. 대표가 돌았다. 이젠 하다 하다 그런 걸로 엿을 먹인다."

차마 휘진의 얼굴을 볼 낯이 없는 지현이 속상해 고개를 숙였다.

"진짜, 이건 해도 해도 너무하잖아."

휘진은 마지막 순간까지 작정하고 그녀를 밟으려는 대표와, 또 다시 맞은 뒤통수에 눈물이 나왔다.

"휘진아."

억울한 마음에 휘진은 지현의 부름에도 대답하지 않고 방으로 들어가 버렸다.

"후우."

속상할 마음이 짐작이 되고도 남기에 지현은 휘진을 따라 들어 가지도 못하고 거실에서 한숨만 쉬었다. 어떻게 달래줄 방법이 없 어 지현은 이든에게 전화를 걸었다.

―무슨 일이에요?

지현의 전화에 바짝 날이 선 목소리가 들렸다. 지현이 그에게 전화를 할 때는 휘진에게 문제가 생겼을 때이기에 이든은 긴장을 하고 있었다.

『휘진이 집이에요. 올 수 있으면 지금 좀 와줄래요? 휘진이 울어요.』

―울어요? 왜요?

휘진이 운다는 말에 이든의 목소리에 단박에 걱정이 실렸다.

『OST 하기로 한 거 대표가 제작사에 어이없이 없게 굴어서 엎어졌어요. 이번엔 좀 강도가 남달라서…….』

―대체 어이없음의 강도가 어느 정도기에 휘진이 울어요?

『휘진 씨 계약금 안 받는 조건으로 소속사 다른 가수 메인으로 하자고요. 휘진 씨는 피처링하고.』

―그게 문제가 있는 거예요?

『휘진이의 입지 문제예요. 연예인이라는 게 인기를 먹고 살지만 소속사도 받쳐줘야 되는 건데 그 소속사에서 대놓고 얘는 앞으로 이렇게 밟을 거다 찍은 거니까. 소속사에서 눌러 버리면 방법 없어요.』

―이해가 안 돼요. 지금까지도 대표는 휘진의 활동을 방해했잖아요. 특별히 다른 건 모르겠는데.

『활동을 방해하긴 했지만 지금까지 대외적으로 휘진이 입지는 안 건드렸어요. 휘진이 입지가 탄탄해야 소속 신인들 키우는 게 용이했으니까. 그런데 이건 아주 공개적으로 휘진이를 깐 거라. 가수로서의 자존심이 아주 바닥으로 떨어진 거예요.』

―그럼 대표가 이러는 이유는요?

『퇴원하고 바로 재계약 서류 받았는데 휘진이가 아직 사인을 안 했어요. 재계약을 하던지, 아니면 아예 아무 곳으로 못 가게 막

던지. 일단 곱게는 안 보내주겠다. 뭐 그런 거죠.』

―일을 빨리 진행해야겠군요.

『일이라면……?』

―지현 씨 결정이 남았어요. JnU 대표이사. 수락할 겁니까?

지현은 아직도 결정을 내리지 못한 터라 답을 할 수가 없었다.

―난 휘진이 더는 대표 때문에 상처 받는 걸 원하지 않아요. 지현 씨가 수락하지 않겠다면 JnU를 문 닫게 하는 방법밖에는 없어요.

『이게 그렇게 간단하지가 않아요. 수락을 한다고 해도 현재 투자자들이 모두 대표의 편이라…….』

―그건 지현 씨가 걱정할 문제가 아니에요. 내가 처리할 문제지. 지현 씨는 결정만 하면 돼요. 대표직을 수락할 건지 말 건지. 수락한다면 지현 씨가 회사를 장악할 수 있도록 거슬리는 것들은 내가 다 정리할 겁니다. 새롭게 시작할 수 있도록. 이제는 시간을 많이 줄 수 없어요. 40분 후에 도착하니까 그 안에 생각을 끝내도록 해요.

전화가 끊겼다. 지현은 거실에 앉아 한숨을 쉬었다. 회사의 대표가 되어 운영을 한다는 게 말 한마디로만 되는 것은 아니라 고민이 되었다. 하지만 이든이 든든한 지원군이 되어준다 했으니 못할 것도 없다는 생각이 들기도 했다. 그리고 그 생각이 들었을 때 이든은 휘진의 집에 도착을 했다.

『수락할게요.』

이든에게 현관문을 열어주며 지현은 결심이 흔들리지 않도록 답을 했다.

『좋은 결정이에요. 나머지는 닉에게 들어요.』

이든은 JnU의 일에 대한 설명을 닉에게 넘겨 버리고 휘진의 방으로 들어갔다. 불을 켜지 않은 방에서 휘진은 침대 위에 웅크리고 있었다.

아무 소리도 들리지 않았지만 무릎을 끌어안은 어깨가 조금씩 움직이는 것으로 보아 아직도 울고 있는 것 같았다. 왜 이렇게 그가 사랑하는 여자는 눈물이 친구인 건지. 빨리 그의 곁으로 온전히 오면 저 눈에서 눈물 흘리는 일은 없을 텐데. 이든이 걱정이 담긴 착잡한 눈을 휘진에게서 떼지 않았다.

『대표 혼내줄까요? 누구 괴롭히는 건 잘할 자신 있는데.』

말을 걸어도 휘진이 반응을 보이지 않자 이든은 속으로 올라오는 한숨을 누르며 미간을 구겼다. 휘진에게 말하지 않는 감정으로는 지금 당장 대표의 멱살을 직접 잡아 패대기쳐 버리고 싶은데 지금 당장 그럴 수 없으니 이든은 속이 답답했다.

『안아줄까요?』

이든이 휘진에게 조금 더 가까이 다가가 앉으며 무릎 사이로 숨긴 얼굴을 조금이라도 볼까 고개를 움직였다.

『그냥 나 입 다물고 있을까요? 응? 휘진 씨. 말만 해요. 해달라는 대로 내가 다 해줄게요. 울지만 말고.』

이든의 걱정이 닿았는지 울기만 하던 휘진이 얼굴을 들어 눈물을 닦았다.

『속상해요.』

『알아요. 지현 씨한테 들었어요. 속상할 만해요.』

이든이 휘진에게 더 다가가 그녀를 품으로 끌어당겼다.

『그래도 내 앞에선 이렇게 울지 말아요. 우는 여자 달래본 적 없어서 어떻게 해야 할지 모르겠으니까.』

이든이 휘진의 머리끝에 입을 맞추며 그녀의 등을 부드럽게 쓸어주었다.

『그래서 고민인데, 휘진 씨 우는 거 멈추면 나 그다음엔 뭘 해야 하죠?』

분할 정도로 속이 상하는데 휘진은 이든의 고민에 웃음이 나왔다.

『그걸 왜 나한테 물어요?』

『그럼 누구한테 물어요? 여기서 우는 건 당신인데.』

그가 한 말이 거짓이 아니라는 듯 고개를 든 휘진을 마주 보는 이든의 얼굴이 진지했다.

『보통 영화를 보면 이런 때 남자가 키스를 하던데, 나도 그러면 돼요?』

『키스 다음엔 뭘 하는데요?』

『내 기억으론 그다음은 베드신이었던 거 같아요.』

『나가요.』

농담과 진담이 섞인 이든의 말에 휘진이 그의 가슴을 밀었다.

『내가 베드신으로 가겠다는 게 아니라 영화가 그랬다는 거잖아요. 그런데 왜 나보고 나가래요? 내가 그랬어요?』

휘진에게 밀쳐진 이든이 억울하다는 듯 말하자 휘진이 침대에서 내려와 그의 팔을 잡아끌었다.

『그러고 싶잖아요.』

『네.』

담백하게 인정한 말에 휘진이 이든을 노려보았다.

『그러니까 빨리 말해요.』

『무슨 말이요?』

『반지 달라고.』

『…….』

『그럼 내가 다 해줄 수 있어요. 당신, 이렇게 속상하게 안 울어도 되고. 이런 일 내가 없게 할 거니까. 그러니까 빨리 좀 말해줘요. 당신 우는데 이렇게 속수무책 아무것도 못 하게 하지 말고.』

진심이 담긴 말에 휘진이 그를 노려보던 눈길을 거두고 고개를 숙였다. 그를 사랑하지만 반지에 담긴 뜻을 알기에 휘진은 마지막 그가 그녀에게 원하는 답을 해주지 못했다. 사랑하는 것과 미래를 함께하는 것이 꼭 같은 뜻은 아니니까. 게다가 시시각각 이렇게 그녀를 괴롭히는 대표의 횡포가 그에게 닿을까 두렵기도 했다. 대표의 횡포쯤 능히 버텨낼 사람이지만 휘진이 두려운 건 그에겐 들키기 싫은 그녀의 치부였다. 이렇게 소중하게 사랑받는데, 이렇게 귀하게 품에 안아주는데 사실은 그런 사랑 받을 자격이 없다는 걸 알면 이든은 어떤 표정을 지을까. 그의 곁에 머물다 그녀에게 실망하는 이든을 볼 수가 없었다. 그건 정말로 자신 없는 일이었다. 생각만으로도 가슴이 찢어져 눈시울이 빨개지는 그런 생각.

『눈 빨개요. 알아요?』

울었으니 눈이 빨간 건 당연. 휘진은 알고 있다고 고개를 끄덕였다.

『하나도 안 예뻐요. 못생겼어.』

진심인 것도, 농담인 것도 같은 말에 휘진이 숙인 얼굴로 짧은 웃음을 흘렸다. 그의 이런 말 한마디에도 웃을 수 있을 정도로 속상했던 마음이 금세 사라진 게 신기했다.

『거실에 있을 테니까 씻고 예쁘게 화장하고 나와요. 언제나처럼 티 안 나게.』

이든은 휘진의 머리카락을 한 번 쓸어주고 그녀의 방을 나왔다.

『자리 좀 비켜줘요.』

거실에서 휘진을 기다리며 닉과 지현을 쫓아낸 이든은 우울한 휘진의 비위를 맞추기 위해 치즈와 와인을 꺼냈다. 아침에 배달시킨 라넌큘러스 한 송이를 테이블에 놓고 세팅을 끝냈을 때 휘진이 방에서 나왔다.

『음, 다시 예뻐졌네요. 화장한 거 전혀 티 안 나요. 이리 와요.』

놀리는 것이 확실한 말에 휘진이 눈을 흘기고 그의 곁으로 가 앉았다.

『난 치즈만 먹을 거예요.』

『치즈만 먹어요. 난 당신만 먹을게요.』

『뭐, 뭐라고요?』

조각 치즈를 들어 껍질을 까던 휘진이 이든의 말에 놀라 말을 버벅거렸다.

『왜 이렇게 순진한 척해요? 내가 치즈 세팅한 거 보면 내 목적이 다 보일 텐데.』

『…….』

『그리고 당신 지금 들고 있는 치즈. 알고 든 거 아니에요?』

『뭘 알아요. 내가? 이 치즈가 뭐…… 길래.』

당당하게 말하다 작아지는 말끝은 휘진도 자신이 든 치즈가 어떤 치즈인지를 알았다는 것이다.

'왜 하필 이 치즈야.'

빼도 박도 못 할 연인을 위한 치즈에 대꾸할 말 없는 휘진이 힘을 뺀 어깨를 늘어뜨렸다.

『내가 먼저 먹을까요? 아니면 당신이 먼저 먹을래요?』

능글능글하게 다가오는 이든을 보며 휘진은 들고 있던 치즈를 느리게 한 입 베어 물었다.

『예뻐요.』

그리고 기다렸다는 듯 이든은 치즈가 녹기 시작한 휘진의 입술로 치즈를 먹었다.

『누구 아이디어인지 상을 주고 싶어요.』

휘진에게서 입술을 떼며 휘진을 품에 안았다.

『앞으로 울지 말아요. 내가 안 울게 해줄게요. 힘든 일 없게 해줄 테니까 나만 믿어요. 알았죠?』

듣기만 해도 위로가 되고, 마음이 든든한 말. 휘진은 이든의 품에서 위안을 받았고 마음이 편안해졌다.

이든은 휘진의 등을 쓸어주며 차근차근 그가 지금부터 할 일을 정리했다.

지난 일 년 동안 한국에 있으면서 차근히 준비를 한 덕에 JnU 대표의 발등에 불을 떨어뜨리는 것은 수월했다.

집사기 중국 쪽의 부자자는 합작에서 발을 빼겠다고 하고. 어떻게 된 것인지 여기저기 잘 돌던 자금은 다 막히고, 이런 상황에 이든은 대표가 갖지 못한 자금을 대신해 그의 주식을 양도받았다. 대표에게 양도받은 주식과 그간 이든이 매입한 주식으로 JnU의 대주주가 된 이든은 대표의 경영 능력을 문제 삼아 주주들을 흔들었다. 이든의 선동으로 대표이사에 대한 해임설이 나돌자 대표는 급하게 이든에게 만남을 청했다.

『보자고 한 용건이 뭐죠?』

『회사 일로 긴히 드릴 말씀이 있어서 뵙자고 했습니다.』

대표의 말에 이든이 심드렁한 표정을 지었다.

『안팎으로 시끄럽던데. 그 이야기인가요?』

『네. 그 문제에 대해 오해를 하신 것 같아 그 오해를 풀어드릴 겸 모셨습니다.』

대표가 입이 마르는지 이든의 눈치를 보며 물을 마셨다. 이든을 만나기 전 대표가 보유한 주식 지분을 넘어선 이든의 지분을 확인하고 등골이 서늘해졌던 대표였다. 이든이 마음만 먹으면 언제라도 대표이사 자리를 뺏길 수 있는 상황이었고, 이든은 직접은 아니더라도 대표이사를 바꿀 의사를 비치고 있었기 때문이었다.

『들어보죠.』

『회사 운영에 몇 가지 문제가 발생하긴 했습니다만 이건 조속히 처리가 될 문제들입니다. 중국 쪽에서 투자받기론 한 자금이 묶여서 그 연동으로 자금 흐름이 원활하지 못합니다만, 중국 쪽 문제는 조만간 처리가 완료될 겁니다. 그럼 자금이 들어올 거고…….』

『어떻게 처리가 되는 거죠?』

『아! 그게. 중국에서 합작에 대해 문제제기를 한 것에 큰 이유

중 하나가 석휘진 씨 때문입니다. 실은 휘진 씨의 계약 만기가 도
래했습니다. 중국 쪽에선 휘진 씨의 향후 활동을 두고 JnU와 합
작을 한 것이었는데 석휘진 씨의 재계약이 아직 진행이 되지 않아
문제 제기를 한 겁니다.』

『기간이 얼마나 남은 거죠?』

『2달 정도입니다.』

『2달이 남았는데 재계약이 안 된 거라면 재계약 의사가 없는 건
아닌가요?』

『아닙니다. 석휘진 씨는 무조건 JnU와 재계약을 할 수밖에 없
습니다. 그건 걱정 마십시오.』

『따로 준비하신 게 있나 보군요. 자신만만하신 걸 보니.』

이든은 휘진에 관해 무언가 꿍꿍이가 있는 듯해 대표를 떠봤다.

『아, 뭐. 준비라기보다는 일종의 안전장치죠.』

『안전장치요?』

『네. 제가 휘진 씨의 비밀을 하나 알고 있습니다. 제가 입만 뻥
끗하면 아주 치명타를 입죠. 어쩌면 아주 이 바닥에서 매장될 수
도 있고.』

이든이 느리게 술잔을 들며 대표에게서 시선을 떼지 않았다. 대
표는 자신에게서 떨어질 줄 모르는 이든의 시선에 의기양양해하
며 은근하게 목소리를 낮추었다.

『실은 제가 석휘진 씨의 스폰서 내역을 알고 있습니다.』

『스폰서요?』

『네. 워낙 비밀리에 진행이 돼서 아는 사람이 별로 없긴 한데,
휘진 씨가 과거 전 소속사에서 스폰서가 있었습니다.』

대표의 말은 이든에게 충격이었다.

『기간도 꽤 길었죠. 1년이 넘었으니까. 그동안 석휘진 씨는 스폰서한테 받을 거 다 받았고, 소속사도 꽤나 짭짤하게 투자받았었죠. 그 스폰 끝나고 저희 쪽으로 소속사를 옮겼고요.』

휘진에게 스폰서가 있었다는 건 도저히 믿을 수 없는 이야기였다. 스폰서라면 치를 떨던 여자였는데. 그런 저급한 부류로 오해받아 휘진의 마음을 얻기까지 무려 일 년이 걸렸다. 그의 다가섬을 경계하던 그 조심스런 모습이 눈에 선했다. 그 아프던 표정도 안쓰러운 두려움도. 그게 거짓일 리는 없는데…….

『그런 비밀이 있으면서도 석휘진 씨는 재계약을 안 하겠다고 버티는 건가요?』

『네. 원체 고분고분한 성격은 아니라서. 하지만 곧 고분고분해질 겁니다. 회장님께만 살짝 말씀드리면 증권가 찌라시에 내용을 좀 흘렸습니다.』

이든은 대표가 한 일의 저의를 눈치챘다.

『압박이군요.』

『네. 찔리는 구석이 있어서 소문이 돌면 꼬리를 내릴 겁니다. 아직 한국 연예계는 보수적이라 이런 내용이 돈다는 것만으로도 여자 연예인들에겐 치명적이죠. 게다가 석휘진 씨는 단순히 소문이 아니니 증거가 나오면 그대로 끝이죠.』

『증거라. 증거까지 갖고 있습니까?』

이든이 느리게 술잔을 기울이며 단순한 궁금증인 듯 대표에게 물었다.

『증거는 없지만 증인은 있죠. 전소속사의 대표와, 스폰을 했던 사람. 둘 모두 저와 아주 막역한 사이입니다.』

이든은 대표의 말을 전적으로 이해했다는 듯 고개를 주억거렸다.

『일이 좀 빨리 돌아가겠네요.』

이든이 대표를 보지 않는 눈으로 작게 중얼거렸다.

『네. 최대한 빨리 일이 처리가 돼야죠. 그러니 너무 걱정 마십시오. 회사 경영이라는 게 잘될 때도 있고, 잠시 막힐 때도 있는 것이니 조만간 막힌 일을 다 처리해서 원상복귀 시키겠습니다. 그러니 절 믿고 기다려 주십시오.』

대표가 이든에게 공손히 고개를 숙이고 부탁을 했다.

『지켜보도록 하죠.』

『네. 감사합니다. 기대에 어긋나지 않겠습니다.』

『그럼, 전 이만.』

이든은 그의 말에 만면에 웃음을 띠는 대표를 보며 자리를 나왔다. 숙소로 가는 차 안에서 대표의 말을 곱씹는 이든의 표정은 좋지 못했다.

『젠 소프트. 어떻게 됐어?』

『페이퍼 컴퍼니를 찾았습니다. 헌데, 이게 좀 터트리기엔 문제가 있습니다.』

『무슨 문제.』

『단순 비자금이 축적이 아니라 자금 세탁까지 겸하고 있더라고요.』

닉의 말에 이든의 미간이 구겨졌다. 고작 중소기업의 규모도 안 되는 회사가 자금 세탁이 필요할 리는 없었다.

『모기업이 있다는 거군.』

『네. 젠 소프트 사장이 삼한기업의 후계자입니다.』

삼한이라는 이름에 이든은 머리가 지끈거렸다. 하필 뒤통수를 맞아도 저런 배경 있는 놈한테 맞았다니. 그걸 칭찬을 해야 할지. 화를 내야 할지.

『페이퍼 컴퍼니를 건들면 좀 많이 시끄러울 것 같습니다만…….』

건드리기로 마음먹으면 못 건들 것도 없지만 그의 복수를 위해서 한 나라의 경제에 데미지를 입히는 건 좀 과하긴 했다.

『전 소속사 대표는?』

『횡령 증거 찾았습니다.』

『그럼 그쪽부터 처리해.』

『알겠습니다.』

이든은 벼르던 사람들을 손봐주는 순서를 바꿨다. 건들면 상당히 시끄러워질 휘진의 첫사랑이 경영하는 젠 소프트를 어떻게 할까 고민하며 숙소에 도착한 이든은 잠시 머리를 식히고 휘진에게 전화를 걸었다.

─이든?

『안 잤어요?』

─자려고요. 당신은요?

웃음이 묻은 목소리가 그의 안부를 물었다. 이젠 이렇게 그의 안부를 묻는 것이 거리낌이 없는 여자인데. 이 목소리 하나가 이렇게 그에게 큰 평안을 주는데.

『일이 좀 있어요.』

─일요? 무슨 일?

『회사 일.』

—아! 혹시 가봐야 되는 거예요?

휘진의 목소리에 좀 전의 웃음기가 사라졌다.

—언제 가요? 얼마나 있다가 오는데요? 급한 거예요?

그에 대한 마음이 담긴 이어지는 물음들에 이든의 마음이 무거워졌다.

『안 가요.』

—정말? 안 가도 되는 거예요?

안 간다는 말에 화색이 도는 목소리.

『안 가도 되는 대신 바빠서 연락 못할 수도 있을 거예요.』

—혹시, 나 때문에 안 가는 거예요?

그동안의 이든이 휘진에게 보여준 모습으로는 그녀 때문에 가지 않는 것이 당연한 것이기에 그것을 알고 묻는 것이었다.

—나 때문이면 안 그래도 돼요. 나 괜찮으니까 다녀와요.

『나 보내놓고 뭐 하려고요?』

—뭘 하긴요. 일해야죠. 뭐, 당신 생각도 하고.

부끄러운 듯 작아진 목소리가 지금 휘진이 어떤 얼굴을 하고 있을지 그의 눈에 그려지게 했다. 아마도 수줍은 듯 눈을 내리깔고 그녀의 마음을 보인 입술을 아프지 않게 깨물고 있겠지.

『감시할 거예요. 뭐 하는지.』

—감시해도 딴짓 안 해요.

『자신 있어요?』

—무슨 자신? 딴짓 안 할 자신? 그건 당신이 나한테 물어보면 안 되는 건데

『나는 왜 물어보면 안 돼요?』

—당신은 과거가 화려하잖아요. 구 여친이랑 통화도 하고. 과거력으로 보면 딴짓 할 가능성은 당신이 더 커요. 감시는 내가 해야 되는 건데. 난 어떻게 감시를 하죠?

그의 과거에 질투를 하고, 불안해하고, 그에 대한 소유욕을 보이고. 그의 마음이 흡족한 예쁜 말만 골라 했다.

『제이슨이랑 닉한테 물어봐요. 내가 딴짓 하는지 안 하는지. 둘다 당신 편이니까.』

—아! 맞다. 제이슨이랑 닉이 있었죠. 당신 조심해요. 당신이랑 연락 안 되면 두 사람한테 전화해서 당신 뭐 하는지, 뭘 했는지 일일이 다 물어볼 거니까.

이제는 이렇게 그를 그녀의 사람이라 생각하는 말도, 행동도 서슴이 없는데. 같이 가자 하는 그의 손만은 잡지 않았다.

『내 생각 매일 해요.』

—생각나면 해줄게요.

『못됐어요. 당신.』

—맨날 못됐대. 일 빨리 해요. 그럼 착해질게요.

『더 자요. 많이 자야 예뻐지지.』

—지금도 예뻐요. 난.

『더 예뻐져요. 내가 당신한테서 죽을 때까지 허우적대게.』

—지금 예쁜 것만으로도 허우적대긴 충분한데, 내가 피곤하니까 난 좀 더 잘게요. 열심히 일해요.

휘진은 웃음과 함께 전화를 끊었고 이든은 한참을 휴대전화를 내리지 못한 채 생각에 잠겨 있었다.

사실은 바쁠 것이 없었기에 이든이 하는 것이라곤 서재에 틀어박혀 휘진에 대한 생각을 하는 것이 전부였다.

그렇게 휘진에게 한 바쁘다는 거짓말로 통화를 하지 않은 지 며칠. 바쁘다는 말에 전화를 하지 못하는 휘진은 매일매일 그에게 문자를 보냈다.

「점심 먹었어요? 난 김밥으로 때우는 중.」

「피곤하다. 졸려요. 당신은요?」

「많이 바빠요? 문자 보낼 시간도 없을 만큼?」

「나 착해졌는데…….」

「오늘, 좀 많이 속상한데 통화 못 해요? 보고 싶은데.」

이든은 휘진이 보낸 문자를 보고 인터넷에 떠돌기 시작하는 휘진에 대한 증권가 쪽지를 확인했다. 구체적인 상대에 대한 내용은 빠진 채 스폰서가 있었다더라라는 내용이 전부였지만 이것만으로도 사람들의 추잡한 추측은 시작되었다.

『보스. 지금 인터넷에…….』

『알아.』

『그냥 두실 겁니까? 빨리 조치를 취해야 할 텐데요.』

『둬.』

휘진에 대해서라면 물불 못 가리는 이든의 이런 반응이 닉은 당황스러웠다. 시간만 나면 휘진과 연락을 하고, 그녀의 곁으로 가던 이든이었는데 며칠 전 JnU 대표를 만나고 와서부터는 숙소에서 꼼짝을 하지 않고 있었다.

『전 소속사 대표는 어떻게 됐어?』

『검찰 조사 들어갔습니다. 익명으로 담당검사에게 자료 보냈습

『니다.』

『JnU 대표 교체 건은?』

『주주들 설득 완료했습니다. 주총만 열면 대표 교체는 완료될 겁니다.』

『새 대표가 이지현 씨라는 건?』

『아직 공개하지 않았습니다. 다만, 누가 되었든 저희 쪽 편을 드는 걸로 확답받았습니다.』

『약속을 뒤집을 가능성은?』

『없습니다. 현 대표의 비리 자료와 개별 주주들의 약점을 같이 잡아놨습니다.』

『대기하고 있어.』

『알겠습니다.』

닉이 대답하고 복잡한 눈빛으로 이든을 바라보았다.

『묻지 마. 나도 답답하니까.』

『그러니까 왜요? 대체 왜 이러는지 이유나 말씀해 주세요.』

『그냥 좀, 생각 중이야.』

『뭘요?』

『휘진에 대해서.』

닉이 이해할 수 없다는 표정을 짓자 이든도 그의 얼굴을 보고 한숨을 쉬었다.

『보스. 이지현 씨 전화입니다.』

『받지 마.』

『보스.』

『내가 됐다고 할 때까지는 받지 마.』

이든의 말에 닉은 조용히 휴대폰을 내려놓았다.

이든과 연락이 되지 않는 사이 휘진은 대표와 재계약에 대한 신경전으로 하루하루를 보내고 있었다. 좋은 말과 달래는 말. 어르는 말과 질책하는 말. 그리고 이제는 휘진의 약점을 입에 올린 협박까지. 이런 협박이야 한두 번이 아니었기에 휘진은 불안함을 느끼면서도 꿋꿋하게 재계약 서류에 사인을 하지 않고 버텼다.

—마지막 기회야. 오늘 지나면 나도 무슨 짓을 할지 몰라. 내일돼서 싹싹 빌지 말고 계약서 사인해. 그럼 봐줄 테니까.

전화에 이어 문자로 온 협박 내용을 보며 휘진은 한숨을 쉬었다.

"왜?"

표정이 좋지 않은 휘진을 보며 지현이 묻자 휘진은 말 없이 휴대폰을 그녀에게 내밀었다.

"미친 새끼."

지현의 입에서 욕이 튀어나왔다. 하지만 그 이상의 말은 하지 못했다. 지금 휘진이 애써 숨기고 있는 불안감을 지현 역시 느끼고 있기 때문이었다. 그간 대표가 한 짓들이 있기에 휘진에게 보낸 문자가 단순한 협박용이 아닌 것 같아 지현은 불안했다.

'설마, 그래도 그런 짓은 안 하겠지. 공개하면 둘 다 죽자는 건데.'

아직은 대표에게 위신은 이용가치가 있으니 섣부르게 그녀를 망가뜨릴 내용을 공개하지 못할 것이라 판단했다.

"걱정하지 마. 대표도 섣부르게 공개는 못할 거야."

휘진이 불안한 눈으로 지현을 쳐다봤다.

"지금 대표도 회사에서 입지가 좀 안 좋아. 이 일 공개하면 같이 죽자는 건데 설마 그러겠니? 대표는 그렇게까지는 못 해."

지현이 불안감을 숨기고 휘진을 위로했다. 하지만 날이 지나 대표가 보낸 서류봉투를 열고 지현은 그녀의 판단이 틀렸다는 것을 알게 되었다.

"언니. 왜 그래? 그거 뭐야?"

굳어진 지현의 얼굴에 휘진이 그녀에게 손을 뻗었다. 그리고 지현에게 빼앗아 본 종이의 내용을 읽고 휘진은 절망감을 느꼈다. 휘진의 스폰서 설이 담긴 증권가 찌라시였다. 눈앞이 깜깜해졌다.

"내가 끝까지 재계약 안 하면 정말 공개해 버릴 텐데. 대표는 그러고도 남을 텐데. 나 어떻게 하지?"

떨어지는 눈물을 닦을 생각도 못하고 손에 들린 종이를 구긴 휘진이 울음을 참으려 애를 썼다.

"그 사람이 알면……."

많은 것이 두려웠지만 지금 휘진이 가장 두려운 것은 이든이 알게 되는 것이었다. 휘진이 운명이라며 다가오는 그를 충분히 모욕적일 수 있는 생각으로 밀어냈었는데, 그래서 오랜 시간을 참으며, 기다리며 그녀에게 다가왔던 사람인데. 사실은 그를 그렇게 밀어낼 자격도 없었던 걸 알게 된다면 이든이 어떻게 생각할지 그것이 두려웠다. 그녀를 향했던 그 따뜻했던 사랑이 떠나 버리면…… 생각만으로도 가슴이 아파 숨 쉬는 게 힘들었다.

"아니야. 휘진아. 그런 거 아니잖아."

다른 무엇보다 어렵게 시작한 사랑을 잃을지도 몰라 두려워하는 휘진을 보며 지현이 무거운 한숨을 쉬었다.

"넌 아니잖아. 그럼 된 거야. 넌 떳떳해. 이든도 알 거야. 그러니까 걱정하지 마."

지현이 울음을 그치지 못하는 휘진에게 다가가 그녀를 끌어안았다.

"미안해. 휘진아. 내가 너무 힘이 없다. 대표가 이렇게 지저분하게 나올 거 예상하고 있었어야 했는데. 미안해. 내가 너무 안일했어. 그래도 내가 어떻게든 막아볼게. 이 이상 퍼지지 않게. 찌라시라고 다 이슈가 되는 건 아니야. 그건 알잖아. 내가 어떻게든 해볼 테니까. 울지 마."

지현은 이 위험한 사태를 어떻게 막아야 할지 앞이 캄캄했지만 정신을 차리고 아는 기자들부터 만나 입단속을 시작했다. 하지만 이미 대표가 기자들 쪽으로도 먼저 손을 썼기에 지현 혼자 소문을 막기엔 역부족이었고 결국 휘진의 스폰서 설은 인터넷에 도배가 되어 대중들의 질타를 받았다.

무수한 악플이 달리고 그녀의 집으로 기자들이 찾아와 진을 쳤다. 어두운 밤에도 집에 불을 켤 수가 없었다.

어찌 손을 써볼 수도 없는 카더라의 힘에 굴복을 해야 하는 건지.

휘진은 이제라도 재계약을 하면 유포되고 있는 소문을 덮어주겠다는 대표의 제안에 유혹을 느꼈다. 유혹에 넘어간다면 남은 그녀의 앞날도 쉽지는 않겠지민 그 쉽지 않은 실이 지금만큼 힘들지 않을 것 같다는 생각이 들었다. 지금 이대로라면 그녀의 가수로서의 생명은 끝이 난다고 봐도 무방했다. 여기서 대표가 구체적인 증거까지 언론에 유포한다면 그때는 휘진의 여자로서의 자존감도 돌이킬 수 없는 타격을 입게 되는 것이었다.

억울하지만 순진했다는 건 아무 변명도 되지 못하는 것이었다. 힘없고 순진했던 사람이 죄인이 되는 현실. 죄인이 아닌 휘진은 죄인이 되어 울 수밖에 없었다. 지현은 그런 그녀를 지켜보며 현실을 원망할 수밖에 없었다.

"휘진아."

"연락이 안 돼."

망연하게 거실에 앉은 휘진의 말이었다.

"그 사람이 알았나 봐."

휘진의 얼굴에 체념이 있었다.

"얼마나 내가 역겨울까."

"휘진아."

"깨끗한 척, 아닌 척. 경멸 어린 시선으로 그를 봤던 나를 얼마나 어이없어 할까?"

지현은 모든 걸 잃은 듯 낮게 중얼거리는 휘진에게 다가갔다.

"그런 주제에 믿지 못한다고 밀어내기만 했던 나를 얼마나 가증스럽게 생각할까?"

휘진은 이제 울지도 않았다.

"후회할까. 그 사람? 나를 사랑한 걸?"

이미 그렇게 믿는 것 같은 휘진에게 지현은 애써 아니라고 고개를 저어주었다.

"아니야. 휘진아. 이든을 믿어. 그런 사람 아니야. 널 얼마나 사랑하는데."

"그런데 연락이 안 돼."

"……"

"벌써 열흘이야. 연락 안 된 지."

휘진의 말엔 지현도 할 말이 없었다. 지현 또한 그동안 수십 번을 이든과 연락을 하려 했지만 도무지 받지를 않았다. 운신이 힘든 휘진을 대신해 그를 찾아도 갔지만 문도 열어주지 않아 이든을 만날 수가 없었다.

"이든도 좀, 혼란스러울 거야. 이렇게 시끄러운데 모를 수는 없을 테니까. 좀 잠잠해지면 연락될 거야. 일단, 그전에 이 일부터 수습하자. 내가 대표님도 만나보고 기자들도 만나서……."

"됐어."

휘진이 지현의 말을 끊었다.

"그냥 둬."

"휘진아."

"거짓말도 아니잖아."

"무슨 소리야. 너. 이거 이대로 두면…… 이건. 그냥 소문이 아니라 대표가 악의적으로……."

"놔둬. 대표가 무슨 짓을 하든. 신경 안 쓸래."

휘진은 모든 것을 포기했다. 이렇게 돼보니 그녀가 두려워했던 것이 그럴 필요 없는 일이란 걸 깨달았다. 지금 그녀가 힘든 것은 그녀의 과거가 만천하에 공개돼 사람들의 손가락질을 받는 것보다 이든이 그녀를 떠났다는 것이었다. 그가 없으니 이런 일쯤, 그가 없는 것에 견주어 아무것도 아닌 것을. 앞으로 무대에 서지 못할지 모른다는 두려움보다 이든을 다시 보지 못할지도 모른다는 두려움이 더 커 대표가 퍼트린 소문엔 신경조차 쓸 수가 없었다. 그저 지금도 그가 보고 싶을 뿐이었다. 그녀를 경멸하는 눈빛이라도 마주하고 싶을 뿐이었다.

휘진은 이든에 대한 그리움으로 크리스털 병에 잘 말려진 꽃을 꺼내보았다.

"꽃도…… 이젠 안 와."

"꽃이야 그냥 잊어버렸겠지. 바쁘다 보면 그럴 수 있어."

지현의 말에 휘진은 고개를 저었다. 이 꽃에 담긴 의미를 지현은 몰랐다. 매일매일 그녀에게 청혼을 했던 그의 마음을 지현은 몰랐다.

"내가 너무 그 사람을 지치게 했나 봐."

휘진은 눈가에 고인 눈물을 참으며 마른 꽃을 다시 크리스털 병에 넣었다.

"다른 무엇보다 그 사람이 소중한 걸 좀 더 빨리 알았다면 좋았을 걸."

휘진은 기어이 흘러내리는 눈물을 참지 못하고 크리스털 병 위로 고개를 숙였다. 그녀의 얼굴을 타고 떨어지는 눈물방울이 마른 꽃잎에 떨어져 곱게 마른 꽃들을 적셨다.

지현은 모든 걸 단념해 버린 휘진을 보며 마음이 아팠다. 어렵게 다시 시작한 사랑을 이렇게 잃어야 하는 휘진이 안쓰러워 두고 볼 수만은 없었다.

지현은 다시 이든의 숙소를 찾았다. 무슨 수를 써서라도 이든을 만나겠다고 단단히 결심을 하고 온 것이 무색하게 그를 향한 문은 활짝 열렸다.

『오랜만이네요.』

『그러네요. 앉아요. 마침 당신한테 용건이 있던 참인데.』

『지금 뭐 하는 거예요? 왜 휘진이 전화는 안 받아요?』

『미안한테 그 얘긴 하고 싶지 않아요.』

『하기 싫어도 해요. 휘진이가 지금 얼마나 힘든지 알기나 해요? 고작 이런 소문에 흔들려서······.』

『소문이 아니잖아요.』

이든의 말에 지현은 입을 다물었다.

『소문이 아니라서 휘진은 두려워했던 거고. 지금은 모든 사람이 아는데. 휘진은 어떤가요?』

『그걸 왜 내게 물어요? 궁금하면 당신이 직접 가서 봐요.』

『당신이 말해주지 않겠다면, 나도 가서 보지 않아요. 앉아요. 당신에게 용건이 있으니까.』

『휘진이한테도 없는 용건이 내게 왜 있어요? 휘진을 빼면 당신과 내게 있는 관계가 없는데.』

『JnU가 있죠. 내일 주주총회를 열 거예요. 안건은 대표이사 해임안. 주주들 다 설득했고 당신은 대표이사로 취임만 하면 돼요.』

이든의 말에 지현은 할 말이 없었다. 지금 이런 판국에 대표이사 취임이라니!

『당신 미쳤어요?』

『미친 거 같아요?』

『이봐요.』

『난 아직 혼내줄 사람이 많이 남았어요. 그래서 무척 바쁘고.』

혼내줄 사람이 많다. 무언가 미묘한 뜻이 담긴 말에 지현이 미간을 찌푸렸다.

『무슨 뜻이에요?』

『단순한 뜻. 너무 복잡하게 생각하지 말아요. 내일 주주총회엔 내 대리인이 참석할 거예요. 미리 축하해요. JnU의 대표님. 내 용건은 끝났으니 이만 가봐요. 휘진 씨 혼자 두지 말고.』

지현은 그녀를 내쫓은 이든의 마지막 말까지 헷갈려 발을 뗄 수가 없었다.

『휘진은 어때요?』

이든이 다시 물었다. 그리고 이건 확실했다.

『진짜 모를 사람이네요. 대체 왜? 후우. 물어도 답 안 해줄 거죠?』

지현이 포기한 듯 한숨을 쉬었다.

『후회하고 있어요. 좀 더 빨리 깨닫지 못했던 걸.』

지현의 말에 이든의 움직임이 멈췄다.

『매일 울다가 지금은 울지도 않아요. 무슨 꿍꿍인지는 모르겠는데 당신도 후회할 일은 만들지 말아요.』

지현이 이든에게 하고 싶은 말을 하고 그의 숙소를 나왔다. 그리고 다음 날 이든이 얘기한 대로 JnU의 주주총회에 참석한 지현은 그녀를 노려보는 현 대표의 저주 속에 JnU의 새 대표이사가 되었다.

"내가 가장 먼저 할 일이 뭔지 알아요?"

지현은 전 대표의 앞에 당당하게 섰다. 그간에 받았던 모멸과 설움을 담아 휘진의 계약서를 보여주었다.

"휘진 씨 재계약 서류예요. 그리고 이건."

지현은 휘진의 서류를 내려놓고 다른 몇 장의 서류를 들어 전 대표의 앞에 내밀었다.

"유재아의 계약 파기 서류예요."

"재아는 왜?"

"몰라서 물어요?"

지현이 바지 주머니에 손을 넣고 전 대표를 노려보았다.

"휘진이 뒤통수 치고 끌어내리려고 했던 애를 내가 왜 데리고 있어요? JnU의 메인 스타는 휘진인데. 당연히 휘진이한테 손톱 세운 애는 쳐내야죠. 스태프는 물론 현재 소속된 연예인들에 대해서도 물갈이할 거예요. 물론, 물갈이의 대상은 전 대표님의 손을 아주 많이 탄 사람들이 되겠죠."

지현은 전 대표의 사람들은 회사에 남겨둘 마음이 없었다. 쳐낼 땐 확실하게 쳐내서 건실하고 건전한 기획사로 JnU를 바꿀 것이었다.

"내가, 이대로 가만있을 줄 알아? 석휘진이 내 말 한마디면 끝나."

"어디 끝나나 보자고요. 이깟 소문에 휘진이 눈 하나 깜짝 안 해요. 그리고 내가 대표가 됐는데 나는 당하고 있을 것 같아요? 어디 한번 해보자고요. 누가 이기나."

지현의 기세등등함에 전 대표는 분한 듯 주먹을 말아 쥐었다.

"이제 여기서 그만 나가주시죠. 관계자 외 출입금지라서."

지현은 냉정하게 전 대표를 사무실에서 쫓아내고 재아에게도 계약 해지를 통보했다. 마른하늘에 날벼락을 맞은 유새아가 지현을 찾아와 따져 물었다.

"실장님. 제가 왜 계약 해지를 당해야 하죠? 제가 뭘 잘못했다고요?"

"잘못은 전 대표한테 가서 물어."

"……."

"어디에서 널 받아줄지는 모르겠는데 거기선 물 흐리지 마. 너한테 진심으로 대한 사람 뒤통수도 치지 말고."

재아까지 한 큐에 정리를 한 지현은 개운한 기분으로 휘진의 집으로 돌아왔다.

"어서 와."

차분하게 머리카락을 묶은 휘진이 지현에게 다가와 그녀를 안아주었다.

"일단, 축하해. 대표님 된 거."

"그래. 고마워."

"이제 물어도 돼?"

"응?"

"어떻게 된 거야? 갑자기."

너무 놀라고 경황이 없던 터라 묻지 못했던 걸 휘진은 지금 물었고 지현은 어떻게 대답을 해야 할지 몰라 입술을 말아 물었다.

"말하기 곤란한 거야?"

"어, 음. 곤란한 건 아닌데 지금은 좀…… 그래."

곤란하지는 않는데 지금은 말 못해준다는 이상한 말에 휘진이 고개를 갸웃거렸다. 그러다 혹시나 하고 드는 생각. 그 생각의 끝에 이든이 있었다. 하지만 이든에 대해 묻는 것이 겁나고 가슴 아파 휘진은 고개를 털어 그에 대한 생각을 떨쳐 버렸다.

"참, 휘진아. 소속사에서 네 루머, 반박자료 낼 거야."

지현이 대표가 돼서 가장 먼저 하려는 것이 실추된 휘진의 명예 회복이었다. 할 수 있는 대로 모든 걸 다 동원해서 현재 휘진에게 불리하게 돌아가고 있는 분위기를 어느 정도 상쇄시켜야 했다.

"그냥 둬."

하지만 휘진은 이미 마음을 놓았기에 지현이 하려는 일을 말렸다. 괜히 대표이사가 돼서 처음 하는 일로 그녀의 입장이 난처해지지 않을까 걱정이 되었다.

"이미 퍼진 소문이고, 아니라고 반박해 봐야 믿을 사람 얼마나 되겠어."

"그래도 이대로는 못 둬."

"시간이 약이야. 시간 지나면 가라앉을 거고, 잊을 사람은 잊겠지."

"기억할 사람은 해. 그리고 악착같이 네 꼬리표로 달라붙을 거고. 그 꼬리표에 최소한 아니라는 말은 했다. 진실은 달아줘야지."

지현의 단호한 말에 휘진은 그저 말갛게 웃기만 했다. 어떻게든 추락하는 그녀를 붙들어보겠다고 안간힘을 쓰는 지현인데. 자신은 이 추락에 어떤 의미도 두고 있지 않으니.

사람은 아플 때 한 가지의 통증만을 느낀다는데 휘진은 그 말이 맞는 것 같았다. 그렇게 두려웠던 일이 현실이 되었어도 두렵지가 않고 아프지가 않은데 이든이 없다는 것엔 숨이 막혀 가슴이 먹먹할 만큼 힘든 것을 보면. 그래서 지현의 그녀를 걱정하는 저 마음도 괜한 걱정을 하는구나 싶어지는 것을 보면.

"너무 무리하지 마. 언니."

휘진이 해줄 말은 이것뿐이었다. 그녀조차 애를 쓰지 않는 일에 발 벗고 나서려는 지현을 차마 말릴 수 없어 하는 말. 이 말밖에 할 수 없는 게 미안해 휘진은 지현의 안쓰러운 시선을 외면했다.

지현은 대표이사가 되고 며칠간은 회사를 정리하느라 눈코 뜰 새 없이 바쁜 시간을 보냈다. 그리고 그 시간 중엔 지현을 협박하는 전대표의 전화도 있었고, 지현과 협상을 하려는 재아의 방문도 있었다.

"계약 파기 취소해 주세요."

"내가 왜?"

"나 아는 거 많아요. 휘진 선배에 대해선 특히."

휘진을 들먹이는 말에 지현의 눈초리가 매서워졌다.

"너 지금 나 협박하니?"

"협상하자는 거예요. 저 휘진 선배 남자관계 알고 있어요. 이거 조용히 입 다물 테니까 계약 파기 취소해 줘요."

"남자관계라니. 협상이 먹힐 카드를 들고 와서 내밀어야지. 그거 진 대표가 써먹었던 거 모르니? 이제 쓸모없어. 할 말 없으니까 나가."

"나 이대로 쫓아내면 기자 만날 거예요. 약속도 이미 해놨어요."

"그러던지. 허위사실 배포면 쇠고랑 찬다. 그것만 명심해."

JnU에서 계약 파기를 당하고 재아는 앞날이 막막했다. 이미 업계에선 전 대표가 했던 일들이 소문나서 그녀를 받아주는 소속사가 없었다. 그렇게 회생 방법을 찾던 사이 휘진의 병실에서 우연히 본 남자가 JnU 대주주이고, 지현을 대표이사로 만든 사람이란 것을 알고 옳거니 했는데 그게 먹히지가 않았다. 하지만 이대로 물러서기는 너무 억울했다. 그녀는 그저 스타가 되고 싶어서 대표가 시키는 대로 했을 뿐이고 눈앞에 기회가 보이기에 잡았을 뿐이었다.

"나 혼자는 안 죽어. 두고 봐. 내가 석휘진도 끌어내리고 말 거야."

재아는 앙심을 품고 아는 기자를 찾아가 그녀가 본 것과, 아는 것을 모두 말했다.

"사실이에요?"

기자의 확인 물음에 재아는 자신 있게 고개를 끄덕였다.

"병원 측에 확인해 보세요. 두 사람 입원한 시기가 같을 거예요."

"그것만으로는……."

"제가 확실히 봤어요. 이든 레넌스. 그 남자가 석휘진 씨 병실에서 나오는 걸. 저랑 눈도 마주쳤어요. 그 남자. 아, 제가 병실에 들어갔을 때 이지현 매니저도 있었어요. 현재 JnU 새 대표요. 석휘진 매니저가 JnU의 대표이사가 된 것도 다 그 사람 때문이에요. 이든 레넌스가 이지현 매니저를 밀었거든요. 대표이사로."

"그럼, 회사 측에서도 알고 있다는 건가요? 석휘진 씨와 이든 레넌스의 관계?"

"당연하죠. 이든 레넌스는 JnU의 투자자니까. 투자자와 소속사의 메인 가수. 그리고 몇 년 동안 나오시 않던 정규앨범도 나왔고. 석휘진 씨의 기사는 매일 언론에 도배가 됐고. 이것만 봐도 뻔하잖아요. 한물간 가수가 어떻게 앨범 한 장 낸다고 언론에 도배될 수 있겠어요? 다 뒤에서 작업을 했으니 그렇게 된 거지."

재아는 삐뚤어진 시기로 휘진이 혼자 일구어낸 것들을 끌어내렸다.

"그래도……."

재아의 말을 100% 신뢰하기 힘든 듯 기자가 고개를 갸웃거리며 미심쩍은 시선을 보냈다.

"석휘진 씨는 그쪽으로……."

기자의 흐린 말을 재아는 알아들었다.

"이번이 처음 아니에요. 지금 떠도는 석휘진 씨 스폰서 설. 그거 사실이에요."

"……!"

"전 JnU 대표님은 알고 있어요. 그래서 그 얘기 퍼질까 봐 석휘진 씨가 이든 레넌스를 움직여서 대표이사를 자기 사람으로 바꾼 거예요."

얼추 돌아가는 상황이 맞아떨어지기에 기자는 더는 망설이지 않고 고개를 끄덕였다.

"알겠습니다. 이거 완전 특종이네요."

기사의 웃는 얼굴에 재아도 따라 웃으며 눈을 빛냈다.

"그럼요. 이거 완전 특종이에요. 이 기사 내고, 제 기사도 좀 부탁드려요. 우호적인 걸로."

재아가 꿍꿍이를 드러내며 기자의 눈치를 살폈다.

"그럼요. 이런 특종도 주셨는데. 이 건 처리하고 유재아 씨 기사도 써줄게요. 원하시는 대로 우호적으로."

"감사합니다. 이 기자님. 잘 좀 부탁드려요."

소기의 목적을 달성한 재아가 기자와 헤어지고 몇 시간 후.

인터넷은 또 한 번의 휘진의 스캔들로 도배가 되었다. 그리고 이번 기사는 기존의 상대가 불분명했던 카더라에 가까운 내용 말고 정확히 상대와 상황이 명시되어 있었기에 확산은 전보다 빨랐다.

그 소식을 접한 당사자들 중에 빠르게 행동한 것은 모든 것을 포기한 듯했던 휘진이었다.

"기자 회견 잡아줘."

소속사로 달려온 휘진이 지현에게 부탁했다.

"이든을 이대로 둘 수는 없어."

"휘진아."

"이든은 아무 잘못 한 게 없잖아. 괜히 나 때문에 이런 오해를 받는 거야."

"그래서?"

"아니라고 해야지. 사실을 말해야지."

"어떤 사실을 말할 건데?"

"이든은 그런 사람 아닌 거."

"그래. 알아. 나도 알아. 이든은 그런 사람 아닌 거. 그런데 그걸 어떻게 말할 건데? 기자 회견 열면 이든에 관한 것만 말할 수 있는 게 아니야. 먼저 돌던 얘기부터 해야 하는데 그건 어떻게 할 거야?"

지현의 현실적인 말에 휘진의 눈동자가 흔들렸다. 기자 회견은 지현의 말대로 단순히 그녀기 인하는 밀반을 하고 끝낼 수 있는 자리가 아니었다. 사람들이 의심하는 그녀의 과거에 대해서도 집요하게 답을 요구할 것이고 휘진은 그것에 대해 어떤 답이라도 해야만 할 것이었다.

"말할래."

"휘진아."

"다, 전부, 말할 거야."

"미쳤어?"

"안 미쳤는데 미쳐야 하면 미칠래."

휘진이 혈색 없는 얼굴을 손으로 쓸며 지현을 쳐다봤다.

"사람들이 그 사람 오해하는 거 나 때문이니까 내가 풀어줘야해. 그 사람의 진심을 사람들이 짓밟는 거 싫어."

휘진은 자신을 향했던 그의 깨끗한 사랑만은 지키고 싶었다.

"억울하지만 인정할 건 인정해야지. 그래도 나는 아니었으니까. 믿어주지 않겠지만 나는 정말 몰랐다는 말도 해보고, 끝낼래. 끝내고 싶어. 이 일로 평생 가슴 조마조마하며 살기 싫어. 노래하는 것도 맘대로 못하고 이리저리 끌려 다니면서 그런 사람들 만나서 거절하는 것도 싫고 이 일로 인해서 사랑하는 사람을 잃어야되는 것도 싫어."

절절히 고통이 배어나는 말에 지현은 휘진을 말릴 수 없음을 깨달았다. 이미 전 대표가 유포시킨 이야기로 모든 것을 내려놓은 휘진은 이제 두려울 것이 없었다. 두려운 것이 있다면 짓밟히는 그녀의 사랑뿐. 사랑하는 사람도 그녀를 외면하고 있는 마당에 그래도 그 사랑 하나 지키겠다고 이런 용기를 내는 휘진이 지현은 안쓰러웠고, 또 대견했다.

휘진의 이런 마음을 이든은 알기나 하는 건지. 지현의 대표이사 문제를 얘기하던 그날 이후 이든과는 다시 연락이 되지 않았다. 휘진에 대한 마음은 변한 것 같진 않은데 대체 무슨 꿍꿍이로 두문불출하고 휘진을 애 태우는지. 비쩍 말라가는 휘진을 지켜보며 속이 타들어가는 건 지현이었다.

지현이 휘진의 손을 꼭 붙잡았다.

"이겨내. 이겨낼 수 있어. 시간은 걸리겠지만 이겨내자."

"고마워. 언니."

휘진은 끝내 자신의 무리한 부탁을 들어주는 지현에게 눈물을 보였다. 힘들 때마다 곁에 있어주던 지현이었다. 늘 힘내라고 쓰러지지 않게 붙잡아주던 사람. 이든과는 다른 뜻으로 소중한 지현이기에 휘진은 그런 그녀가 곁에 있어주는 것이 참으로 든든했다. 그래서 무섭지 않았다. 이미 지난 몇 년 동안 지옥 끝을 수십 번도 더 왔다 갔다 했는데. 이 한 번. 이든을 위해 더 다녀오지 못할 것이 없었다.

"미안해. 매번 언니만 힘들게 해서. 그래도 이번만 봐줘. 다음부턴 정말 언니 말 잘 듣고 잘할게."

휘진이 약속을 했다.

"기자 회견 최대한 빨리 잡아줘. 소문 와전돼서 더 퍼지기 전에 수습하고 싶어."

"알았어. 바로 잡아줄게."

빠른 사태 진정을 위해 당장 내일로 기자 회견을 잡은 휘진은 집으로 돌아와 이든에게 문자를 보냈다.

「미안해요. 니 때문에 이든 일 섞게 해서. 어떻게 사과를 해야 할지 모르겠어요. 그냥, 그냥 당신한테 너무 미안해요.」

휘진은 이든하게 하고픈 말이 미안하다는 말뿐인 게 가슴 아파 젖어오는 눈가에 힘을 주었다.

「내가 정리할게요. 최대한 당신한테 피해가 가지 않도록. 용서…… 하란 말은 안 할게요. 고마웠어요. 많이. 정말. 고마웠어요.」

휘진은 차마 그에게 전화를 할 수 없는 나약함에 이렇게 이별의 말을 전할 수밖에 없다는 게 안타까웠다. 하지만 보고 싶어도, 목소리가 듣고 싶어도 이제는 그럴 수 없는 사람. 휘진은 이미 젖어든 눈가를 손으로 누르며 애써 눈물을 참았다. 이든에게 마지막일 문자를 보내고 한참을 눈물을 참아내던 휘진은 끝내 눈물을 참아낸 자신이 기특해 스스로에게 잘했다 칭찬을 해주었다.

"됐어. 휘진아. 이제 정리하자."

마음을 다 잡고 멀리 떠나는 사람처럼 손댈 것 없는 집 안을 정리했다. 정리를 해도 티가 안 나는 집을 둘러보다 거실 테이블에 올려진 손때 묻은 중국어 회화 책을 들어 올렸다. 어떻게든 자신의 마음을 얻겠다고 노력했던 사람. 멀리 있어도 그녀를 보겠다고 시간을 내 영상통화를 하고 연락 없이 돌아와 기쁘게 했던 사람. 이제는 중국어 공부를 할 필요가 없을 것 같아 휘진은 들고 있던 책을 쓰레기봉투에 넣었다. 그리고 벽면에 자리한 협탁 위. 마지막 꽃을 받은 것이 이 주 전이었고, 아직도 시들지 않은 꽃을 보고 휘진은 마음이 울컥해져 한동안 숨을 멈추었다.

많은 의미가 담긴 꽃이라 시들어도 버릴 수가 없어 예쁘게 말려 보관까지 했었는데 이제는 마지막 한 송이가 시들기 시작하면 더 말릴 꽃이 없었다.

"말릴 필요도 없잖아. 이젠."

휘진은 울컥하던 마음도 다잡고 말린 꽃을 넣어두었던 크리스털 병도 쓰레기봉투에 넣었다. 냉장고를 뒤져 아직 남은 와인도 꺼내고, 치즈도 꺼내고. 모두 잠든 새벽시간에 휘진은 쓰레기봉투를 들고 밖으로 나왔다. 손에 들린 쓰레기봉투보다 마음이 더 무거웠지만 미련 따위 남겨봐야 아플 것은 자신인 걸 알기에 휘진은 큰 숨을 한번 쉬어내고 쓰레기 수거장으로 걸음을 옮겼다.

"저기, 석휘진 씨 맞으시죠?"

쓰레기 수거장에 도착해 사람의 인영에 놀랐더니 그녀를 묻는 것은 얼굴이 익숙한 경비원이었다.

"아이고. 이제 나오셨네. 쓰레기 버리러 오셨어요?"

친근한 물음에 휘진이 어색하게 고개를 끄덕이고 자리를 피하려 했다.

"저기. 잠깐만요. 경비실에 물건 온 거 있는데."

"……"

"요 며칠 좀 시끄러웠잖아요. 매니저님이 사람도 들이지 말고 물건 배달 오는 것도 들이지 말라고 신신당부를 해서 경비실에서 받아만 났거든요."

"죄송해요. 그거 다 버려주세요."

"버려요?"

"네. 필요 없는 거예요."

배달 올 물건이 없으니 무언가가 왔다면 그건 받을 필요가 없는 것이었다. 간혹 팬들에게 선물이 오기도 했지만 지금 같은 상황에 오는 선물은 안티 팬이 보내는 질 나쁜 무언가일 가능성이 컸기에 휘진은 아예 관심조차 두지 않았다.

"아, 예. 그럼. 폐기처분하겠습니다."

"네. 감사합니다."

휘진이 고개를 숙여 인사를 하고 수거함에 쓰레기봉투를 던졌다.

"꽃은 뭐로 버려야 하나? 분리수거도 안 되는데. 음식물로 버려야 되나?"

쓰레기를 버리고 집으로 올라가려는데 경비원의 중얼거리는 말이 그녀를 잡았다.

'꽃?'

휘진은 급하게 몸을 돌려 경비실로 가는 경비원을 잡았다.

"잠깐만요. 꽃이요?"

"네?"

"저한테 꽃이 배달 왔어요? 혹시 한 송이씩?"

설마 하는 생각이 들었다. 스캔들이 불거졌던 시기와 맞물려 이주 전부터 오지 않던 꽃.

"네. 작은 꽃병에 담겨서 매일 한 송이씩 배달이 왔었어요. 오늘도 왔었고."

이든은 꽃을 보내지 않은 것이 아니었다.

"어디, 어디 있어요? 그 꽃들."

"경비실에 뒀습니다. 드릴까요?"

"네. 주세요. 지금요. 지금 주세요."

다른 것을 생각할 수가 없었다. 단지 꽃이라고 해서, 이든이 보낸 꽃이라고 해서 휘진은 빨리 그 꽃을 받아야 한다는 생각밖에

할 수가 없었다. 시끄러웠던 생각도, 가슴 아프게 정리했던 마음
도 지금은 아무것도 생각나지 않았다.

"여기요. 꽃이 참 예뻐요."

휘진은 경비원이 내미는 화사하게 핀 꽃을 보며 입술을 말아 물
었다.

"네. 예뻐요. 이 꽃. 예쁜 꽃이에요."

휘진은 꽃을 받아 들고 집으로 돌아왔다. 꽃이 배달되면 늘 두
던 협탁 위에 경비실에서 받아온 꽃을 두고 휘진은 한참을 말없이
그 꽃을 쳐다보았다.

'이든.'

그가 계속해서 꽃을 보냈다는 것에 이제 와 드는 생각은 이 꽃
의 의미였다. 과연 이 꽃은 처음의 의미가 그대로 담긴 것일까? 아
니면, 그도 잊어버린 주문서에 의한 습관적인 꽃일까?

하염없이 꽃을 보며 어두운 새벽을 보낸 휘진은 밝아버린 밖을
보며 한숨을 쉬었다.

기자 회견을 하는 날이었다.

"하아."

이미 각오를 한 일이긴 했지만 막상 눈앞에 닥치니 다시 두려운
마음이 일어나 그녀를 망설이게 했다.

"휘진아. 그럼 안 돼. 흔들리면 안 돼."

도망가고 싶은 생각을 떨치려 세차게 고개를 흔들고 휘진은 기
자 회견장으로 출발했다.

"휘진아."

기자 회견장에 민서 와 있던 시현이 휘진을 보고 그녀를 끌어안

았다.

"나 괜찮아."

휘진이 그녀를 안쓰러워하는 지현의 품에서 나와 말간 웃음 보였다.

"좀 겁은 나는데. 그래도 괜찮아."

"휘진아."

"어제…… 물건 정리하다가 경비 아저씨가 꽃을 줬어."

"꽃? 혹시 그 꽃 말하는 거야?"

휘진이 작게 고개를 끄덕였다.

"한동안 안 왔잖아."

"왔었어. 배달 오는 물건들 들이지 말라고 해서 경비실에서 받았대."

"헉!"

휘진의 말에 떠오르는 장면.

"내가, 내가 경비 아저씨한테!"

무언가 상당히 큰 실수를 한 것 같아 지현이 손으로 입을 막았다.

"괜찮아. 언니. 일부러 그런 것도 아니고. 안 좋은 거 배달될까 봐 그랬던 건데. 신경 쓰지 마."

휘진의 담담한 말에 지현은 어찌할 바를 몰랐다. 그리고 눈앞으로 이든의 얼굴이 스치고 지나갔다. 이든을 만났을 때 휘진을 묻던 물음과, 미묘한 뜻이 담겼던 말. 그리고 그녀가 눈치챘던 그의 마음. 이든은 휘진이 불안해할까 그 꽃으로 그의 마음을 전하고 있었는데 그런 꽃을 휘진이 받지 못하게 했으니. 결국 휘진이 그렇게 아프게 울었던 건 그녀 때문이었다. 휘진이 다칠까 염려되었던 오지랖 때문에.

"대표님. 기자 회견 시간 다 됐어요."

스태프의 말에 정신을 차린 지현은 대기실 의자에 힘없이 앉아 있는 휘진에게 다가갔다.

"휘진아. 내 말 잘 들어."

지현의 보는 휘진의 눈동자에 두려움이 있었다. 모든 걸 내려놓고, 책임지겠다고 했지만 그게 그렇게 쉬운 것만은 아닌 탓이었다.

"이든과 넌 연인이야."

"언니."

"그 몹쓸 새끼랑도 넌 연인이었어."

지현이 하려는 말이 무엇인지 알 것 같았다. 그래서 휘진은 고개를 저었다.

"아니. 휘진아. 내 말 들어. 넌 그냥 네 기준에서 있는 그대로를 얘기하면 돼. 다른 사람 기준이 아닌 네 기준에서 네가 했던 사랑을 말하면 돼."

마지막까지 자신을 지켜주려는 지현의 마음에 휘진은 그녀의 손을 붙잡았다.

"이든은 떠났어."

"아니야."

"그 사람을 다시 끌어들이고 싶지 않아."

"아니야. 이든은 안 떠났어. 널 얼마나 사랑하는데. 내 말 믿어."

"언니."

"휘진아. 한 번만. 한 번만 내 말 들어. 너 내 말 잘 듣기로 했잖아."

지현의 말에 휘진이 난처한 숨을 뱉어냈다.

"이런다고 달라지는 건 없어."

"달라지는 게 있을 거야. 언니 말 들어."

"……."

"네 기준으로만 얘기를 해. 휘진아. 그건 거짓말이 아니야. 다른 사람이 어떻게 보든, 어떻게 판단을 하든 넌 네 얘기만 해. 그 사람들의 시선, 생각 다 무시하고. 알았지? 약속해."

휘진은 마음이 흔들렸다. 솔직히 기자들 앞에 서는 것이 두려웠고 모든 것을 말해 버리면 정말로 이든을 다시 볼 수 없게 될까 봐 무서웠다. 할 수만 있다면, 다시 한 번 이든을 볼 수만 있다면 거짓말이라도 하고픈 욕심이 들었다. 하지만 지현은 거짓말이 아니라고 했다.

"……그래도 될까?"

휘진의 망설임이 담긴 말에 지현은 힘차게 고개를 끄덕여 주었다.

"내가 옆에 있어줄게. 무서워하지 마."

지현의 용기를 주는 말에 휘진은 힘을 얻어 어깨를 펴고 단상으로 올라갔다. 그녀가 보이자마자 여기저기서 터지는 플래시 빛이 눈을 부시게 했지만 휘진은 눈을 감지 않았다. 그리고 얼굴을 찡그리지도 않았다. 당당하게 기자들을 마주 보고 자리에 앉았다.

"와주셔서 감사합니다. 석휘진입니다."

차분한 인사로 기자 회견은 시작되었다.

"여러분을 이 자리에 모신 것은 최근 저를 둘러싼 두 가지의 소문에 대해 말씀드리기 위해서입니다."

"두 명의 남성과 스폰서 관계였던 걸 말씀하시는 건가요?"

휘진이 입을 열 새 없이 터져 나온 정곡을 찌르는 질문에 순간 기자 회견장이 쥐죽은 듯 조용해졌다. 생각보다 빠르게 나온 질문이긴 했지만 이 자리에 모인 이들이 이곳에 온 이유는 바로 그 질문에 대한 휘진의 답을 듣기 위해서였다.

"물어주셔서 감사합니다. 생각보다 빨리 나온 질문이라 당황스럽긴 한데 잘됐네요. 기자 회견을 빨리 끝낼 수 있을 것 같아요."

"소문이 사실인가요?"

"아뇨. 사실이 아닙니다."

"부인하시는 건가요?"

"부인하지 않습니다."

사실도 아니고, 그렇다고 부인하는 것도 아니라는 말에 기자들이 웅성댔다. 휘진은 차분하게 그들을 둘러보고 지현을 쳐다보았다. 지현이 고개를 끄덕이고 다시 한 번 용기를 얻은 휘진은 입가에 잔잔한 미소를 띠었다.

"한 분은 제 첫사랑이었고, 또 다른 분은 지금 저의 사랑입니다."

예상외의 말에 기자들의 웅성거림이 더욱 심해졌다.

"그럼 그분들과는 스폰서 관계가 아니시란 말인가요?"

"그분들을 만남에 물질적인 대가를 받았는지가 궁금하신 거라면. 네. 받았습니다. 연인들 사이에 주고받을 수 있는 선물을 받기도 했고, 또 주기도 했습니다."

"구체적으로 무슨 선물을 주고 받으셨나요?"

"첫사랑은, 글쎄요. 좀 오래돼서 기억이 잘 안 나네요. 지금 그분한테는…… 많이, 받았네요."

"뭘 받으셨나요?"

"팔찌. 귀고리. 목걸이. 발찌. 그리고 반지도 달라고 하면 준다고 했는데. 아직 달라는 말을 못 했네요."

휘진은 그 말을 하며 아직도 그녀의 팔목에 채워진 팔찌를 보고 눈물이 났다. 그녀의 눈물에 일순 조용해진 기자들.

"죄송합니다."

휘진은 울음이 나올 것 같아 손을 들어 입을 가렸다. 그리고 한참 동안 숨을 고르며 눈물을 멈추었다.

"갑자기 보고 싶어서요. 솔직히 이번 일 때문에 한동안 그분과 연락을 못했어요."

보고 싶은 마음을 말하고 나니 이든을 향한 그리움은 걷잡을 수가 없어졌다. 겨우 멈췄던 눈물이 다시 흘러내리자 지현이 다가와 휘진을 일으켰다.

"죄송합니다. 이상으로 기자 회견을 마치겠습니다. 좀 더 상세한 자료는 이후 소속사에서 입장 발표를 하도록 하겠습니다. 참석해 주셔서 감사합니다."

급하게 기자 회견을 끝낸 지현이 휘진을 데리고 내려왔다.

"잘했어."

지현이 휘진의 눈물을 닦아주었다.

인터넷 생방송으로 진행이 되었던 휘진의 기자 회견을 지켜보던 이든은 그가 보고 싶다고 눈물 흘리는 그녀를 보고 마음 한 켠

이 뻐근해졌다. 그를 사랑하면서도 마지막 한 걸음을 떼지 못하는 그녀가 미덥지 못해 억지로 등을 밀긴 했지만 일이 이렇게까지 크게 번져 그녀를 울리게 될 줄을 몰랐다. 그래서 지금 울고 있는 휘진의 눈물에 죄책감이 들었다. 이렇게 울리고 싶지 않은 사람인데. 울리지 않겠다고 굳게 약속까지 했는데.

『결국은 울리고 말았네.』

미안함에 멍하니 휘진의 얼굴만 쳐다보는 이든에게 닉이 샴페인과 라넌큘러스 한 송이를 내밀었다.

『지금 댁으로 가신답니다. 가서 주셔야죠.』

『꽃은 그렇다 치고 샴페인은 왜?』

『축하를 해야죠. 이제 공식적으로 레이디의 남자가 되셨는데.』

닉의 넉살 가득한 말을 핑계로 웃음을 터트린 이든은 닉이 내민 꽃을 받아 들었다. 약하디약한 여린 꽃잎이 하늘거리며 활짝 피어났다. 그를 향해 수줍게 웃던 휘진의 미소를 닮은 것 같아 바라보는 그 꽃이 너무도 사랑스러웠다. 이든은 서랍에서 작은 상자를 꺼냈다. 이제는 이 안에 담긴 반지가 주인에게 갈 때였다.

『제이슨.』

『네.』

『내 쪽에서도 보도자료 배포해. 마무리는 확실하게 해야지.』

『네. 알겠습니다. 그리고 젠 소프트는 어떻게 할까요?』

휘진에게 연락을 하지 않는 동안 이든은 젠 소프트에 손을 뻗고 있었다. 섣부르게 건드리면 파장이 너무 큰 탓에 이든은 조심스레 젠 소프트만 흔들 방법을 찾고 있었다. 하지만 휘진의 기자 회견을 보고 나서 당장에 젠 소프트를 흔드는 건 미루기로 결정을 했다. 마음에 들진 않았지만 어찌 되었던 휘진에겐 첫사랑이었고 그때의 휘진의 마음을 존중해 주고 싶었다.

『일단 둬. 급한 건 아니니까.』

이든은 닉과 함께 숙소를 나왔다. 휘진의 집으로 가는 중간에 이든은 꽃을 보며 옅은 미소를 지었다. 꽃을 보면, 반지를 보면, 그를 보면 휘진은 어떤 표정을 지을까. 웃어줄까, 울어버릴까. 웃는 모습도 우는 모습도 모두가 다 사랑스러울 것만 같아 빠르게 달리고 있는 차도 굼벵이가 기어가는 듯 느리게만 느껴졌다.

어서 빨리 가라. 어서 빨리 도착해라. 마음으론 수도 없이 닉을 재촉하고 그 끝에 휘진의 아파트가 보였다. 조금만 더 가면, 조금만 더 기다리면 휘진을 볼 수 있다는 생각에 움직이는지 몰랐던 심장이 빠르게 뛰기 시작했다. 너무 쿵닥거려 숨이 가쁠 만큼 뛰기에 이든은 손으로 심장을 누르고 숨을 가다듬었다. 이대로 두었다가는 휘진을 보기도 전에 심장이 터져 버릴 것만 같아 두려웠다. 너무 오래 휘진을 보지 못한 탓이었다.

차에서 내리고, 엘리베이터를 타고 휘진의 집 앞에 선 순간에도 멈추지 않는 심장의 두근거림 때문에 이든은 숨쉬기가 곤란했다. 왜 이렇게 휘진의 앞에서는 그답지 않은 모습을 보이는지. 스스로도 이해할 수 없었지만 굳이 이해를 하고 싶지는 않았다. 휘진을 마주할 때면 그도 놀라는 스스로의 모습이 싫지 않았으니까. 아무것도 재지 않고, 따지지 않고 오로지 그녀를 향한 마음으로만, 순수한 그 마음 하나로만 그녀를 대함에 부끄러움이 없었다. 이든은 가쁜 숨을 뱉어내고 그리웠던 휘진을 보기 위해 부푼 마음으로 현관 벨은 눌렀다.

벨소리에 인터폰을 본 휘진은 이든의 모습을 확인하고 숨이 막혔다.

띵똥, 다시 벨이 울리고 그 소리에 다시 놀란 휘진은 갑자기 딸꾹질을 했다. 스스로의 딸꾹질에 놀란 휘진이 당황해서 입을 막았지만 이미 시작된 딸꾹질은 멈추지 않았다.

띵똥. 이든이 벨을 다시 눌렀고 휘진은 그를 기다리게 할 수 없어 문을 열었다.

『휘진.』

『히끅!』

『······.』

『히끅!』

근 보름 만의 만남에, 그 보름 동안 힘들다면 힘든 일을 겪은 연인들의 로맨틱한 순간을 기대했던 이든은 입을 막고 울 것 같은 눈으로 딸꾹질을 하는 휘진을 보고 맥이 빠져 버렸다.

『하아.』

『히끅!』

『내가 기대한 로맨틱한 순간을 이렇게 망치지 말아요.』

이든이 실망한 얼굴을 하며 꽃과 샴페인을 들어 보였다.

『미, 미안. 히끅. 해요.』

휘진의 힘든 사과를 듣고 이든은 한숨을 쉬며 집 안으로 들어왔다. 그리고 주방으로 가 들고 온 것을 내려놓고 냉장고에서 물병을 꺼내 휘진에게 내밀었다.

『마셔요. 딸꾹질이 멈춰야 뭘 해도 하지.』

휘진은 그가 내민 물병을 받아 얌전히 물을 마셨지만 딸꾹질이 멈추지 않아 울상을 지었다.

『안 되겠다.』

휘진에게서 물병을 빼앗은 이든은 휘진을 끌어당겨 입을 맞췄다. 휘진이 숨을 쉴 틈도 없이 격하게 몰아붙인 키스로 숨이 찬 휘진이 어지러워진 머리 때문에 그에게 매달렸다. 하지만 이든은 그녀의 허리를 붙잡아줄 뿐 숨이 막히는 키스를 멈추지 않았고 숨이 급한 휘진은 그를 밀어내며 가슴을 들썩이며 숨을 몰아쉬었다.

『이제 딸꾹질 멈췄죠?』

이든이 휘진을 내려 보며 웃자 아직도 급하게 가슴을 오르락내리락거리며 숨을 쉬는 휘진은 그의 가슴에 머리를 기대었다.

『이것도 나쁘진 않네.』

이든이 그의 가슴에 기댄 휘진을 힘을 주어 끌어안았다.

『살 빠진 것 같은데.』

이든이 휘진을 안았던 팔에 힘을 풀며 그녀의 얼굴을 살폈다. 마음고생이 심했는지 까칠한 얼굴과 눈 밑에 드리운 다크서클의 색이 진했다. 가늘었던 목엔 핏줄이 도드라져 보였고 섹시한 느낌을 주었던 쇄골은 앙상하다는 느낌을 줄 정도로 움푹 패어 있었다.

『기아체험 하다 왔어요?』

부쩍 마른 휘진을 보고 이든이 언짢은 기색을 보이자 휘진은 멋쩍은 듯 손으로 목을 가리며 고개를 숙였다.

『샴페인 대신 치즈케이크를 가져왔어야 했는데.』

걱정이 묻은 이든의 말에 휘진이 배시시 옅게 웃으며 고개를 들었다. 이렇게 그의 품에 안겨 있는 것이 믿기지 않았다.

『샴페인은 왜요?』

『당신 한 짓이 예뻐서 축하하려고요.』

『……?』

『이제 공식적인 당신 남자잖아요. 내가 시키지도 않았는데 당신 입으로, 당신 스스로 인정을 했으니까. 얼마나 예뻐요.』

이든의 말을 듣고 휘진이 조심스레 물었다.

『괜찮아요?』

『뭐가요?』

『내가 혼자 멋대로 기자 회견 해서.』

『책임만 져요. 그럼 돼요.』

이든이 웃으며 휘진의 얼굴을 감싸고 이마를 부딪쳤다.

『미안해요. 울려서.』

이든이 지난 보름 동안 바짝 야윈 휘진의 얼굴을 쓰다듬고 귀밑으로 내려온 머리카락을 조심히 뒤로 넘겨주었다.

『나 당신한테 말할 거 있어요.』

『당신 뒤통수 친 남자 이야기?』

휘진에겐 무척 고통스럽고 무거운 이야기를 이든은 장난처럼 꺼냈다.

『……그게 다가 아니에요.』

『더 있겠죠. 그 첫사랑이 나보다 못생겼고, 나보다 키 작고, 나보다 돈도 없으면서 눈높이는 나랑 같아서 당신한테 눈독들였던 거?』

휘진이 어렵게 찌라시로 돌던 이야기의 진실을 말하려 했지만 이미 알고 있는 듯한 이든의 대꾸에 놀란 표정을 감추지 못했다.

『당신이 이야기했었으니까.』

단지 이야기 한 번 했다고 그녀가 말하지 않은 여러 가지를 알은체할 수는 없었다.

『어떻게 알아요?』

『내가 눈치가 좀 빨라서.』

『……..』

『남자 보는 눈 하곤.』

　이든이 혀를 차며 휘진을 타박했다. 그의 타박에 휘진이 눈을 내리깔며 시무룩한 표정을 지었다. 솔직히 그의 말대로 그녀는 남자 보는 눈이 없었다. 그냥 그녀를 향해 웃어주기에, 사랑한다 말하기에 생전 처음 겪는 남자를 향한 두근거림에 물색없이 빠져들기만 했었다.

『나한테나 좀 그러지. 나한텐 그렇게 틈도 안 줬으면서.』

　이어진 이든의 불퉁한 말에 휘진은 더 할 말이 없었다.

『말해봐요. 그 남자가 나보다 더 잘해줬어요?』

　뜬금없는 물음이기는 했지만 휘진은 고개를 저었다.

『나보다 더 많이 예쁘다고 해줬어요?』

　피식. 이번 물음엔 웃음이 배어 나왔다. 휘진은 또 고개를 저었다.

『그래도, 못됐다고는 안 했어요. 당신은 맨날 그랬잖아요.』

　휘진도 할 말은 있다는 듯 서운함을 담았던 그의 말에 꼬투리를 잡았다.

『당신이 못된 게 맞으니까. 이렇게나 날 사랑하면서 매일 내 애만 태우고, 오라고 해도 안 오고. 결국 당신 울리게 만들고.』

　미안함이 담긴 끝말에 휘진이 고개를 들어 그를 보았다. 그녀를 보는 이든의 얼굴에 목소리에서처럼, 아니, 그보다 더 많은 미안함이 보였다.

『혼자 둬서 미안해요.』

『……』

『그 남자. 알고 있었는데 그래도 질투도 좀 나고, 화도 좀 나고. 당신 곁엔 내가 있는데 당신은 곁에 없는 그 남자한테 여전히 발목 잡혀 있는 거 같아서 당신이 뿌리치길 바랐어요.』

『이든.』

『그런데 그 남자가 그렇게 당신을 배신한 건 줄은 몰랐어요. 그래서 좀 놀라고 마음이…… 많이 복잡했어요.』

그래서 지난 보름을 그는 그녀에게 연락을 하지 않았다는 것이었다. 그녀가 싫어져서가 아니라 그도 생각할 시간이 필요해서, 과거에 잡혀 그에게 갈 생각조차 하지 못하는 그녀가 애달프고 누구의 도움 없이 스스로 발목을 잡은 손을 뿌리치고 그에게 오길 바라서, 그렇게 그녀가 오길 기다렸다는 거다. 이 남자는.

『미안해요. 내가 너무 겁쟁이였어요. 당신 믿지 못한 건 아닌데, 그건 아닌데…….』

『알아요. 그런 거 아닌 거. 이젠 이해해요. 당신이 왜 그렇게 망설였는지. 그래도 날 위해서 용기 내줘서 고마워요.』

첫사랑의 소문엔 모든 걸 내려놓았던 휘진이 이든이 거론된 소문에 그를 지키기 위해 모든 각오를 하고 나섰다는 게 큰 감동이었다. 그에겐 그저 해프닝으로 웃어넘길 수 있는 일이있지만 휘진에겐 정말로 큰 위기였는데 그런 큰 위기에 휘진은 그를 향한 사랑을 온몸으로 보여주었다. 휘진에겐 미안했지만 그녀에게 가혹했던 시간으로 이든은 그에 대한 그녀의 사랑을 확인했으니 가치가 있는 시간이었다.

『남자 보는 눈은 이제 나로 정해요. 나보다 못한 남자들은 볼 필요도 없어요.』

『당신보다 나은 남자는요?』

『그런 남자 찾기 쉽지 않아요. 나만 해도 이런저런 조건 다 따져서 전 세계 상위 1%에 속한 남잔데. 이런 남자가 흔하면 말도 안 되지.』

웃음이 나올 정도로 자신만만한 대답이었다.

『잘생긴 남자 중엔 성격이 나쁘거나 가진 게 없는 남자가 더 많고, 성격이 좋거나 가진 게 많은 남자 중엔 못생기고 늙은 남자가 더 많아요. 지병 하나씩은 가진. 그런데 난 잘생기고 가진 것도 많고 성격도 좋고 젊어요. 지병도 없고 유전 질환도 없고. 아! 유전 질환이라면 잘생기고 키 크고 머리 좋은 거?』

이든의 농담 같은 진담에 휘진이 낮은 웃음을 터트렸다.

『그렇게 웃어요. 이제 내가 매일매일 이렇게 웃게 해줄게요.』

이든이 약속을 하듯 휘진의 입에 부드럽게 입을 맞췄다.

『이제 반지 생각해 볼래요?』

이든은 꽃과 함께 챙겨온 작은 상자에서 반지를 꺼냈다. 지금까지 그가 휘진에게 선물했던 펜던트들과 같은 모양을 한 반지였다. 모두가 단 하나의 뜻을 가진 라넌큘러스.

이 반지를 받으면 드디어 그가 원하는 자리에 그녀가 서게 된다.

『참고로 말하면, 당신은 이제 도망 못 가요.』

이든이 자신만만하게 웃었다.

『제이슨이 보도자료 배포했어요.』

『보도자료요?』

『당신만 기자 회견을 하면 내가 밀리니까. 아마 지금쯤 당신 기자 회견과, 내추럴 힐링 리조트사에서 공식적으로 배포한 자료가 세트로 인터넷에 도배되고 있을 거예요.』

인터넷 도배라는 말에 휘진의 얼굴이 살짝 굳어졌다. 이미 인터넷 실랭에 오르면서까지 안 좋은 내용으로 인터넷 도배를 해본 경험이 있는 탓이었다.

『당신이 인정했고, 나도 인정했고. 그럼 우린 공식적인 연인인 거죠.』

공식적이든 비공식적이든 연인은 맞기에 휘진은 고개를 끄덕였다.

『그러니까 이제 반지 받아요. 이 반지 끼고 하와이로 가서 결혼해요.』

『하와이요?』

이든이 웃는 얼굴로 고개를 끄덕였다. 반지를 받는 건 받는 거고, 받는 것까지는 생각을 했지만 하와이는 생각하지 않았던 터라 휘진은 그의 말이 무척 당황스러웠다. 물론, 그의 원래 거주지가 하와이이기 때문에 당연히 하와이로 가야겠지만 이렇게 갑작스럽게 가자 하니 휘진은 입이 바짝 말라 대답을 하지 못했다.

『휘진?』

『아, 그게…….』

휘진의 담백하지 못한 말에 이든의 미간이 구겨졌다.

『설마, 이 반지 안 받는다는 건 아니죠? 기자 회견까지 해놓고.』

휘진이 절대 아니라는 듯 고개를 저었다.

『그런데 왜 이래요? 나 지금 예감이 무척 안 좋은데.』

『그게, 저, 하와이까진 생각을 안 해봐서…….』

이든의 얼굴이 더 심하게 구겨졌다.

『그래서 지금 나랑 하와이 안 간다고요?』

이든의 직접적인 물음에 휘진이 부산하게 눈동자를 굴렸다.

『잘 듣고 생각 잘해서 답해요. 만약 당신이 내 기대를 무참히 짓밟는다면 난 오늘 일도 두고두고 기억할 거예요. 이자까지 쳐서 받은 것보다 더 많이 돌려줄 테니까 당신도 각오해야 할 거예요. 남자를 서운하게 하면 일평생이 얼마나 고달픈지 내가 꼭 알게 해줄 거니까. 그때 가서 미안하다고 싹싹 빌고 울어봐도 소용없어요. 그래도 난 안 봐줄 거니까.』

그의 진지한 말에 휘진은 웃음이 나왔다. 대체 얼마나 고달프게 만들 것인지가 궁금하다면 그건 이든에게 너무한 것일까?

『샴페인 뜯을까요?』

『아직 내 말에 대답도 안 했으면서 무슨 샴페인을 뜯어요?』

『그럼, 커피 마실래요?』

『커피 필요 없어요.』

『아! 커피 말고 다른 게 필요하구나.』

휘진이 능청스레 미소를 지으며 이든의 앞으로 가까이 다가갔다.

『다른 거 대령.』

눈앞에서 예쁜 짓을 하는 것이 확실한 휘진을 보고 이든이 눈가에 힘을 주었다.

『싫으면 커피 마시던지.』

그가 좋아하는 그녀의 예쁜 짓에도 냉큼 원하는 반응을 보이지 않는 이든에게 휘진이 새침하게 등을 돌렸다.

『아니. 난 커피는 됐어요.』

이든이 돌아선 휘진을 잡아채 품으로 끌어당기며 말했다.

『이거면 충분해요.』

이든이 웃으며 휘진의 얼굴을 바라보고 그녀에게 고개를 숙였다.

『그래도 하와이는 가는 거예요.』

『키스도 안 해주면서 무슨 하와이?』

『아! 그거였어요?』

『네! 그거였어요.』

휘진이 새침하게 대꾸하며 이든의 목을 끌어안았다. 우여곡절 많았던 두 사람의 입술이 드디어 맞닿았다.

빛이 머물다 가는 아름다운 섬의 태양은 뜨거웠다. 하지만 휘진은 정수리로 쏟아지는 태양의 뜨거움보다 그녀를 뚫어져라 쳐다보는 이든의 시선이 더 뜨거워 얼굴이 익을 것만 같았다.

『당신 진짜 못됐어요.』

휘진의 꿋꿋한 외면에, 꿋꿋하게 그녀만을 쳐다보던 이든이 입을 열었다.

『너무하다는 생각 안 들어요?』

『너무한 건 당신이죠. 이건 명백한 납치라고요.』

『납치는 무슨! 우린 결혼하러 온 거예요. 아니, 신혼여행인가?』

능글능글하게 웃는 이든의 우격다짐 같은 말에 휘진은 어이가 없었다. 반지를 받긴 했지만 아직 청혼에 답도 제대로 하지 않았는데 결혼이라니! 신혼여행이라니!

휘진의 표정을 본 이든은 어깨를 으쓱하며 태닝베드에서 일어났다.

『맘대로 해요. 결혼하기 전까진 이 섬에서 절대 못 나가니까.』

웃으면서 말하곤 휘진의 앞에서 웃옷을 벗었다. 섬에 온 지 사흘째. 처음 이든이 휘진의 앞에서 웃옷을 벗었을 땐 놀란 마음에 심장이 튀어나올 뻔했지만 이것도 사흘이 되고, 수시로가 되니 볼 만한 눈요깃거리가 될 뿐 얼굴이 빨개지진 않았다.

『뭘 그렇게 또 음흉하게 쳐다봐요? 결혼도 안 해주면서.』

『보라고 벗었으면서.』

휘진은 새침하게 웃고 태닝베드 옆 테이블의 레몬 음료를 들며 한 모금 시원하게 빨아 입에 머금었다. 그러자 기다렸다는 듯이 다가오는 남자의 입술.

『으음!』

휘진이 그의 목을 끌어안았다. 나무그늘을 뚫고 들어오는 태양은 뜨겁고, 맞닿은 입술을 더 뜨겁고 깊어지는 사랑은 그 온도를 가늠할 수 없을 만큼 활활 타올랐다.

『이러면서 결혼을 안 해준대.』

휘진이 머금었던 레몬 음료를 모두 빼앗아 마신 이든이 얼굴을 들며 투덜거렸다. 하지만 투덜거리는 그의 눈빛에선 여전히 그녀를 향한 사랑이 뚝뚝 떨어지고 있어 휘진은 그를 보며 웃었다. 휘진의 양 볼에 사랑스러운 볼우물이 패었다.

『결혼 안 해준다고는 안 했는데.』

『그럼 언제 해줄 거예요? 내일? 모레? 응?』

이든이 휘진의 얼굴을 코로 문지르며 간지러움을 태웠다. 웃음이 터질 정도의 간지러움은 아니지만 휘진은 깔깔대는 웃음소리를 냈다. 간지러움과 별개로 이든과 함께 있는 이 시간이 편하고 행복하기 때문이었다.

『하지 말아요.』

휘진이 이든을 밀어내며 고개를 돌렸다. 하지만 이든은 그녀가 돌리는 대로 얼굴을 갖다 대며 장난을 쳤다.

『수영이나 해요. 수영하려고 티 벗었잖아요.』

『같이 해요.』

『싫어요!』

그와 수영을 하는 것은 좋았지만 수영을 하면서 진해지는 스킨십 때문에 휘진은 곤란했다. 서 있으면 앉고 싶고, 앉으면 눕고 싶고 누우면 자고 싶은 것처럼 그와 이렇게 있으면 점점 더 많은 것을 원하게 되었다. 처음엔 그의 눈길을 받는 것만으로도 좋았는데 이제는 눈을 마주치는 것도 모자라고 키스를 하는 것으로도 부족했다. 가까이 있는 그를 좀 더 끌어안고 싶고, 끌어안은 그를 더 느끼고 싶어 욕망이 꿈틀댔다. 둘 중 하나라도 이성을 붙잡을 수 있으면 함께 하는 것을 피할 이유가 없지만 문제는 이든도 그녀와 같다는 것. 아니, 그는 휘진보다 더하다는 것이 문제였다. 어제만 하더라도 해변에서 모래장난을 치고 놀다 아슬아슬하게 이어진 분위기에 하마터면 큰일이 날 뻔했었다. 왜 그렇게 이글거리는 태양 아래서 이든이 섹시해 보이던지. 휘진은 갑작스레 떠오른 어제 해변에서의 이든의 모습에 정신이 아찔했다.

『무슨 생각 해요?』

『네?』

당황해서 답을 못 했더니 그의 표정이 야릇해졌다.

『내 생각 했어요?』

그의 물음에 휘진이 눈동자를 굴렸다. 하지만 하필이면 굴러간 눈동자가 닿은 곳이 어제 위험한 사달이 날 뻔했던 해변의 그곳이었다. 휘진은 다시 눈동자를 굴러 이든의 얼굴을 보았다. 하지만 마주친 눈빛이 이제처럼 이글거려 눈을 내리깔았다. 그러더니 보이는 건 모양 잘 잡힌 탄탄한 배의 근육.

'하아.'

이리로도, 저리로도 눈동자를 굴릴 수 없어 휘진은 아예 눈을 감아버렸다.

『후우.』

하지만 귓가에 닿은 이든의 뻔뻔한 숨결 때문에 화들짝 놀라 눈을 떠 버렸다. 뜬 눈으로 들어오는 이죽임이 가득한 그의 얼굴. 휘진은 그런 그가 얄미워 이든의 어깨를 아프지 않게 때렸다.

『진짜 나 이대로 둘 거예요? 왜 이렇게 수양을 시켜요? 나중에 어떻게 감당하려고?』

그의 야릇한 욕망이 담긴 말에 휘진이 눈을 내리깔고 손가락 끝으로 그의 팔뚝을 살살 긁었다.

『그땐, 뭐. 어떻게든 되겠죠.』

휘진이 슬그머니 눈을 치켜뜨고 부끄러운 듯 입술을 삐죽거렸다.

『어떻게든? 너무 무책임한 말인데.』

그의 목소리가 가까이서 들렸다. 태닝베드를 짚고 있던 팔꿈치가 접힌 걸로 봐선 그가 그녀에게로 몸을 가까이한 것 같았다. 굳이 접혀진 팔꿈치가 아니더라도 온 얼굴로 느껴지는 그의 시선과 느껴지는 열기만으로도 알 수 있었지만.

『무책임한 말 아닌데⋯⋯.』

휘진이 옹알이하듯 중얼거리며 수줍게 볼을 붉혔다. 그에겐 아직 말하지 못한 비밀이 머릿속을 간질이고 있는 탓이었다.

『목말라요. 안에 들어갈래요.』

얼굴이 더 빨개지기 전에 그를 피하고 싶은 휘진이 이든을 밀고 태닝베드에서 일어났다. 하지만 고이 그녀를 보내줄 리 없는 이든은 휘진의 팔을 잡아 그의 몸 위로 그녀를 끌어 앉혔다.

『이든!』

『물 여기 있어요.』

『시원한 거요.』

『얼음 아직 안 녹았는데.』

『⋯⋯.』

그의 말대로 아직 얼음이 제대로 보이는 물과, 음료를 보고 휘진은 입술을 말아 물었다.

『왜 도망가요?』

『도망 안 갔어요. 물 없는 줄 알고⋯⋯.』

휘진의 말에 이든이 눈썹을 치켜 올리며 휘진에게 수상한 눈초리를 보냈다.

『수상한데.』

쓸데없이 눈치는 빨라서 휘진이 하는 행동 하나하나를 모두 꼼꼼히 지켜보는 그였다.

『당신 때문이잖아요.』

『내가 왜? 뭐가 나 때문이에요?』

『당신이 날 그렇게 쳐다보니까 내가…… 너무 부끄럽잖아요.』

지금도 그의 다리 위에 앉혀진 탓에 서로의 맨살이 닿아 슬쩍 민망해지고 있었다. 비키니 위에 래쉬가드를 입어서 그의 시선이 닿는 상체는 나았지만 하체는 비키니 팬티만 입을 탓에 그의 맨다리가 주는 느낌을 온전히 느끼고 있었다. 잔 근육으로 단련된 남자의 허벅지 느낌? 거칠면서도 부드러운 무언가 미묘한…….

『음…… 이러면 곤란한데.』

이든이 휘진을 보며 얼굴을 찌푸렸다. 기분이 상해서가 아닌 그녀의 손이 그의 무릎 위 맨살을 손으로 쓸고 있는 탓이었다. 얼굴만 보고 있어도 예쁘고 품에 안고 싶은데 이렇게 은근하게 그를 쓰다듬으면 어쩌란 말인지. 결혼도 안 해주면서. 결혼 전엔 절대 한방을 쓰는 것도 안 된다고 했으면서.

이든의 계획과 기대와 달리 섬으로 휘진을 납치하고도 이든은 독수공방 신세였다. 어떻게든 휘진을 유혹하여 선을 넘어보려 했지만 아슬아슬하게 선이 허물어지려는 순간에 휘진은 정신을 번쩍 차리고 도망을 가버렸다. 그가 치한도 아니건만 그의 별장에서 방문을 꼭꼭 걸어 잠그고 자는 철벽 방어라니. 그러면서 은연중에 나오는 이런 손길은 그녀도 그를 원하고 있다는 증거인데.

『나 점점 헷갈려요.』

이든이 그녀의 손길을 즐기며 부러 울상을 지었다.

『이젠 점점 당신이 날 기지고 논다는 생각이 드는데.』

『그럼 안 돼요?』

냅다 앙큼하게 올라가는 눈매라니. 이렇게 사랑스러우니 어떻게 이 여자를 그냥 놔둘까. 이든은 그의 다리를 만지고 있는 휘진의 손을 잡아 끌어당겼다.

『으앗!』

힘이 센 그에게 그대로 딸려오니 휘진은 이든에게 허리를 잡혀 그의 얼굴과 닿을 듯이 마주 보고 있었다.

『더 가지고 놀아봐요.』

『…….』

『마음껏. 이왕이면 난 입술로. 얼굴도 좋고, 목도 좋고 다른 곳도 좋고.』

이든의 노골적인 요구에 휘진의 얼굴이 붉어졌다. 이든과 진지한 미래를 생각할 정도로 깊은 감정을 나누는 사이이기는 했지만 아직은 남녀 간의 이런 아찔한 관계를 나누는 것이 무척이나 부끄러웠다. 그나마 그녀가 놀라거나, 망설일 때 욕심을 눌러 물러서주는 이든이었기에 지금도 이렇게 맨살을 가까이하며 붙어 있을 수가 있는 것이었다.

『야해.』

휘진이 빨개진 얼굴을 숨기지 않고 중얼거렸다.

『원래 연인들은 야해야 해요. 당신이 너무 건전한 거죠. 이러다가 내 몸에서 사리 나오겠다니까.』

투덜대는 말에 휘진이 웃음을 터트리며 그의 가슴으로 얼굴을 묻었다. 웃음으로 들썩이는 휘진의 얼굴과 맨가슴을 데우는 휘진의 숨결에 이든은 기분이 좋았다. 분명 다 큰 여자인데 아직도 3살 이전 여자이고 싶어 하니 그 수준에 맞춰줄 수밖에.

『지금 고개를 살짝 돌리면 닿는 곳에 뽀뽀.』

남자의 맨가슴에 찐한 키스까지는 바라지 않으니 이런 소소한 재미라도 있어야지. 이든은 휘진에게 장난 같은 명령을 하고 그녀의 움직임을 기다렸다.

『chu!』

가볍게 닿았다 떨어지는 입술이 느껴졌다. 기분이 나쁘지 않았다.

『그럼 반대쪽으로 고개 돌려서 똑같이.』

그의 말에 다시 웃음이 터진 건지 휘진의 몸이 들썩였다. 그리고 착하게도 다시 느껴지는 'chu'.

『이번엔 턱.』

『chu!』

『볼.』

『chu.』

『코.』

『chu.』

『이마.』

『chu.』

『눈.』

『chu.』

『입술엔 3살 이후 여자.』

이든이 새로운 주문을 했고 휘진은 얼굴을 내려 그의 입술에 키스를 했다. 기분이 좋이 양옆으로 팽팽히 당겨져 있는 입술에 입술을 대고, 혀를 내밀어 살짝 핥아보기도 하고.

『이건 3살 이후 여자 아닌데.』

『3살 이전 여자가 막 3살 이후로 넘어가는 중이에요.』

『음. 그럼 나 조금만 더 기다리면 섹시한 3살 이후 여자 만날 수 있는 거예요?』

입술끼리 맞닿은 채 하는 대화에 휘진이 웃으며 고개를 들었다.

『글래이더가 그러던데 내일도 날씨가 좋을 거래요.』

뜨거울 정도로 내리쬐는 태양에, 그 태양이 숨을 수 있는 구름 한 점 없으니 당연히 내일도 날은 좋을 것이다.

『바람도 적당하고 그래서 바닷물도 참 예쁠 거래요.』

이든의 가슴에 팔을 괴고 말하는 휘진의 눈동자가 반짝거렸다.

『나, 여기서 당신 요트 안 타봤어요.』

『전에 안 타봤어요?』

『그때는 탈 정신도 아니었고, 굳이 요트가 아니어도 이 섬 자체만으로도 너무 좋았거든요.』

휘진이 손가락을 들어 이든의 입술을 살살 긁었다.

『그래서 말인데, 내일 요트 타고 바다로 나가지 않을래요?』

『당신이 원하는데 내가 뭘 못 해주겠어요? 말만 해요. 다 해줄게요. 당신 남자가 능력이 좀 되거든요.』

그의 장난 같은 오만이 묻는 말에 휘진이 곱게 웃으며 다시 그의 가슴에 팔을 괴었다.

『나라면 달도 따주고요?』

『요즘 세상에 그런 비현실적인 말은 바보나 하는 거예요.』

바보라는 말에 휘진이 미간을 꿈틀거렸다.

『달에 데려가 줄게요.』

달 여행도 계획되고 있는 현시대에 이든의 말은 확실히 현실성이 있었다.

『달에서 지구도 보여주고.』

허무맹랑한 감언이설이 아닌, 충분히 현실로 이루어줄 수 있는 사람.

『난 내일 요트면 충분해요.』

『그래요. 내일은 요트에서 하와이의 멋진 바다를 보여줄게요. 터프하고 야성적인 나도.』

눈빛이 날큼하게 빛나는 것이 또다시 남자의 욕심을 떠올리고 있었다. 망망대해 한가운데 뜬 요트. 그 위에 사랑하는 여자와 단둘이. 이 어찌 남자에게 최고의 기회가 아니랄 수 있을까? 한마디로 휘진의 제안은 응큼한 늑대의 소굴로 걸어 들어간다는 것인데 이든으로선 마다할 이유가 없었다. 휘진은 그의 눈빛 속에 담긴 은근한 욕심을 알면서도 눈을 내리깔며 모른 척을 했다.

『내일은 정말 날이 좋았으면 좋겠어요. 비도 안 오고, 바람도 안 불고.』

『그럴 거예요. 필요하면 내가 저기다가 전화 좀 할게요. 비 내리지 말고, 바람도 안 불게 하라고.』

이든이 손가락으로 하늘을 가리키며 진지한 얼굴을 했다. 그 허무맹랑한 허세가 귀여우면서도 마음을 설레게 해 휘진은 그에게 입을 맞췄다.

『이거 아니라니까. 내가 원하는 건 3살 이후 여자가 하는 키스라니까요. 3살 이전 어지 말고. 대체 언제 클 기에요?』

이든이 미간을 찌푸리자 휘진이 냉큼 그의 몸에서 일어나 태닝 베드를 벗어났다.

『잘 기다려 봐요. 언젠가는 크겠죠. 난 들어갈 거니까 당신은 수영이나 더 하고 와요.』

『휘진.』

『최대한 멋있게, 섹시하게. 내가 홀라당 반할 만큼 야성적이게. 안에서 볼 거예요. 내 물고기가 얼마나 헤엄을 잘 치는지.』

『물고기?』

휘진의 말이 황당한 이든이 태닝베드에서 일어나 앉자 휘진이 냅다 저택 안으로 뛰어가 유리문을 열었다.

『맞잖아요. 당신. 나한테 잡힌 물고기. 눈요기 제대로 시켜주면 나중에 3살 이후 여자가 찐하게 키스도 해준대요.』

귀여운 말을 남기고 공기요정처럼 사뿐히 머리카락을 흩날리며 유리문 안으로 쏘옥 숨어버리는 여자.

『하아. 미치겠군. 사람을 아주 들었다 놨다.』

이든은 휘진을 향한 사랑스러운 미소를 지우지 않으면 고개를 저었다. 그리고 휘진이 시킨 대로 멋지게 수영 솜씨를 뽐내려 수영장 가로 걸어갔다. 걸어가는 내내 이리저리 몸을 움직여 잔잔하게 잘 잡힌 근육이 꿈틀꿈틀 움직이게 만들고 이든은 고개를 돌려 저택의 유리문을 쳐다보았다. 피아에게 건네받은 물잔을 들고 유리문에 딱 달라붙어 그를 보고 있는 휘진.

『홀라당 반할 만큼이라…… 수영장 말고 침대면 한 번에 가능한데.』

이든이 아쉽게 중얼거리며 수영장 안으로 점프를 했다. 입수와 함께 튀어나가는 물방울이 태양빛에 반사되어 자잘한 다이아몬드를 공중에 뿌렸다. 그리고 한참을 물속에서 잠영하던 이든이 제법

멀리 떨어진 곳에서 얼굴을 내밀었다. 그리고 다시 넓은 어깨를 펴고 물속으로 들어가는 몸짓. 화난 등 근육이 여러 표정을 짓고 그 뒤를 단단한 허리와 탄력 가득한 엉덩이가 따랐다. 마지막 길게 뻗은 종아리와 발이 물속으로 잠기자 휘진은 얼음 하나를 입에 물고 그로 인해 흐려지는 정신을 가다듬었다.

『오늘은 안 돼. 휘진아.』

섬에 온 후로 작정하고 달려드는 이든의 유혹에 이미 휘진은 넘어간 상태였다. 순진했던 휘진이 이렇게 스스로 그를 원할 정도로 흔들렸으니 그녀로서도 '결정'이란 것을 하지 않을 수 없었다. 그도 원하고, 그녀도 원하는 가장 단단한 사랑의 고리.

『내일이 기대되네요. 레이디.』

피아가 다가와 홀린 듯이 수영장 안의 이든을 바라보는 휘진에게 말을 걸었다.

『그래도 정신 바짝 차리세요. 레넌스 씨는 눈치가 빠르니까.』

『그래서 너무 힘들어요. 저 방금도 저기서 넘어갈 뻔했거든요.』

휘진의 울상과 안도와 아쉬움이 버무려진 얼굴에 피아가 푸근한 미소를 지었다. 사랑에 빠진 남자의 멋진 모습을, 그것도 작정을 하고 여자를 함락시키려는 남자의 매력만을 골라서 뿜어내는 남자를 밀어내기란 여간 힘든 것이 아니었다. 아마도, 순결함과 조심스러움을 가진 휘진이 아니었다면 이든은 진즉 그가 바라는 것을 얻어냈을 것이다.

『어렵게 얻은 보석일수록 그 가치가 오래가죠. 하지만 오늘만 버티면 돼요.』

『버틸 수 있을까요? 지 지금도 위태위태한네.』

일 년 동안 지켜보고, 일 년 동안 그녀를 소중히 여기고. 일 년 동안 온 마음을 다해 청혼을 한 남자가 아주 끝을 보겠다고 둔 무리수에 휘진도 사실 손을 들었다.

『위태위태할 땐 피하는 게 상책이죠.』

『피해요? 이든을요?』

휘진이 피아의 조언에 그녀를 돌아보았다.

『내일을 위해서 피부 관리를 해야죠. 섬에 온 지 며칠이나 됐다고 벌써 몸이 그을렸어요.』

『어머! 정말요? 그럼 안 되는데.』

『그럼요. 안 되죠. 새신부의 첫날밤이 거칠거칠한 피부라니. 이건 새신랑에 대한 예의가 아니에요.』

『피아. 그럼 어떻게 해요?』

휘진이 피아의 팔을 잡고 발을 동동 굴렀다. 그녀의 일생에, 그의 일생에 둘도 없이 소중한 순간에 이런 작은 티끌을 남기고 싶지는 않았다. 이든의 눈을 피해 둘만의 결혼식을 준비하겠다는 굳은 결심까지 하고 내일을 위해 그를 서운하게 하면서도 꿋꿋하게 그를 밀어내고 있는데.

『피아. 내일은 완벽해야 해요. 하나라도, 하나라도 흠집이 나는 건 싫어요. 게다가 그 흠집이 나라면……..』

휘진이 고개를 저었다.

결혼식의 꽃은 신부. 첫날밤의 꽃도 신부. 그렇게 아름다운 신부를 그에게 주고 평생에 잊히지 않는 순간을 맞이하고 싶은데.

『걱정 말아요. 방법이 있으니까.』

『방법이요?』

『다행히 몸이 많이 그을리진 않았어요. 이 정도면 충분히 마법을 부릴 수 있어요. 그을린 피부를 백옥처럼 되돌리고, 촉촉한 피부로 만들어줄 비법 팩이 있답니다.』

『피아. 당신은 천사예요.』

『글래이더도 청혼을 할 때 절 보고 천사라고 했죠.』

피아가 그녀의 옛 추억 한 자락을 끄집어내 보이며 휘진처럼 행복한 미소를 지었다.

『오늘은 저녁을 좀 일찍 할게요. 레이디는 저녁을 먹고 피부가 그을린 것 때문에 속상하다고 하세요. 그럼 제가 아주 자연스럽게 팩을 해줄게요. 내일을 위한 준비임을 레넌스 씨가 모르도록.』

『알았어요.』

『지금은 올라가서 몸의 열기를 좀 빼도록 해요. 첫날밤은 뜨거운 몸이 좋지만 그을린 피부를 되돌리는 데는 뜨거운 몸은 별로니까.』

노골적인 말에 휘진이 살짝 얼굴을 붉히자 피아가 한쪽 눈을 찡긋하며 주방으로 들어갔다. 휘진은 두근거리는 심장을 한 손으로 누르며 수영장을 돌아보았다. 어느새 한 바퀴를 다 돌았는지 수영장을 나오는 이든이 보였다. 물에 흠뻑 젖은 머리카락이 얼굴에 달라붙고 군살 없는 몸에 흘러내리는 물방울이 빛이 났다. 태닝베드의 수건으로 대충 물기를 닦으며 유리문을 사이에 두고 마주친 눈길. 비스듬히 올라가는 그의 입매가 더없이 그녀를 들뜨게 했다.

『아직은…… 안 돼. 휘진아. 나가지 마. 절대 안 돼.』

휘진은 손에 든 얼음물 컵을 양손으로 쥐며 이든에게 달려가 그의 몸에 흘러내리는 물기를 천천히 닦아주고 싶은 충동을 눌렀다.

휘진은 튀어나올 듯한 심장을 감추고 유리문 너머로 그에게 낭창한 미소를 지어 보였다. 그리고 아무렇지 않은 듯 몸을 돌려 이층으로 올라갔다.

『후우.』

방문을 닫고서야 긴장한 몸에 힘을 빼고 열기가 오른 몸을 목욕으로 식혔다. 피곤하다는 핑계로 저녁까지 남은 시간을 방에서 보내고, 피아가 시키는 대로 저녁 식사자리에서 피부가 상한 것을 투덜댔다.

『피부가 너무 거칠어졌어요. 그을리고, 건조하고.』

『건강해 보여서 좋아요.』

『하지만 실제로는 건강하지가 않죠. 건조해서 푸석푸석하단 말이에요. 얼굴도 그렇고 몸도 그렇고.』

『그을린 피부에 좋은 팩이 있어요. 만들어 드릴까요?』

약속대로 적당한 타임에 피아가 끼어들었다.

『정말요? 그런 게 있어요?』

『네. 저희 집안에 내려오는 비법 팩이죠. 레이디를 위해서라면 비법 공개해 드리죠.』

『피아.』

휘진이 피아를 부르며 이든의 눈치를 보았다. 이쯤에서 이든이 못 이긴 척 그녀를 놔주어야 하는데 그는 인상을 찌푸릴 뿐 입을 열지 않았다. 하지만 이내 한숨을 쉬고 물 잔을 집어 드는 것으로 함께 할 저녁시간을 온전히 양보한다는 무언의 허락을 했다.

오전시간 이후 딱히 휘진과 단둘이 시간을 보내지 못한 이든의 표정은 불만이 가득했지만 직업상 외모에 신경을 쓸 수밖에 없는 휘진을 이해했다. 그리고 이든은 휘진에게 섬에 있으면서 작은 것 하나에도 불편은 느끼게 하고 싶지 않았다. 그녀를 행복하게 해주고 싶어서, 그의 여자로 웃는 모습이 보고 싶어서 납치까지 해버린 것인데 휘진이 울상을 짓는다면 그녀를 이곳까지 데리고 온 의미가 없는 것이었다.

『대신 내일은 일찍 나가요. 오늘 당신을 혼자 둔 것만큼 내가 다 보상해 줄게요.』

휘진이 기대되는 내일의 설렘을 감추지 못하고 그에게로 다가가 입을 맞추었다.

『보상? 그거 위험한 발언인데.』

『내가 언제는 위험한 발언 안 했어요?』

휘진이 새침하게 대꾸하곤 그의 귓가에 입술을 가져다 대었다. 그리고 속삭이는 그녀의 목소리가 새어나갈까 한 손으로 그의 귓가를 막았다.

『이건 비밀인데. 난 잘 때 3살 여자 이후 모습으로 자요. 마릴린 먼로보다는 조금 더 입고.』

이 말은 분명 유혹이었다. 이든은 그녀의 어린아이가 할 법한 유혹에도 금세 그 모습을 상상하는 자신의 머리를 어쩌지 못했다.

『빨리 올라가요. 뛰어서 올라가요. 셋 셀 동안 안 올라가면 당신 못 올라가게 잡을 거니까. 하나. 둘. 셋!』

『꺄악!』

휘진이 빠르게 셋을 세고 그녀에게 손을 뻗는 이든을 피해 식당 밖으로 뛰어갔다. 정말 그가 쫓아올까 봐 진력을 다해 이층으로 올라와 방문에 기대 할딱이는 숨을 뱉어냈다.

『하악. 하악. 숨 차라.』

휘진이 막히는 숨 때문에 가슴을 누르고 드레스 룸으로 들어가 내일을 위해 준비한 원피스를 몸에 대보았다. 가운처럼 여며 가슴에 리본으로 매듭을 짓는 원피스. 리본의 끝을 잡아당기면 선물 포장이 열리는 것처럼 풀려 미끄러져 내려갈 사그락거리는 아름다운 천 조각.

납치는 봉변이었지만 휘진은 섬에 도착하자마자 정신을 차리고 이든의 눈을 피해 피아와 글래이더에게 도움을 청했다. 그가 그녀에게 보여준 사랑에 그녀를 선물로 주고 싶다고. 별장의 물품을 핑계로 뭍으로 나가 장을 보면서 피아는 이렇게 예쁜, 하지만 의도는 아주 명백한 그녀의 웨딩드레스를 골라왔다. 섬에 다시 온 첫날 밤. 이든 몰래 피아가 구해온 이 드레스를 보면서 얼마나 얼굴이 빨개졌는지.

『하아. 부끄럽다.』

벌써 사흘 동안 몰래몰래 몸에 대보긴 했지만 이 옷이 가져올 결과를 알기에 부끄러움은 여직 사라지지 않았다. 아니, 어쩌면 내일 이 옷을 입고 그의 앞에 서는 순간에 그녀의 온몸은 부끄러움으로 빨개져 있을지도 몰랐다.

『제발 그럼 안 돼. 부끄러운 건 나중에. 둘이 있을 때. 그때 부끄러워하자. 휘진아.』

휘진은 혼자 중얼거리며 내일 아침 그녀가 준비한 둘만의 결혼식을 그가 알기 전까진 뻔뻔해지자 마인드 컨트롤을 했다.

『레이디?』

방으로 들어와 그녀를 찾는 피아의 목소리가 들렸다. 이제 내일을 위한 본격적인 준비를 해야 했다. 휘진은 하얀 원피스를 걸어 놓고 드레스 룸을 나가 내일의 새신부가 될 준비를 시작했다.

　아침이 밝았다. 설렘 탓에 깊은 잠은 자지 못했지만 커튼을 걷어 쨍하게 밝은 날을 확인하자 기분은 좋았다.

　『다행이다.』

　휘진은 결혼식에 알맞게 맑은 날에 감사를 하며 정성스럽게 화장을 하고 머리를 손질했다. 그가 좋아하는 올림머리를 하고 행복한 얼굴을 더욱 사랑스럽게 해줄 화장은 한 듯 안 한 듯 티가 안 나게. 그래도 이든은 알겠지만 모른 척해줄 것이다.

　『휘진?』

　응접실에서 휘진을 기다리던 이든이 그녀의 모습을 보고 놀란 표정을 숨기지 못했다. 본디도 예쁜 사람이 하얀 원피스를 입고 내려오니 정신을 차릴 수 없을 만큼 예뻤다.

　'저 흰 원피스가 웨딩드레스면 얼마나 좋아.'

　그리고 마음 한구석 다시 드는 아쉬움.

　『빨리 가요. 날이 너무 좋아서 마음이 무척 설레어요.』

　휘진이 그의 앞으로 다가와 이든의 손을 잡았다.

　『난 당신 때문에 마음이 설레요. 왜 이렇게 예쁘게 하고 내려왔어요? 우리 둘뿐인 요트에서 날 더 얼마나 힘들게 하려고.』

　'단둘뿐이니까요.'

　하고 싶은 말을 속으로 삼키고 휘진은 상큼하게 웃음을 보였다.

　『바다로 나가면 아주 멋질 거예요. 아마, 평생 잊지 못할 거예요. 오늘을.』

　요트를 타고 바다에 나가는 것에 들뜬 휘진의 기대가 보였다.

　『그래요. 당신 인생에 영원히 잊히지 않을 멋진 요트 여행을 선사하죠.』

　이든이 휘진의 손을 이끌고 요트를 정박해 둔 선착장으로 나갔다. 새벽부터 휘진의 부탁으로 요트 안을 꾸민 글래이더가 이든에게 키를 건네주었다.

　『바람이 좋습니다. 오늘 같은 날에 아주 그만입니다.』

　이든이 모르는 꿍꿍이로 그에게 웃어 보인 글래이더가 휘진을 스쳐 가며 슬쩍 윙크를 해주었다. 그녀가 원하는 모든 준비를 마쳤다는 뜻이었다. 이제 저 요트에 오르면 그녀의 인생은 달라질 것이다. 이제는 석휘진이 아닌 이든 레넌스의 완벽한 여자가 되는 순간. 휘진은 먼저 요트에 올라 그녀를 돌아보는 이든을 보며 손을 내밀었다.

　『조심해요.』

　걸음 하나에도 그녀를 걱정하는 저 다정한 남자와 함께할 평생. 그 평생이 얼마나 행복하고 따뜻할까. 휘진은 벌써부터 감격이 올라오는 눈동자를 감추지 못하고 요트에 올랐다.

　『휘진?』

　『당신이 너무 멋져서요.』

　『훗. 그걸 이제 알았어요? 실망인데.』

　휘진을 향해 눈을 흘기고, 언제 그랬냐는 듯 미소 지으며 그녀에게 키스했다.

　『어젯밤에 3살 이후의 여자는 잘 잤어요? 마릴린 먼로보다 조금 더 입고?』

역시나 은근함이 담긴 목소리가 다가왔다. 휘진은 그의 물음에 답 대신 조심스레 입술을 내밀었다. chu. 뜻을 알고 다녀간 입술.

『당신은 못 잤죠? 마릴린 먼로보다 조금 더 입은 내 모습 생각나서.』

어쩐 일인지 그의 은근함에 도발을 하는 휘진으로 인해 이든은 눈가에 힘을 줬다. 그 찡그림이 답이라 휘진은 상큼하게 웃으며 그의 가슴을 밀었다.

『자! 이제 항해를 시작하시죠. 선장님? 최대한 빨리, 최대한 멀리 나가요. 우리.』

'우리 둘만 있을 수 있는 곳으로.'

그가 원하는 말을 꾹꾹 숨겨 담고 선내로 들어갔다.

『요트 운전하는 거 볼래요?』

이든이 선내 거실을 지나 조타장치가 있는 브리지로 그녀를 데리고 들어갔다.

『당연하죠. 얼마나 요트 운전을 잘하나 내가 옆에서 다 지켜볼 거예요.』

『이런. 운전은 후진인데. 요트는 뒷좌석이 없어서 멋진 모습 못 보여주겠네요. 나 후진 잘하는데.』

이든이 너스레에 알게 모르게 힘이 들어갔던 휘진의 몸에 긴장이 풀렸다.

『지금도 멋져요. 당신은.』

『흠. 이상한데. 오늘 왜 이렇게 서비스가 좋지?』

이든이 요트에 시동을 켜고 출발을 했다. 두둥실 바다 위를 떠서 푸른 바다 가운데로 나아가는 느낌. 열린 창문 너머로 바다의 포말과 바람 소리가 부딪히는 소리가 들렸다. 눈도 가슴도 뻥 뚫리는 시원함. 휘진은 바다를 바라보다 이든의 손을 잡았다.

『밖에 나가볼래요.』

『밖에요? 더울 텐데.』

『더 있으면 해가 더 뜨거울 거니까. 지금이 딱 좋아요.』

휘진은 이든이 모르는 마음을 먹으며 그를 갑판 위로 인도했다.

『조심해요. 내 손 잡고.』

이든은 급한 경사가 진 것도 아닌데 혹여나 출렁이는 물결에 그녀가 넘어지기라도 할까 봐 노심초사 휘진에게서 눈을 떼지 않았다. 그래서 다행이었다. 요트의 2층 갑판에 하얀 캐노피를 치고 그 아래 준비된 라넌큘러스 꽃다발과 샴페인을 보지 못해서.

『이든.』

그녀를 돌아본 채로 2층 갑판으로 올라가는 계단의 끝에 이든이 다다르자 휘진이 그를 불렀다.

『부탁 있어요.』

『부탁이요?』

『들어줄 거죠?』

『음. 당신이 하는 부탁이라면 나 싫다는 거 빼곤 다 들어줄 건데.』

한순간도 휘진에 대한 경계를 풀지 않는 이든의 말이었다.

『눈 감아줘요.』

『눈…… 이요?』

이든이 미간을 좁히며 그녀의 얼굴과 보이는 건 바다뿐인 주변을 돌아보았다.

『지금 여기서 그 말은 굉장히 위험한 말이에요. 여긴 우리 둘뿐이니까.』

가진 것이 많은 사람들에겐 충분히 오해를 살 수 있고, 오해를 할 수 있는 상황과 장소.

『미안한테 나 바다에 밀고 싶으면 나랑 결혼한 후에 밀어요. 그래야 내 재산 상속이라도 받으니까.』

이든이 심각할 수 있는 말을 장난처럼 하며 눈을 감았다. 이렇게 눈을 감는다는 것은 이든은 그녀를 무한히 신뢰한다는 뜻이었다. 그런 이든의 신뢰에 휘진은 울컥. 가슴을 치닫는 감동은 느꼈다. 그래서 다행이라는 생각을 했다. 이제 그녀의 인도로 눈을 뜨면 이든에게 이 감동을 그대로 돌려줄 수 있어서. 휘진은 그와 맞잡은 손에 힘을 주었다. 그리고 캐노피가 만든 그늘 속으로 그를 밀었다. 그가 설 곳과 그녀가 설 곳에 나란히 마주 멈추고 휘진은 바닷바람에 하늘거리는 화관을 머리에 썼다. 신부의 부케를 들고 부끄러운 입술을 한번 깨물고 여직 눈을 감고 있는 그를 바라보았다. 캐노피 안으로 바람이 불자 이든의 금빛 머리카락이 느리게 나부꼈다. 빛에 반짝이는 머리카락. 빛이 없어도 그녀의 눈 속에서 반짝이는 아름다운 사람. 그녀가 사랑하는 사람.

『눈을 떠요.』

바다 내음에 실린 휘진의 목소리에 이든이 느리게 눈을 떴다. 그리고 곧 그의 눈 속으로 들어온 눈을 감기 전과 같지만 다른 그녀.

『휘긴.』

머리에 쓴 화관도, 손에 든 부케도 모두 그가 그녀에게 선물한 꽃이었다.

그에겐 청혼의 꽃. 그리고 기다림의 꽃.

『고마워요. 느린 나를, 이 자리에서 움직이지 않고 기다려 줘서.』

그리고 그녀가 그에게 내미는 한 송이 라넌큘러스.

『나랑 결혼해 줄래요?』

이든은 순간 아무 말도 하지 못했다. 그토록 듣고 싶었던 말을 듣는 순간. 머릿속은 텅 비어버렸다.

오늘은 해가 너무 맑은데.

오늘은 바람도 간지럽게 살랑이는데.

오늘은 파도도 잠이 든 것 마냥 잔잔하기만 한데.

그래서 이 순간이 너무 완벽했다.

Feel the destiny, 믿을 수 없는 일이 일어나 버렸다.

□ ─ THE END ─ □